Gabriele Tergit

KÄSEBIER

EROBERT DEN KURFÜRSTENDAMM

Roman

Das Neue Berlin

Herausgegeben und mit einem Nachwort versehen
von Jens Brüning

Erstes Kapitel

Nichts ist da, als der Artikel über den Matsch

Die Kommandantenstraße zu Berlin, halb schon Konfektions- und halb noch Zeitungsviertel, beginnt an der Leipziger Straße mit einem hübschen Blick auf die Bäume des Dönhoffplatzes, die jetzt kahl waren, und verliert sich in der Proletarier- und Fabrikgegend der Alten Jakobstraße.

Der Dönhoffplatz! Rechts Tietz, Inventurausverkauf! Inventurausverkauf! Schuhwarenhaus Stiller »Noch billiger«! Regenschirme! Alle beisammen, Wigdor und Sachs und Resi. Ein Blinder mit Zeitschriften hockt vor Aschingers Destille für kleine Schnappaufs. Das beste Geschäft für künstliche Blumen. Im Frühling Ansteckblumen fürs Kostüm, im Winter Ballschmuck. Stettiner Sänger! Immer noch der große Lange und der kleine Dicke, Konditorei, Parfüms, Koffer und Wollwaren. Das geht alles noch. Aber im ersten Stockwerk beginnen die Sorgen. Der Handel geht zurück. Alles direkt. Fabrik-Detail-Konsument. Wenn möglich Fabrik-Konsument. Das ist die große Seite des Dönhoffplatzes.

Drüben aber nach der stillen Seite hin, beinahe schon in der Kommandantenstraße, wo sich die kleinen namenlosen Geschäfte befinden, lag die Redaktion der Berliner Rundschau. Ein breites, langgestrecktes altes Haus, vier niedrige Etagen hoch, bekrönt an den Ecken von zwei Henkelvasen in griechischer Form. In der Mitte zwei überlebensgroße Stuckfiguren, Merkur und Minerva, zwischen sich ein römisches Feldzeichen. Mit Merkur schien nicht viel los zu sein in dem Haus. Eine halbe Etage stand leer. Ob Miermann in diese Zeitungsredaktion eingetreten war, weil ihn die Minerva mit den Geschichtstafeln gelockt hatte oder weil unter den Fenstern Rosengirlanden schwebten, stand nicht fest, wäre ihm aber zuzutrauen gewesen, hingegen hätte es ihn sicher nicht verführt, daß Barockhelme mit Straußfedern die oberste Fensterreihe bekrönten, denn er hatte was gegen kriegerische Kostüme. Eine große goldene Jahreszahl im Giebel verkündete, daß das so überaus anständige Haus 1868 gebaut worden war.

Unten befand sich eine kleine Konditorei, die hauptsächlich von Journalisten besucht wurde, ein verräuchertes Lokal, schlecht gelüftet durch eine Klappe, die auf den Hof ging, in dem gerade unter der Klappe die Mülleimer standen. Der Hof war so eng, daß die Sonne höchstens bis zur zweiten Etage kam. Es war ewig dunkel in der kleinen Konditorei, nur ein paar irisierende Tulpen und ausgebrannte elektrische Birnen beleuchteten das Ganze. Rote Marmortische standen da, kleine Holzstühle ohne Armlehne mit Rohrgeflecht. Aber der Wirt des Cafés war stolz auf geistige Kundschaft. Er kam aus Wien und hielt was von Journalisten, kannte jeden einzelnen Gast und, was noch wichtiger ist, seine Artikel.

Über die völlig ausgetretene Treppe des Hauses kam man an einem Glaskasten vorbei, wo »Anmeldung« stand und ein ganz junger Mann saß, in die Redaktion.

Der Mitarbeiter Emil Gohlisch, 30 Jahre alt, groß und weißblond, mit ungeheuren roten Händen, stand am Telefon. Redakteur Miermann, etwa 20 Jahre älter als er, saß am Schreibtisch. Er hatte die Breite des Epikers und die Kahlheit des Humoristen. Ewig war sein Kragen voller Schuppen, und nie dachte er daran, sich die Hände zu waschen. Er war ein Ästhet, aber nicht für sich selber. Er bekam es fertig, eine grüne Krawatte zu einem lila Anzug zu tragen, aber er konnte aus dem Gefühl der Hand schließen, ob eine Porzellanfigur aus den dreißiger oder den achtziger Jahren des 18. Jahrhunderts war. Seine Eltern hatten ihn in eine Kaufmannslehre gegeben, in der er es nicht aushielt, und die höchstens dafür gut war, seine Lebenskenntnis zu erweitern. Da er nie sein Abiturium gemacht hatte, konnte er auch nicht studieren. So geriet er in eine Kunsthandlung, aber auch dort war er nicht zu brauchen. Er fing an zu schreiben. Seine Familie war froh, daß es nicht schlimmer mit ihm kam. Später, als er etwas arriviert war, immer mit Schulden aus früherer Zeit belastet, war man eher stolz auf ihn. Zwei Brüder waren banale Leute, ein Rechtsanwalt und ein Arzt, die reich heirateten, für den Fortschritt waren und nie einen Satz sagten, den nicht auch jeder andere ihrer Generation hätte gesagt haben können.

Gohlisch hörte auf zu telefonieren.

Miermann sah auf die Uhr: »Morgen ist Donnerstag«, sagte er, »wenn meine Uhr richtig geht. Ich habe nichts für die Donnerstagseite.«

»Man müßte mal über die neuen Cafés schreiben.«

»Was hilft mal? Heute! Hic Rhodus, hic salta! Hier ist Rhodus, hier versprühe dein Salz.«

»Wollen wir mal nachsehen, ob gar nichts da ist.«

Miermann nahm einen gelben Aktendeckel mit Manuskripten aus der Schublade: »Da ist ein begabter Artikel über den Matsch, aber es friert ja noch. Die Leute können alle nicht schreiben. Keiner kann eine gute Reportage machen. Es fällt niemandem was Neues ein.«

»Über die Toilettenverhältnisse in den Berliner Schulen sollte man mal was schreiben.«

»Was soll ich bloß morgen als Spitze bringen?«

Miehlke kam herein, der Metteur. Er hatte ein völlig nacktes Gesicht, da war kein Haar zu finden, weder in dem Gesicht, noch auf dem Kopf.

»Kratzfuß, die Herren. Die Seite muß um ½ 5 weg, jetzt ist 3 Uhr. Also ran. Ich habe den großen Artikel über die Neubauten im Satz. Nehm ich den, is die Seite voll.«

»Der ist viel zu lang«, sagte Miermann schüchtern. Er sagte es schüchtern, weil Miehlke der Mann war, der einmal zum Publizisten Heye gesagt hatte, zu Heye, der die berühmten Leitartikel schrieb: »Wenn Se nich kürzen, Herr Heye, streich ich selber 20 Zeilen, Sie glauben gar nich, wie schnell ich das mache, Herr Heye, und merken tut's auch keiner.« Und als Stefanus Heye gelächelt hatte, hatte Miehlke gesagt: »Sie glauben wohl, es merkt's einer von den Lesern? Och, Leser merken janischt, janischt merken Leser. Die Herren denken immer, es kommt druff an. Es kommt aber nich druff an.«

»Is mir ganz ejal«, sagte Miehlke, »das Blatt kann nich warten wegen Ihn', und streichen is besser als uf'n Rand drucken.«

Miehlke ging.

»Also was machen wir?« sagte Miermann.

»Ich werde mal einen Kaffee bestellen«, meinte Gohlisch.

Der alte Schröder kam rein. Innenpolitik. Er trug noch einen Vollbart, einen grünen Lodenanzug mit Hornknöpfen und eine breite schwarze Schleife statt einer Krawatte. »Heute sah's böse aus im Reichstag. Ich glaube, die Regierung fällt, es kommen die Rechten. Passen Sie auf, die bewilligen dann alle Steuern, über die sie bei den Linken geschrien haben, andere als Parteifreunde kriegen keine Arbeit, Pogrome, Todesurteile und Bürgerkrieg. Ich kenne das. Wir werden was erleben, fünf Panzerkreuzer, Subventionen an die Deutschnationalen, wir können einpacken.«

»Ich glaube nur, daß mit Wasser gekocht wird«, sagte Miermann. »Ich weiß, daß die Deutschnationalen so bestechlich sind wie alle andern.«

»Aber Miermann! Sie werden doch zugeben, daß ...«

»Ich gebe überhaupt nie etwas zu.«

»Konsumsteuern, passen Sie auf, nichts als Konsumsteuern und Zölle, daß uns die Augen übergehen.«

»Vielleicht sind Zölle das Richtige?«

»Herr Miermann!« sagte Schröder empört, »seien Sie doch ernst!«

»Sie verlangen zu viel vom Menschen. Ich soll mich immerzu aufregen: gegen Steuern, für Steuern, gegen Zölle, für Zölle. Bis morgen nachmittag 5 Uhr rege ich mich nicht auf, es sei denn, es käme ein schönes Mädchen ins Zimmer!«

»Hättet früher Etatkritik treiben müssen. Der alte Richter, das war ein Mann, der hat jeden Posten gekannt, der hat den ganzen Etat studiert. Wir haben ein parlamentarisches System ohne einen Etatkritiker.«

Gohlisch erhob sich: »Wozu? Skandalmachen trägt mehr ein. Beziehungen und ein Pöstchen. Sie haben Ihren Tick mit der Etatkritik und mit Ihrem alten Richter. Dreimal fette Borgis als Überschrift. Da der Kaffee. Zahlen Sie, Miermann, oder bin ich dran? Ich werde zahlen.«

»Was wird mit der Seite?« sagte Miermann.

Schröder ging raus. Gohlisch erzählte: »Wissen Sie, Herr Miermann, ich muß Ihnen eine schöne Geschichte erzählen. Da ist ein Mann neulich hausieren gegangen, hat sich bei den Direktoren großer Konzerne, die Schweizer sind, melden lassen. Er sei ein Landsmann, Vertreter von Faber, er bitte, seinen Bedarf an Faberbleistiften bei ihm zu decken. Die halfen auch dem Landsmann, der Landsmann ging zu Faber, kaufte Stückenware und verkaufte den Dreck für gutes Geld. Eines Tages bat der Chef um Bleistifte. Er spitzte an, ›nanu‹, dachte er, wie der Blei immer wieder abbrach. Schließlich wurde die Sache gemerkt. Der Landsmann hinausgeworfen. Nein«, sagte Gohlisch, »was ich auf der Reise alles erfahren habe. In Niedernestritz haben die Stadträte ein neues Rathaus haben wollen. Einer hat es dem alten Ratsdiener gesteckt, er solle 100 Mark bekommen, und der Alte, so ein Tapergreis, so eine leicht besoffene Spitzwegfigur, der geht auch eines Nachts rüber und macht ein hübsches Feuerchen im Keller, spart nicht an Petroleum und nicht an Kleinholz, und das Rathaus brennt und brennt, die Feuerwehr wird erst am Morgen alarmiert, der Ratsdiener hat's nicht bemerkt, greift beschwörend ein, damit ja nicht zu viel Wasser verbraucht wird, und das Rathaus brennt auch glücklich bis auf die Grundmauern aus. Dem Ratsdiener aber wollte man plötzlich nur 50 Mark zahlen. Da hat sich der Mann natürlich schrecklich geärgert und ist aus Rache zur Feuerversicherung gelaufen und hat gesagt, daß er's Feuer gelegt hat, und er wolle gern ins Zuchthaus gehen, aber so eine schreckliche Ungerechtigkeit wie mit den 50 Mark sei ihm noch nicht vorgekommen. Die von der Feuerversicherung hatten längst gemerkt, daß es sich um eine bessere Brandstiftung handelte, um ein schönes, wohl angelegtes Feuer. Aber sie hatten in Niedernestritz und Umgebung seit 15 Jahren keine Versicherung mehr abschließen können, und so war ihnen das Feuer höchst willkommen, denn als die Leute merkten, was die Versicherung für ein schönes Rathaus baute, da ließen sie sich schnell alle versichern, da regnete es nur so Versicherungsanmeldungen. Die Versicherung war heilfroh und die Stadträte auch und allen war geholfen.«

»Das ist eine schöne Geschichte, vielleicht hat die Feuerversicherung auch noch den Stadträten was zugezahlt, wie wär denn das?«

»Geschehen in Niedernestritz, aber schreiben kann man sowas natürlich nicht. Alle wirklich guten Sachen kann man nicht schreiben.«

»Schöne Geschichte, aber was wird mit der Seite?«

»Ich habe eine gute Idee, mir hat neulich ein Bekannter von einem Volkskabarett erzählt, sei so ein guter Chansonsänger dort, müßte man mal hingehen, ist in der Hasenheide.«

»Ich habe nur schlechte Manuskripte, der Szögyengy Andor schreibt wieder mal über ›Der letzte Droschkenkutscher‹.«

»Diese Pest, diese Berufsungarn!« sagte Gohlisch.

»Seit September liegt ein Artikel über Wochenende da, guter Artikel, aber seit der Artikel da liegt, ist schlechtes Wetter, den kann ich auch nicht mitnehmen. Bei der Kälte kann man doch noch keinen Artikel über Wochenende bringen, geht doch nicht.«

Miehlke kam wieder: »Ja, wat soll ich nu machen, die Herren, die Seite muß um ½ 5 weg. Ich nehme den Artikel über die Neubauten und streiche selber, wenn die Herren nicht kommen. Es kommt nich druff an.«

Miermann saß da, ganz resigniert: »Also gut, nehmen wir den Artikel über die Neubauten, müssen wir aber die Hälfte streichen. Gohlisch, Sie lassen einen aber auch immer sitzen. Wann wollen Sie den Artikel über den Volkssänger bringen?«

»Sicher nächsten Mittwoch. Bei meiner Treu!«

»Das ist schon was! Wenn Sie sagen, Mittwoch in acht Tagen, kann ich mich drauf verlassen, daß es Mittwoch in acht Monaten wird.«

»Ich kann nicht auf Befehl, es muß über mich kommen. Ich bin kein Tintenkuli. Ich bin ein treuer Diener des Gedankens.«

»Wenn's nächsten Mittwoch taut, bringen wir den Matschartikel, sonst Ihren.«

»Gemacht.«

»Aber daß ich mich darauf verlassen kann. Die Seite wird immer schlechter. Euch fällt nichts mehr ein und von außen kommt nichts. Es gibt keine Begabungen.«

»Ja«, sagte Gohlisch, »aber nur, weil die Unbegabten überall beliebter und billiger sind. Je schlechter geschrieben die Zeitungen sind, hat neulich so ein Verlegerhengst gesagt, um so mehr werden sie gekauft. Wozu Talent? Nicht-Talent mit etwas Sadismus gewürzt bringt viel mehr Geld ein. Ein genotzüchtigtes Mädchen ist beliebter als ein Satz von Goethe, obzwar Goethe immer noch geht. Briand hat ein Jahrzehnt im ›Petit

Journal‹ auf dem Schreibtisch gesessen und den Leuten Geschichten erzählt. Und auf diese Weise ist eine Zeitung entstanden. Er hat nie eine Zeile geschrieben. Dafür hat man ihm ein großes Gehalt gezahlt, und zuletzt ist daraus Briand geworden. Aber die Verlegermeister haben ja keinen Schimmer von Schriftstellerei.«

Und dann verschwanden sie im Setzersaal.

Zweites Kapitel
Es ist wieder nichts mit dem Matschartikel

Am nächsten Mittwoch fror es noch stärker. »Hat man schon so einen Winter erlebt«, sagte Gohlisch, »wenn wir noch einen echten Gohlisch liegen hätten über Frost und Eis oder über zugefrorene Seen in der Mark, würde es sicher tauen. Hier ist der Artikel. Ich werd jetzt Kaffee bestellen. Kuchen? Ohne Kuchen?«

»Mit«, sagte Miermann.

»Mein lieber Miermann«, stürzte mit ausgebreiteten Händen und fliegendem Mantel der Schriftsteller Herzband, der sich Lieven nannte, ins Zimmer. »Was sagen Sie zu der herrlichen Kritik, die Otto Meißner über mich geschrieben hat?«

»Ich sage, daß ich die herrliche Kritik gelesen habe, die Sie über Otto Meißner geschrieben haben«, sagte Miermann.

»Ich kann nicht leugnen, daß diese Antwort geeignet ist, meine Eigenliebe aufs tiefste zu verletzen. Ich gestehe, daß ich auf eine gotteslästerliche Weise eitel bin. Aber kann der Freund nicht den Freund loben? Ich frage Sie, soll der Freund nicht den Freund loben? Ja, ich bitte Sie, ist es nicht Pflicht, Kameraderie gegenüber der entgötterten amusischen Welt, zusammenzuhalten, wir paar geistigen, produktiven Menschen? Der Schriftsteller lobe den Kameraden, denn nur der Gleichgesinnte vermag den Gleichgesinnten zu erkennen! Haben Sie schon mein Buch gelesen, verehrtester Herr Miermann, ›Dr. Buchwald sucht seinen Weg‹? Nicht gelesen? Eine politische Novelle höchsten Grades! Nichts Geringeres, ich versichere Ihnen, liebster Herr Redakteur, nichts Geringeres wird abgehandelt, als die Lösung der Beziehungen zwischen den Völkern. Ich werde es Ihnen senden. Der Schriftsteller muß der Handlungsreisende seiner eigenen Bücher sein, der Schriftsteller muß ein guter Ruhmverwalter sein, denn der eigene Ruhm fördert den Ruhm der Nation. Die Eitelkeit des Schriftstellers ist berechtigt und nichts schädigt mehr seine allgemeine Schätzung, wie wenn der Schriftsteller das Gewerbe des Geistes selber niedrig einschätzt und verhöhnt! Denken Sie, meine Bücher sind in alle Kultursprachen übersetzt worden, sogar ins Irische. Ich habe anläßlich einer Reise in Bukarest eine vierstündige Unterredung mit Bratianu gehabt. ›Ich kenne‹, sagte er, ›den sehr schönen Roman eines deutschen Schriftstellers namens Lieven.‹ Ich stehe auf und verbeuge mich: ›Der bin ich.‹ Welch ein Moment! Welch eine Erfahrung! Welch ein Glück! Bratianu hat einen deutschen Roman gelesen, Bratianu liebt diesen Roman, Bratianu liebt den Schreiber dieses Romans, der Schreiber dieses Romans bin ich! Also, lieber Herr Miermann, um Ihre kostbare Zeit nicht noch mehr in Anspruch zu nehmen. Ich möchte Sie bitten, ein Wort über ein europäisches Ereignis zu bringen: Der große französische Rechtsanwalt und Dichter Paul Regnier hat mir angeboten, mit ihm ein Drama über den Prozeß der Sowjet-Union gegen die Saboteure zu schreiben. Ich habe den Antrag angenommen. Wir werden in Kürze zu arbeiten beginnen. Es ist dies das erste Zeichen einer deutsch-französischen Zusammenarbeit über ein europäisches Thema. Ich habe Ihnen dies Ereignis in wenigen kurzen Worten umrissen. Hier ist die Notiz. Es wird ein internationales Stück. Bitte, geben Sie es gleich noch ins Abendblatt.«

Gohlisch sah währenddessen zum Fenster hinaus.

Ein zu merkwürdiger Laden da drüben, dachte er, Jahrzehnte ein Konfektionsgeschäft, aber es ist eingegangen wie alle Konfektionsgeschäfte. Neulich hat eine alte Dame am Hausvogteiplatz zu mir gesagt: »Nein, wie schrecklich, jetzt ist D. Lewin auch nicht mehr. Seit 40 Jahren habe ich bei Manheimer meine Mäntel gekauft. Jetzt komme ich von Karlshorst rein, will mir einen Mantel kaufen. Ist V. Manheimer nicht mehr da. Denke ich, gehste zu D. Lewin. Ist Lewin auch nicht mehr da.« Es war beinahe wie in der Revolution, da haben sich die Menschen auch so einfach auf der Straße angesprochen. Später ist der Laden da drüben eine Weinhandlung geworden. Deutsche trinkt deutschen Wein, aber sie führten schließlich auch Bordeaux und jede Art von Schnäpsen. Sechs Flaschen Wein für fünf Mark, selbst dafür wollten die Leute nicht. Bier ist billiger. Dann kam ein Küchen-Möbelgeschäft. Alle Sorten von Küchenmöbeln. Eschebachs Reformküche, drei glatte Schränke nebeneinander, Glasschütten ohne Böden, daneben redliche alte Küchenbüfetts, geschnitzt oder auch mit farbigem Glas. Geschäfte mit Anschaffungen gehen nicht. Der Mensch braucht Miete, Gas, elektrisches Licht, Feuerung und Essen, viel Essen, jeden Tag dreimal neues Essen, aber er kann lange Jahre mit einem Mantel gehen, und Küchenschränke gibt's beim Trödler. Auch das Küchengeschäft ist verschwunden, dachte Gohlisch, und ein Restaurant gekommen, aber es sind zu viel Restaurants in der Gegend. Gute Weinrestaurants, Aschinger, Brötchen frei, die Wurst 45 Pfennig, Löffelerbsen mit Speck 75 Pfennig, dann ist die alte Münze da, ein Bierrestaurant, ausgezeichnet, Fleisch und Gemüse getrennt, ein koscheres Restaurant und eine Fülle von Konditoreien. Es sind viel zu viel Restaurants in der Gegend. Neue können sich nicht durchsetzen. Das Restaurant ist verzogen, und wieder hat der Laden leer gestanden, bis wieder ein Restaurant eingezogen ist. Junge Leute, die Mut haben und einen Rollmops ins Fenster legen.

»Sie interessieren sich nicht für Literatur«, sagte Lieven giftig in den Rücken von Gohlisch, der immer noch zum Fenster hinaussah.

»O doch, aber nur für gute«, sagte Gohlisch. »Karl May oder ›In der Wüste verschüttet‹ oder so was. Mit dem Matsch ist es übrigens nichts«, fügte er zu Miermann hinzu. Miermann verstand und sagte zu Lieven: »Entschuldigen Sie uns, wir müssen unsere Zeitung machen, wir sind leider brave Arbeiter. Wir sind keine freien Geister, sondern Lohnknechte des Verlages. Gehorsame Sklaven des Publikums. Ihr Buch interessiert mich sehr. Ich werde es bestimmt lesen.«

Lieven verbeugte sich, zog den großen Schlapphut, sein Mantel flog: »Ich grüße die Herren der Welt«, sagte er.

»Der hat wirklich 'ne weiche Birne«, sagte Gohlisch, »von

diesen Herrn hört man nur so: ›Herr Adolf Lieven wird ein Drama schreiben, das in Artistenkreisen spielt.‹ Da steht noch keine Szene fest, noch kein Titel, noch keine Gestalt. Nur Artistenkreise. Darauf beginnen sie schon ihre Reklamenotizen zu versenden. ›Herr Adolf Lieven teilt mit, daß sein Buch ›Der lahme Geyer‹ ins Neusibirische übersetzt wurde.‹ Es wird mitgeteilt, daß Herr Adolf Lieven auf seiner südamerikanischen Studienreise vom Präsidenten von Argentinien empfangen wurde. Von Gerhart Hauptmann gibt es keine solchen Notizen. Aber was machen wir mit der Donnerstagseite? Gott sei Dank, der Kaffee. Na, Mädchen ohne Mantel, wenn Sie sich nur nicht erkälten. Zahlen Sie, Miermann, oder bin ich dran?«

»Diesmal zahl ich«, sagte Miermann, »mit dem Matsch ist es nichts. Es ist ja ekelhaft, wie sauber die Straßen sind. Aber eines Tages muß ja Matsch kommen, wo sollen wir sonst hin mit'm Frühling? Da habe ich noch einen Artikel über Heiratsstatistik.«

»Das ist doch aber ein Kasten, den können Sie doch nicht als Spitze nehmen.«

»Als Spitze habe ich da einen hübschen Artikel über die verschiedenen Formen, wie Berliner ihren Sonntag verleben, von Szögyengy Andor bekommen.«

»Schon wieder diese Berufsungarn! Lesen Sie mal meinen Artikel über den Volkssänger, ich finde ihn ja auch nicht sehr gut, er ist nicht so recht gelungen, mir ist überhaupt nicht so ganz extra, ich werde mir mal einen Schnaps kommen lassen. Trinken Sie auch einen?«

»Wer steht auf einem Bein?« sagte Miermann.

Gohlisch ging ans Telefon und bestellte zwei Grappa.

Plötzlich erhob sich Lärm draußen auf dem Korridor.

Die Tür wurde aufgerissen, und es kam ein Duft herein, erst ein Duft, dann eine sehr große Frau. Sie trug einen weiten, sehr dicken Pelzmantel, ein hellbraunes Bärenfell, darunter ein schmales, sehr grelles gelbes Kleid, ein Paar lange schöne rosenfarbene Beine. Um den Hals wehte ein gelbbraun-rotes Tuch. Auf dem Kopf trug sie zu sehr vielem, sehr blondem Haargelock eine kardinalrote Baskenmütze. Sehr weit hinten rechts schief gesetzt. Sie war stark geschminkt, was das Grelle der Erscheinung noch erhöhte. Sie war jung und hatte ein kühnnasiges Gesicht. So stand sie plötzlich mit großem Getöse in dem kleinen Zimmer, das von zwei Schreibtischen beinahe ausgefüllt war. An der Wand über Miermanns Tisch hing ein Stich vom Forum Romanum. Gohlisch hatte ein selbstgemaltes Aquarell von einem See mit einem Segelboot über dem seinen mit einem Reißnagel befestigt. Sie sah sich eine Sekunde um und stürzte auf Miermann zu, der aufgesprungen war, legte ihm die Arme um die Schultern, drückte ihm einen Kuß auf und rief: »Gott, Miermann, süßer Liebling, lange nicht gesehen, was ist mit uns beiden? Hier!« Womit sie ihm ein Manuskript in die Hand drückte. »Bringen, Zuckerschnutchen, bringen. Weißt du noch?«

»Natürlich, Herzchen«, sagte Miermann, »Akademieball ½ 5 Uhr, zweiter Schrank, vierter Korridor.«

Im selben Wirbel war sie draußen. Gohlisch rief: »Ich bin ein ehrlicher Republikaner vom Stamme der Verrina«, und schlug mit der Faust auf den Tisch: »Kennen Sie diese Kurfürstendammnutte?«

»Keine Idee«, sagte Miermann, »ich weiß nur, wer es ist.«

In diesem Augenblick kam ein großer blonder Herr herein, der Theaterkritiker Öchsli: »Was ist denn das gewese?« rief er, »da kommt plötzlich ein schönes Mädche übern Korridor gefegt, ruft, süßer Öchsli, lange nicht gesehen, weißt du noch? Ich weiß aber gar nix.«

»Mir ebenso passiert. Ich kenne sie auch nicht, weiß nur, wer's is. Das war die Aja Müller. Sie hat ein Auto, zwei Pudel und zwei Verhältnisse, eins mit dem Dramatiker Altmann und eins mit dem Sohn eines D-Bankdirektors.«

»Mit ihr schlafen gehen, mag ja ganz nett sein«, erwiderte Gohlisch und schrieb weiter.

»Das ist sogar hübsch, was sie da schreibt«, sagte Miermann, »versnobt, aber nicht versnobt genug für das Thema. Über Bälle. Werd's gleich in Satz geben, wo ich keine Spitze habe. Vielleicht arbeiten Sie die Sache über den Käsebier noch um.«

»Ich muß mal sehen. Es war übrigens gedrückt voll. Schon um ½ 7 Uhr ist kein Platz zu bekommen. Ein Akrobatenpaar tritt auf, viel besser als in den großen Varietés. Der Käsebier ist ausgezeichnet. Es lohnt sich. Er singt mit einer Partnerin, auch sehr gut übrigens, Volkslieder vom Rhein mit endlosen

Kitschtönen, vor allem die Geschichte eines Mietshauses, ›Wie soll er schlafen durch die dünne Wand?‹, ganz ausgezeichnet. Und dann als Lude.« Gohlisch nahm ein Halstuch, machte ein paar Schritte, ganz weich und frech. »Passage Friedrichstraße und denn de Linden lang.« Dann hob er das Kinn, schob die Unterlippe vor und die geöffnete Hand bis ans Gesicht, wo er ein-, zweimal mit ihr zuckte, was so viel bedeutete wie »Sache«. »Ich glaube sicher, daß 1000 Menschen dort Platz haben. Ist übrigens eine Sache mit den Akrobaten, ein Mensch, der auf dem Seil laufen kann, erscheint mir schon tüchtig genug. Aber das genügt nicht. Er muß noch dazu geigen. Die Musik als Beitrag zur Körpergelenkigkeit ist eine kuriose Angelegenheit. Auch ein ausgezeichneter Clown war da, der wollte sich auf einen Stuhl setzen, der wackelte, und er versuchte vergeblich, ihn stabil zu kriegen. Darauf nahm er eine große Zigarrenkiste und zerbrach sie umständlich und mit tödlichem Ernst in ganz kleine Stückchen. Schließlich hatte er ein Stückchen, klein genug, um es unter ein Stuhlbein zu tun, das Stückchen rutschte aber immer wieder weg. Unser ganzer männlicher Ernst wurde verkohlt. Der umständliche Betrieb, um einen Stuhl nicht zum Wackeln zu bringen, der dann doch wackelt. Ich werde jetzt frühstücken gehen.«

Sagte Miermann: »Sie sind ohne Ehrgeiz.«

»Ehrgeiz auf Leitartikel?« fragte Gohlisch, »nein, hab ich nicht, ich bemühe mich nicht, ich wünsche gebeten zu werden.«

»Werden Sie.«

»Nein, ich werde nicht, aber ich weiß, nur glatte Höflinge kommen weiter.«

Miermann lachte. Gohlisch ging in ein ungarisches Lokal in der Kommandantenstraße frühstücken. Das Lokal war wie eine ungarische Bauernschänke weiß-grün-rot ausgestattet. Es gab einzelne Kojen, von denen Maiskolben herunterhingen, wie sich überhaupt durchs ganze Lokal Maiskolbenkränze zogen. Die Kojen waren bunt bemalt und sahen aus wie nebeneinander aufgestellte Bauernhimmelbetten mit ihren vier Holzsäulen, die ein Dach trugen. In einer Koje saß der Doktor Krone.

»Tag Meister«, sagte Gohlisch, als schon der Verschwörer hinzuschlich, der unter »Augur« böse Aufdeckungen in den verschiedensten Zeitschriften und Zeitungen machte. Er trug zwölf Zeitungen unterm Arm, hielt den Kopf gesenkt und blickte nach oben. Düster drückte er allen stumm die Hand. Die drei Herren bestellten zusammen eine Flasche Tokayer.

»Was haben Sie denn, Meister?« fragte Gohlisch den Doktor Krone, der nicht den Mund auftat.

»Ich bin völlig verstimmt. Die Zustände bei den Krankenkassen sind unerträglich. 90% der Bevölkerung sind in der Krankenkasse, die wenigen Übriggebliebenen gehen nur zu einem Professor. Der Professortitel ist blankes Gold. Ich sehe keine Möglichkeit, vorwärts zu kommen. Denn zum wissenschaftlichen Arbeiten fehlen mir das Geld und die Zeit. Vor dem Krieg konnte man sich einen Affen kaufen, ich kann mir keinen Affen mehr leisten, und mit den Kaninchen ist es nichts anderes. Andererseits in meiner Wohnung sitzen und auf Patienten warten, ist auch unerträglich.«

»Ja, warum wohnen Sie auch im Westen!« sagte Gohlisch, »wenn Sie in die Brunnenstraße ziehen würden, würden Sie gleich genug zu tun haben.«

»Da könnte ich überhaupt nur noch Pfuscharbeit leisten. Bei 100 Patienten im Tag, auf den Patienten 10 Minuten, wären es 16 Stunden Arbeit. Macht man es sich aber bequem, kann von einer gründlichen Untersuchung überhaupt nicht mehr die Rede sein. Über die Zahl der unerkannten Karzinome kann einen nur trösten, daß doch nichts dagegen zu tun ist. Neulich hab ich wieder mal einen schönen Fall erlebt. Ich will an einem Patienten eine Heuschnupfenkur machen, und zwar jetzt im Winter, frage vorher bei der Kasse an, ob das bewilligt wird. Eine solche Kur ist prophylaktisch und kostet 85 Mark. Was erwidert mir die Krankenkasse? Das ginge nicht, das sei zu viel. Also was soll man tun? Soll man ein Scharlatan werden, oder soll man verhungern? Wissen Sie, es gibt Ärzte, die machen einen Laden auf mit Großbetrieb.«

»Ich war neulich bei Dr. Ahlheim«, sagte Gohlisch. »Zuerst wartete ich in einem Zimmer mit fünf andern. Kamen immerzu Schwestern: ›Augenblick bitte.‹ Ich warte. Kommt eine, ruft: ›Frau Meyer, bitte Zelle eins zum Röntgen.‹ Kommt eine andere: ›Frau Schulze, bitte Zelle zwei zum Entkleiden.‹ Kommt ’ne dritte: ›Frau Kühne, bitte zur Anmeldung.‹ ›Frau

Marheinke, bitte zur Bestrahlung.‹ ›Der Herr, bitte ins nächste Zimmer.‹ Gut, ich gehe also ins nächste Zimmer. Warte, wieder eine Schwester: ›Bitte der Herr sich entkleiden in Zelle fünf.‹ Ich sage, ich habe mir den Daumen verknackst, ich brauche mich nicht auszuziehen. ›Gut‹, sagt die Schwester, ›dann warten Sie.‹ Ich sitze wieder eine Weile. Inzwischen geht der Betrieb fort. Eine Schwester tritt ein. ›Nächstes Zimmer‹, sagt eine Schwester. Ich bin also jetzt ins dritte Zimmer geschleust worden. Warte. Nebenan geht's fort. ›Bitte Frau Niedergesäß untern Lichtbogen, bitte Frau Weltrein zum Elektrisieren.‹ ›Bitte der Herr sich entkleiden in Zelle sieben.‹ Ich sage, ich habe mir den Daumen verknackst, ich brauche mich nicht auszuziehen. ›Gut‹, sagt die Schwester, ›dann warten Sie.‹ Endlich kommt der bekannte und beliebte Arzt. Ich sage, ich habe mir wohl den Daumen verknackst. ›Ja‹, sagte er, ›Sie haben ganz recht, Sie haben sich den Daumen verrenkt. Diathermie. Kommen Sie erst mal zweimal in der Woche zur Diathermie her. Wenn es dann nach vier Wochen nicht besser ist, wollen wir weitersehen.‹ Ich bin ja nicht blödsinnig geworden. Ich bin zu einem jungen Arzt gegangen, den mir niemand empfohlen hat, der hat mir den Daumen eingerenkt, war der Fall erledigt.«

»So ist es«, sagte Dr. Krone, »man muß einen Betrieb aufziehen, so wie bisher geht es mit den Krankenkassen nicht weiter. Man hat den Beruf sozialisiert, ohne ihn zu verstaatlichen. Alles ist in den Krankenkassen, aber wir sind keine Beamten geworden.«

»Es ist überall das gleiche«, sagte der Augur, »nirgends kommt es mehr auf die Leistung an, weil die keiner zu schätzen weiß, sondern nur auf die Organisation des Geredes darüber. Statt einer Cliquenwirtschaft, der des Offizier- und Studentenkorps, haben wir jetzt hundert nebeneinander, nationale Clique, soziale Clique, katholische Clique, Cliquen fürs Verdienen, Cliquen für Pensionen. Kurzum, wer nicht die Hintenherumwege kennt, ist verloren. Aber das sind ja schließlich alles Ausgeburten des Kapitalismus. Was verlangen Sie von einer kapitalistischen Wirtschaft, wo es nur Ausbeuter und Ausgebeutete gibt?«

»Nur«, sagte Gohlisch, »daß ich mir den Terror des Kommunismus noch viel grauenhafter denke.«

»Das letztemal hat mir dieser Schuft, dieser Sklavenhalter Nagel 20 Mark abgezogen«, rief Augur.

»Ich werde noch drei Grappa bestellen«, sagte Gohlisch, »is 'ne Gemeinheit übrigens, Augur.«

»Es ist ja nichts herauszubekommen«, sagte der Verschwörer, »rennst den ganzen Tag für 'ne Nachricht von fünf Zeilen rum, und dann handeln sie noch über den Preis. Im Rathaus sind neue Zimmer eingerichtet worden. Erstens ungeheuer kostbar, zweitens freihändig vergeben. Wie ist das möglich?«

»Nach einer Information renne ich seit zehn Tagen, es ist nichts herauszubekommen«, sagte Gohlisch.

Dr. Krone verabschiedete sich.

»Der Meister Krone«, sagte Gohlisch, »tut mir leid. Er kann sehr viel. Fachleute schätzen ihn hoch.«

»Ja, aber«, sagte Augur, »er hat keine Autorität. Ein Bekannter vor mir war neulich bei ihm, den hat er endlos untersucht und schließlich gesagt: ›Ich bin mir noch nicht ganz klar, was Ihnen fehlt. Kommen Sie übermorgen doch noch einmal.‹ Das kann man nicht machen.«

»Wie, du sagst das, ein Mensch unserer Zeit! Du verstehst diesen höchsten Grad der Anständigkeit nicht, daß einer zugibt, er habe die Lösung einer Sache nicht gefunden? Du verlangst, daß einer dir sagt: ›schleunigst ins Bett, Rippenfellreizung, warmhalten‹, und dabei hat er gar nichts gefunden? Du stehst auch auf diesem primitiven Standpunkt, ›wenn ich zum Doktor gehe, soll er mir auch was verschreiben‹. Die Leute, die die Medizinen und juristischen Formeln immer bereit halten, sind für hysterische Frauen gut. Daß auch du das nicht zu schätzen weißt, daß dir einer nichts vormacht, betrübt mich tief.«

»Na na, Gohlisch«, sagte der Augur, »ich verstehe das schon zu schätzen, ich will dir nur eine Lösung für das Rätsel geben, weshalb er nichts zu tun hat. Der Erfolg ist eine Sache der Suggestion und nicht der Leistung.«

»Miermann würde sagen: ›Dieser einzige Satz erklärt den ganzen Faschismus, ihr seid feige Sklaven, ihr braucht Autorität.‹«

Sie zahlten.

»Lebe wohl, Augur. Heil und Sieg und fette Beute.«

Drittes Kapitel

Es taut. Der Matschartikel erscheint und der Artikel über den Volkssänger wird in Satz gegeben

Mittwoch vormittag schrieb Gohlisch den Artikel über den Volkssänger um. »Gestatten Sie«, sagte der Chef des lokalen Teils, »daß Herr Meise hier telefoniert.«

»Ungern, aber wenn's nicht anders geht«, sagte Gohlisch, »ich möchte mir nur vorher noch einen Kaffee und eine Grappa bestellen.«

Herr Meise war Polizeireporter.

»Herr Meise«, sagte der Chef des lokalen Teils, ein alter Brummbär von fünfzig Jahren, der heimlich sehr stille Novellen schrieb, »Herr Meise, wir müssen unbedingt erfahren, wie es dem Professor Möller geht. Der Nachruf steht schon als Leitartikel im Satz. Ein Mann, der die Naturwissenschaften neu geschaffen hat, sozusagen, bei dem geht es auf keinen Fall, daß wir hinter den großen Blättern nachhinken oder es ihnen gar entnehmen. W.T.B.[1] weiß noch nichts.«

»Ich werde sofort recherchieren«, sagte Meise.

»Seien Sie aber besonders vorsichtig, daß ja keine Taktlosigkeit passiert.«

Na, dachte Gohlisch, der Käsebier hat Pech, auf diese Weise werde ich doch wieder nicht mit dem Artikel zu Rande kommen. »Hast du etwa das Telefon hierher gestellt?« fragte er.

»Ja, natürlich«, sagte Meise. Schon klingelte es. »Wie, Autozusammenstoß? In der Pankstraße? Wieviel Tote? – Keine? Ohne Tote ist es ohne Interesse für uns.«

Meise hängte ab, da klingelte es schon wieder. »Eisernes Pferd in Straßenbahn? – Wieviel Tote? – Keine? Schwerverletzte? – Drei? So, das geht, welches Krankenhaus? – Bitte, Ihr Name und Adresse? – Müller, Freisinger Straße? – Danke, Herr Müller, vielen Dank, Herr Müller, Sie können sich nach Erscheinen der Notiz das Geld an der Kasse abholen.« – Er legte auf. »Na, nu werd ich mich mal recht vorsichtig wegen Möller erkundigen.« Gohlisch war gespannt, was Meise wohl vorsichtig nannte. Meise nahm den Hörer ab und nannte eine Nummer.

---

[1] Wolff's Telegraphisches Bureau (Nachrichtenagentur)

»Ist dort Möller? Hier Meise, Berliner Rundschau. Wie? Gnädige Frau selbst, ach, verzeihen Sie bitte die Anfrage, ich wollte mich nur erkundigen, ob Ihr Herr Gemahl noch lebt?«

Nach einer Weile legte Meise den Hörer wieder auf.

»Na und?« fragte Gohlisch.

»Die Frau Professor scheint angehängt zu haben«, sagte Meise.

»Kann ich mir denken«, sagte Gohlisch, »das nennst du vorsichtig recherchieren.«

»Also keine Sicherheit«, sagte Meise beruhigt und ging.

Gohlisch schrieb. Miehlke, der Metteur, klopfte: »Was mit'n Artikel is über Käsebier, läßt Herr Miermann fragen, sonst nimmt er heute den Artikel über den Matsch, es ist nämlich ein kolossaler Barometersturz.«

»Sagen Sie ihm, ich bringe ihn bis ½ 4 Uhr. Ich will nur noch frühstücken gehen.«

Damit zog er seinen Mantel an und ging hinunter ins Café.

Im Café saß Augur. »Ein Frühstück mit Kaffee«, sagte Gohlisch.

»Weißt du«, sagte Augur, »Karl Lambeck ist nach Berlin gekommen wegen seines Dramas im Deutschen Theater. Ich traf ihn gestern in der Rankestraße. Ich hatte ihn noch nie gesehen, er macht zwar nicht den Mund auf, aber er sieht großartig aus, noch viel besser als alle Bilder. Die Aja Müller war da, das Aas, Lieven und noch sonst Verschiedene.«

»So«, sagte Gohlisch, den das kalt ließ, »wieso hat Knorr freihändig die Einrichtung des Rathauses bekommen?«

»Ich weiß nichts«, sagte Augur.

»Wie geht's deiner Tochter übrigens?« sagte Gohlisch.

»Es ist ein leichter Lungenspitzenkatarrh.«

»Ich würde sie in die Schweiz schicken.«

»Der Arzt sagt, sie ist augenblicklich nicht transportfähig, vielleicht später. Aber es ist gar nicht schlimm.«

»Wollen wir noch eine Grappa trinken«, sagte Gohlisch. »Ich würde noch einen Arzt fragen, vielleicht kannst du sie doch in die Schweiz schicken«, und bestellte zwei Grappa. »Gut ist der Schnaps«, sagte Gohlisch, »der wird aus reinen Trauben hergestellt. – Es ist jetzt ½ 4. Wie das taut! Es war aber auch eine barbarische Kälte. Es ist schon besser, Miermann nimmt heute den Matschartikel mit. Noch einen Kaffee.«

»Ja«, sagte Augur, »weißt du schon, daß der Verfasser des schwarzen Freitag ich bin.«

»Gratuliere«, sagte Gohlisch.

»Was meinst du. was ich für diese Information bekommen habe?«

»Eigentlich müßtest du ein paar tausend Mark kriegen. Is doch albern, plötzlich ist das kleine Quatschblatt bekannt geworden.«

»Eigentlich, aber uneigentlich habe ich fünfhundert Mark verlangt. Was glaubst du, was sie mir gegeben haben?«

»Na, hundertfünfzig.«

»Aber dreißig.«

»Würde ich verklagen.«

»Was willst du machen, es sind meine besten Abnehmer.«

»Trotzdem, das geht nicht, man ist zwar ein Tintenkuli, aber so ein Verlegerhengst darf einen doch nicht einfach ausnehmen.«

»Ich kann nicht klagen, ich gewinne vierhundert Mark und verliere den besten Kunden, es ist zwar ein Quatschblatt, aber unabhängig. Die sehr gefährlichen Enthüllungen, die ich aus den Ministerien bringe, traut sich sonst keiner zu bringen. Ich kann's mir nicht überlegen.«

»Du müßtest irgendwo fest sein.«

»Und abhängig.«

»Man ist abhängig unabhängiger. – Jetzt ist es ½ 5 Uhr, is schon besser, Miermann nimmt den Matschartikel. – Weißt du, es ist so, ein paar haben einen großen Namen, kein Mensch merkt, daß sie nichts mehr können, ein paar können sehr viel, aber bis es sich herumgesprochen hat, können sie auch nichts mehr. Ich bin ja inbrünstig faul, aber es gibt auch niemanden, der es verstünde, einem Genie wie mir den Fleiß schmackhaft zu machen. Na, Heil und Sieg und fette Beute!«

Und damit ging Gohlisch in Ottos Weinstube. Als er um 6 Uhr in die Redaktion kam, war der Matschartikel schon im Satz.

Miermanns Frau war da. Emma, eine kleine ältere Dame, die immer die gleiche dunkelblaue Tracht trug. Sie war gleichaltrig mit Miermann, der so lange gebraucht hatte, um zu einer festen Stellung und einem geachteten Namen zu kommen, den ihm mehrere sorgfältige, gute, wenig gelesene Bücher eingebracht hatten. Als Gohlisch kam, verabschiedete sie sich mit einem freundlichen Lächeln für den jungen Mann. »Ich hoffe, ich habe Sie nicht verscheucht«, sagte Gohlisch.

»I bewahre, ich lasse nur gern die Jugend unter sich«, sagte sie mit einem guten Blick auf ihren Mann.

Gohlisch brachte den Artikel, der von dem Kabarett in der Hasenheide, vor allem von Käsebier handelte.

»Wir geben ihn gleich in Satz für nächsten Donnerstag.«

»Otto Lambeck ist in Berlin. Augur hat ihn in der Rankestraße getroffen. Er kam wegen der Aufführung im Deutschen Theater«, sagte Gohlisch.

»Ihr Artikel sieht wieder aus!« sagte Miermann. »Es gibt sowohl Punkte als auch Kommata, wenn man als auch sagt, muß irgendwo sowohl stehen. Dieser Satz endet mit und. Herr, Herr, verzeihe ihm, er weiß nicht, was er tut. Was verstehen Sie unter partout?«

»Durchaus.«

»Es heißt aber überall. Ich möchte die Aja Müller nicht partout küssen, das heißt überall, *nicht* durchaus. Gohlisch, Gohlisch! Lernen Sie weiter. Bilden Sie sich fort. Finden Sie es schön, immerzu irgendwie zu sagen? Nein. Sie sind mein Sorgenkind. Lesen Sie Fontane. Und lesen Sie Heine und alles, alles von Anatole France. Er ist zwar etwas dreist, aber lesen Sie ihn. Ich bringe Ihnen morgen etwas mit.«

Zwei Stunden saß Miermann an Gohlischs »Volkssänger«. Dann erst schickte er ihn in die Setzerei.

Viertes Kapitel
Der Artikel über den Volkssänger erscheint

Wochen waren vergangen. Miermann und Fräulein Dr. Kohler saßen am Mittwochnachmittag in der Redaktion.

Sie hatte Geburtstag, woran einige gedacht hatten. Miermann hatte auch daran gedacht. »Was soll ich ihr schenken?« hatte er Gohlisch gefragt. »'n Buch«, hatte Gohlisch geantwortet, »was soll man Fräulein Dr. Kohler anderes schenken?«

»Nein, gerade deshalb werde ich ihr Parfüm schenken.«

»Nett, riesig nett«, sagte sie zu Miermann, als er ihr das Parfüm brachte.

»Wie geht es Ihnen eigentlich?« fragte er.

»Danke, es geht.«

»Immer noch wegen Meyer?«

»Ja. Ich möchte mit ihm reisen. Er will auch, aber er tut's nicht.«

»Aber das geht doch nicht! Lassen Sie ihn das nicht merken, wenn er das erfährt, sind Sie für ihn erledigt. Nie wird er Sie heiraten, wenn Sie es ihm so leicht machen.«

Das Fräulein dachte: »Es ist 1929. 1929 ist es albern, kein Verhältnis zu haben, notabene mit 30 Jahren. Freigeist von 1890. Begriffe wie ›entehrt‹ hat er noch.« Laut aber sagte sie:

»Wollen wir uns zur Feier des Tages einen Kaffee mit Kuchen bestellen? Wegen Frühlingsausbruch, meine ich.«

Das Telefon klingelte. »Ich muß weggehen«, sagte Miermann, »ich suche ein Zimmer, ich habe heute eine Annonce aufgegeben. Ich habe ein Angebot hier in der Nähe bekommen. Ich will nachher weggehen.«

»Es ist so eine Sache mit den Zimmern hier in der Nähe. Eine richtige Bleibe werden Sie nicht finden. Es ist alles zu ekelhaft. Und die Hotels gehen gar nicht«, sagte Fräulein Kohler.

»Finden Sie auch?«

»Ist sie sehr jung?«

»Nein, wohl über dreißig.«

»Trotzdem, Konditorei und Auto töten jede Liebe, ist zu gräßlich.«

»Ich werde mir mal das Zimmer ansehen«, sagte Miermann, als Gohlisch hereinkam.

»Was wollen wir morgen als Spitze nehmen?« sagte Miermann.

»Ich weiß auch nicht«, sagte Gohlisch. »Ist das ein Wetter, um an die Gazetten zu denken? Man könnte über alte Gärten schreiben oder über den Heinebalkon oder über das erste Frühlingsgrün oder über die Liebe in Potsdam. Aber was steht in der Zeitung? Polens Forderungen an Deutschland. Randbemerkungen zum Haushalt des Reichsverkehrsministeriums. Lord Asquith tot und Negersänger in Berlin. So ist es.«

Miermann kramte in seinem Aktendeckel: »Drei Artikel von

der Aja Müller. ›Die Wahl der Modekönigin.‹ ›Wie reinige ich meine Nägel?‹ ›Besuch bei einer Filmschauspielerin.‹ Das geht aber nicht. Das ist was für das Elegante Blatt, aber nicht für uns, die wir doch immerhin ernst genommen werden wollen. Ich werd ihr alles zurückschicken. Gohlisch, wissen Sie, da ist immer noch der Artikel über Käsebier im Übersatz, wollen wir doch den nehmen. Hätten wir beinahe ganz daran vergessen. Miehlke würde sagen, es kommt nicht darauf an.«

»Es kommt auch nicht darauf an«, sagte Gohlisch, aber er ging trotzdem in die Setzerei. Miehlke konnte den Satz nicht mehr finden.

»Der is weg«, sagte Miehlke, »den find ich nich mehr. Müssen Se auch mal wieder erst um dreiviertel Fünfe kommen.«

Miehlke war der beste Metteur von Berlin. Warum er nicht längst bei der Berliner Tageszeitung war, verstand kein Mensch. Aber er war nun sechsundfünfzig Jahre alt, und da wechselt man nicht mehr gern. Miehlke suchte und war wütend. Gohlisch stand demütig und bescheiden in einer Ecke. Inzwischen kamen die eisernen Kuchenbretterschiffe mit Satz aus der Maschinensetzerei. Unter jedem Bleistück lag das zerschnittene Manuskriptstück. Ein eleganter junger Mann von etwa dreißig Jahren, ein Viveur im grauen Leinenkittel, der sich immer Filmfreikarten von der Redaktion erbat, nahm mit rasender Geschwindigkeit den Satz aus den Schiffen auf den Tisch, wo noch viele Satzstücke lagen, und setzte sie mit andern Satzstücken in neue Schiffe zusammen. Es war wie ein Wunder, daß nicht »Olympia ohne Fußball« mit »Parlamentsauflösung in Rumänien« durcheinandergeriet und »Zwischenfälle im Halsmannprozeß« mit »Die neue Romantik«. Aber sie gerieten nicht durcheinander, sie wurden zusammengesetzt. Einer legte die mit Satz gefüllten Schiffe auf die Abziehmaschine, Blätter Papier auf die Schiffe, ein Griff an der Abziehmaschine, und dann stand der Artikel da, lange Fahnen, die er an den Haken aufhängte, Innenpolitik hieß ein Haken, Außenpolitik hieß ein Haken, Heye hieß ein Haken, Miermann hieß ein Haken. Auf der andern Seite waren die Haken: Feuilleton, Sport, Lokales.

Neue Manuskripte kamen aus der Redaktion. Wie ein zu

schnell gedrehter Film zerschnitt Miehlke die Manuskripte, petit, ⅛ schrieb er rot darauf, 65, 66, 67, und bei jeder Zahl zerschnitt er die Seite. So kamen die zerschnittenen Seiten in den Setzersaal.

Unter den Tischen lagen die Schiffe voll mit dem Satz von Artikeln, die noch nicht erschienen waren. Miehlke suchte. Es war gleich 5. »Ich habe keene Zeit mehr«, sagte Miehlke, »es ist gleich Umbruch, die Seiten müssen weg.«

Gohlisch suchte selber.

»Gehense da weg«, sagte Miehlke. »Ich kann hier niemand brauchen.«

Gohlisch suchte fieberhaft in der Spiegelschrift seinen Artikel zu erkennen. 5 Uhr las er an der großen Uhr, noch 5 Minuten, sonst war's zu spät. Er hatte ihn. Miehlke brummte.

Der Abzieher zog ihn ab. Gohlisch trug die große Fahne, »Montmartre in Berlin« hieß er, in Renata III die Überschrift.

Gohlisch ging zu Miermann: »Ich finde die Überschrift schlecht in Renata«, sagte er.

»Schnell, schnell, nehmen Sie was anderes und in Cicero.«

Gohlisch überlegte. Fette König, ach nee, er konnte Fette König nicht leiden, alle nahmen jetzt Fette König. »Cicero, sheltanham kursiv, fette Versalia«, schrieb er darüber.

»Na, das ist aber mal was Feines, so 'ne Type haben wir nicht alle Tage.«

»Herr Miehlke, bitte, als Überschrift Type Cicero, sheltanham kursiv, fette Versalia.«

Der Metteur Briese kam dazu und sagte bewundernd: »Das wird gut aussehen.«

Der Artikel stand da, unterbrochen von den Namen und Zeichen der Setzer. Polte, Maschine 30, Schwarz, Maschine 32, Numratzki, Maschine 36, Hoppe, Maschine 25. Das sind die Setzer, dachte Gohlisch. Verdienen 600 bis 700 Mark im Monat, soviel wie ich, ein Metteur verdient 500 Mark, und Miermann, unser Miermann, hat 800. Er ist zu lange hier. Wer lange da ist, wird nicht geschätzt.

Der Artikel kam zurück. Die Überschrift war verändert.

»Sieht gut aus«, sagte Gohlisch.

»Hübsch ist das«, sagte der Feuilletonchef.

Der Druckereichef kam und sah sich die Überschrift an.

»Sehr gut«, sagte er. »Sheltanham wird viel zu wenig benutzt, mehr fette Versalia wäre auch besser.«

»Man wechselt nicht genug mit den Typen hier«, sagte Gohlisch.

Da schwirrten schon die Redakteure zum Umbruch in den Setzersaal.

Schröder stand da und schimpfte, daß zu wenig Platz sei. Neuwahlen, Aussperrung der Metallarbeiter, die deutsche Botschaft und der Cavell Film, der Wyszatickiprozeß, die Wehrdebatte im Ausschuß. Verwaltungsreform. Das höhere Schulwesen. Berliner Statistik. Der wärmste Tag im Februar. Großfeuer in Charlottenburg. Straßenbahn gegen Lastauto. Wohin damit? Wohin damit? Eins so wichtig wie das andere. Neuwahlen können keineswegs wegbleiben, die deutsche Botschaft und der Cavell Film haben alle übrigen Blätter auch. Also 30 Zeilen am »höheren Schulwesen« streichen! »Die sozialen Fragen im Reichstag« auf 60 Zeilen! »Unzufriedenheit bei den gestrigen Boxkämpfen« auf die vierte Seite! Feuilleton zu lang! 25 Zeilen an Wiener Uraufführung streichen! Da ist noch die Vierzehnjährige, die ein Kind bekommen hat!

»Gohlisch, lesen Sie schnell Korrektur, sonst kommen Sie nicht mehr mit.«

Gohlisch las. Ein Mist, dachte er, Erde für Seele gesetzt. Druckfehler, Druckfehler! Nie konnte man sich auf die Korrektoren verlassen.

Blumenfeld, der Sportredakteur, rief rüber: »Für das Rennen ›One thousand Guineas‹ ist gesetzt worden: ›Ohne Thaus und Guineas‹.«

»Gohlisch, schnell streichen, 20 Zeilen.«

»Ich kann nicht mehr streichen, der Artikel ist aufs knappste gefaßt, wie kann ich da streichen?«

»Streichen, streichen«, rief Miehlke. »Sie denken immer, es kommt druff an, es kommt nicht druff an. Sonst streich ich. Ich kann nich auf 'n Rand drucken.«

»Da haben Sie schon recht, Herr Miehlke.«

Gohlisch strich. Ein alter Mann kam mit der Kneifzange und knipste das Überflüssige ab. Die Seite stand. Miermann bestellte einen Abzug. Naß und übelriechend hielt ihn Gohlisch in der Hand. Die Seite sah gut aus, sehr gut sogar. Ein Achtel

Annoncen. Oben »Montmartre in Berlin«. Die Überschrift Cicero sheltanham kursiv, fette Versalia, daneben zweispaltig »Berliner Statistik« als Oberüberschrift. Darunter als zweite Überschrift »Von Geburt, Heirat und Tod«. Und darunter als dritte Überschrift »Ohne Zuwanderung stürbe Berlin aus«.

»Diese drei Überschriften für einen Artikel sind herrlich abgestimmt«, sagte Miermann, »fette Bernhard Cicero für ›Berliner Statistik‹ wahre Sachlichkeit, ›Von Geburt, Heirat, Tod‹ führt durch Schwabacher Tertia direkt ins Kosmische, und fette König Korpus als Abgesang: ›Ohne Zuwanderung stürbe Berlin aus‹. Kein Mensch achtet mehr auf den Inhalt in petit $\frac{1}{8}$«

Gohlisch sah die Seite weiter an. Eine Notiz: »Der wärmste Tag im Februar« und eine Nachricht mit der Überschrift: »Vom eigenen Vater ein Kind geboren«. Wieder fette Bernhard Cicero. »Vielleicht«, sagte er zu Miermann, »wäre Renata noch besser gewesen.«

Am nächsten Tag stand der Artikel »Montmartre in Berlin« in der Berliner Rundschau. Noch am Abend erhielt Gohlisch einen Brief von Georg Käsebier.

»Geehrter Herr, wie soll ich Ihnen je danken, daß Sie mich derart lobend erwähnt haben. Ich schicke Ihnen einen Paßpartu für alle Aufführungen, meine Frau dankt auch. Mit dem Ausdruck der vorzüglichsten Hochachtung und vielem Dank, Ihr Sie nie vergessender Käsebier.«

Fünftes Kapitel

Ein langes Kapitel, an dessen Ende Käsebier auch in der Berliner Tageszeitung beschrieben wird

Das Büro des Verlegers Dr. Waldschmidt war ringsum getäfelt. In der Mitte, das Licht von links, stand der Schreibtisch, darüber hing der Begründer des Hauses, von Anton von Werner gemalt. Gegenüber eine runde Sofagarnitur aus schwarzem geschnitzten Holz. Dr. Waldschmidt sprach ins Telefon, als geklopft wurde.

Der Diener meldete: »Herr Otto Lambeck.«

»Soll reinkommen.«

»Lieber Lambeck, sehr willkommen«, sagte Dr. Waldschmidt, sprang auf und schüttelte Lambeck die Hand. »Aber bitte einen Moment, nehmen Sie Platz, ich spreche gerade.«

Otto Lambeck setzte sich.

»Heute ist Sitzung vom deutschen Industrie- und Handelstag, daran hab ich gar nicht gedacht. Da ist noch um 12 Uhr außerdem die Sitzung der Papierfabrikanten. Vor lauter Sitzungen kommt kein Mensch zum Arbeiten. Übrigens schrieb mir Honig vom Verband der Deutschen Holzpapierfabrikanten sehr sorgenvoll über unsere Zollpolitik. – Sie sagen Zeitungsverlag, das ist ein Kinderspiel, Landwirtschaft, das ist ein Problem. Ich kann nur sagen, wenn ich einen Sohn habe, darf er mir nicht in die Zeitung. Früher hab ich vom ›Kuriosen Blatt‹ allein leben können. Aber bei den jetzigen Verhältnissen, wo einen die Spesen auffressen, eine Regierung ist das, eine Regierung! – Also auf Wiedersehen. – Lieber Herr Lambeck, Sie sehen, Hochbetrieb, was soll man machen, man kommt nicht zu sich selber. Wie ich mich freue, Sie zu sehen. Was macht die Kunst? Sehen gut aus. Frisch, blühend.«

Es klopfte. Die Unterschriftsmappe wurde gebracht. »Legen Sie hin. Geht nach Brot? Ja?« Das Telefon klingelte. »Sie sehen. Bitte, Moment.« Er zuckte die Achseln zu Lambeck hin, sprach ins Telefon: »Geben Sie mir den Herrn Geheimrat Trölein. – Sie sehen, lieber Herr Lambeck, so geht's den ganzen Tag. Hallo, ja, lieber Geheimrat, wir können nicht kommen. Wir sind seit Januar täglich aus, abgesehen von den Tagen, an denen wir selber Besuch hatten. Dreifach, vierfach eingeladen. Am Sonntag, wo die Ausstellung in der Akademie eröffnet wurde, waren wir erst zur Eröffnung. Dann Diner bei der Konsulin Weißmann, abends noch Empfang bei den Letten. Man ist doch schon kein Mensch mehr. Ich komme nach Haus, zieh den Frack an, fahre weg, seit Oktober geht das so, aber auf zwei Sachen an einem Abend kann ich bei so vorgerückter Saison nicht gehen, außerdem wird meine Frau noch nicht zurück sein. – Cannes, ja Cannes, sie schreibt die Engländer sehr steif und kaum Deutsche. Sie hat viel zu viel zum Anziehen mitgenommen. Sie kennen doch unsere Damen. Seit vierzehn Tagen wollte ich sie besuchen, aber man kommt ja nicht weg bei den Zeiten. Da wird jetzt beraten, ob wir in Sachen des Papiereinkaufs gemeinschaftlich vorgehen sollen. Wenn das nicht durchgeht, dann frißt einer den andern auf. Ich garantiere Ihnen, bei diesem Abbau der Annoncen können die Zeitungen einpacken. Zufällig traf ich neulich meinen Freund Klauske, fabriziert türkisch Rotöl, hat da einen kleinen Betrieb am Rhein, murkst mit zehn Mann, das lohnt sich. Oder die Fliegenfängerwerke in Gera werden 10% zahlen. Radio fällt jedem ein, aber Fliegenfänger? Fliegenfänger sind ein Artikel! Man müßte eine Sportzeitung machen oder ein Skandalblatt herausgeben. Aber so schnell stelle einer mal seinen Betrieb um. Na, wir sehen uns ja im Reichswirtschaftsrat. Was sagen Sie übrigens zu Cochius? Da arbeite ich seit dreiviertel Jahren daran, daß er in den R.W.R. kommt, und am Tage, wo ich es durchgesetzt habe, erscheint in der Berliner Rundschau ein Artikel gegen den R.W.R. Man soll sein eigenes Organ nicht in der Hand haben!! Das ist doch kaum zu glauben, also auf Wiedersehen! – Also Herr Lambeck, nun zu Ihnen.«

»Es ist munter bei Ihnen, Herr Waldschmidt«, sagte Lambeck. »Man spürt ...«

Das Telefon klingelte. »Sie sehen. Bitte. Moment. – Geben Sie mir bitte den Herrn Hofrat. – Guten Tag, Herr. Hofrat. Sie fahren nach dem Süden? – Ja, es war ein bißchen viel, und die ständige Börsenflaute, obwohl ich sie für richtig halte. Ungesunde Hochkonjunktur gewesen. Industrie ist miserabel. Die ganze Welt fabriziert selber und hat sich vom alten Europa unabhängig gemacht. Die Industrie ist gewiß kein Glück für die Menschen, aber wir haben sie nun mal. Und Absatz haben wir keinen. – Sie haben recht. Zuviel Menschen, viel zuviel Menschen! Wenn ich von Luxus in Berlin reden höre, wird mir ganz schlecht. Die paar Restaurants am Kurfürstendamm sind kein Maßstab. Wer kommt denn hintern Alexanderplatz? Wir werden's nicht ändern. Die Verhältnisse sind stärker als wir – ja, ja. – Wir sind alle Geschobene. Grüßen Sie Ihre Frau. – Auch in Cannes – ja, zu teuer und zu englisch. – Gar kein Vergnügen schreibt Ihre Frau? – Meine auch. Eigentlich wollte ich 14 Tage hinfahren. Aber es ist kein Schlafwagen zu haben. – Tageszug bis Basel? – Ach nein. Ich habe nicht gern einen ganzen Tag zum Nachdenken. Ich werde schon noch einen Schlafwagen bekommen. Gute Erholung! – Im Sommer nach

Karlsbad – ich muß! – Ja, ja – ein Unfug diese Fressereien! Grüßen Sie Ihre Frau.« Er hängte an. »So ist das nun immer, Herr Lambeck, derart verbringe ich meine kurzen Tage, ein großer Betrieb, Reichswirtschaftsrat, beim Berliner Magistrat stinkt's, aber meine Herren Redakteure kriegen nichts raus. Dazu gesellschaftliche Verpflichtungen, Geschwätz und Politik. Na, nun zu Ihnen, Herr Lambeck. Premiere wird klappen? Berlin ist besser als Wien. Sie wollten doch erst Wien? Wien ist tot und mit Tradition kann man heutzutage keinen Hund mehr vom Ofen locken. Berlin ist besser und *diese* Schauspieler! Ich bitte Sie, die Bergner und die Dorsch, Goethe und Schiller, man weiß nicht, welche größer ist. Ich gebe ja für alle beide die Sorma, aber man ist eben aus der alten Generation. Und nun zu Ihnen, Herr Lambeck.«

»Diese Stadt«, begann Lambeck langsam, »ist ohne Zweifel hinreißend.« Dann schwieg er wieder. »Sie haben so einen guten Menschen in der Redaktion. Ich traf ihn gestern.«

Dr. Waldschmidt war ein bißchen erstaunt: »Wen denn?«

»Den Doktor Lohse, so ein guter und wohlwollender Mensch.«

»Wissen Sie, wie wär's, Sie würden über diese hinreißende Stadt schreiben? Auch Goethe hat es nicht verschmäht, sich gelegentlich an aktuellen Gegenständen zu versuchen.«

Lambeck überlegte. Es reizte ihn. Es würde ihm Vergnügen machen, das Erfahrene einmal nicht aufzuspeichern, sondern in gepflegter Prosa sogleich an den Mann zu bringen.

»Wir würden uns gestatten, Ihnen natürlich ein außergewöhnliches Honorar zu bieten.«

Lambeck dachte nach.

»Ich müßte noch mit Mulert sprechen«, sagte Dr. Waldschmidt, »aber der ist sicher begeistert einverstanden.« Und dann schwiegen beide.

Lambeck sagte: »Gestatten Sie, daß ich mir diesen Vorschlag noch einmal gründlich überlege, ich weiß gar nicht, ob die kleine Prosaform mir liegen wird.« Und dann schwieg er wieder.

Das Telefon klingelte. Ein junges Mädchen brachte eine Unterschriftsmappe. Lambeck verabschiedete sich. Ein Stumpfbock ist Lambeck im Grunde genommen, dachte Dr. Waldschmidt.

Otto Lambeck ging fort. Er war sehr groß, sehr schmal und grauhaarig. Er sprach wenig und am liebsten mit Handwerkern und Kindern. Die neue Aufgabe lockte ihn. Aber wo beginnen? Er ging langsam an dem schönen Vorfrühlingstage durch die belebte Stadt.

Die untere Friedrichstraße ist eine merkwürdige Gegend. Film, Film, schlechte Läden, billige Seidenwäsche mit noch billigeren Spitzen dran, die Kombination 7,50 Mark, Blusen und grelle Seidenkleider. Drüben, Ecke Schützen, der gute Schneider. Vielleicht wäre es doch richtig, dort arbeiten zu lassen. Man trägt blau, schöne Schaufenster machen sie. An der Leipziger Straße stehen Zeitungshändler, werden Primeln verkauft, sagt ein kleines Mädchen: »Sieh mal, Mutti, die Kleider werden länger.« Es ist 1 Uhr. Die Frauen haben schöne schlanke Beine. Schön ist die Berlinerin geworden, tüchtig und rasch. Sie sprechen von Schuhen, von Hüten, von Mänteln. »Blau oder beige«, sagt eine neben ihm. Sie haben helle, leichte Frühlingssorgen. An der Leipziger Straßenecke kreuzt das Bürgertum die Gegend der Unsicherheit. An der Ecke die beiden Cafés, Treffpunkt der dunkelsten Welt, Treffpunkt lieber Bürgerinnen. Hier wird die Gelegenheit ausbaldowert. Hier wird die Sore verscheuert. Hier sitzt der Neuangekommene und trinkt einen billigen Kaffee. Hier ruhen die Damen von ihren Einkäufen aus. Lambeck liebte den Gendarmenmarkt. Er ging durch die Mohrenstraße, er bog in die Konfektion ab, gelangte in die Branchen, in die Wolle und Seide, gewebte und genähte. »Lieber Gott, bei den Zeiten.« Höfe voll Schreibmaschinen, Tinte und Büchern, die »Mit Gott« anfangen und mit einem Defizit schließen, und über das Geld in die Historie. Rechts Katholische Kirche und alter Kastanienbaum, erkennbar auch ohne Blütenkerzen, sonst ist ja, abgesehen von den Linden im Juni, die am Geruch zu erkennen sind, Baum Baum in Berlin. Historie. Generäle, deren Namen ein Friedensengel trägt. Liegt das an dem großen Künstler? Dem Sieg? Der Epoche? Das Zeughaus. Masken sterbender Krieger. Schlüter. Welch deutsches Schicksal! Sein Reiterdenkmal, das großartigste der Zeit, unbekannt in der übrigen Welt, er schlecht behandelt, in der Verbannung arm gestorben. Die Witwe ohne Pension und mittellos, zurückgewiesen, als sie den

König darum bat. Zu gleicher Zeit, einer Zeit, die den Künstler hoch ehrte, wurde ein Bernini geadelt, überhäuft mit Ehren und Geld, ein großer Herr, ein reicher Mann, der Millionen hinterließ. Mansard wurde von Ludwig XIV. zum Grafen gemacht. »Von des großen Friedrich Throne ging sie ruhmlos, ungeehrt.« Von wem ist das nur? »Kommen Sie, Cohn!« sagte Fontane, weil kein Köckeritz und Itzenplitz sich eingefunden hatte. Künstler in Deutschland! Welch ein Thema! Da, Otto Gebühr von Rauch, Helmholtz, Treitschke, Mommsen und die beiden Humboldts = Deutschland. »Victi«, sagen die Nationalen. »Ewiger Bestand, kerngesundes Land«, reimte Heinrich Heine. Universität und Bibliothek. Diskussionsselige Jugend, im keimenden Garten, anfangend mit dem Suchen nach Zusammenhängen zwischen Goethes Farbenlehre und ägyptischer Architektur und Marxismus und endend mit einer Arbeit über das E im Gotischen. Eine hatte einen weißblonden Scheitel, Ohrenschnecken, einen weißen Russenkittel, sie bestieg ihr Rad, neben ihr junge Leute in Schilfblusen. Zwei Herren gingen vor ihm. Sagte der eine: »Am ersten wird der Lunapark aufgemacht.« Ich werde über den Lunapark schreiben, dachte Otto Lambeck und ging langsam über den Damm zu Ewests Weinstube in der Behrenstraße. Er setzte sich in ein dunkelgetäfeltes Zimmer von schöner Form. Mit rotem Samt sind die Wände bespannt, auf dem große Gemälde hängen. Links der alte Kaiser, rechts Kaiser Friedrich. Otto Lambeck dachte, hier hat der alte Holstein gegessen; es ist ein Museum, in dem die Atmosphäre einer Zeit aufbewahrt wird. Es war eine andere Welt. Wir waren gläubig und stolz und Untertane, die die Uniform anbeteten. Wir hielten etwas von Autorität. Dreikaiserbegegnung bei Sosnowice. Es ist ganz gut, daß ich den Auftrag annahm, man kann nur abschreiben. Ich verzweifle an der Deutung. Aber wo beginnen?

*

Meise hatte seine Spesenrechnung für die Recherchierung eines Mordes aufgestellt: Ein Mord recherchiert = 9 Mark. Auto hin zur Leiche = 3 Mark. Autorückfahrt von der Leiche = 3 Mark. Schnäpse, weil beim Anblick der Leiche so schlecht wurde = 3 Mark.

Der Chef bekam die Rechnung. Er schob die Brille herunter, sah drüber weg: »Das kann ich nicht unterschreiben«, sagte er.

Gohlisch kam herein. Der junge Groß, ein neuer Reporter, sagte, daß sich da eine entsetzliche Liebestragödie abgespielt habe. Die Leiche im See, nach der man doch nun tagelang gesucht habe, sei von ihrem eifersüchtigen Gatten ins Wasser geworfen worden.

»Na ja«, sagte Gohlisch, »der Beischlaf gehört zu den überschätztesten Angelegenheiten, trotzdem man ihm immer noch eine große Zukunft voraussagen kann.«

»Ich werd mit der Rechnung zur Kasse gehen«, sagte Meise.

»Bin neugierig, ob man dir das zahlt«, sagte Gohlisch und ging hinüber zu Miermann, wo Fräulein Dr. Kohler saß. Miermann war im Begriff, den Mantel anzuziehen.

»Ich muß weg«, sagte er.

Gohlisch dachte väterlich an Miermann, lieber Gott, dachte er, er wird sich doch nicht in Abenteuer stürzen, was soll das werden? Dem ist er nicht gewachsen. Früher hat er immer hier gesessen, jetzt streunt er ewig rum. Ich möchte ein Epos über Miermann schreiben, ich möchte sein Biograph werden, der Biograph eines Humanisten und Spießers, der tut, als ob ihm nichts Menschliches fremd sei. Was soll aus dem klugen Mann werden, der um 1900 geblüht hat? Die Mädchen werden über ihn lachen. Mädchen finden Gefühle albern.

»Ich habe Sorgen mit euch, meine lieben Kinder«, sagte er zu Fräulein Dr. Kohler, »der Miermann stürzt sich in Sachen, die ihm nicht bekommen können, und Sie hängen sich da an den blödsinnigen Meyer, diesen schiefmäuligen, triefäugigen Zwitter.«

»Ich hänge mich gar nicht. Außerdem schütten Sie in Ihrem Urteil die Flinte mit dem Bade aus. Er liebt mich auch.«

»Vielleicht. Schreibt er Ihnen denn?«

»Nein. Aber er schreibt überhaupt nie.«

»Also dann würde ich das Kind ins Korn werfen. Miermann macht mir größere Sorgen.«

»Aber warum denn, ist doch schön, daß er auf ein Telefongespräch wartet und einen hellen, lichten Frühlingstraum hat.«

»Na, ich weiß nicht.« – »Ach, lassen Sie man.«

*

Miermann saß in dem Zimmer, das er mit so viel Mühe erlangt hatte. Ein Schreibtisch mit Schnitzerei und gedrehten Säulen. Vor den Türen hingen rote Wollgardinen, an den Fenstern rotes Tuch mit Samtapplikationen, ein Bett in der Ecke, eine Chaiselongue mit einer türkisch gemusterten Samtdecke. Ein geschnitztes Büfett in deutscher Renaissance und ein kleiner Bücherschrank, schwarz Eiche, mit grünem Glas und rosa Seerosen. Miermann saß auf der Chaiselongue und wartete. In kaum acht Tagen hatte er das Zimmer bekommen. Er hob die Decke der Chaiselongue, es waren alte Kisten mit einer Matratze drüber. Die Wirtin lächelte. »Ja, natürlich, Herr Doktor«, sagte sie, »es wohnt sonst niemand hier.« Und jetzt wollte er gehen, um Käte zu treffen. Heute abend würde er mit ihr ins Theater gehen, hinterher essen und dann! Wenn sie könnte, hieß es. Sie lag in Scheidung. Man mußte sehen. Jetzt ging die ganze Geschichte schon drei Wochen. Und noch kein Kuß. Miermann ging langsam in die Redaktion zurück. Käte stammte aus dem Jahre 1919. Sie war die Garçonne. Sie hatte jung einen Pedanten geheiratet. Sie war großzügig, zur Verschwendung geneigt. Er war ein Beamter, triezte sie mehr als nötig war. Sie war das Gegenteil einer Preußin. Ordnung, Sparsamkeit, Beherrschung, Unterordnung schien ihr des Übels Anfang. Sie kokettierte aus Protest, sie gab Geld aus aus Protest. Sie überwertete alles, was sie nicht haben konnte, gute Kleider, Vergnügungen und Bildung. Im Erotischen war ihre Ehe ohne Beglückung. So suchte sie, als Miermann sie traf, geistige Bildung, berufliches Vorwärtskommen, Ehrgeizbefriedigung, Bestätigung ihrer Weiblichkeit und gesellschaftliche Geltung. Sie suchte.

Sie war Gymnastiklehrerin, von großer biegsamer Gestalt, hatte rote Haare, den Schweinchenteint der Rothaarigen, dabei ein überaus geistiges Gesicht mit großer Nase.

Miermann kannte den Typ der völlig selbständigen Frau noch nicht. Sie schwamm sehr rasch, kannte bald alle Welt, besuchte Vorträge, arbeitete höchst angestrengt, war ungeheuer intelligent, witzig und geistreich, nur völlig amusisch. Sie fand alles falsch in dieser Welt. Die Ehe, die Familie, das Staatswesen, die Wirtschaftsform. Sie sah die Schattenseiten, sie war gegen das Zufriedensein. Sie war gegen das meiste.

»Glück?« Glück war etwas, was die Menschen sich einredeten. Sie war ein Ferment. Sie war eine Revolutionärin des Salons. Sie war für Kommunismus, aber sie hätte sich in einer Schilfleinenjacke höchst unglücklich gefühlt.

Es war selbstverständlich, daß Miermann dieser bewegte neue Geist entzückte, daß er sich verstanden fühlte, und daß zu dem Entzücken über die Gefährtin die Epidermisliebe hinzutrat. Er ersehnte die Vereinigung mit ihr, wie er nie eine Vereinigung ersehnt hatte.

Am Abend war aber die schöne Käte Herzfeld mit einem andern im Theater. Es war ein dummes Stück. Die Sache mit ihren Gymnastikstunden ging nicht weiter. Sie war verstimmt. Den Herrn im Smoking, mit dem sie ging, kannte sie lange. Er liebte einst ihre sechs Jahre ältere Schwester, war ein feiner Herr schon damals. Die Zwölfjährige durfte manchmal »Guten Tag« sagen oder eine Bestellung machen. Einmal hatte er ihr an ihrer Matrosenbluse die Schleife an der Brust gebunden, nicht ohne fühlen zu lassen, daß er sie fühlte.

Er war angenehm, führte sie aus, hatte gute Formen und Geld, das ihm zufloß, um das er nicht kämpfte. Er schickte ihr Blumen, ein Osterei, ein Weihnachtsgeschenk mit Versen, kannte die Welt bis Afrika, Asien und Amerika, das Excelsior-Hotel am Lido und das Savoy in London und das Grillon in Paris. Er wohnte dort nicht mehr. Er zog das klassizistische weiße Hotel, das Hotel des Bains, der maurisch romantisch kitschigen imitierten Sarazenenburg des Excelsior weit vor. Er wohnte in Paris in einem kleinen Hotel am linken Ufer, in dem der französische Adel abzusteigen liebte, und in Berlin in einem Mietshaus in der Matthäikirchstraße bei seiner Mama. Fragte man ihn, warum er nicht ein Haus beziehe, ein wirklich in seinem Geschmack eingerichtetes Haus, so sagte er, was er brauche, nämlich ein wirklich anständiger Kasten aus dem 18. Jahrhundert, vielleicht einer, der bis 1830 gebaut sei, sei in Berlin nicht mehr zu finden, und alles andere sei doch Dreck.

Etwa alle halbe Jahr rief Fritz Oppenheimer Frau Käte Herzfeld an. Er ging dann mit ihr aus, mit all der Verschwendung, die eine Frau freut. Sie war verstimmt. Er merkte das nicht. »Was kann ich für Sie tun?« fragte er.

»Wollen wir wo essen?«

»Im Bristol oder lieber in der Lutherstraße?«

»Gut, in der Lutherstraße.«

In der Lutherstraße kannte ihn der Oberkellner. Der Oberkellner war ein feiner Herr mit weißen Koteletten. Geradeswegs, wie er war, aus einer anderen Zeit übernommen, und daß er keine Eskarpins trug, war ein Stilfehler. Der Oberkellner kannte Herrn Oppenheimer. Er nannte ihn Herr Staatsanwalt, trotzdem das 15 Jahre her war und Oppenheimer längst nur noch bei einer Bank beteiligt war. Oppenheimer bestellte immer das Richtige. Er wußte immer, was man wo essen muß und noch mehr, was man wo trinken muß. »Liebes Kind«, sagte er, »wollen wir eine Flasche Haut-Sauternes bestellen.« Er fand sie reizend. Sie merkte, daß er sie reizend fand.

»Bist schon zückender Käfer, gutes Kleid hast du an, Klasse. Werderscher? – Nein? – Ach, kauft man jetzt am Kurfürstendamm? Komisch – du willst hier arbeiten? – Was denn – jeden Tag?«

»Ja, denken Sie mal.«

»Mit so ’nem hübschen Rotkopf? Komisch. Und so gut durchwachsen und knusperig, komisch! Bitte bleib so sitzen, nein so, halbes Profil, ausgezeichnet! Dich hätte ich bestimmt geheiratet, wenn ich überhaupt daran hätte denken können.«

»Warum reden Sie eigentlich mit jeder vom Heiraten?«

»Mir ist im Augenblick so.«

»Wo wollen wir noch hingehen?«

»Königin?«

»Ja, gut.«

Im Auto nahm er ihre Hand. Streichelte sie sehr zärtlich. »Tut dir das wohl? Ja? Das auch? Ja? Regt dich auf? Ja?«

Käte dachte, könnt’ mich totlachen über Oppenheimer.

Das Auto hielt vor der Königin. Käte schob ihre Sachen zurück. Es begann ein neues Leben. Endlich dem Käfig, der 10 Jahre gedauert hatte, entronnen. In der Königin trafen sie die Malerin Zimbella Kastro, eine Dame aus Paris, d.h. eine Elsässerin, was fast schon eine Deutsche ist.

»Wie geht es Ihnen?« fragte Käte.

»Ach«, sagte die Kastro, »ich sollte eine Ausstellung machen und hatte schon meine Kollektion beisammen. Aber es war niemand da, der mir meine Bilder rahmte, da schrieb ich nach

Finnland an meinen Freund. Und er kam auch, aber er ist so enttäuscht von mir.«

»Wie lange haben Sie ihn nicht mehr gesehen?«

»20 Jahre.«

»Und da kam er von Finnland, um Ihnen die Bilder zu rahmen?«

»Warum nicht. Es ist wohl ein weiter Weg?«

»Ich glaube schon. Bleiben Sie jetzt hier?«

»Nein, ich gehe mit meinem Kinde in ein paar Tagen nach Dalmatien, um zu malen.«

»Kind haben Sie auch?«

»Ja, das wundert Sie. Mich auch. Aber ich hab eins geboren. Allerdings, als ich es im Säuglingsheim abholen wollte, packte ich mit untrüglichem Mutterinstinkt das falsche.«

»Wir telefonieren einmal.«

Sie trafen weiter die Konsulin Margot Weißmann, die vorbeitanzte: »Guten Tag, Margot, wie nett, daß wir uns treffen. Ich wollte Sie längst anrufen, ich hatte ein ganz schlechtes Gewissen.«

»Ja, ich auch, meine Liebe. Sind Sie ihn los?«

»Noch nicht ganz.«

»In acht nehmen.«

»Geht ganz glatt.«

»Wir telefonieren einmal.«

»Ja, bestimmt. Rufen Sie doch einmal an!«

»Das ist ein furchtbarer Snob«, sagte Käte, aber Oppenheirner verstand das nicht: »Das ist doch 'ne nette Frau. Sie hat übrigens herrliches Frankenthal. Wir haben neulich sehr um ein Kakemono gekämpft.«

Auf dem Parkett tanzten viele, die es besser nicht getan hätten. Aber zwei Mädchen waren da, weiß und gold, so schön, daß um ihretwillen allein es sich lohnte, in diesem Raum zu sitzen, der warm und behaglich war und freundlich trennend mit Nischen und Logen. Es waren viele unwirkliche Damen und Herren da, die sich die Hand gaben und sagten, »Guten Abend, wie geht es Ihnen?«... und »Wir telefonieren einmal« ... oder »Wie nett, daß wir uns treffen, ich wollte Sie längst anrufen, ich habe ein ganz schlechtes Gewissen.« Der Tag war schon tief in die Nacht versunken. Am Kurfürstendamm blinkten Plakate und Lokale für Ehemänner aus der Provinz. Blondes Fleisch hinter einer Bar. Ein süßes Gesicht und junge Männer, die den Rausch suchten und den Kater fanden. Ein Herr aus der Provinz bewegte sich voll Leidenschaft mit einem Girl. Käte hätte gern der Gattin gesagt, sie solle dies ja nicht überschätzen, auch wenn es ein Ehescheidungsgrund ist, derartige Gründe liefen hier massenweise herum und hätten keinerlei Sündenglanz.

Sie gingen weg, holten Mäntel in der Garderobe, stiegen in ein Auto und kamen in ein kleinbürgerliches Haus. Irgendwo Steinmetzstraße, oder vielleicht auch Zossener. Eine frech lächelnde Person machte auf. Im Korridor standen viele Schränke. Es roch feucht und scharf, wie in Wartezimmern, wie auf dem Wohnungsamt. Nie hätte Oppenheimer, nie Käte in so einer Wohnung Besuch gemacht. Oppenheimer war es nicht weiter unangenehm: »Ganz nett kleinbürgerlich, nicht wahr?«

Die Person machte noch einmal die Tür auf und sagte: »Wollen die Herrschaften was zu trinken?«

»Danke, nein.«

Es war eine unbehagliche Stimmung. Aber Käte pflegte zu sagen: »Die letzten Dinge zwischen Mann und Frau sind überhaupt von seiten der Frau nur eine Sache der Repräsentation, eine Unternehmung, der man sich mit Anmut und Würde entledigt.«

Er war ärgerlich über sich selber. Aber er hatte schon sehr viele Frauen erkannt, vom sechzehnten Lebensjahr an, und er hatte immer viel Geld in der Tasche und war nicht geizig gewesen, es auszugeben. Er fuhr Käte in ihre zwei möblierten Zimmer.

Käte war an diesem Abend nicht mit Miermann zusammen gewesen. Am nächsten Tag um 12 Uhr telefonierte Miermann sie an. »Wie geht es Ihnen?«

»Danke, sehr gut«, sagte Käte.

»Wirklich?«

»Ja doch. Fünf neue Schülerinnen, ein amüsanter Abend.«

»Wo waren Sie gestern abend? Ich habe vergeblich angerufen?«

»Im Theater: Die Ehefrau.«

»Wie fanden Sie's denn?«

»Das Stück letzter Mist. Wichtigkeit, ob nun wirklich der Mann eine Freundin hat oder nicht.«

»Aber es wird doch gut gespielt?«

»Zum Teil. Die Mosheim ist zu weinerlich und hat gräßliche Kleider an.«

»Darauf hab ich nicht geachtet. Ich fand sie sehr hübsch.«

»Ach nee, so beweint.«

»Kann ich nicht finden, sie ist wirklich seelenvoll.«

»Na ja, 'n bißchen viel Seele! Kann unsereiner nicht vertragen.«

»Vielleicht haben Sie recht, im ganzen aber doch ein reizender Abend.«

»Für mich nicht. Wie geht's Ihnen denn?«

»Ich habe Ärger.«

»Das tut mir schrecklich leid, mein Süßer, beruflich?«

»Nicht am Telefon.«

»Kann doch kein Mensch wissen, wovon wir sprechen. Vor lauter Vorsicht leider verfolgungswahnsinnig.«

»Wann sehe ich Sie?«

»Ich gehe heute abend auf den Akademieball.«

»Abends kann ich gar nicht. Könnten wir es nicht einschieben, zwischen 3 und 4 geht's am besten?«

»Gut, wo?«

»Nicht im Zeitungsviertel.«

»Sagen wir Hilbrich.«

»Nein, zuviel Damen!«

»Leon?«

»Noch zu nahe bei der Tageszeitung. Dönhoffplatz geht überhaupt nicht.«

»Hausvogteiplatz.«

»Ist mir auch unangenehm. Es gibt eine kleine Konditorei in der Mauerstraße, gleich bei der Leipziger.«

»Gut, das geht. Also um 3 Uhr.«

Käte wollte für ihre Gymnastikschule eine gutgelegene Wohnung in der Kurfürstendammgegend. Abstand war zu zahlen, dazu kam Renovation und Einrichtung, oder sie mußte möbliert mieten. Sie kam den ganzen Tag nicht zur Ruhe. Mittags zur Mauerstraße zu fahren, um sich zu treffen, war kein großes Opfer. Miermann war sehr ehrenvoll, aber langweilig.

Wie lange sollte sie noch warten? Sie unterhielten sich sehr gut, aber sonst kam er über ein Streicheln nicht hinaus.

Am Nachmittag telefonierte Käte mit Margot wegen des Balls. Margot sagte: »Ich glaube, man geht schon wieder auf anständig. Nicht so sehr nackt. Was macht der Hauptanschluß?«

»Nichts.«

»Will er nicht?«

»Doch.«

»Aber?«

»Ich weiß nicht, ob er so ungeschickt ist. Neulich hat er gesagt, er möchte mich auf ein Piedestal stellen.«

»Wenn ich schon Piedestal höre!«

»Ja, mir wurde auch schlecht.«

»Und die Nebengeräusche?«

»Danke, ganz munterer Betrieb. Gestern war ich mit O. aus.«

»O.?«

»Matthäikirchstraße.«

»Ach der.«

»Ja, er hat immer noch ein Verhältnis mit einem Gelbstern, wahrscheinlich heute treu, aber lästig. Er hat sie vor fünfundzwanzig Jahren einem Gardeoffizier entführt. Ganz unwahrscheinlich, alles noch von 1913.«

»Wir treffen uns also heute abend. Genießen Sie erst mal ein bißchen Freiheit, aber dann heiraten. Heiraten ist am besten, glauben Sie mir. Was wollen Sie sich mit der dummen Gymnastik quälen?«

»Ich will nicht heiraten. Selbst mit dem geliebtesten Mann könnte ich das nicht aushalten! Also was ist mit Kostüm, ich nehme lange Hose und eine Art Weste dazu!«

»Für Sie richtig. Sie gehen auf Figur, aber ich muß mehr auf Haut sehen, ich muß mir was Dekolletiertes suchen.«

»Also heute abend 10 Uhr in der Akademie.«

»10 Uhr ist ein bißchen früh.«

»Später ist schon alles vergeben. Oder wollen Sie nichts Neues?«

»Doch, aber nur vorgestellt.«

»Ich bin mehr für Abenteuer. Also um 10 Uhr Sie bei mir.«

Sie kamen hin, eine Viertelstunde warteten sie in der Garderobe. Es war zugig und kalt. Drinnen war schon großes Getümmel.

»Ach, du bist da«, sagte ein Tänzer aus Kätes Vergangenheit. »Wie geht es?«

»Vertikal ausgezeichnet, daher horizontal gestrichen Brief.«

»Ich reorganisiere das Wiener Ballett.«

»Ich gratuliere.«

»Ich bleibe jetzt aber lange hier?« sagte er bedeutungsvoll.

»Nein, mein Lieber, seit sieben Jahren Schluß.«

»Sieh mal da drüben, die Kleine in Blau, die lebt jetzt mit dem Krause.«

»Ist sie geschieden?«

»Ach, Unsinn. Ihr Mann lebt mit der Korb vom Linke-Theater.«

»Weiß man das?«

»Natürlich, alle Welt! Es ist ganz offiziell. Sie wohnen zusammen.«

»Was, alle vier?«

»Ja.«

Ein Herr kam an den Tisch: »Charmant, charmant, darf ich« – er zeigte auf ihren entblößten Rücken – »einen Kuß geben?« Sie stand auf, verschwand über die Treppe im Gewühl der Masken. Der Bankier Winkler kam vorüber, küßte ihr die Hand zwischen den Fingern. »Du hast immer noch dein süßes Kindergesicht, du mußt doch ein großes Biest sein.«

»Leider, nein«, sagte sie. »Mein größter Fehler.«

»Tanzen?«

»Ja.«

Seine Hände tasteten ihren Körper ab und waren zufrieden. »Hör mal, wozu bleiben wir hier, nehmen wir ein Auto, fahren in die Winternacht.«

»Nein, ich bleibe hier.«

»Du bist dumm«, sagte er und stampfte mit dem Fuß auf, »du weißt, ich kann Frauen, die sich zieren, nicht leiden.« Er war sehr ärgerlich. Sie durfte ihn nicht verlieren, weder seinen Rat noch seinen Kredit. Sie konnte ihn nicht verlieren, denn sie hatte ihn sehr gern, er war ihr guter Freund. Sie lächelte.

»Daß du noch immer in diesen möblierten Zimmern existieren kannst«, sagte sie, »ist bei deinem Einkommen unbegreiflich. Ich hoffe jetzt bald eine hübsche Wohnung zu haben. Du kommst dann mal.«

»Ja«, sagte er bereits abwesend.

»Merkwürdig«, sagte sie ein paar Stunden später, »daß ich immer nur Beziehungen zu Männern habe, die ich nicht liebe.«

»Wie«, rief er mit gespieltem Entsetzen, »du liebst mich nicht?«

»Ausgesprochenermaßen nein.«

»Das ist ja toll. Ich liebe dich glühend heiß, innig, ewig«, rief er lachend. Das sollte Ironie sein, wäre es auch noch vor wenigen Minuten gewesen. Als er aber jetzt erfuhr, daß sie dies alles nicht überwertete, daß es verantwortungslos für ihn war, begann er sie zu lieben und ernst zu nehmen. Und er umarmte sie. Überstürzt von Liebkosungen überlegte sie, ob nicht diese Liebe zweiten Ranges der erstrangigen bei weitem vorzuziehen sei. Als er aber, vor dem Spiegel stehend, sich wendete und stolz fragte, ob sein Thorax nicht gut gebaut sei, dachte sie seufzend, daß Thorax und gut gebaut zu viel sei, und sie drang auf Heimkehr.

*

Otto Lambeck hatte schon wieder die Idee eines großen Dramas. Wie, dachte er, immer nur die kleinen Sorgen, immer nur Fürsorgeerziehung und § 218, und als letzter Schrei Historie oder Bett und nochmals Bett? Ich will einen Helden auf die Bühne bringen, einen Kerl, daß die Männer staunen und die jungen Mädchen selig sein sollen.

Er ging an einem lichten Märzabend über den Kurfürstendamm. Der Asphalt spiegelte. Die Frühlingsbäume hatten einen hellen Schleier im Licht der Bogenlampen, aus dem Tiergarten drang die Sehnsucht der vielen Paare auf den Bänken. Vor dem Café saßen Damen in hellen neuen Kostümen, die kleinen Hüte um die kleinen Köpfe, sie saßen da und tranken aus den Röhrchen Eiskaffee und Eisschokolade. Sie waren herrlich manikürt und massiert und gesalbt und gerötet und geweißt. Lambeck roch diese Luft aus Freiheit, Frechheit und Benzin. Einbeinige saßen an der Steinterrasse des großen Hotels. Pavillon, Bar, Diele und Dachgarten, wo Lene

Nimptsch wohnte und Dörrs Gärtnerei war. Irrungen, Wirrungen. Wanderschrift, Kirche und winkender Schutzmann. Autos, Autos, Weltanschauungscafés und stille Konditorei für Liebe. Kapitol in rosa, lila und rot. Kino, Café, Restaurant, d.h. Paläste, Marmor, Gloria und Königin, Sekt, elegante Kleider, Charleston und Jazz, Fraßgeschäfte mit bunten Salaten und Artischocken, Flipp und Cobler, rotes, grünes, gelbes Licht, Schlange und Krokodil, Feh und Zobel, Seide und Spitzen, lackierte Kojen, wo Schönheit fabriziert wird mit Dampf, gefetteter Hand und knisterndem elektrischen Strom für die Pelztiere, die rosa Beine, cotyfarbene Münder, suchende Portemonnaies und suchende Augen für die Herren haben, jetzt unter den Bäumen, den ausgedörrten vor winterslanger Sehnsucht nach dem Märze. Amerikanisches Restaurant, hell, freundlich, Abbild eines optimistischen Kontinents, hier etwas trinken, Strohröhrchen, Milch und Kaffee zum Beispiel, hier Frappee genannt. Und diese Artikelserie? Wo den Stoff hernehmen?

»Guten Abend«, sagte ein junger Mann, den er nicht kannte. »Sie scheinen mich nicht zu kennen. Ich hatte die Ehre, Ihnen neulich in der Redaktion vorgestellt zu werden. Frächter, mein Name.« Lambeck ärgerte sich, konnte ihm niemand anders an diesem süßen Frühlingsabend begegnen wie dieser elegante Salonbolschewist? Aber Lambeck war ein Mensch, der leicht geneigt war, Menschen und ihre Leistung zu überschätzen, sagte doch nicht: Reporter zehnten Ranges. Wohlwollend dachte er, vielleicht bin ich übrigens ungerecht mit meiner Antipathie.

Der junge Mann begleitete Otto Lambeck. Aber was alle andern als Frechheit empfunden hätten, daß nämlich dieser Fremde den großen Dichter ansprach und ihn begleitete, empfand Lambeck nach ein paar Minuten kaum noch als aufdringlich, ja, der bescheidene Mann sagte: »Wollen Sie mit mir eine Tasse Kaffee trinken, Herr Frächter?«

Frächter und Lambeck setzten sich auf die Abendseite des Kurfürstendamms. »Man erzählt sich in der Redaktion, daß Sie eine Reihe von Artikeln über Berlin schreiben wollen, und daß diese außerordentliche Betrachtung des Lunaparks der Anfang war?«

»Ja, Dr. Waldschmidt hat mich gebeten, und ich wollte es ihm nicht abschlagen.«

Und tausend Mark für einen Artikel sind gar nichts, dachte Frächter: »Es ist gar nicht so leicht, über Berlin zu schreiben, und die besten Leute haben sich schon die Zähne daran ausgebissen. Vielleicht nur im Film möglich.«

»Der Film ist mir noch immer ein Instrument, dessen ich mich nicht zu bedienen vermag. Schon auf der Bühne ist es nicht ganz einfach zu sehen, wie sehr die einzelnen Menschen die Farbe eines eigenwilligen Schauspielers bekommen. Aber die Photographie, ohne die Menschenstimme, des Menschen Wirklichkeit, – ich finde, der Film kann sehr viel, und die Propaganda des einfachen leidenden Menschen durch Chaplin ist gar nicht hoch genug zu schätzen. Ich aber fürchte mich noch.«

»Sie sollten sich nicht fürchten. Was alles vermag der Film auszudrücken, das nie das gesprochene oder geschriebene Wort vermag. Es gibt ein ausgezeichnetes Buch übrigens, neu erschienen.«

Die Dämmerung war vorüber. Die Lichter hatten nun endgültig ihre Berechtigung. »Wie gesagt, ich schreibe über Berlin zur Zeit, nie hätte ich geglaubt, daß es so viel Mühe machen würde, allein den Stoff zu finden.«

»Haben Sie neulich den Aufsatz eines jungen Journalisten, Gohlisch glaube ich, gelesen, über einen Volkssänger?« sagte Frächter.

»Nein, wo stand er denn?«

»In der Berliner Rundschau. Wohl vor acht Tagen, sehr begabt geschrieben.«

»Es wäre sehr freundlich, wenn Sie ihn mir besorgen würden.«

Frächter war selig. Dies war der Weg zu neuem Aufstieg. Er hatte Kontakt mit Otto Lambeck, mehr noch, er hatte mit ihm Kaffee getrunken, mehr noch, er hatte ihm einen Tipp gegeben, er würde ihn interviewen, er würde »Spaziergänge mit Otto Lambeck« herausgeben, er würde im Radio über ihn sprechen, zweihundert Mark sicher. Er war wieder oben. Er war begeistert über sich selber.

Otto Lambeck stand auf: »Es war mir ein besonderes Vergnügen«, sagte der Wohlerzogene. Frächter verneigte sich: »Ich werde mir also gestatten, Ihnen den Artikel zu senden.«

Er sandte ihn. Am nächsten Abend ging Lambeck mit Fräulein Dr. Kohler, die er längere Zeit kannte, zu dem Volkssänger. Lambeck liebte öffentliche Gefährte. Fräulein Dr. Kohler sagte: »Autos sind Sänften, muß immer an Heine denken: ›Blickt verächtlich auf den großen Haufen derer, die zu Fuße laufen.‹ Nur ein Weg, den man unter die Füße nimmt, bedeutet uns etwas. Das Berliner Volk ist reizend. Man muß im Aboag[2] sitzen oder in der Untergrundbahn, um es wirklich kennenzulernen.«

»Ja«, sagte Lambeck.

Die Kohler dachte, ehrenvoll, aber nicht leicht mit Lambeck. In der Hasenheide stiegen sie aus, ein leichter Schleier hing um die Büsche. Im ersten Lokal war großer Raubtiertag. Mit einer Tasse Kaffee, auch schon mit einer Brause, bekam man einen Bären aller Rassen. Unter dem mächtigen Dach des Theaters saßen viele Hunderte, immer acht Personen um einen Tisch. Der Liter Wasser fürs Kaffeekochen kostete eine Mark. Die Kanne stand auf dem Tisch. Bier und Stullen in mächtigen Paketen, auch Obst. Familien. Bunter Voile überwog. Auf einem erhöhten Podest war die Weinabteilung. Ein junges Paar trank nicht mehr und nicht weniger als zusammen eine ganze Flasche Malaga. An einem Tisch, ein Pärchen, hatte zwei Flaschen Haut Sauternes vor sich stehen. Die jungen Leute ließen sich nicht lumpen. Es war kurz vor dem Ersten, Sonnabendabend und ein Vorfrühlingstag.

Auf der Bühne ein Theaterstück nach der »Justmethode«. Streitendes Ehepaar. Just kam der Schwiegervater. Nicht der Schwiegersohn, sondern Papa ging fremd. Eine Soubrette trat just herein. Auch ein Baby wurde einem nicht dazugehörigen Papa in den Arm gelegt. Das Publikum brüllte. Seit Tagen war jeder Platz ausverkauft. Kein zweideutiges Wort fiel. Saudumm war das Ganze. Aber beglückend. Eine halbe Stunde vom Potsdamer Platz: anno domini 1900. Es herrschte Rokokosalon und Trumeau.

Vestalin und Vestale, weiß, grün und silber. Griechisch-equilibristischer Taubenakt. Ein Dutzend Tauben. Die Vestalin setzte sich die Tauben auf Köpfchen und Schultern, ließ sich

---

[2] Bus der »Allgemeinen Berliner Omnibus Aktien Gesellschaft« (Aboag)

umflattern. Der Vestale bildete eine Brücke. Tauben krochen über Bauch und Rücken, durch die Beine hindurch wieder zum Kopf hin. Er schien gefeit gegen Kitzeln. Gläubig, o Täubchen, lauschte die Menge. Aber schon kam der Herr im Frack, setzte sich auf einen Stuhl, der nur mit einem Fuß in einer Flasche steckte. »'s ja allerhand«, sagte ein Sachverständiger für Körpergeschicklichkeit, Zimmermann oder gar Dachdecker.

»Vernunftlos«, sagte Fräulein Kohler, »also die Menschlichkeit negierend und darum unendlich traurig. Körpergeschicklichkeit zum Endzweck der Körpergeschicklichkeit, als Lebensausfüllung, nicht als Erholung, als recréation, welches Wiedergeburt, Erneuerung bedeutet, ist peinlich. Die Todesgefahr eines andern als Unterhaltung, als Amüsement, ist Rückfall in das Mittelalter, gleichbedeutend mit dem Schauspiel des Scheiterhaufens auf öffentlichem Markt.«

»Sie haben doch sonst Sinn für Symbolik. Es kommt darauf an, das rechte Seil zu ergreifen, ohne Zweifel ein instruktives Kolleg. Wir wollen die Hauptnummer abwarten.«

Der »Gentleman auf dem Schlappdraht« war auch nicht übel, nahm mit dem Munde ein Taschentuch auf, trug einen Tisch und fuhr auf dem Einrad. Das war ehrliche Arbeit. Auf einem Drahte zu stehen und mit den Zähnen ein Taschentuch aufzunehmen, hatte nichts mit dem Tode zu tun. Nicht mehr war die Schwerkraft Sieger, preßte nicht mehr das herrlichste Instrument, den Menschenleib, zu krummer Linie zusammen, sondern der Mensch wußte Bescheid, lachte des Schicksals. Noch kam nicht mehr dabei heraus, als daß er mit einem Fuß auf dem Draht den runden, kiefernen Tisch hoch übern Kopf hob, aber es könnte! Aber es könnte!

Da kam die Hauptnummer, Er, Er, Käsebier, und sang! Zuerst etwas Neues. »Wer mit mir will, der komme mit, wer mich nicht will, der jeht alleene.«

Dann: »Mensch, ist Liebe schön.« Und zuletzt: »Wie soll er schlafen, durch die dünne Wand?« O Freund Käsebier, wie er litt, wie er dastand, weinend, »ach Jott, ach Jott, ach Jott, ach Jott, ach Jott, bin ich betrübt.« So stand er da, Falten nach unten, ein treuer Jagdhund, hängende Ohren. Und dann: »Ach Jott, ach Jott, ach Jott, ach Jott, ach Jott, bin ich vergnügt.« Strampelbein, Mundwinkel nach oben, Seligkeit im Augenlid, die Ohren stramm aufgerichtet. Käsebier war kein Adonis, kein Harry Liedke, kein Menjou, keiner, von dem die Mädchen träumen, keiner, der das erotische Ideal vorliebt. Blond, dick und quibblig, Schnauze, fast schon Fresse zu nennen, hatte als Hintergrund Feste Ehrenbreitstein, Rebendach und den Mond zwischen Wolken, neben sich Hedy, eine jüngere Schwester der Claire Waldoff. Am Rheinufer. Schmachtelied: »Erste Küsse getauscht ...« Weiter geht's nicht. Das Publikum glaubte ihm, fühlte himmlische Sehnsucht, auch wenn die Hand des Gatten nach den Siebensachen grapschte. Lieb wäre es der Doktorin gewesen, hätte Lambeck ein Gleiches getan. Lambeck hätte das tief verachtet. So verbarg sie die Primitivität ihrer Gefühle. Käsebier aber durchbrach mit wackelndem Tone fast schon den Glauben an Rhein und Mond, kam mit Spielschürze und Reifen zurück, sang unser aller Kinderlieder: »Fuchs, du hast die Gans gestohlen, Hänschen klein, Mariechen saß auf einem Stein, ein Männlein stand im Walde, alle Vögel«, grölte falsch, frech und verwegen: »Iich waiß nich, was soll es bedeueueuten.« Zu dick und zu blond, Schnauze, fast Fresse schon, war er Trost von Vater, Mutter und Kind, Blut vom Blut dieser Stadt. Um Liebling des Volks zu sein, sang er als Zugabe:

»Ich tanz Charleston, du tanzt Charleston, er tanzt Charleston, und was tun Sie?« Was soll Charleston, fünf Minuten von der Reichenberger Straße, wo es noch den Feierabend gibt, um auf dem Balkon die Strippe zu ziehen für den wilden Wein, und Vater bekocht, beflickt und bewaschen werden muß? Sie sangen im Chor: »Ich geh stempeln, du gehst stempeln, er geht stempeln, und was tun Sie?« – »Ich brauch Vorschuß, du brauchst Vorschuß, er braucht Vorschuß, und was brauchen Sie?«

»Dies ist die Vernunft, himmlische Ratio«, sagte die Doktorin zu Lambeck, »gemeinsam seine Schmerzen zu Kaffee und Butterbrot als Abendvergnügen nicht hinauszuschreien, sondern zu singen: Das ist die Lösung. Chor statt Nervenkitzel.«

»Hier, lange vergeblich gesucht«, sagte Lambeck, »wächst Selbstironie und Galgenhumor und das Glück der Gemeinschaft.«

Sechstes Kapitel

Der Ruhm beginnt

Acht Tage später fand die Lambeckpremiere statt. Fast schon zu spät, Anfang März wie es war. Die Doktorin überlegte, es war tödlich langweilig gewesen, ein Mißerfolg, ein kompletter Durchfall. Wie sich verhalten? Erziehung überwog. Sie rief Otto Lambeck an: »Es war sehr schön«, sagte sie.

»Sagen Sie ruhig, es war ein kompletter Durchfall. Ich sei fertig, müde, am Ende. Ja, sogar eigentlich sei ich immer etwas überschätzt gewesen. Senil, glatt und rund senil, sagt ein Mitglied der hauptstädtischen Presse. ›Nach alledem‹, sagt Ixo, ›ist es am besten, man erzählt den Inhalt‹, und dann erzählt er den Inhalt. Was Öchsli schreibt, ist nicht wiederzugeben. Ich will nicht mehr davon reden. Ich bin jetzt bei einem neuen Stück. Eine Erbschaftsgeschichte.«

Die Doktorin dachte, wie schrecklich, Erbschaftsgeschichte. »So«, sagte sie.

»Ja«, sagte er, »ich habe sie in einer französischen Chronik des sechzehnten Jahrhunderts gefunden.«

»So«, sagte sie. Warum nimmt dieser Mensch, der das Leben unserer Tage kennt wie kein anderer, bloß immer so vertrottelte Themen? Er braucht Chroniken des sechzehnten Jahrhunderts statt des Polizeiberichts. So traurig, dachte sie. »Haben Sie schon über Käsebier geschrieben?«

»Ja, angefangen.«

Wie eine Ameise, dachte sie, als das Gespräch beendet war. Man zertritt das Werk, gleich fängt er wieder an.

Otto Lambeck schrieb über Käsebier. Er beschrieb das Gehörte und Gesehene und nannte ihn »unterschätzt«, ein Wort, das schon Gohlisch gebraucht hatte.

Der Artikel erschien in der Morgenausgabe der Berliner Tageszeitung.

Am Abend telefonierte der Agent Blumenthal mit dem Direktor vom Primus-Varieté. »Haben Sie den Artikel in der Berliner Tageszeitung von Lambeck gelesen? Hören Sie, Entdeckung! Wollen Sie sich ihn nicht sichern?«

»Lächerlich, weil ein Dichter was schön findet!«

»Ich hab ’ne Nase, lassen Sie sich gesagt sein. Jetzt kriegen

Sie den Mann mit fünfzig Mark am Abend. In drei Monaten müssen Sie dreihundert zahlen.«

»Lächerlich«, sagte der Direktor.

Am nächsten Tage klingelte um 11 Uhr das Telefon bei Lambeck. »Hier Funkhaus, Dr. Zwörger, der Meister selbst?«

»Ja«, sagte Lambeck.

»Verehrter Meister, Sie haben einen Artikel über Käsebier in der Berliner Tageszeitung geschrieben. Berlin spricht davon. Ihre Entdeckung. Ich komme mit einer Bitte, würden Sie wohl den Sänger Käsebier im Radio interviewen?«

»Was soll ich tun?« fragte Lambeck.

»Den Sänger Käsebier interviewen.«

»Aber ich bin kein Journalist, ich habe ein schlechtes Organ und bin ohne Geistesgegenwart. Das ist eine Aufgabe, die mir ganz und gar nicht liegt.«

»Ich will es anders ausdrücken. Würden Sie sich mit dem Sänger Käsebier am Radio unterhalten?«

»Nein, auch das nicht. Aber, Herr Doktor, nehmen Sie dies bitte nicht als meine prinzipielle Einstellung gegen Radio. Ich bin ein Anhänger dieser außergewöhnlichen Erfindung, um sie nicht weltbewegend zu nennen.«

»Würden Sie also geneigt sein, vielleicht etwa zwanzig Minuten über ihn einen kleinen Vortrag zu halten?«

»Ja, das könnte ich tun.«

»Also vielleicht Freitag, das wäre in vier Tagen.«

»Das scheint mir ein wenig zu rasch für die Vorbereitung. Aber nächsten Freitag gern.«

»Also ich werde sehen, ob wir es Freitag ansetzen können. Einen Augenblick, bitte. Also gut, Freitag.«

Am Freitag, den 10. März, sprach Otto Lambeck am Radio über Käsebier. »Unterschätzt«, nannte er ihn, wie er es schon in seinem Aufsatz getan hatte, wie ihn schon Gohlisch genannt hatte.

Danach gab es kein Halten mehr. Fritz Grönemann schrieb ausführlich in der Weltschau und verglich den Sänger mit der besten Pariser Tradition. Otto Magnus schrieb kurz im Excelsior, einer Zeitschrift für modernes Leben. Gräfin Bloomsieck schrieb über ihn in jener eleganten Zeitschrift der Rechten, die sich in nichts von der eleganten Zeitschrift der Linken unterscheidet. Sie schrieb, daß hier ein ursprünglich deutsches Talent sich zeige, eine Art von Zwischending von Hofsänger und Volksdichter, eine Verbindung von ursprünglicher Musikalität und Volkswitz, die außerordentlich sei.

Der Rote Stern schrieb, daß dieser Mann gewiß sehr viel könne, daß aber seine Texte von jener albernen Verherrlichung einer untergehenden Klasse zeugten, die es einem klassenbewußten Arbeiter unmöglich mache, solche Vergnügungsstätten aufzusuchen. »Er besitzt ein gottloses Mundwerk. Seiner engen Verbundenheit mit dem Berliner Volk (nicht mit dem Proletariat als Klasse!) verdankt er seine Anziehungskraft.«

Die Zentrumszeitung meinte: »Er gestaltet Figuren aus der Welt des Volkes, aus der Unterwelt mit außerordentlicher Distanz, so daß eine Unanständigkeit, eine Zweideutigkeit durch seine Kunst nicht mehr subjektiver Ausdruck, sondern objektive Gestalt wird, und so ihrer moralischen Gefahr beraubt wird.«

Der sehr geistvolle Kritiker der Flamme schrieb: »Käsebier ist ein Talent, aber zum Genie fehlt ihm jene transzendente Note, die erst dem talentierten Künstler jenes Metaphysische beigesellt, das ihn zum Genie adelt. Wenn«, so hieß es weiter, »Herr Ixo ihn einen Bruder der Guilbert nennt, so stimmt das nicht, denn Käsebier ist ein Naturtalent, wo sein Gebiet über jene Alltäglichkeit hinausgeht, gerät er leicht ins Banale, eine gekonnte Banalität, die ich persönlich weniger schätze als den Schrei, der ungekonnt sich der Brust einer ringenden Jugend entringt.«

Der völkische Aufgang schrieb: »Wieder ein hochgelobtes Talent der jüdischen Asphaltpresse. Die bezahlten Kreaturen des Herrn Moses Isaak Waldschmidt behimmeln etwas, wovon sie keine Ahnung haben. Von hundert überzüchteten Gehirnfädchen vielgeplagte widerliche ausländische Juden mißbrauchen die deutsche Sprache, um einem Sozi zuzujubeln, der den größten Schatz unsres Volkes, das schönste Erzeugnis der Heimatkunst, das Volkslied, begeifert und für seine eitlen Sprünge mißbraucht.«

Sowohl die Kölnische wie die Münchner Illustrierte brachten Artikel über ihn mit fünf bis sieben Abbildungen.

Siebentes Kapitel
Frächter macht ein Buch über Käsebier

Zwei Tage später hieß es schon, Käsebier sollte an den Wintergarten. Aber das war verfrüht.

Frächter bot der mittleren Provinzpresse eine Artikelserie über Käsebier an. Leipzig, Breslau, Köln, Dortmund, Tilsit nahmen an. Zeile 10 Pfennig.

Frächter saß abends im Romanischen Café. Willi Frächter war sehr lang und trug blonde, gesalbte, im Nacken etwas lange Haare. Er war aus Gotha.

Das Romanische Café befindet sich gegenüber der Gedächtniskirche und besteht aus einer Schwimmer- und einer Nichtschwimmerabteilung. Die Schwimmer sitzen links von der Drehtür. Die Nichtschwimmer rechts. Das Romanische Café ist sehr schmutzig. Erstens ist es trotz seiner großen Fensterscheiben so angeräuchert, wie es für eine Stätte des Geistes notwendig ist, zweitens ist es schmutzig durch die Manieren seiner Bewohner, die unausgesetzt Überreste ihrer Raucherei auf den Fußboden werfen. Drittens aber durch die ungeheure Frequenz. Denn dieses Café ist eine Heimat. Ungarn, Polen, Jugoslawen, Russen, Tschechen, Slowaken, Ruthenen, Dänen, Böhmen, Österreicher, Balten, Letten, Litauer, Serben, Rumänen und die große Schar der in Berlin dem Geist geöffneten, von Osten kommenden Juden, sie alle finden dort Landsleute. Denn so ist es mit Berlin: in der Fremdenstatistik interessiert man sich hauptsächlich für die Amerikaner, aber eigentlich kommen am meisten Völker von Osten nach Berlin, eventuell ein paar Holländer und Dänen. Darauf wird weniger Wert gelegt. Aber Berlin ist 100 Kilometer von der polnischen Grenze entfernt. Berlin ist ein Vorort des Nordostens, wie Wien des Südostens. Berlin ist keine chicke Hauptstadt, wie Paris oder Rom oder London, wo die Engländer und Amerikaner, die Spanier und Franzosen hinfahren »for sightseeing«, im Frühling oder in der season als »Trip«. Nach Berlin kommt man vom Osten, um eine Stellung zu finden, um Musik zu machen, um zu filmen und um zu malen, Theater zu spielen, zu schreiben, Regie zu führen, zu bildhauern, um Autos zu verkaufen, Bilder,

Grundstücke, Terrains, Teppiche, Antiquitäten, um Läden aufzumachen, Schuhläden, Kleiderläden, Parfümläden, um zu darben und zu studieren. Sie alle sitzen im Romanischen Café, erst im Nichtschwimmerbassin, später im Schwimmerbassin. Sie alle sprechen und schimpfen.

Willi Frächter saß im Schwimmerbassin mit Heinrich Wurm und erzählte von dem Erfolg seiner Artikelserie Käsebier. Heinrich Wurm sagte, er schreibe zur Zeit über Berliner Projekte. Das Projekt eines Schwimmbades. Ferner sollen die Spandauerstraßen-Häuser, die Stralauerstraße und die Jüdenstraße fallen.

»Alles?« fragte Frächter.

»Selbstverständlich, was soll man mit dem alten Gerümpel! Unerhörte Bürohäuser sollen dort hin, neun Etagen, nur Glas und ein neuer Baustoff, Pathetix. Dann ein Hotel mit 1000 Einheitszimmern für 7 Mark an Stelle der Kaiser-Wilhelm-Gedächtniskirche. Projekt von zwei Architekten, Grützekopf und Hobel. Ich habe alles schon an die Allgemeine Zeitung verkauft.«

»Ja«, sagte Frächter, »Provinz zahlt zwar schlechter, aber man hat viel mehr Auswahl. Ich möchte nie fest an einem Berliner Blatt sein.«

»Na, hören Sie, Frächter.«

»Na ja, wenn ich an die Berliner Tageszeitung kommen könnte, das wäre vielleicht was anderes. Aber ich bitte Sie, bei diesen Idioten von Redakteuren, wer weiß denn da ein politisches Talent zu schätzen?«

»Ich habe bisher eigentlich ganz gut von Kurzgeschichten gelebt«, fuhr er fort, »ich schrieb zweie im Monat, habe leben können, wo ich wollte, bin von Irland bis Griechenland und vor allem bis nach Sowjetrußland gekommen, und eigentlich hat es immer geklappt. Mehr als zweie habe ich nie zu schreiben nötig gehabt, aber ich wollte mal in Berlin leben. Man muß den Kapitalismus noch ausnützen, so lange er warm ist, ich bin auch ganz schön drin. Neulich habe ich mit Lambeck Abendbrot gegessen, hat er mir auch gesagt, daß man mal in Berlin gelebt haben muß.«

Er erwartete, daß Wurm erschauerte. Wurm erschauerte auch, aber er antwortete:

»Wissen Sie übrigens, daß W.T.B. und T.U.[3] sich heute entschlossen haben, über Käsebier zu berichten? Er soll an den Wintergarten. Zweite Yvette Guilbert.«

»Eigentlich habe ich ihn entdeckt.«

»Wieso?«

»Ich habe Lambeck auf ihn aufmerksam gemacht.«

»Donnerwetter, warum haben Sie nicht darüber geschrieben?«

»Wenn man nicht das Varieté-Referat hat, ist es sehr schwer, so etwas anzubringen. Aber ich werde jetzt ein Buch über ihn herausbringen.«

»Wo denn?«

»Ich weiß noch nichts Festes, aber ich denke, es wird.«

Lieven kam an den Tisch geflogen: »Waren Sie schon bei Käsebier? Das ist die reinste Zauberei. Geradeswegs ein Naturgenie. Nur die dümmsten aller Kritiker, diese Berliner Idioten, konnten etwas übersehen, wie diesen größten Schauspieler unserer Zeit.«

»Ich habe ihn entdeckt«, sagte Frächter.

Lieven sprang auf, faßte Frächter an beiden Händen: »Erlauben Sie, daß ich Sie beglückwünsche. Ich beneide Sie. Gerade dieses hätte ich mir gewünscht. Wozu existiert der Journalist, wenn nicht dafür, um die Großen seiner Zeit herauszufinden und herauszustellen? Wozu dieses Handwerk des Schreibens, wenn es nicht gilt, dem Genie den Weg zu bereiten?«

Frächter stand auf.

»Entschuldigen einen Moment«, sagte er und ging ans Telefon. In die Zelle gequetscht rief er Mohnkopp an, einen jungen Verleger. »Hören Sie, Mohnkopp, wir müssen ein Buch herausbringen, ›Käsebier‹. Ich hab was läuten gehört, daß er an den Wintergarten kommt.«

»Wundervolle Idee, wo besprechen wir das?«

»Heute abend bei Schwannecke.«

Am Abend saß Frächter bei Schwannecke. Soweit war er nun in knapp drei Wochen. Bereits Besprechung bei Schwannecke. Gestern noch Romanisches Café, gestern noch Tabak auf dem Boden, Zigaretten- und Zigarrenstummel auf dem nackten

[3] Telegraphen-Union (Nachrichtenagentur)

Boden, Marmortische, eine Schale Haut, zwei Eier im Glas, heute teppichbelegtes Parkett, lauschige Kojen und Wein und Braten und Sauce béarnaise.

Frächter kam um 11 Uhr. In der Nebenkoje saß die Käte mit einem Rechtsanwalt. Schwarzes Abendkleid mit Rose. Sie sah gut aus.

Er wartete. Kommen und Gehen. Im Hinterzimmer, nach einer Premiere, die Prominentesten. Kommen und Gehen. Große Männer, kleine Männer, große Frauen, kleine Frauen, Schwarze, Blonde, Braune, Engländerinnen, weißblond und groß, kleine Italienerinnen, schwarz und bunt, eine Japanerin, Schlitzaugen und gelb, eine blonde Preußin, eine quibblige Französin, ein schmaler, schlanker, tragischer Filmschauspieler, ein schmaler, blonder, schwermütiger Maler, ein dicker kleiner Filmdirektor, ein häßlicher Regisseur, schließlich sprachen alle österreichisch, alle, auch die Japanerin mit den Schlitzaugen.

Mohnkopp kam. Frächter bestellte großzügig, ging bald medias in res. Das Buch nicht größer als fünf Bogen, dazu Illustrationen, 1,50 Mark das Buch, wie das Honorar? Frächter verlangte Pauschale und Prozente.

»Nee, doppelt«, sagte Mohnkopp, »gibt's nicht.«

»Sagen wir also Vorschuß und Prozente.«

Mohnkopp handelte. Er wollte nur Prozente geben. 10 Pfennig fürs Buch.

»Nein, und 2000 Mark im voraus«

»Wer schreibt's denn?« fragte Mohnkopp.

»Ich werde alle Prominenten um kurze Artikel bitten, Dichter, eine Schauspielerin, Kritiker, Journalisten, Sportgrößen, einen Großindustriellen, einen von der Regierung. Lassen Sie mich nur machen, ich zeichne als Herausgeber, und vor allem ein langer Artikel ›Käsebier über Käsebier‹. Aber nicht unter 2000 Mark Vorschuß. Ich garantiere einen Bombenerfolg, und darum will ich Prozente.«

Sie handelten. Käte kam an den Tisch. Frächter fragte: »Waren Sie schon bei Käsebier?«

»Nein«, sagte Käte. »Ich hab's jeden Abend hinausgeschoben. Aber morgen gehe ich bestimmt. Es soll nur so voll sein, daß man ohne Beziehung gar nicht reinkommt. Ist es wirklich so gut?«

»Phantastisch«, sagte Frächter.

»Auf Wiedersehen, mein Herzchen«, sagte Käte, »wir telefonieren einmal.«

»Sie sehen«, sagte Frächter, »Sie sehen. Liebster«, rief er Augur an, der düster, den Kragen hochgeschlagen, ohne Hut, mit den letzten Zeitungen durchs Lokal schlich, »waren Sie schon in der Hasenheide?«

»Ja, es lohnt sich hinzugehen, wenn man so etwas überhaupt wichtig nehmen kann, lohnt es. Die Reaktion steigt, die Sozialisten wollen einen Panzerkreuzer bewilligen.«

»Ja, entsetzlich.«

»Wir telefonieren einmal.«

»Sie sehen«, sagte Frächter, »Sie sehen.«

»Sie sind tüchtig«, lachte Mohnkopp, »also 1000 Mark und fünf Prozent.«

»Gemacht.«

Am nächsten Morgen begann Frächter zu telefonieren. Zuerst bestellte er bei Käsebier zwanzig Seiten Käsebier, ferner zehn Photos, eins privat, eins Käsebier mit Frau, eins Käsebier im Heim.

»Was tun Sie gern, Herr Käsebier?«

»Ja, was soll ich Ihnen da sagen?«

»Na, haben Sie Vögel?«

»Nee, vielleicht im Kopp?«

»Sonst irgendwelche zoologischen Interessen, ich meine Hunde oder Katzen?«

»Nee, nur meine Frau.«

»Haben Sie landwirtschaftliche Interessen?«

»Nee.«

»Haben Sie eine Laube?«

»Nee.«

»Treiben Sie Sport?«

»Ja, ich bin Radfahrer.«

»Na großartig. Lassen Sie sich als Radfahrer photographieren.«

»Ich radle aber man bloß so, so.«

»Ist egal. Lassen Sie sich im Rennfahrertrikot photographieren.«

»Na, meine Kollegen werden mich schön veräppeln.«

»Wenn Sie im Wintergarten auftreten, wird Sie niemand mehr veräppeln. Und sechs Photos in Rollen. Und schreiben Sie nicht unter zwanzig Seiten bei Ihrer Lebensbeschreibung. Schreibmaschine und einseitig beschrieben. Sechs Photos in Rollen, Herr Käsebier!«

Frächter telefonierte mit Gohlisch: »Mein verehrter Herr Gohlisch, Sie müssen mir fünf Schreibmaschinenseiten schreiben über Käsebier. Mohnkopp gibt ein Buch über Käsebier heraus.«

»Und was tun Sie dabei?«

»Ich helfe ihm.«

»Na, Sie sind tüchtig.«

»Also Sie schreiben doch? Ganz erste Leute haben mir schon zugesagt, von Lambeck gar nicht zu reden.«

»Gut, ich werde Ihnen einen Artikel senden.«

»Wie reizend, Herr Gohlisch, Sie sind ja doch zur Zeit der beste Berliner Lokalreporter. Ich habe in letzter Zeit erstklassige Sachen von Ihnen gelesen.«

Frächter hatte am Abend das Buch beisammen.

Achtes Kapitel

Der Pariser Korrespondent des Allgemeinen Blattes kommt nach Berlin

»Hallo, hallo, Miezeken.«

»Hier Marie Pantke. Wer spricht?«

»Na, Fräulein, warum denn so mit de frisierte Schnauze? Hier Oskar Meyer.«

»Mensch, Meyerchen. Seit wann denn?«

»Heute nachmittag.«

»Na, das is ja mal 'n Freudentag.«

»Wie geht's dir denn?«

»Jott, mies. Immer zu viel zu tun. Wie's so 'ne Tippse eben geht, Arbeit und Arbeit.«

»Und Männer?«

»Bei mir jestrichen, Brief.«

»Na mal! Probieren wir mal!«

»Was Sie denken, is nich, Herr.«

»Also gehen wir ohne das heut bummeln.«

»Heute geht nich.«

»Wieso nich?«

»Also morgen.«

»Wo denn?«

»Hasenheide.«

»Mensch, dazu kommste von Paris, um mich in die Hasenheide zu führen, biste plemm, plemm?«

»Nee, jar nich, is der neuste Schick.«

»Was denn? Hasenheide! Freundchen, ich tanz nur noch bei Majowski, unter Meinekestraße mach ich's nich.«

»Na, is jut, vorher aber essen wir bei Stöckler.«

»Ja, ich bin sehr für Präpelei.«

»Ich hole dich so gegen acht.«

»Gemacht.«

»Gemacht, mein Schatz.«

*

»Hallo, hallo, hier bei Weißmann.«

»Ist gnädige Frau zugegen, hier Meyer-Paris.«

»Einen Augenblick bitte.«

»Hier Margot Weißmann.«

»Hier Oskar Meyer.«

»Ach, guten Tag, Herr Meyer, seit wann sind Sie denn im Lande?«

»Heute nachmittag, Gnädigste, und mein erster Anruf sind Sie.«

»Na, unwahrscheinlich!«

»Aber ich bitte Sie, ich freue mich, endlich wieder eine Berlinerin zu sprechen, Muttersprache, Mutterlaut.«

»Na, wollen wir gleich was verabreden? Wann kann ich Sie bei mir sehen?«

»Das besprechen wir ein andermal. Ich plane einen Überfall, ich will mit Ihnen um 9 Uhr zu, also raten Sie mal?«

»Käsebier!«

»Richtig. Richtig. Also richtiger Tip. Kann man da überhaupt noch drüber schreiben?«

»Es kommt doch nie auf das Was, sondern immer das Wie an. Lambeck hat ihn entdeckt, etwas gravitätisch, wie immer.

Also für Humor ist noch genug Platz. Meyerschen Humor, notabene. Aber 9 Uhr ist zu spät. Ich glaube, man muß um 8 Uhr da sein, wenn man keine Beziehungen hat.«

»Ich habe eine Karte von einem Freund von Käsebier.«

»Trotzdem. 8 Uhr ist besser. Wo sind Sie?«

»In Halensee. Joachim-Friedrich-Straße wie einst und je.«

»Also seien Sie um ½ 8 Uhr hier am Kurfürstendamm, und essen Sie mit mir ein Butterbrot. Mein Mann wird ja leider nicht da sein, er hat jetzt zu viel zu tun. Mit unserm Wagen sind wir um 8 Uhr gut dort.«

Um ½ 8 Uhr stand Meyer-Paris vor Margots Haus. Man hat ihm den Bauch aufgeschlitzt, dachte er, Gott, wie furchtbar, diese wahnsinnigen Architekten. Das Haus wilhelminisches Barock, hatte früher eine Tür aus Holz gehabt, mit Fenster in ihrer oberen Hälfte. Jetzt war sie bis zur ersten Etage erhöht worden und bestand nur aus Glas. Meyer dachte, wie gräßlich das ist, so von aller Welt gesehen, die steile Treppe hinaufgehen zu müssen. Er war froh, als er im ersten Stock klingelte. Rechts die kleine Garderobe, bevor man in die Diele kam. Die Diele aus rotem Marmor, geriefte Pilaster aus Eichenholz, mit vergoldeten korinthischen Kapitälen als Türumrahmung. Bemalte Supraporten darüber. Mädchen in der Frisur der neunziger Jahre in Chiffongewändern, rosa, blau, gelb, in Frühlingsgärten einen Reigen schwingend. In der Mitte der Diele ein Marmorspringbrunnen. Meyer dachte, als ob ich zu meinen eigenen Großeltern komme, und dabei alles von 1912. Er wurde in den großen Salon geführt. Chippendale-Möbel, Kommoden, Stühle, die Wände mit rosa Seide. Viel Sofas. Schwellende Pfühle, dachte Meyer, und hatte Angst, sich hinzusetzen. War man klein, wenn auch noch so schlank, kam man aus so viel Daunen schwer wieder hoch, und von der Hausfrau Entgegenstürzen konnte keine Rede sein. Also blieb er lieber stehen. Er sah Margots Bild über der Kommode. Elegant, dachte er, und das war auch die Absicht. Die blonde Margot in blaßgrau Seide, unähnlich, der Kopf aufs Dekolleté hin gemalt.

Sie schwabbelte ihm sehr nett entgegen: »Also, Lieber, endlich im Lande, wie geht's denn? Ich freu mich ja so, Sie zu sehen! Ich muß Ihnen erzählen. Käte ist in Berlin, wissen Sie schon? Na, wenn ich Ihnen erzähle, mit wem sie was hat, lachen Sie sich schief. Aber wir wollen gleich gehen, sonst wird's zu spät.«

Sie chauffierte. »Wo lang?«

»Ich denke Ufer bis Hallesches Tor.«

»Schön, gut.«

Sie dachte, o Gott, den hätte ich beinahe geheiratet. Womöglich überlegen, ob man sich massieren läßt oder nicht. Ich habe neulich Lotte Hoffmann getroffen, sie sah so müde aus, so schlecht angezogen, so häßlich, alles, weil sie so schuftet. Trotzdem, mir fehlt auch viel. Immer ist er müde abends und Spaß machen tut's mir auch nicht und viel Verständnis hat er auch nicht. Das Kleid von Hammer findet er zu teuer und ein neues Toilettezimmer auch, wo ich mich vor dem alten Spiegel kaum noch zurecht machen kann. »Na, Oskar, was ist?«

»Ich freue mich, wie hübsch du aussiehst, Mädchen.«

»So was hört man immer gern. Unjung wie ich jetzt bin.«

»Fishing for.«

»Ach. Sie sagen das so. Ich bin oft recht verzweifelt, Ossy, ich bin, na, sagen wir, Sie wissen ja, wir hatten ja Tanzstunde zusammen, zweiunddreißig Jahre.«

»Sei ehrlich, Margot, vierunddreißig Jahre.«

»Scheusal. Also vierunddreißig. Adolf ist bald fünfzig Jahre alt. Wie lange noch, und man ist ohne Reiz. Ich habe deshalb die Kleine bekommen. Ich habe gehofft, dann ist das Alter leichter. Aber das hilft einem auch nichts.«

»Margot, Sie sind doch schön, reich, elegant, Sie haben einen netten Mann und ein hübsches Kind, bloß wegen der Liebhaber?«

»Sie unterschätzen die Liebe.«

»Sie überschätzen sie.«

»Vielleicht.«

»Sagen Sie jetzt nur nicht, wir beide. Es ist viel leichter auf dem Hintergrund der guten Bürgerlichkeit Abenteurerin zu sein, als auf dem Hintergrund der Bohème. Außerdem hatten Sie keinen Mut, mein Herz, mit wem haben Sie schon im Bett gelegen, wenn ich fragen darf?«

»Das ist unverschämt. Von so was spricht man nicht«, sagte

sie halb gekränkt, denn sie wußte nicht, ob es reizvoller machte zur Zeit, viel erlebt zu haben oder wenig.

Sie waren da. Das Auto wurde verstaut, etwa sechs weitere Autos warteten. Sie trug unter einem übergewaltig dicken Bisamfell ein schwarzes Kleid, das sie noch schlanker machte, als sie ohnehin war, und in dem sie sehr angezogen aussah, obwohl Hasenheide einen billigeren Anzug verlangte.

Draußen standen zwei dunkle Gestalten: »Billetts gefällig.«

Meyer und Margot ließen sie unbeachtet.

»Vier Mark das Stück, Sie kriegen keine mehr, mein Herr.«

»Ausverkauft.« Die Herren schrien mit der Kassiererin, während die Damen in schwarzen Kaninchenmänteln ungeduldig warteten.

»So ein Irrsinn«, rief eine. »Lassen Sie einen doch rein.«

Der junge Mann an der roten Schnur, mit der der Gang versperrt war, an dem Eingang stand, sagte achselzuckend: »Die Polizei.«

»Ist doch überfüllt«, sagte ein Älterer, der neben ihm stand.

»Ich gehe nich weg, ich denke ja gar nich daran, sollen se eben noch ein paar Stühle reinstellen«, rief ein Dicker.

»Sie haben ganz recht, noch ein paar Stühle reinstellen. Is ja lächerlich«, ein großer Schlanker.

»Laß doch«, sagte seine Frau. »Sie können doch auch nichts dafür, wenn überfüllt ist.«

»Na ja, es ist doch lächerlich, das Gereiße.«

»Komm, wollen wir gehen.«

»Ich geh nicht weg, ich denk nicht dran.«

Auf der andern Seite schrie ein ganz Kleiner im Diskant: »Ich geh überhaupt weg.« So, als wolle er aller Welt einen Tort antun.

Margot sagte: »Ich hab's ja gleich gesagt, um sieben muß man da sein.«

»Das wäre das erstemal, daß ich wo nicht reingekommen wäre«, sagte Meyer. »Wo ist der Tisch mit Herrn Gohlisch?« fragte er den Türhüter.

»Ich weiß nich, aber ich kann den Herrn nich durchlassen.«

»Erlauben se mal, der Herr ist der beste Freund von Herrn Käsebier und hält mir seit einer Stunde zwei Stühle frei, ich will mich bloß mal umsehn.«

Der Türhüter ließ ihn durch. Drinnen im Saal war's dunkel, gerade sang ein Mädchen: »Walke Blätter, walke Blätter.«

Er suchte zwei Stühle. Dicht gedrängt, immer sechs Leute um einen Tisch, saß der ganze viereckige Saal voll. Oben war eine Galerie. Hier entdeckte er zwei Stühle. Nicht günstig, aber immerhin Stuhl. Belegte sie höflich. Stürzte herunter.

»Ich habe meine Freunde gefunden. Oben links sind zwei Stühle auf der Galerie frei.«

»Ich muß erst mal den Geschäftsführer fragen.«

»Herr Schollwer, der Herr hat zwei Stühle, kann er noch Billetts bekommen?«

»Bitte oben links auf der Galerie, ein Freund hat sie mir frei gehalten, ich will sie Ihnen gerne zeigen.«

»Na gut, lassen Sie sich noch Billetts geben. Wenn die andern Krach machen, sagen Sie, vorbestellte Karten.«

»Verstanden«, sagte Meyer, drückte ihm was in die Hand und ging zur Kasse.

Der schwelende Krach brach los.

»Wieso kriegt der Herr noch Karten?«

»Na, das ist ja unerhört.«

»Wa sin woll nich mehr fein jenug vor Käsebiers Stube?«

»Ich wer mich beschweren.«

»Wo isn hier die Direktion?«

»Na, is ja lächerlich.«

»Steht dran ausverkauft, plötzlich kriegt einer. Das sind ja unglaubliche Zustände.«

Meyer rief dazwischen: »Die Karten sind bestellt gewesen.«

»Schiebung!«

»Sie kleener Schnösel Sie.«

»Ich verbitte mir das.«

»Wer sind Sie überhaupt?«

»Sie haben mir janischt zu sagen.«

»Ich wer mich beschweren.«

Meyer hatte die Billetts: »Aber meine Herren, wenn ich Ihnen sage, vor drei Tagen bestellt.«

»Da könnte ja jeder kommen.«

»Na, mich hat die Bude zum letztenmal gesehen.«

Meyer sagte leise zu Margot: »Nu bloß schnell Garderobe abgeben, sonst werden wir noch gelyncht.«

Die Garderobe war belagert. Einfache Herren, brave Durchschnittsbürger standen wie Karyatiden. In erhobenen Armen hielten sie ihren eigenen Winterpaletot, den Mantel ihrer Frau, ihren eigenen Hut, den Hut ihrer Frau, ihren eigenen Schirm und die Überschuhe ihrer Frau. Mancher aber hielt für drei oder vier. Eine einzige üppige Garderobenfrau bewegte sich langsam. Aber es kam nicht darauf an. Auch wenn sie sich schnell bewegt hätte, nie hätte die Flut der Bekleidungsgegenstände ein Ende genommen. Meyer machte Witze, sagte: »Hoffentlich übernachten wir hier nicht«, und richtete sich auf Dauerstehen ein.

Margot fror. Denn die Garderobe war ein Korridor, und von der Straße pfiff es eisig.

»Frühling nennt sich das«, sagte Meyer.

Geduldig wartete das Publikum, bis Meyer mit: »Nu aber mal endlich hierher, junge Frau« Bewegung in die Sache brachte.

»Sie haben ganz recht.«

»Immer da drüben und wir gar nicht.«

»Zustände herrschen hier, Zustände!«

»Na, Fräulein, vergessen Sie aber nicht den linken Flügel, links sitzt's Herz.«

»Man kriegt ja steife Arme.«

Um ½ 10 Uhr betraten Margot und Oskar den Saal. Auf der Bühne waren Akrobatentänzer. Das Mädchen war Schlangenleib, spreizte so die Beine, daß an ganz unwahrscheinlichen Stellen plötzlich Füße auftauchten, plötzlich bog sie sich nach hinten über, daß der Kopf auf der Erde mit den Füßen zusammenstieß, ein Hufeisen bildete. Die Brüste saßen unbeweglich.

Meyer war entzückt: »Ich muß sagen, in so was könnte ich mich heute noch verlieben.«

Margot war gekränkt. Warum sagte er so was zu ihr?

Aber Berlin hat kein Klima für die Liebe.

So was sagt man nicht, wenn eine schöne Frau neben einem sitzt, dachte Margot, taktlos ist es. Diese Berliner Männer sind unmöglich. Überhaupt dieses Berlin, kein Flair, keine Grazie, keinen Charme. Und dann kamen die Radler. Am Nebentisch entdeckte Meyer einen Bekannten. Er kam an den Tisch. »Darf ich Herrn Gödovecz vorstellen?«

»Sind Sie beruflich hier?« fragte Gödovecz.

»Das weiß ich erst um 12 Uhr. Aber Sie?«

»Ich, ja. Denken Sie, ich habe am Sonntag eine ganze Seite in der Breslauer Illustrierten nur Käsebier gehabt. ›Käsebier singt ein Chanson‹, in sieben Phasen. In Berlin habe ich schon vorige Woche eine Unmenge Käsebier in den Zeitungen gehabt.«

»Geht also das Geschäft gut?«

»Ja, ich bin gar nicht so begabt, wissen Sie, wie die andern unbegabt sind. Darauf kommt es überhaupt an. Es gibt fast nur Dumme.«

»Kellner, noch ein Helles, willst du noch was, Margot?«

»Einen Cobbler.«

»Cobbler in der Hasenheide! Ach, Mädchen, mit dir kann man nicht in die Hasenheide gehen, ein Helles, Würstchen oder Kaffee bestellt man hier.«

»Also dann Kaffee.«

»Du scheinst hier nicht glücklich zu sein.«

»Nein, ich finde es schrecklich. Sehen Sie sich bitte das Publikum an.«

»Na ja, natürlich. Die Berlinerin versteht's nicht, sich anzuziehen«, sagte Gödovecz.

»Jetzt brauchen Sie nur noch zu sagen, ›und kochen können sie auch nicht in Berlin‹. Dann haben wir's richtige Gespräch. Dabei ist die Berlinerin heute die schickste Frau der Welt, und das Essen in Budapest kann kein europäischer Magen vertragen. Paprika plus Pfeffer, nein, danke.«

»Also Sie können sagen, was Sie wollen, aber die allgemeine Meinung ...« Und jetzt begann der Clown Tuby Tub, der herrliche Clown mit der Zigarrenkiste.

Drüben entdeckte Meyer Krienke, Photopreß. »Wissen Sie, daß Richard Thum unten sitzt?« sagte Krienke.

»Nein. Hier ist es richtig. Weißt du, Margot, wer Richard Thum ist? Ahnst es auch nicht? Was reimt sich auf Ruhm, was wohl? Such einen Vers auf Ruhm! Thum. Wissen Sie nicht, wieso Thum zu seinem Beruf kam? Eines Tages ging er die Leipziger Straße fürbaß und überlegte, ob die Spree oder seine Pleite tiefer sei, da dachte er, Thum, Thum, Ruhm, und da hatte er es gefunden. Er macht den Ruhm, aber einen höchst exklusiven und beständigen Ruhm, ein von Dr. Richard Thum eingemachter Ruhm platzt nicht und wird nicht schlecht. Wenn Dr. Richard Thum jemanden des Ruhmes für würdig hält, dann kann man sich darauf verlassen, daß es stimmt.«

»Na ja«, sagte Margot mit höchster Anerkennung.

»Du sagst ›na ja‹, wieso aber macht Dr. Richard Thum die Rühme? Doch nur, indem er die Geeigneten photographiert, und er hat es verstanden, so einen Ruf zu erwerben, daß jedermann sich sagt, wenn ihn Dr. Richard Thum photographiert hat, muß was dran sein. Hier unser Freund Krienke, der photographiert Krethi und Plethi, so das Füllsel der Internationalen Illustrierten Zeitungen photographiert er. Wenn's in England einen neuen König gibt, den Prince of Wales in Schottisch, den Prince of Wales in Französisch, den Prince of Wales als Bantuneger, den Reichskanzler, die Reichskanzler, den französischen Ministerpräsidenten, den Boxmeisterwelt, den Weltboxmeister, den Boxweltmeister, irgendeinen Professor, der ein Heilmittel gegen den Krebs fand, Stalin oder Tschitscherin, in der Art, aber unser Dr. Richard Thum, der photographiert nur Leute, von denen er nach telefonischer Anfrage beim lieben Gott erfahren hat, daß sie in die Unsterblichkeit eingehen, den Direktor der Adda-Addawerke zum Beispiel in der ersten Kajüte des größten Hapagdampfers, oder die indische Fürstin von Kapurthala im Gespräch mit dem First Lord of Lackstiebel, nur so, und wenn er sich zu dieser Hefe hier begibt, dann, Krienke, können wir eine Aktiengesellschaft auf Käsebiers Kopf gründen, wir werden hohe Dividenden erhalten. Wer photographiert wird, oder vielmehr wer gelichtbildnert wird von Thum, geht ein zu einem ewigen Ruhm! Tja, Krienke, wir beide nicht.«

Und dann war die Vorstellung zu Ende. Meyer fuhr mit Margot nach Hause. »Wollen wir noch wo hingehen?«

»Ach, lieber nicht, ich komme sonst so spät nach Hause.«

»Gut«, sagte Meyer beleidigend rasch. Er dachte an Käsebier.

Am Kurfürstendamm half er das Auto verstauen: »Wollen Sie noch einen Augenblick mit rauf kommen, vielleicht ist mein Mann noch auf.«

»Laß man«, sagte er. »Ich will noch schreiben heute abend.«

»Wie Sie wollen.«

»Ich danke Ihnen für den Abend.«

Oben war ihr Mann noch wach. »Hast du dich gut amüsiert?« fragte er verschlafen.

»Ach, ein ekelhaft eingebildeter Kerl.«

»Ich kann ihn auch nicht leiden.«

Und dann ärgerte sie sich über ihren Mann, der sofort einschlief.

Meyer ging langsam den Kurfürstendamm entlang. Merkwürdigerweise schien es ihm ziemlich warm geworden zu sein. Es regnete. Drei Schritte von Margots Haus, gerade am Dreieck der Schlüterstraße, gerade am Zeitungskiosk, traf er Fräulein Dr. Kohler. Sie erschraken beide. Meyer wollte erst vorbeigehen. Sie trat ihm in den Weg.

»Sie sind zurück?« sagte sie.

»Ja, seit heute«, sagte er, »ich habe aber gar keine Zeit, ich habe immerzu zu tun, entsetzlich, Verträge mit dem Schuft, meinem Verleger. Habe gar keine Zeit.«

»Jetzt um 12 Uhr?«

»Nein, ich will noch schreiben.«

»Wollen wir uns nicht wenigstens einen Augenblick hinsetzen?«

»Ach nein«, sagte Meyer, »ich habe schrecklich viel zu tun, und dann ist es auch schon so spät.«

»Aber Herr Meyer!«

»Na, schön, gehen wir einen Augenblick rein.«

An der Ecke lag eine kleine Konditorei. Es saßen nur noch zwei Paare da und ein alter, ganz alter Herr, der alle Zeitungen neben sich aufgehäuft hatte.

»Wie schön«, sagte Meyer plötzlich, »daß ich neben Ihnen sitze, was darf ich Ihnen bestellen, vielleicht ein Eiscream Soda?«

»Egal.«

»Eiscream Soda«, sagte er zu dem Kellner.

»Welch schöne runde Stirn Sie haben, welch schöner Bogen zur Nase, und der kleine kluge Mund voll Ironie.«

Der Kellner brachte das Bestellte. Meyer nahm den Löffel, füllte ihn mit Eis, gab ihn dem Fräulein Dr. Kohler in den Mund, fütterte sie.

Er strahlte beseligt.

Wie er mich liebt! dachte sie.

Wie ich sie liebe! dachte er.

»Ich möchte ein Bildhauer sein, nur um diese Hand modellieren zu können.« Er nahm ihre Hand und streichelte sie. »Wie oft, glauben Sie, habe ich es schon versucht, ich kenne diese kleine Hand auswendig, ich habe es mit Plastelin versucht.«

Kann man denn so glücklich sein, dachte sie.

»Warum?« sagte sie laut, »sind Sie damals so abgereist?«

»Wenn Sie wüßten, wie ich – ach, ich habe viel unter Pariser Bäumen an Sie gedacht. Ich habe viel von dir geträumt, ich träume immer von dir.« Er nahm ihre Hand.

Kann man einen Menschen so leiden lassen, dachte sie.

»Ich konnte nicht. Ich muß dir aber einmal meine Photographien aus Paris zeigen.« Er nahm ihren Kopf in beide Hände und flüsterte ihr ins Ohr, abgehackt, kurz und voll Scham: »Und für das entgangene Beste, leistet sich der Körper Feste.« Dann küßte er sie auf die Stirn und nahm behutsam die Hände fort. »Zahlen«, rief er.

Sie standen auf und gingen. Es regnete.

»Es regnet«, sagte er. »Es regnet immer, wenn wir uns treffen.«

Drüben war die Haltestelle ihres Aboags. Sie steuerte darauf zu.

»Ich bringe dich nach Hause.«

»Ach, lassen Sie nur.«

»Es ist mir auch lieber, ich muß nämlich heute noch was tun«, sagte er, »und dann erwartet mich meine Mutter. Ich habe ihr versprochen, daß ich ihr wenigstens noch gute Nacht sage.«

»Aber ich kann doch sehr gut mit meinem Aboag direkt nach Hause fahren.«

»Wir sehen uns bald«, sagte er, »sehr bald.«

Da kam der Aboag schon. Sie stieg ein und winkte. Sie verstand plötzlich das Wort außer sich sein. Sie würde acht Tage nicht arbeiten können und nur an ihn denken und ihren Traum. Es war ein einfaches Zweibettzimmer in einem ländlichen Hotel gewesen. Sie lag im Bett am Fenster, während er sich in Unterhose und nacktem Oberkörper am Waschtisch im Zimmer wusch. Sie sah ihm zu, sah alle Häßlichkeit, die Unterhose, die kleinen Strümpfe, den untrainierten Rücken und liebte ihn. Er war an ihr Bett getreten und hatte sich zu ihr gesetzt und küßte sie. Dann war sie aufgewacht. Trotz dieses Abschieds liebte er sie. Was sonst tat not? An der Joachimsthaler Straße stieg sie aus, traf dort zufällig eine gute Bekannte, Fräulein Doktor Wendland, umarmte sie: »Mädchen, ich bin irrsinnig glücklich, wir wollen etwas unternehmen, ich muß etwas unternehmen. Kommen Sie, wir trinken eine Flasche Wein.«

»Hoppla«, sagte Fräulein Dr. Wendland, »Meyer?«

»Ja.«

»Geschrieben?«

»Nein.«

»Hier?«

»Getroffen, komm.«

Und sie gingen in eine kleine Weinstube. Die Freundin, Weinkennerin, suchte heraus. Es war ein Rheinwein, eine halbe Flasche. Fräulein Dr. Kohler bestellte sich eine Geflügelmayonnaise. Die Freundin wollte nichts mehr essen.

»Eine Geflügelmayonnaise am späten Abend!«

»Warum soll ich nicht heute Geflügelmayonnaise essen? Außerdem will ich einem Bettler drei Mark geben. Ach ich bin so glücklich. Einmal, passen Sie auf, es wird noch! Er liebt mich!«

»Natürlich liebt er Sie, er ist nur leider verrückt. Können Sie mir einen vernünftigen Grund sagen, weshalb Sie hier mit mir und nicht mit ihm sitzen?«

»Nein.«

»Also es gibt keinen.«

»Er hat zu arbeiten, sagt er.«

»Sagt er. Ist doch Unsinn.«

»Es ist sehr schwierig mit uns beiden. So große Liebe ist immer schwierig.«

»Ach, Quatsch. Er ist verrückt. Sie sind doch nicht schwierig. Sie sind bloß instinktlos in der Auswahl Ihrer Objekte. Aber ich will nichts sagen. Ich hab bloß solche Wut auf ihn, weil er Sie so kaputt macht, aber vielleicht wird noch alles gut.«

»Prost, es muß noch alles gut werden. Ich werde sonst verrückt. Ich kann Ihnen nicht sagen, wie ich ihn liebe. Kennen Sie das Wort, ein Haar auf deinem Haupte ist mir lieber, als euer aller Leben. So ist mir. Na, und Sie?«

»Ich bin froh, wenn ich den Sommer wieder verreisen kann.«

»Und das Innenleben?«

»Abgesagt.«

»Gar nicht?«

»Ja.«

»Warum aber, ich finde das so schade?«

»Sie wissen doch.«

»Ja, aber immer noch, das ist doch zehn Jahre her. Seht ihr euch noch?«

»Manchmal auf der Straße, aber wir grüßen uns nicht. Er hat übrigens auch nicht geheiratet. Wird auch nicht.«

»Aber es gibt doch nicht bloß den einen, wenn Sie ihn auch geliebt haben und er Sie wahrscheinlich auch. Ist es nicht unrecht, daß Sie sich in diese Liebe zu dem einen, der noch dazu ein ganz ungeeignetes Objekt zu sein scheint, so hineinreden und verrennen?«

»Das sagen *Sie* zu *mir*?«

»Ja, ich sage das, denn ich glaube Ihnen nicht ganz. Sie wollen einen freien Kopf für Ihre Arbeit haben, und für die Herzecke haben Sie sich ein Ideal gemacht, auf das Sie Ihre Wünsche konzentrieren. Das ist ein bequemer Ausweg und steigert die Leistung. Sie haben ja recht! Wenn unsereins glücklich liebt, so ist einem ja nicht nur ein Haar auf seinem Haupte lieber als unser aller Leben, sondern was viel schlimmer ist, auch als unser aller Leistung. Die Wahrheit ist, man kann sehr oft lieben. Ja, man kann sogar mehrere nebeneinander lieb haben auf verschiedene Weise. Das alles sind nur Dinge, die wir uns schwer eingestehen. Das Leben ist trotz alledem sehr reich.«

»Das finde ich auch. Aber gehört ein Mann dazu?«

»Ich denke schon.«

»Ich kann kein Verhältnis haben, und anders ist kein Mann heutzutage auf die Dauer mit einem zusammen. Ja, eine Weile gewiß, und gemeinsame Interessen, das ist ja alles ganz nett, aber ohne Aussichten auf ein endliches Beilager ist eine Freundschaft ein rarer Vogel.«

»Und warum kein Verhältnis? Es kann doch kommen, nicht etwa krampfhaft suchen, aber bereit sein. Ich könnte nicht anders.«

»Haben Sie schon einmal zu Ende gedacht, was das bedeutet? Diese Abhängigkeit, diese Angst, und daß das Dienstmädchen was merkt. Zu einer Bekannten von mir, die lebenswandelt, hat das Mädchen neulich gesagt: ›Und ewig Ihre seidne Wäsche waschen, das können Sie auch allein machen.‹ Nein, ich könnte so etwas nicht ertragen. Wenn ein Mann mich derartig liebt, besteht gar kein Grund, mich nicht zu heiraten. Und heiraten kann ich nur den einen, mit dem es nicht möglich ist. Soll ich Angst haben vor der Portiersfrau, wenn ich zu spät nach Hause komme? Nein, danke.«

»Gott, ich rede Ihnen ja auch nicht zu. Ich finde es bloß zu schade. Auch um mich finde ich es schade.«

»Ach, Unsinn, man überschätzt das alles heutzutage. Als wir auf die Universität kamen, war es eine große Seligkeit und wir hatten Ehrgeize und wollten was leisten und hatten unsern großen Stolz. Und was ist kaum fünfzehn Jahre später? Das Girl ist gekommen. Wir wollten einen neuen Frauentyp schaffen. Wissen Sie noch, wie wir gebrannt haben vor Seligkeit, daß wir an alles heran konnten, diese ganze große Männerwelt voll Mathematik und Chemie und herrlichen historischen Offenbarungen in uns aufzunehmen. Und jetzt ist das Resultat, daß die kleinen Mädchen von sechzehn in meiner Sprechstunde sitzen und ich schon froh bin, wenn sie nicht krank sind, und der Kopf ist nur noch zur Frisur da. Ich finde, die Akademikerinnen sind arg ins Hintertreffen gekommen.«

»Wie alle Akademiker und wie alle Geistigen und alles Geistige.«

»Es gibt die Not und sonst nur den Parademarsch in breiter Front auf das Bett zu. Es ist eine Enttäuschung, die wir erlebt haben, nein, leugnen Sie nicht, wir alle haben sie erlebt, die wir uns gelüsten ließen nach der Männer Bildung, Weisheit und Können und erfuhren, wie weit das Leben ist, wenn man die Suche nach Wahrheit zum Stern seines Daseins macht. Die Enttäuschung an der nächsten Generation. Das Leben habe ich täglich in meiner Sprechstunde. Ich entbehre nichts, ich bin ganz erfüllt davon, aber nach uns ist eine Generation gekommen, die alles vergessen hat. Das ist arg.«

»Aber es wächst eine neue Generation heran, die schon sehr reizend ist, interessiert wie die Jungen, sportlich und keine Kleideraffen.«

»Sehen Sie mal dort drüben hin, da entlocken die Herren der Geschäftswelt den weiblichen Angestellten die Geschäftsgeheimnisse mit Hilfe von einer Flasche Wein. Rechts die Pfote mit dem Bleistift und links die mit der Zärtlichkeit. Bei den Frauen gibt es zwei Sorten, die einen, die nur den Bleistift sehen und die Geschäftswelt an der Nase herumführen, die andern, die auf den Wein hereinfallen. Die da fällt auf den Wein herein.«

»Himmlisch! Sonntag könnten wir übrigens miteinander in den Grunewald fahren.«

»Könnten wir.«

»Das ist nett, daß Sie sich mal freimachen, werden wir tüchtig marschieren, es ist jetzt so herrlich draußen. Wissen Sie, ich freue mich richtig, daß wir uns mal nicht so en passant sprechen.«

»Ich auch, so ein richtiges Frauengespräch ist eins der besten Dinge der Welt. Und was die Männer davor für eine Angst haben!«

»Eigentlich können einem die Männer leid tun. Die haben das nicht, dies Darüberreden und Bekennen und Erklären, dies herrliche Sichausgequatsche, der einzige Trost und die einzige Rache.«

»Und die Glückserhöhung auch.«

»Also auf Wiedersehen.«

Und dann war es ½ 2 Uhr, und Fräulein Dr. Kohler mußte sich ein Auto nehmen.

Als Meyer sich verabschiedet hatte, war ihm sehr elend zumute, und er begriff nichts mehr. Er wollte in die Elektrische nach Halensee steigen. Sie kam nicht. Er wartete. Neben ihm wartete ein junges Mädchen. Sie ging auf und ab. Meyer fixierte sie. Sie sah ihn an. Sie war jung. Offenbar aus gutem Haus.

»Wollen wir uns ein Auto nehmen?« sagte er. Sie nickte. Er winkte. Das Auto kam.

»Wo wohnen Sie?«

»In der Hubertusbaderstraße.«

Er nannte die Adresse. Sie stiegen ein. Er nahm ihre Hand, küßte sie zwischen den Fingern, dann griff er nach ihrem Knöchel, strich das Bein hoch, machte halt. Sah ihr ins Gesicht, das erregt war, küßte es blindlings, wobei er über sie hinfuhr. Der Pelzmantel war geschlossen. Er öffnete ihn.

»Kann ich zu dir kommen?« sagte er kurz vor der Halenseer Brücke, während seine Hand schon sehr weit war. Sie schwieg. »Süße.« Sie stiegen aus. Sie betraten im Dunkeln einen Berliner Hausflur, stiegen im Dunkel die Treppe hoch, wagten nicht, Licht zu machen. Sie schloß die Wohnung auf.

»Hier links«, sagte sie. Das war alles. Im weißen Zimmer zündete er die Bettlampe an. Das Mädchen kam. Er sah sie glühen. Es ging rasch. »Wie komme ich hinaus?« fragte er.

»Ich gebe den Hausschlüssel. Lasse schnell einen neuen machen.«

Sie vermieden die Anrede. Er küßte sie, trotzdem sie nicht wollte, herzlich sogar, da sie so ohne Erinnerung und Forderung dastand. Schloß leise die Tür, glitt die Treppe hinab im Dunkel, lauschte auf Geräusche. Schloß auf. Stand draußen. Versuchte die Hausnummer zu lesen. Konnte sie nicht erkennen, steckte den Schlüssel ein.

Das Mädchen, todmüde, dachte: Es war schön nach dieser furchtbaren Demütigung von Paul, der mich nicht will. Ich hätte beinahe vergessen, den Wecker zu stellen, morgen 8 Uhr Büro.

Und dann war es ½ 2 Uhr, und Meyer mußte sich ein Auto nehmen.

Am nächsten Tag schrieb Meyer-Paris einen Artikel in der Allgemeinen Zeitung: »Käsebier, ein Berliner Volkssänger.« Am Sonnabend erschien eine Seite mit Gödowecz' Zeichnungen in der Berliner Bilderschau. Am nächsten Tag hatte die Großberliner Woche einen ganzen Artikel: Käsebier mit Photos von Dr. Richard Thum. Es waren drei Photos Käsebier, drei weitere Photos »Käsebier und sein Milieu«. Da sah man die Radler und den Clown Tuby Tub und die Akrobatentänzer von unten her aufgenommen. Dann kamen sechs weitere Photos: »Zuschauer bei Käsebier.« Man konnte nur staunen, wen Dr. Richard Thum alles kannte. Auch Margot war darauf zu sehen. Frau Margot Weißmann, die Gattin des Industriellen Weißmann mit Meyer-Paris. Dann ein großer Tisch, Bankier Reinhardt Hersheimer, Graf Dinkelsbühl, der Polo- und Golfspieler, Gräfin Dinkelsbühl, Komtesse Mercy, Herr von Trappen vom Auswärtigen Amt und Frau Clothilde Meyer-Lewin, ein Bild war der Großindustrielle Menke mit Gemahlin! Ein Bild »Kollegen aus der Staatsoper«. Dirigent Mäusebach, die Altistin Senta Sieger, der Tenor Otto Glübart. Zwei Bilder »Volk«. Ein Tisch mit drei jungen Pärchen, ein Tisch mit einem alten Ehepaar, einer Tochter mit Verlobtem und mitgenommener alter Tante.

Neuntes Kapitel
Ein Mädchen läuft durch die Stadt

Am gleichen Tage geschah es, daß Meyer-Paris Fräulein Dr. Kohler anrief und sie bat, mit ihm am Abend zu Käsebier zu kommen. Fräulein Kohler verschlug diese Aufforderung die Stimme so, daß sie nur ein schüchteres »Ja« herausbrachte. Am Abend zog sie sich ausführlich an und traf sich mit Meyer, der von der Redaktion kam, in der Hasenheide. Meyer drückte ihr bei aufregenden oder auch besonders schönen Stellen die Hand, und er sprach, als eine Tänzerin Marcelle tanzte, das Wort »Paris« mit sehnsüchtigem Tonfall aus: »Kennen Sie es? Ja?«

»Ja«, sagte sie, »ein wenig.«

»Es müßte schön sein mit Ihnen.«

Dann ließen die Inder Stoffe im Feuer nicht verbrennen.

»Ich mag ja Käsebier schrecklich gern«, sagte sie.

»Na, ich glaube fast, er wird ein bißchen überschätzt.«

Als sie nach Hause gingen, war richtiger Vorfrühling.

Meyer-Paris sagte: »Es ist so warm heute.«

Fräulein Kohler schnupperte: »Richtiger Frühling ist in der Luft.«

»Ja, richtiger Frühling. Es regnet. Immer wenn wir uns treffen, regnet es.«

Sie nickte entzückt. An der Kirche stiegen sie in ein Auto. Sie lehnte sich an ihn. »Süße, Kluge«, sagte er. Vor ihrem Hause wartete er einen Augenblick, sah sie an, sie sah ihn auch erwartungsvoll an. Er riß sie an sich, warf sich über sie und küßte sie auf den Mund in einem Begehren, das ihr völlig neu war, das sie so völlig hemmungslos und tiermäßig, ohne Freundlichkeit, nie erlebt hatte. Er ließ sie los und sagte: »Ich hab ja deine Telefonnummer«, und lief davon.

*

»Soll ich Kaffee bestellen?« sagte Gohlisch.

»Ja, gut«, sagte Miermann.

»Ich zahle.«

»Gut«, sagte Miermann.

»Es wird Sommer.«

»Ich ziehe morgen in meine Laube. Wollen Sie nicht ein bißchen verreisen?«

»Ich habe keine Moneten, so lange mir das deutsche Volk keine Rente zahlt.«

»Aber haben Sie gar keine Rente von den ›Tollkühnen‹?«

»Rente? Wissen Sie denn nicht, daß es eine Verschwörung in Deutschland gibt, man kann es auch einen Verein nennen, meine Bücher nicht zu lesen? Wissen Sie es nicht? Ich habe immer zehnmarkweise mein Geld verdient. Später auch fünfzigmarkweise oder hundertmarkweise. Aber dreitausend Mark auf einmal habe ich nur einmal verdient, da habe ich ein Grundstück vermittelt!«

»So verdienen's die Kaufleute«, sagte Gohlisch.

»Aber wie können Sie das sagen«, sagte Fräulein Dr. Kohler, die eingetreten war, »und die Sorgen und Verluste und die tausend vergeblichen Wege für zwanzig Geschäfte, die werden? Jeder denkt immer, dem andern geht's gut.«

»Sie sind doch ein berühmter Mann, Herr Miermann«, sagte Gohlisch.

»Ich hätt's aber zwanzig Jahre früher sein können. Sie haben neulich gefragt, warum ich den alten guten Mahlke so schlecht behandle. Der alte gute Mahlke hat mich zwanzig Jahre gehindert, Miermann zu werden. Zwanzig Jahre, bitte, zwanzig Jahre habe ich in der Allgemeinen Zeitung diesen Idioten zum Redakteur gehabt. Zwanzig Jahre hat mir dieser Esel die Pointen gestrichen und seinen Mahlkeschen Quatsch in meine guten Miermanns geschrieben. Die letzten zehn Jahre habe ich die Pointen in die Mitte geschrieben, weil ich dachte, in der Mitte merkt er's nicht, er streicht nur am Ende. Aber, ich bitte, wie soll ein Artikel was werden, wenn man am Ende immer solche Sätze schreibt, die eventuell gestrichen werden können? Ich grüße ihn nicht mehr. Und wenn mich einer fragt, sag ich: ›Mahlke? Ein alter Lump. Er hat mich zwanzig Jahre gehindert, etwas zu werden‹.«

»Ich finde ja auch, so was rechtfertigt einen Mord. Aber den Mördern fällt selten was ein. Da hat in der Nähe von Berlin neulich ein Arbeiter seinen Wirt ermordet. Der Mann hat täglich um 6 Uhr an seinem Bett gestanden und hat ›aufstehen‹ gesagt, jeden Morgen, unentrinnbar. Schließlich hat er ihn erwürgt.«

»Aber, Gohlisch, schreckliche Sachen sagen Sie manchmal.«

»Na, hab ich nicht recht? Jeden Morgen, stellen Sie sich das vor, um 6 Uhr, jeden Morgen? *Noch* eher dürfte man übrigens einen Redakteur ermorden, der einem die Pointen streicht.«

Miermann sagte: »Eine neue Berufsgefahr: Mord an Redakteuren, die Pointen streichen. Es ist ganz richtig. Wenn ein Ingenieur eine Verbesserung für eine Maschine erfindet und die ausführende Firma verkorkst das Modell so, daß die Verbesserung nicht mehr wirkt, kann er die Firma auf Schadenersatz verklagen. Kann ich Mahlke auf Schadenersatz für gestrichene Pointen verklagen? Stellen Sie sich einen Schadenersatzprozeß Michelangelo contra Bernini vor wegen der Peterskirchenkuppel!«

Gohlisch und Fräulein Kohler lachten.

»Was lachen Sie so dreist, junges Volk? Stellt ihr die Kunst so hoch, daß ihr findet, sie kann nicht durch das Recht geschützt werden? Oder so tief, daß ihr findet, es käme nicht auf ein paar Zentimeter an bei einem Bau oder auf gestrichene Pointen bei gefeilter Prosa?«

»Warum haben Sie Mahlke nie eine in die Fresse geschlagen?« sagte Gohlisch.

»Sie hörten doch, daß Gohlisch sogar für Mord ist in solchem Fall!« sagte die Kohler.

»Gohlisch greift gern zu so unfeinen Mitteln wie Mord oder Fresse schlagen, aber ich überlege mir längst, hätte Michelangelo nicht Bernini verklagen können wegen des Langhauses vor der Kuppel, durch das die Kuppel nicht mehr wirkt? Hätte er klagen können auf Veränderung oder auf Schadenersatz? Wie ich Michelangelo kenne, hätte er lieber auf Veränderung geklagt, wenn er nicht schon tot gewesen wäre. Aber ein Journalist kann nicht auf ›Wandlung‹ klagen. Ich wollte in meiner Jugend katholisch werden und in ein Barockkloster eintreten. Dann hätte ich mit meinen edlen Zügen großartig als Priester gewirkt, ich hätte den Leuten groß und ausführlich von Augustin gepredigt, vom Kusaner und von Hugo von Hoffmannsthal, ich hätte ihnen die Notwendigkeit gepredigt, sich abzuwenden von Film und Radio und Auto als einem Teufelswerk, und kein Mensch hätte mir meine herrlichen Sätze vom Munde wegblasen können. Aber ich habe ja Journalist werden müssen und bekam den hinkenden Mahlke zum Vorgesetzten statt des Papstes oder Petri selber. Was konnte ich tun, mein Sohn Gohlisch und meine Tochter Kohler? Konnte ich den Bannstrahl über Mahlke zücken und ihm mit der himmlischen Gerechtigkeit drohen, die ihm in der Hölle unablässig mit der Kneifzange die Nase abzwacken lassen wird, welches die Strafe ist für diejenigen Redakteure, die auf Erden den Journalisten die Pointen strichen? Ich konnte ihm höchstens mit Rechtsanwalt Löwenstein drohen, der hätte Vorschuß verlangt und auch kein Gesetz gefunden, das Mahlke befohlen hätte, meine echten Miermanns echte Miermanns sein zu lassen. Der Journalist leidet schwer, meine Kinder, denn noch dazu hat mich Mahlke ›albern‹ genannt, weil ich um das Wort kämpfe. Ich hätte ihn verklagen können wegen Beleidigung und ihm sagen, daß Faust die tiefsten Gedanken anläßlich eines Wortes, des Wortes Logos, eingefallen sind. Heißt es Kraft? Heißt es Sinn? Heißt es Tat? Aber Herr Mahlke hätte Faust einen Wichtigtuer gefunden.«

»Ist gut, daß wir nun endlich bei Faust sind«, sagte das Fräulein.

»Meine teure Freundin hat neulich gesagt, ich solle zum Psychoanalytiker gehen, um den Mahlke abzureagieren, es ginge nicht, daß ich mit solch halbverdrängtem Komplex rumliefe. Sie meint, wenn man heutzutage eine Wut auf jemanden hat, ginge ein moderner Mensch zum Psychoanalytiker. Dann erzähle man über die Art seines Kleinkindera-as und ist die Wut los.«

»Aber, Herr Miermann!«

»Ja, Haß, Wut, Liebe werden alle eines Tages verschwunden sein. Jeder Mensch hat seinen Psychoanalytiker zur Seite, und auf diese Weise wird ein großer Abbau der Justiz erfolgen können. Die Affekte verschwinden. Ja, sogar Kriege werden mit Hilfe der Psychoanalyse nicht mehr zustandegebracht werden können. Die am längsten und besten Psychoanalysierten bilden dann den Areopag. Und die Areopage aller Länder sind der Völkerbund. Ja, aber nun wollen wir hinabsteigen zu den Fleischtöpfen Ägyptens.«

Augur kam, nickte düster, drückte allen schweigend die Hand.

»Na, Verschwörer, was gibt's?«

»Das Beschaffungsamt ist ein großer Sumpf.«

»Sollen wir das drucken?«

»Ja. Wollt ihr nicht drucken, was die Spatzen vom Hausvogteiplatz pfeifen?«

»Ich halte das für gefährlich.«

»Ach, ihr seid alle feige. Darum wirst du auch nichts, Gohlisch.«

»Ich werd nichts, weil ich liebenswürdig bin, Herr, ich bin herzenshöflich, da halten einen die Leute für betrunken. Glauben Sie nicht? Ist aber so. Neulich sitze ich in der Hochbahn, unterhalten sich zwei Leute immer über meinen Kopf weg. Der Herr sitzt auf dem Notsitz. Sag ich, bitte, ich kann ja tauschen. Ach nein, danke, sagt der Herr. Na, setz dich schon, sagt die Dame. Ach, nein, danke, sagt der Herr abweisend. Ich stehe trotzdem auf, da hör ich, wie er leise zu der Dame sagt: ›Merkste denn nich, der is doch betrunken.‹ Wenn man einem Menschen seinen Platz anbietet, hält er einen für betrunken. Nur feiste Grobiane oder hochmütige Höflinge machen Karriere. Liebenswürdig darf man bestimmt nicht sein, zumindest wird man für dumm gehalten. Immer hübsch von oben runter.«

»In dieser Stadt«, sagte Miermann, »und diesem Lande der Radfahrer, nach oben buckeln, nach unten treten.«

»Wissen Sie, daß Käsebier an den Wintergarten kommt?«

»Ich bin heute abend mit Käsebier verabredet. Wir wollen einen Met zusammen trinken. Sehen Sie, so geht's, ich habe den Mann entdeckt, aber was bin ich, ein kleiner Journalist, da mußte erst Otto Lambeck nach Berlin kommen, der große Dichter Otto Lambeck, und tausend Mark für einen Berlin-Artikel angeboten bekommen und den Frächter treffen, diesen Schleimer, der ihm sagte: ›da hat neulich was über Käsebier gestanden, Käsebier ist ein Tipp‹, damit Käsebier berühmt wurde. Wissen Sie, wer Käsebier ist? Der Mann, über den Otto Lambeck am Radio sprach. Übrigens gibt Frächter ein Buch über Käsebier heraus. Wird bei der Wintergartenpremiere aufliegen. Er hat mich gnadenvollerweise aufgefordert, mitzuarbeiten, das heißt, einen Beitrag zu liefern.«

»Zeitgenossen über Käsebier«, sagte Miermann lächelnd.

»Vielleicht, Herr Miermann, interviewen Sie für die Osternummer auch Käsebier über seine Stellung zum Panzerkreuzer«, sagte Gohlisch.

»Warum auch nicht? Der einfache Menschenverstand! Sie sind bloß neidisch, weil Frächter tüchtiger ist.«

»Oder geschmackloser. Ich gehe nach alledem mit Augur zu Aschinger. Dort werden wir ein lukullisches Mahl finden. Die Gazetten überlasse ich unserm geliebten Dalai Lama.«

»Lebt wohl, lebt wohl!«

»Heil und Sieg und fette Beute.«

»Meine Tochter Kohler«, sagte Miermann, als die beiden fort waren, »es geht so nicht weiter mit Ihnen. Sie haben viermal vorgestern bei der Allgemeinen Zeitung angerufen, man mokiert sich über Sie.«

»Wer hat das erzählt?«

»Das ist ja gleich. Machen Sie sich nicht lächerlich.«

»Gewiß, Sie haben recht, aber ganz so, wie Sie sich's denken, war's doch nicht. Er hat mir versprochen, mich zur Impressionisten-Ausstellung abzuholen. Erst sagte er 11 Uhr, habe ich gewartet, um 12 Uhr habe ich angerufen, sagte er, es sei was dazwischen gekommen, er käme um 1 Uhr. Bis 1 Uhr habe ich gewartet, ist er nicht gekommen, habe ich bis 2 Uhr gewartet. Um 2 Uhr habe ich angerufen, hat er sich mit Worten höchster Liebe entschuldigt, er käme gleich nach Tisch um 4 Uhr. Er kam nicht um 4 Uhr, um 5 Uhr habe ich noch einmal angerufen, da war er weggegangen, und um 7 Uhr habe ich's noch einmal versucht. Aber da war ich auch fertig.«

»Man darf einem Mann nicht nachlaufen.«

»Aber Herr Miermann, wenn ich ihn liebe und er mich, ist es doch kein Nachlaufen?«

»Er liebt Sie nicht, oder vielleicht, nehmen Sie's mir nicht übel, meine Tochter, vielleicht will er eine Frau mit viel Geld.«

»Er liebt mich. Ich bin doch nicht blödsinnig, schließlich hab ich doch ein Quentchen Verstand.«

»Na, das mit dem Verstand?!!«

»Nie würde ich einem Mann nachlaufen, der sich nichts aus mir macht. Aber er liebt mich, glauben Sie's mir.«

»Na, ich weiß nicht.«

»Es gibt Menschen, die auch in andern Verhältnissen so sind. Ich kenne einen sehr bedeutenden Mann, der war bei einer Berufsbeziehung zum Abendbrot eingeladen. Wir haben auf ihn gewartet, er kam nicht. Zu Hause nicht zu erreichen. Nachher stellte sich heraus, daß er aus reinem Unsinn nicht gekommen war, aus barer Verrücktheit. Als M. das letztemal in Berlin war, sind wir im Auto gefahren, ekelhaft im Grunde, diese Liebe spielt sich nur in Autos und Konditoreien ab, nie einen Tag in Potsdam, nie eine Wasserfahrt, nie eine andere Gemeinsamkeit als gehetzte Autofahrten zwischen Redaktion, Verlag und Tonfilmatelier. Ja, ich wollte sagen, als M. das letztemal in Berlin war, fuhren wir im Auto, sagte er plötzlich, ob eine Heirat alles lösen könnte. Ich sagte: ›vielleicht‹, weil ich zu dämlich war, ›ja‹ zu sagen.«

»Das sind doch Redensarten, ein Mann, der eine Frau wie Sie begehrt oder liebt, heiratet sie.«

»Sie reden wie ein Mann, Miermann, nehmen Sie es mir nicht übel. Nachdem er mich gestern im Stich gelassen hat, hat er mir diesen Brief geschrieben. Ist das ein Liebesbrief? Ich muß mich verteidigen. Ich bin keine Gans.«

»Na?! Aber gib her.«

Miermann las den Brief:

Meine Beste!

Etwas ist immer, sagt Tucholsky. Und er hat recht. Nun hab ich Sie nicht angerufen, den ganzen Nachmittag – Abend auch? Ich hoffe doch nicht – warten lassen, hab' gewiß kaum gewonnenes Vertrauen verscherzt – bin bös – auf Sie! Und das kam so: Bis gegen 6 Uhr um eine Seele in der Redaktion gestritten, um ½7 Uhr zu Hause, sofort wieder weggerufen und wirkte bis spät in die Nacht in anderer Leute Angelegenheiten. Warum ich dies *Ihnen* übel nahm? Weil ich immer sonst diese Arbeitsüberbürdung, diese Behängung mit öffentlichem Schicksal gleichmütig ertragen hätte, im Gedanken daran aber, wie anders der Abend hätte sein können, Unlust und Verdruß hegte gegen alles, was meinen Vorstellungskreis erfüllt – und darum auch gegen Sie, die doch der Anlaß dieses Konflikts zwischen Wirklichkeit und Wunsch war. Aber im Ernst: Um Entschuldigung müßt ich Sie bitten, wüßt ich in einem Abend, mit mir verbracht, Gewinn, dessen Entgang Sie mir zu verzeihen hätten. Egoistischer bitt ich Sie: um Geduld! Lassen Sie mich durch die nächsten Tage, die ein Kunterbunt von Bindungen bringen, hindurch sein. Darf ich mich dann selbst melden? Ich bitte um Bewährungsfrist. Bewilligt? Gruß!

Ihr

O.M.-P.

»Ja, es ist ein Liebesbrief.«

»Also.«

»Aber ich halte diesen Herrn für einen eitlen und begabten Streber. Nichts für Sie.«

»Vielleicht habe ich kein Glück in der Wahl meiner Objekte.«

»Mädchen wie Sie vergreifen sich sehr leicht, und das Schlimme ist, daß sie nie mehr loskommen. Mit Fräulein Timmer geht's genau so.«

»Ich bin aber eigentlich sehr glücklich in dieser Liebe. Ich kann für mich allein glücklich sein, ich kann für mich allein leiden, ich bin gar nicht so unglücklich, ich bin ausgefüllt. Ich werde sehr gut arbeiten in der nächsten Zeit.«

»Das ist ja dann sehr gut, aber schlagen Sie sich diesen Mann aus dem Kopf. Er ist ein Ekel, glauben Sie mir. Neulich hat er unsern tapferen Behm-Rabke angegriffen, hat geschrieben, alle Reiseschriftsteller schrieben wie Heine: ›Die Kellner in Göttingen haben rote Haare.‹ Auch dieser Herr Behm-Rabke führe in der Welt herum und äße mit Lords und Marquis, aber vom arbeitenden Volke habe er keine Ahnung. Ja, natürlich, Primo de Rivera oder Briand.«

»Es war auch geschmacklos von Behm-Rabke, zu schildern, wie er bei Briand gesessen hat und wie Fräulein soundso, die Tochter des Ministers, lächelte und Herr de Jxypsilon sich der lieblichen Madame Zet zuneigte.«

»Gewiß, gewiß. Aber Behm-Rabke ist trotzdem kein Snob, ist doch ein kenntnisreicher Mensch, vielleicht zu ernst. Aber so ein paar Entgleisungen rauszupicken und daran den guten Behm festzunageln, ist ordinär.«

»Rausgepickte Entgleisungen, an denen man jemanden festnagelt, sind auch schön. Ich meinerseits will ja keine warme Lanze für ihn einlegen. Aber ich kann es nicht vertragen, wenn Sie auf ›Ihn‹ schimpfen. Ich darf schimpfen, aber Sie nicht. Also, was hat er nun gemacht? Wo ist die Schweinerei, bisher hat er sich über Behm mokiert.«

»Gewiß, aber Behm hat eine Berichtigung geschickt.«

»Herr Miermann, Sie sind ja ulkig heute. Berichtigung für Spott gibt's doch nicht. Das kommt mir vor wie die Sache, die ich vorigen Winter mit Fräulein Ostau erlebte. Ich kenne die Grete Ostau schon viele Jahre, war mal, bevor sie ein Monokel trug und ein schwammiger Garçonnetyp wurde, bildschön. Eine dicke Garçonne ist nämlich was Furchtbares. Sie können sich das nicht vorstellen, wie hübsch die Grete Ostau damals war. Vorigen Winter komme ich zu Philipps, steht die Grete Ostau im Korridor, sag ich zu Gohlisch, mit dem ich hinging, ganz leise: ›Ach, ist die häßlich geworden.‹ Am nächsten Tag klingelt mich Karl Philipp an und sagt: ›Hören Sie, die Grete Ostau ist gestern sofort weggelaufen, weil sie so über Ihre Äußerung gekränkt war. Sie sagt, Sie sollen sie anrufen und sich wegen der Äußerung entschuldigen und sie zurücknehmen.‹ Ich hab ihm gesagt, daß es mir sehr leid täte, daß sie die Äußerung gehört hat, aber zurücknehmen könne ich sie nicht. Hätte ich anrufen sollen und sagen, liebe Grete Ostau, ich habe zwar gesagt, ich finde, Sie sind häßlich geworden, aber ich nehm's zurück, ich hab mich geirrt, ich finde Sie sehr schön? Genau so wenig kann doch Meyer schreiben: ›Ich hab zwar geschrieben, daß ich Herrn Behm einen Affen finde, aber ich find's nicht mehr.‹ So was kann man doch nicht berichtigen.«

»Richtig. Aber es war ja ganz anders. Meyer hat dem Behm grobe Irrtümer vorgeworfen, fälschlicherweise, und nur das hat Behm berichtigen wollen. Meyer hat die Berichtigung aber nicht drucken lassen, statt dessen hat er einen sehr höflichen Brief an Behm geschrieben, und den eignen Brief hat er publiziert. So feige ist er immer. Nur nicht zugeben!«

»Sicher, Miermann, sicher. Aber, ich liebe ihn. Ich kann mir doch nicht helfen. Er ist auch ein armer Hase. Ich möchte so gern anrufen.«

»Tun Sie's nicht, Kohlerchen, tun Sie's nicht.«

»Sie sehen einen witzigen Burschen in ihm. Er ist aber ganz anders. Ich lese zufällig jetzt buddhistische Schriften. Da zitiert er neulich einen Satz aus einer, die ich gerade las. Sind das Zufälle?«

»Natürlich. Überschätzen Sie so was doch nicht und hängen Sie sich nicht an ihn!«

»Und wie geht es Ihnen, Herr Miermann?«

»Sie ist eine merkwürdige Frau. Sie macht rasch Karriere, vielleicht etwas übertüchtig, kennt bereits alle Welt, verkehrt überall, hat über alles ein Urteil. Ein ganz neuer Typ. Sie hat sich die Haare bereits 1918 schneiden lassen. Sie sind ja eine altmodische Person.«

»Ja, ja, ich werd' ein bißchen durch die Straßen laufen.«

Sie fuhr zum Tiergarten. Krokus, Kinderwagen und Knospen an den Büschen, bunte Wollzwerge mit Teddybären im Arm und Rollern.

Am nordöstlichen Rand des Tiergartens luden sie jetzt die Kähne aus. Der Hering kam. Schiffsladungen voll, der junge, herrliche, vollfette Frühlingsmädchenhering, Öljacke, Tran, Seewind und Salzhauch, von der Küste bis zum Alexanderufer am Lehrter Bahnhof, wo sie ihn ausladen, das demokratische Tier, ihn und die Ziegelsteine, die sie auf dem Rücken aus dem Kahnbauch tragen für neue Häuser.

Invalidenstraße, Jungsmuseen, Steine, Telegraphenmodelle

und Walgerippe. Heidestraße, August. Preußische Bau- und Finanzdirektion. Bezirksausschuß für den Stadtkreis Berlin. Und dann bekam man eine Karte, daß Zivilsachen abzuholen seien, wohingegen dem Kanonier ... Vier Jahre später.

Unvergeßlich der Siebzehnjährige. Starker Berliner Junge. August 1918. Heidestraße, wie er am Tor den Koffer schwang, »nu jeht's rin ins Gefängnis.«

Jetzt hing da ein zerfetztes Plakat:

»Hunger«

»Arbeitslosigkeit, Massenelend ...«

»den Prol...rett...«

»gesamten Bankwesens«

»international«

»Diktatur«.

Der Bezirksausschuß war rosa und rosé gestrichen in sanften Tönen, des Krieges Stürme schweigen. Ein Fenster stand offen: eine Stube mit weißem Kachelofen, rotem Sofa, Nußbaumschrank, Riesenzimmerlinde.

Alte Stadt. Kliniken, Studenten, Kommers, Paukerei, Lokale der Christengemeinde neben kleinen Hotels. Fräuleins mit Zillefiguren standen da. »Auch kein leichtes Dasein«, dachte Fräulein Kohler. Und das arbeitende Volk, 42 oder 48 oder 52 Pfennige die Stunde, vorausgesetzt, daß man Arbeit hat. »Die guten fetten Schinkenenden« kosteten 1,10 Mark. Schweineköpfe bekam man das Pfund schon für 30 Pfennig. Es war 6 Uhr. Gebratene Leber und Suppe 75 Pfennig. Bunte Wäsche in den Läden. Der Wunschtraum Trikotseidenhemden, rosa mit gelben Spitzen. Puder und Schminke, Monatsgarderobe und Möbel auf Abzahlung, Leihhäuser. Medizin und Juristerei endeten hier als »Naturheilpraxis« und »Rechtsbüro«, links Ehescheidungen, rechts Strafsachen. Am Alexanderplatz war schon die Berolina fort.

Hier hatte sich der Staat sein Bollwerk errichtet, worin noch einige Löcher waren, die daher kamen, daß mit zugespitzten Eisen um Ideen gekämpft wurde. Hier stand auch das Bollwerk des Rechts, das keine Löcher bekam, weil es hinter der Staatsgewalt versteckt stand, und das Bollwerk der Magenversorgung. Hier türmte sich der Fraß. Berge blaßroter Lungen, schwärzlicher Nieren, blutiger Kadaver, Kisten voll Apfelsinen, grünlicher Käse aus Frankreich und rötlicher aus England, grüner Salat und Blumenkohl aus Holland. Züge voll Blumen, Säcke voll Bohnen, Erbsen und Reis, Nacht für Nacht, teils Gnade Gottes und teils Frachtbrief, teils Wunder und teils Chemie, teils Segen der Erde und teils Organisation.

Jenseits des Herzens der Stadt begann der Tag um 6 Uhr, enge Höfe, Häuser voll Menschen, voll Nähmaschinen, voll Hobeln und Hämmern und Stampfen, verfallene Häuser, beklebt von oben bis unten mit grellen Schildern. »Schuhlokal«, »Strumpfvertrieb«, »Hosenzentrale«, »Kleiderhof«. Arbeitslose gingen zum Stempeln, standen herum, verkauften Hosenträger, Kämmchen, Leim, Schokolade »drei Tafeln eene Mark«. Alte Kleider hingen überm Lumpenkeller »Zahle höchste Preise« zum Verkauf aus. Junge Burschen reckten sich, wollten bald losziehen auf Wanderschaft, die große Stadt verlassen, über die Landstraßen hingehen, März wie es war.

Schönhauser Tor. Hier war Berlin, weit nach Norden und Osten und Westen, das Leben der Millionen, und wenn es gut gewesen, dann waren es 115 Mark im Monat, denn es war nicht immer volle Schicht, und 10 Mark Rente für die alte Mutter, aber 30 Mark gingen ab davon für Miete. Oder 150 Mark mit Geschinde und Gekrabbel, Treppen auf und ab, und 25 Mark Spesengeld, Mann, Frau und Kind als Stadtreisender.

Leihhäuser, daneben die »Destille zur Pfandkammer«, Konfektion »für starke Damen«, Berufskleidung. Uhrenläden »Zur Einsegnung«. Alte Fabriken, vorn Villen mit Treppen vom Vorgärtchen her. Bald auch die neuen, herrlich vertikal, roter Ziegel, sachlich modern, hart. Für Seele und Sehnsucht war der Balkon da, Blumenkästen wurden gestrichen, neu befestigt, Bindfäden gezogen für Feuerbohnen und wilden Wein, Taubenhäuser aufgestellt. Zwischen der Destille »Zum Schmalzel-Maxe« und der »Zum feuchten Dreieck« Läden für Kanarienvögel und Laubfrösche, auch der Goldfisch lebte noch, Läden für bebänderte Lauten. Kinder spielten mit Kreisel und Murmel, hupften Himmel und Hölle, die sie mit Kreide auf den Asphalt gemalt hatten. Größere gingen feierlich, kleine Mädchen in schwarzen Kleidern, gelbe Rosen im weißen Papier und das Gesangbuch in der Hand, kleine Knaben im schwarzen Anzug mit Myrtensträußchen im Knopfloch. Man hatte sie für das Leben eingesegnet, auf das sie warteten, vorerst auf die Lehrstelle, die nicht zu bekommen war, dann auf das übrige. Alte saßen vor der Tür, hüteten die Kleinsten, einem flog der Luftballon davon. Es weinte. Erster Frühlingsschmerz. Ach, was flog einem alles davon im Leben!

Ringbahnhof. Scharen von Arbeitern, die lautlos heimkehrten in der Dämmerung, die blaue Kanne in der Hand.

Fräulein Dr. Kohler mischte sich unter sie. Sie weinte, während sie in die Stadt zurückfuhr. Zu Hause in Blumeshof erwartete sie ihre Mutter, Frau Geheimrat Kohler. Sie war eine stille Frau und sehr altmodisch. Immer trug sie ein graues Moiréband mit einer Brosche um den nackten Hals. Es war jetzt so, daß sie immer noch etwa 350 Mark Rente hatten, dazu kam das Einkommen von dem Fräulein mit 350 bis 400 Mark im Monat, das war ganz nett. Die Wohnung für 5000 Mark Friedensmiete hatten sie so vermietet, daß sie nur 100 Mark im Monat kostete, wohinzu sie noch manches für Frühstück, das elektrische Licht usw. von den Mietern erhielten. Die Wohnung war sehr elegant gewesen. Sie hatten mehrere alte Stücke. Der Vorplatz war 40 qm groß, »genau so groß, wie eine Wohnung sein müßte, in der ich glücklich wäre«, dachte Lotte Kohler immer.

Die Wohnung hatte drei Zimmer nach vorn, eines mit drei Fenstern, die andern mit zwei Fenstern. Daran schloß sich ein Eßzimmer von etwa 70 qm. Es war ein ungeheurer Raum mit dunkler Ledertapete. Man konnte 60 Personen darin setzen. Neben dem Ofen, einem braunen Ungeheuer, hingen zwei Wandleuchter, holländische Messingblaker, das war sehr elegant gewesen. Rings auf dem Paneel waren die Delfter Vasen und Teller aufgestellt. Da lebten Mutter und Tochter. Das große Fenster zum Hof war bunt verglast.

»Der Referendar bleibt«, sagte die Mutter.

»Ach, Gott sei Dank«, sagte Lotte. Das Mädchen brachte die zurechtgemachten Stullen.

Das Mädchen sah liederlich aus. Sie trug eine blaue Schürze. Bei fünf Mietern und zehn Zimmern blieb keine Zeit für weiße Schürze.

Die Mutter sagte: »Ich war heute nachmittag bei Tante Else, sie erzählte, wie die jungen Mädchen ihrem Erwin nachlaufen. Neulich ist sie nach Haus gekommen, ist gerade Fräulein Glaser die Treppe heruntergekommen. Wie findst du das?«

»Geschmacklos von Erwin. Aber sonst?«

»Ich bitte dich.«

»Das ist Geschmacksache.«

»Übrigens habe ich heute großen Ärger gehabt. Der Powitzer hat mir nun doch seinen großen Hund in die Wohnung gebracht, nun kann Wanda zu allem übrigen noch den Hund ausführen.«

»Du, das geht aber nicht.«

»Das sage ich auch, aber was soll ich tun, willst du nicht mal mit ihm sprechen?«

»Ja, gern, aber wenn er kündigt? Zwei Zimmer!«

»Zwei Zimmer! Das geht doch nicht.«

»Nein, das geht nicht. Weißt du, Mama, man müßte eben die große Wohnung aufgeben, aber wie sollen wir Abstand und Renovation aufbringen? Kostet sicher 5000 Mark, unter 3000 Mark Abstand bekommt man keine anständige Wohnung und 2000 Mark für Renovation.«

»Es geht eben nicht. Aber die Plage mit den Mietern ist schrecklich.«

»Was wir brauchen, kriegen wir überhaupt nicht, nämlich eine Drei- bis Vierzimmer-Wohnung.«

»Ach, drei wäre reichlich.«

»Sicher. Aber ohne Schein kriegen wir sie nicht, und den Schein bekommen wir nicht. Wir hätten uns gleich nach der Inflation für eine kleine Wohnung vormerken lassen sollen auf dem Wohnungsamt, jetzt ist es zu spät.«

»Ich weiß nicht, 700 Mark ist doch viel Geld.«

»Sicher, und wie kümmerlich leben wir.«

»Du hast ganz recht, ich weiß auch nicht.«

»Es muß da und dort etwas repariert werden, so eine große Wohnung kostet eben auch, selbst wenn man gar nichts machen läßt.«

»Und was die Mieter ruinieren! Die Platte vom Mahagonitisch ist ganz kaputt. Da hat dies Fräulein Ciczpenski immer ihre heißen Kannen ohne Decke draufgestellt, und der Flügel sieht ganz fleckig aus, und neulich hat Herr Powitzer eine Meißner Figur heruntergeworfen.«

»Welche denn?«

»Die Putten am Amboß. Ich wollte sie zum Kleben geben, war schon bei Meißen.«

»Aber Mama! Die Puttenfiguren sind doch gräßlich. Muß man Herrn Powitzer dankbar sein, wenn er sie kaputt macht, und da willst du noch Geld fürs Kleben ausgeben?«

»Man will doch nicht ganz verkommen.«

»Aber die Meißner Figuren sind nun wirklich das Überflüssigste. Wenn ich mir mal ein Auto nehme, regst du dich auf.«

»Es ist aber auch unnötig. Wir sind überhaupt nur ausnahmsweise gefahren. Dein Großvater fand, junge Mädchen können laufen.«

»Das war 1895. Ist 35 Jahre her. Wollen wir nicht doch einen der Silberkästen verkaufen?«

»Ich hätt's gern für dich aufgehoben.«

»Aber ich bitte dich, was soll ich mit 48 Personen Silber? Das ist nur eine Belastung. Man kriegt bloß allzuwenig dafür. Kein Mensch will mehr Rokokomuster. Ich bin glücklich, daß wir den Grützner und den Lenbach in der Inflation verkauft haben.«

»Ja, ja, trotzdem dein Vater die Bilder sehr geliebt hat.«

Fräulein Doktor ging in ihr Zimmer. Sie las noch. Ein Buch, das ihr Meyer geborgt hatte. »Geschichte und Wesen des Buddhismus.« So wenig sollte die Frau sein? So ausgeschlossen vom Nirwana? So unrein, so verflochten ins Rad der Dinge? Warum predigte er ihr, gerade ihr, Askese, wo doch das Gegenteil notwendig gewesen wäre?

Warum war er so schlecht zu ihr, so böse, warum war sie so entsetzlich allein? Ausgeplündert, einsam und lächerlich. Sie weinte.

Im Eßzimmer saß Frau Geheimrat Kohler und machte Kasse. Es war ihr eine alte Gewohnheit seit den Zeiten, als sie einen Hausgebrauch von 60000 Mark hatten, und ihr Mann an 80 bis 100000 Mark verdient hatte. Warum heiratete die Tochter nicht? Sie war sehr verbittert. Alle andern hatten geheiratet und gut geheiratet, wie gut die meisten! Mit Lotte mußte etwas nicht stimmen. Hätte sie doch den Dr. Brandenburg genommen, hat jetzt ein glänzendes Einkommen, so ein ordentlicher Mensch. Der hätte für sie gesorgt. Aber die Mädchen machen's ja immer verkehrt. Gute Männer wollen sie nicht. Und eine Mitgift konnte sie ihr auch nicht mehr geben. Nur die Einrichtung und die Aussteuer und Silber und Glas und Porzellan für 48 Personen.

Zehntes Kapitel
Premiere im Wintergarten

Am 11. April, schon spät, aber immerhin noch möglich, gastierte Käsebier im Wintergarten. Im Foyer traf man alles, was bei Premieren in Berlin zu sehen war. Margot hatte ihren neusten Begleiter mitgebracht, es war ein Ausländer, ein Herr von einer südamerikanischen Gesandtschaft, mit dem sie herrlich französisch sprechen konnte. Plus parisien qu'une Parisienne. Wenn sie junge Mädchen traf, so sagte sie: »ma chère«, mit einem langausgezogenen e am Ende. Sie hielt seit einiger Zeit nicht mehr so viel von der Literatur und pflegte mehr Attachés und Legationsräte mit dekorativen Namen. Käte war da, sah sehr gut aus. Sie hatte sich, schnell entschlossen, eine möblierte Wohnung genommen und begann schon eine Menge Kunden zu haben. Sie trug ein schönes schwarzes Georgettekleid, das sie sich geliehen hatte. Margot hatte walnußgroße rosa Perlen um den Hals und einen Pailettemantel, das Neueste aus Paris. Bankier Muschler war da mit Gattin Thedy, Bankier Reinhardt Hersheimer und Frau, Graf Dinkelsbühl, der Golf- und Polospieler, Herr von Trappen vom Auswärtigen Amt und Frau Gabriele Meyer-Lewin, Waldschmidt mit seiner jüngeren Tochter in einer Loge zusammen mit Lambeck. Die Aja Müller war da, links der Dramatiker, rechts der Bankdirektorensohn, das heißt von da sein konnte keine Rede sein. Sie trat auf, muß man sagen, flankiert von beiden, in einem rosa Kleid, schon ganz lang. Sehr nackt, mit einem übertrieben bunten Gesicht und Ohrringen in der Größe von afrikanischen Nasenringen.

»Die Aja Müller ganz lang«, sagte Frau Muschler zu ihrem Mann. Die beiden begleitenden Herren waren gut aufeinander abgestimmt. Blond und schwarz.

Es war ein ganz großer Abend. Denn nicht die Varieté-,

sondern die Theaterkritiker waren gekommen. Ixo stand da, Miermann, Öchsli. Lieven schüttelte Hände enthusiasmiert und verzückt. Es war Frächters Abend, denn Frächter hatte dem Agenten Blumentopf zugeredet, den Käsebier zu engagieren. Wenn nicht, würde er im Kabarett Käsebier groß aufziehen. Frächter hatte bewirkt, daß die Theaterkritiker eingeladen wurden und nicht die Varietékritiker, was ein großer Unterschied ist bei der Zeitung. Varieté ist Lokales, aber Theater gehört zu Wissenschaft und Kunst, also zum Feuilleton. Wird über etwas im lokalen Teil geschrieben, so ist es fast gar nichts, wenn es unter zehn Toten ist, aber im Feuilleton bekommt auch die mindere Sache Bedeutung. Ein Kabarettist, der vom Theaterkritiker besprochen wird, kann beinahe schon den Mephisto spielen. Es ist überhaupt der Maßstab, wer vom Varieté- und wer vom Theaterkritiker besprochen wird. Das sind so Nuancen, die Frächter alle kannte und auf die es ankommt.

Gohlisch war da und Meyer-Paris. Frächter sah nach dem Rechten. Im Vorraum lagen die Hefte. »Käsebier. Ein Berliner Volkssänger. Was er ist und wie er wurde.« Vorrede Frächter. Sie gingen reißend ab. »Schkandal«, dachte Gohlisch, »statt daß einem der Frächter zehn Hefte ins Haus geschickt hätte, muß ich mir selber eins kaufen.« Er kaufte es sich zu 1,50 Mark. Sah seinen Artikel. »Sehr gut«, dachte er, »aber umsonst?! Ich denke nicht daran. Es ist wirklich eine Unverschämtheit! Den werd ich mir langen!«

Noch schwirrten Stimmen im Raum. Die Müller rief zu Lieven über fünf Parkettreihen: »Na, Herzchen, süße Gliederpuppe, willst du in der Pause deinen zierlichen Körper zu mir schwenken?«

Lieven rief: »Der schönen Mutter schöneren Tochter Salute.«

Miermann sagte zu Käte, die neben ihm saß: »Er kennt Horaz, aber nur halb. O matre pulchra filia pulchrior, o Mutter. schöner noch als deine schöne Tochter, auch Sie meine Gnädigste, liebe Frau Käte – ich darf doch so zu Ihnen sagen? – möchte ich mit einem klassischen Wort begrüßen. Recepto dulce mihi furere est amico. Süß ist es zu rasen, da mir die Freundin wiederkehrt.«

»Klingt schön«, sagte Käte. Sie freute sich über den bedeutenden Mann, aber sie fand ihn passé, stark passé mit seinen lateinischen Zitaten.

»Verstehen Sie übrigens was von Musik?«

»Nein, gänzlich unmusikalisch.«

»Ich auch nicht, dann werden wir ja um so besser drüber schreiben.«

Zuerst beugten auf der Bühne die berühmten Mädchen Rümpfe, streckten Beine in die Luft, ohne Zweifel eine gesunde Turnübung für Fünf- bis Sechzehnjährige. Aber ein Teil der Mädchen befand sich an der Wende der Vierzig.

Zweimal neunhundert Augen, davon mehr als die Hälfte männliche, starrten aus dem Dunkel. Nackte Beine als Massenerscheinung sind ungemein peinlich, Lächeln als Massenerscheinung ist schamerregend, weil unverhüllte Prostitution; fünfzehn Frauen zu zweihundert Männern mildert die Sache allerdings.

Sodann begann eine schnelle Musik, zu der Menschen sich aufeinanderstellten, von Wippen abschnellten, Mut- und Geschicklichkeitsübungen vollführten. Das Ganze dirigierte eine vollbusige schwarze Frau, eine jüdische Mutter von 45 bis 50 Jahren. Dazu trug sie ein lichtgrünes Trikot und rosa Röckchen. Die Arme.

Inder traten auf, ließen Papier im Feuer nicht verbrennen, heilten zerschnittenen Stoff, schieden mit bloßen Händen Feuer von Wasser, aber es roch alles verdächtig nach doppelten Böden.

Miermann ergriff Kätes Hand, beugte sich, küßte die Hand, dann legte er ihr seine breite ungepflegte Rechte auf den Oberschenkel, Käte schob sie sanft, sehr sanft, übersanft, jede Kränkung vermeidend, beiseite.

In einer Damenkapelle machte eine Seifenpuppe hungrige Augen ins Publikum, räkelte sich und blähte Nüstern. Sicher würde sie erzählen, ihr Vater, höherer Beamter, habe sie mitten in der Ausbildung ihrer Stimme verstoßen, weil ein Offizier sie mit einem Kind im Leibe verlassen habe, wenn die hungrigen Augen den Appetit eines der zehntausend Angestellten dieser nördlichen Stadt erregen würden.

Es war Pause. Gohlisch suchte Frächter. Er stellte ihn: »Na, Sie Lump, eigentlich müßte man Ihnen ja eine brennen.«

Frächter nahm Ernst für Witz: »Womit kann ich dienen, Herr von Goethe?«

»Quatschen Sie keine Opern, Sie wissen ganz gut. Unsereiner sitzt ja auf der Galeere, wir sind ja Galeerensklaven, aber wie Sie sich das denken, bloß für die Ehre des Gedrucktwerdens arbeiten, is nich. Also wieviel? Pinke, Pinke, Zaster.« Und er streifte mit dem Daumen die anderen Finger entlang: »Elender Betrüger Sie.«

»Aber Herr Gohlisch, ich wollte Sie doch nicht um ihr Honorar prellen, wie können Sie so was von mir denken?«

»Von Ihnen denke ich noch ganz andere Sachen.«

»Ich wagte Ihnen nur nicht 20 Mark anzubieten. Das ist nämlich das höchste, was ich Ihnen zahlen kann.«

»Was haben Sie denn bekommen, Herr?«

»Ach, auch kaum was. Und was meinen Sie, was ich für Mühe hatte, bis ich die Beiträge zusammen hatte.«

»Ich bin kein Amateur, Herr, ich habe eine anständige Schriftstellerei. Hier Geld, hier Ware. Ruck, Zuck. Ich arbeite nicht auf Lager und ich treibe dadurch auch keine Preisdrückerei.«

»Wie gesagt, Herr Gohlisch, wenn Sie 20 Mark wollen?«

»Na, 25 Mark.«

»Gut, fünfundzwanzig. Ich schicke es ihnen. Im übrigen rufe ich Sie einmal an. Ich habe verschiedene Pläne mit Ihnen.«

Käte sagte zu Miermann: »Es wäre sehr freundlich, wenn Sie mir ein paar Journalisten vorstellen würden.«

Miermann war glücklich und steuerte auf Gohlisch zu. »Darf ich bekannt machen, Herr Emil Gohlisch.«

Gohlisch verbeugte sich und sagte: »Berliner Rundschau.«

Käte lachte: »Warum nennen Sie gleich Ihr Blatt?«

»Miermann war so freundlich und hat ausnahmsweise meinen Privatnamen genannt. Ein Journalist stellt sich vor, indem er sagt: ›Berliner Rundschau‹, oder ›Berliner Tageszeitung‹, oder ›Allgemeines Blatt‹. Wir sind nämlich keine Menschen, müssen Sie wissen. Wir sind eine Art von ...«

»Na, von Galeerensklaven«, ergänzte Miermann.

»Wir haben Stempel eingebrannt«, sagte Gohlisch.

Käte hatte ein erstarrtes Lächeln. Sie dachte, wie komme ich so weit, daß ich mit dem Gohlisch wegen des Gymnastikunterrichts sprechen kann.

»Wir sind alle Galeerensklaven«, sagte sie.

»Woran sind Sie gekettet?« fragte Gohlisch.

»Ich bin Gymnastiklehrerin.«

»Das muß doch sehr amüsant sein.«

»Ist es auch, hoffentlich auch einträglich.«

»Haben Sie viel zu tun?«

»Es macht sich. Ich habe eine ganz besondere Methode. Teils Mensendieck, teils Loheland.«

»Das muß ich mir einmal ansehen.«

»Rufen Sie mich einmal an. Ich stehe Ihnen jederzeit zur Verfügung.«

Miermann lächelte. »Sie sind tüchtig«, sagte er im Weitergehen, als sie auf Frächter stießen. Frächter begrüßte Miermann: »Guten Tag, Herr Miermann. Bald kommt Käsebier, ich sage Ihnen, ein solches Naturtalent kommt selten vor, Kind aus dem Volk, ganz unbewußt, naiv, für solch feinen Essayisten wie Sie sind, eine Fundgrube. Ich wollte Sie übrigens längst anrufen, wie ist das mit Ihren schönen Versen, ich sah das Buch ›Heimweg‹ neulich als Restauflage auf einem Bücherwagen. Man müßte es neu auflegen.«

»Aber Herr Frächter. Stille Verse, heutzutage.«

»Wir leben trotz alledem in Deutschland. Es gibt auch dafür noch ein Publikum. Nicht nur die Schreier machen's. Sehen Sie, ein so herrlicher Dichter wie Hermann Stehr hat seine Gemeinde. Warum sollte ein Miermann sie nicht finden?«

»Bücher von mir lesen nur Leute, die sie geschenkt kriegen. Versuchen Sie's mal als Beigabe zu Rasierklingen.«

»Aber Herr Miermann, die meisten Leute, die die Berliner Rundschau lesen, sehen zuerst nach, ob sie keinen Miermann finden.«

»Da kriegen sie mich doch auch umsonst als Zugabe zur Zeitung.«

»Ich möchte trotzdem mal wegen des Lyrikbuches mit einem Verleger sprechen.«

»Tun Sie, was Sie nicht lassen können, aber warten Sie, bis ich Käsebierlieder schreibe.«

Waldschmidt sagte zu Lambeck: »Sehen Sie jemanden, den Sie nicht sehen? Tout Berlin, sozusagen. Und alles Ihr Werk, das heißt unser Werk. So muß es sein, sehen Sie, Verleger und

Dichter arbeiten zusammen. Ich forderte Sie auf, Berlinartikel zu schreiben. Sie schrieben über Käsebier. Das Resultat ist der heutige Abend.«

»Ich kann leider diesen Entdeckerruhm nicht für mich in Anspruch nehmen. Herr Frächter hat mich auf Käsebier aufmerksam gemacht.«

»Wer ist Herr Frächter? Ich habe mir da vorhin ein Buch gekauft. Herausgeber Frächter, eingeleitet von Frächter. Ist Käsebier vielleicht überhaupt eine Erfindung von Frächter? Von Zeit zu Zeit tauchen in Berlin junge Leute auf, von denen man keine Ahnung hat. Drei Wochen später sind sie wer. Der Frächter soll auch das Käsebierengagement an den Wintergarten vermittelt haben.«

Inzwischen stand Käte bei Margot Weißmann. »Enchanté de vous voir«, sagte Margot zu Käte wegen des fremden Herrn.

»Enchanté«, sagte auch Käte.

Der Herr sagte: »C'etait très chic ça! Très chic.«

Käte sagte: »Ja, fand ich auch, ich bin neugierig auf Käsebier.«

»Einfach toll«, sagte Margot, »fabelhaft, phantastisch, großartig.«

»Wann kommen Sie endlich zu mir?«

»Aber, meine Liebe, bestimmt. Ich wollte Sie längst anrufen, ich habe ein ganz schlechtes Gewissen. Sie wissen aber, wie das ist. Man ist so überlastet, wir suchen doch Wohnung. Wir wollen in den alten Westen zurück, und dann ist meine Köchin krank. Ich esse jeden Mittag mit Otto im Bristol. Schrecklich. Ich kann Ihnen gar nicht sagen, was man durchmachen muß.«

»Guten Abend«, sagte Bankier Muschler und trat hinzu.

»Guten Tag«, sagte Frau Thedy Muschler, »meine Liebe, man sieht Sie ja gar nicht mehr. Wie geht es Ihnen?«

»Wie nett, daß wir uns treffen, ich wollte Sie längst anrufen, ich habe ein ganz schlechtes Gewissen«, sagte Margot, »ich habe so viel im Kopf gehabt die letzte Zeit, ich bin gar nicht zu mir selber gekommen. Meine Köchin ist krank.«

»Das ist ja entsetzlich«, sagte Frau Muschler und sah Herrn Rechtsanwalt Schrade an.

»Guten Abend«, sagte der im Vorbeigehen und streifte Frau Muschler mit der Hand, obzwar es seit vierzehn Tagen aus war.

Rechtsanwalt Schrade war Syndikus gewesen. Er hatte seine Kündigung in der Tasche. Zudem hatte er Schulden. Er ging mit einem anderen jungen Mann. Er sagte: »Nur nicht unterkriegen lassen. Trägt man einen fleckigen Anzug, ist es aus.«

»Vielleicht«, sagte der, »aber ich habe Wechselschulden. Können wir nicht mit Muschler zu Abend essen?«

»Ich glaube, Muschler hat heut wahnsinnig an der Börse verloren, 100000 Mark. Er hat à la baisse gefixt, und plötzlich ging's aufwärts.«

»Auf Wiedersehen«, sagte Bankier Muschler, »wir sind gespannt auf Käsebier. Au revoir, Monsieur.«

»Au revoir«, rief die Muschlerin.

»Wir telefonieren einmal«, sagte Margot Weißmann.

»Ich rufe mal an«, sagte Käte.

»Wir telefonieren einmal«, sagte Frau Muschler.

»Es ist gar nicht zu sagen, was die Margot Weißmann für ein Glück hat«, sagte Thedy, als sie mit Muschler wieder auf ihren Platz ging. »Hundert Personen hat sie eingeladen und nicht eine Absage bekommen, denke dir! Bei hundert Personen muß ich auf zwanzig Absagen rechnen. Und Vizepräsidentin vom Autoklub ist sie auch. Weißt du, das Kleid, das sie anhat, ist bestimmt von der Marbach und hat 600 Mark gekostet. Ich bin ja auch dämlich, meins hat genau solche Flügel gehabt, hab ich es extra jetzt zu Gerstel gegeben, damit sie sie abtrennen.«

Das Theater wurde verdunkelt. Nein, man war nicht mehr in der Hasenheide, nein, man war in der großen Welt des Varietés. Nicht mehr herrschte das kindliche Vergnügen. Nicht mehr flatterten Tauben, nicht mehr spielten sie ein albernes Theaterstück, nicht mehr herrschte eine glückliche und wohlwollende Stimmung, sondern es ging hart auf hart. Es ging nicht nur um Engagement, sondern um den Weltruhm. Man war hochgekommen aus dem grünen Wagen, aus der von Stricken umgrenzten Wiese, aus dem grünen Wagen war man gekommen, elendes Zirkusvolk.

Auf ein Gestänge von Leitern, Schaukeln, Ringen und ausgespannten Netzen fielen Scheinwerfer. Drei schöne Menschen im Trikot ergriffen sinnlos 30 Meter über dem Boden Schaukeln, überschlugen sich in der Luft ein-, zwei-, dreimal, ergriffen wieder Schaukeln, kehrten zurück, wechselten die Ringe. Um sich dreimal in der Luft zu überschlagen, führten sie ein hartes Leben, ohne zu trinken, ohne zu lieben, mit zusammengebissenen Zähnen arbeitend von früh bis spät, ohne Umwege und Abenteuer, immer die Leistung, das Ziel im Auge, sich dreimal in der Luft zu überschlagen und das richtige Seil zu ergreifen. Weil dies alles äußerst gefährlich ist, war 10 Meter über dem Erdboden ein dichtes Netz gespannt. Lambeck dachte an die Worte von Fräulein Dr. Kohler: »Vernunftlos, also die Menschlichkeit negierend und darum unendlich traurig. Körpergeschicklichkeit zum Endzweck der Körpergeschicklichkeit, als Lebensausfüllung, nicht als Erholung, als Rekreation, welches Wiedergeburt, Erneuerung, bedeutet, ist peinlich. Die Todesgefahr eines andern als Unterhaltung, als Amüsement, ist Rückfall in das Mittelalter, gleichbedeutend mit dem Schauspiel des Scheiterhaufens auf öffentlichem Markte.« Und Lambeck dachte, daß es instruktiv sei, zu sehen, wie es darauf ankommt, auf nichts weiter als darauf, das rechte Seil zu ergreifen.

Die nächste Nummer war hervorragend albern. Leute strengten sich an, vier Kugeln in die Luft zu werfen und mit Leuchtern auf der Nase sie andern wegzufangen, mit völlig ungeeigneten Gegenständen Ball zu spielen.

Dann kamen sieben Leute, die alle als Kinder maskiert waren, die Mädchen in roten Atlaskleidern, in gelben Atlasanzügen die Knaben, die mit einem ungeheuren englisch-amerikanischen Geschrei Tische umwarfen, den Stühlen die Beine abbrachen, über schiefe Ebenen radelten, übereinander herfielen, über Tisch und Bänke sprangen und dabei einen jugendlich munteren wilden Lärm verursachten, bis sie springend und jauchzend wegliefen.

Die harte Musik des Varietés, laut und voll Blech, wurde still. Der Vorhang ging wieder auf. Ein herrlich sanfter Hintergrund, zarteste rosa Seide mit Silber und blassestem Grün, eine fremde, ganz stille Welt, davor standen sieben Südchinesen in mattem Gelb und Blau und lächelten. Sie waren schön wie der Abend, wie große Blumen auf Gewässern, die nie ein Luftzug aufrührt, wie Efeu um altes Gemäuer. Sie begannen sich aufzulösen, nur noch Gummi zu sein, der sich ziehen läßt. Sie wanden sich wie Pantherkatzen, sie standen aufeinander, sie sprangen nach unten, oh, man konnte es nicht springen nennen, sie flogen nach unten und flogen nach oben, und ein kleiner Knabe überschlug sich dutzendemal, dann ging er still beiseite. Über all dem leuchtete sanft ein silberner Drache, blaßgrüne Lotusblumen auf rosenfarbenem Atlas.

Der Osten versank.

Und Georg Käsebier erschien, Georg Käsebier, Blut vom Blut dieser Stadt. Um Auge und Mund tausend Fältchen des Spotts, der Moquerie, der Verwegenheit, des Witzes, jener feinsten Scham, der Scham über Gefühle. »Mensch muß Liebe schön sein.« – »In Zelt 2, an der Spree, bei 'ner Tasse Kaffee, hab ich Lieschen zuerst mal jeküßt.« – »Warum willste nich mit ihm uff'n Rummel jehn?« War es nicht Berlin? Hof an Hof? Mensch an Mensch? »Wie soll er schlafen durch die dünne Wand?«

War es nicht Berlin von Westen nach Osten: »Ich tanz Charleston, du tanzt Charleston, er tanzt Charleston und was tun Sie?« – »Ich brauch' Vorschuß, du brauchst Vorschuß, er braucht Vorschuß und was brauchen Sie?« Aber vom Stempeln sang er nichts.

Er war ein liebenswürdiger Mensch, er sagte den Menschen nicht gern etwas Unangenehmes. Er dachte nicht daran, daß Revolution zur Zeit im Westen getragen wurde.

Alle waren entzückt. Es war ein Bombenerfolg. Miermann fand ihn vorzüglich. Das Ungemachte, daß er häßlich ist, ohne Schmalz, ohne Kitsch. Sehr gut.

Ixo sagte: »Habe ich zuviel gesagt?«

Die Müller schrie Öchsli zu: »Kapitale Sache. Was? Pallenberg und Guilbert, nicht? Mein Zuckerhäschen, mein Goldschnutchen, mein fünfmal teures Leben, ich warte auf Ihren Anruf. Glauben Sie nun wieder nicht? Tatsächlich. Ernst beiseite. Was wäre Ernst als die Liebe? Wollen wir noch zusammen ausgehen, oder lieben Sie mich nicht mehr? Mich, die kleine Waldfee? Das so wie denn.«

Der Öchsli schüttelte den Kopf.

»Gräßliches Weib«, sagte Miermann.

Käte sagte: »Furchtbar geräuschvoll.«

Frächter fand sich zu ihnen. Sehr angenehm, dachte Käte.

Sie fand ihn gutaussehend. Cochius, Verlagschef der Berliner Rundschau, sehr blond, sehr feudal, ging vorbei. Er begrüßte Miermann. Frächter stellte sich dazu. Miermann stellte ihn vor. »Ah, sehr angenehm«, sagte Herr Cochius, »Sie haben dieses Buch zusammengestellt, sehr angenehm.«

»Ja«, sagte Frächter, »ich habe dies Buch eingeleitet.«

»Eingeleitet, natürlich eingeleitet, ich sagte das nur so hin, zusammengestellt. Ich las die Einleitung, vorzüglich, hochinteressant. Man liest viel zu wenig von Ihnen, Herr Frächter.«

»Ich schreibe größere Sachen und beschäftige mich zur Zeit mit Organisationsfragen des Zeitungsgewerbes.«

»So, so, das ist ja interessant. Auf Wiedersehen, Herr Frächter.«

»Auf Wiedersehen, Herr Cochius, war mir eine große Ehre, Ihre Bekanntschaft gemacht zu haben.«

Frächter strahlte. Miermann war verstimmt. Sie gingen zusammen fort. Frächter sagte, daß Käsebier ein Kleinbürger sei.

»Was verlangen Sie von einer kapitalistischen Kunst?« sagte Käte.

»Ganz recht«, sagte Frächter.

»Ich verstehe nicht, wieso ein Volkssänger kapitalistische Kunst machen kann«, sagte Miermann.

»Unser guter Miermann ist ein Romantiker«, sagte Käte.

»Ja, leider«, sagte Frächter. »Käsebier ist ein Privatmensch, Bett und ein bißchen Sorgen.«

»Dieser Mensch hat doch keinen Elan, keine revolutionäre Ader. Er hätte die schauspielerischen Fähigkeiten für ein zündendes politisches Kabarett, aber er bleibt im alten Trott stecken«, sagte Käte.

Miermann erzählte, daß Augur tatsächlich für seine großen Aufdeckungen nur 30 Mark bekommen habe.

»Was verlangen Sie vom Kapitalismus?« sagten Käte und Frächter auf einmal und sahen sich entzückt an.

Miermann sagte: »Es handelt sich um eine unanständige Firma.«

»Sie sehen die Dinge immer unter zu kleinem Gesichtspunkt. Der unsentimentale Kapitalismus ist mir lieber als der sentimentale«, sagte Käte.

»Mit Recht«, sagte Frächter.

»Ich kann aber nicht mehr laufen«, sagte Käte.

Frächter rief ein Auto: »Ich fahre auch, darf ich Sie nach Hause bringen?«

Er rief ein Auto, Käte stieg ein, Frächter folgte.

»Auf Wiedersehen, mein Süßer«, sagte Käte und winkte Miermann zu, der allein in der dunklen Dorotheenstraße stand. Miermann ging weiter, immer weiter die Dorotheenstraße entlang, bis fast ans Brandenburger Tor.

Mit Frächter fährt sie davon. Dieser Salonkommunismus, dachte Miermann plötzlich mit Haß, diese tiefe Verachtung des Menschlichen. Diese Herrschaften, die einen ungeheuren Betrieb machen, die besten Posten wollen, unschöpferisch sind und unsereinen noch dazu dumm machen und als dumm verlachen. Persönliche Unbescheidenheit als revolutionärer Elan.

Miermann lachte. »Wer lacht da?« sagte Gohlisch, der mit Öchsli die Dorotheenstraße entlang kam, im Tone eines alten Hofschauspielers. »Wir wollen noch zu Siechen gehen?«

»Gut«, sagte Miermann, »mir ist alles recht.«

»Lieber zu Huth«, sagte Öchsli, »dort gibt es einen wunderbaren 21er.«

»Gut«, sagte Gohlisch, »schlürfen wir ein paar Becher. Der Meister aber befiehlt.«

Miermann sagte: »Mir ist zwar mehr zum Gegenteil vom Trinken, aber wenn mein Sohn Gohlisch meint.«

Gohlisch sagte: »Ich fand Käsebier wunderbar.«

»Ein großer Künstler«, sagte Öchsli. »Er hat das Suchen und das Sehnsüchtige, das Schalkhafte, den Spott, die Heiterkeit, das Glück, den Schmerz. Er hat alles, was unaktuell ist und ewig, seine Stimme ist natürlich nichts.«

»Er kommt geradewegs von Glasbrenner und Kalisch her. Aber Herrn Frächter ist er plötzlich nicht revolutionär genug«, sagte Miermann.

»Wer ist Frächter?« sagte Öchsli.

»Der kommende Mann«, sagte Gohlisch.

»Es kann schon sein«, sagte Miermann bitter.

»Aber wenn niemand mehr von Frächter weiß, wird man immer noch Miermann lesen«, sagte Gohlisch.

»Dann wenigstens, von Miermann singen und sagen«, sagte Miermann.

Und dann gingen sie zu Huth und tranken erst einen 21er Niersteiner und dann Liebfrauenmilch. Es war 3 Uhr morgens, als Miermann nach Hause kam, Kaffee trank, der immer bereit stand, und seine Kritik schrieb.

Elftes Kapitel

Gesellschaft bei Margot Weißmann

Am 15. April war Gesellschaft bei Margot Weißmann. Die Einladung lautete auf 8 Uhr. ½ 8 heißt in Berlin ½ 8 Uhr. 8 Uhr heißt ½ 9 Uhr. In der Garderobe war es sehr eng. Die Mädchen nahmen die Pelze ab und gaben Nummern aus. Die Herren hatten als Uniform Otterkragen auf den Mänteln und innen ganze Herden von Nerzen und Bisamen. Einige von den Damen trugen Brokatmäntel. Sie überlegten einen Augenblick, aber dann ließen sie sie in der Garderobe. Nur eine ältere Sängerin nahm ihn mit hinein. Schon in der Garderobe begann die Enttäuschung.

Thedy Muschler hatte tagelang mit der Glauker telefoniert: »Ich bin außer mir, ich habe noch nicht das rosa Georgette, ich bitte, wo es auf den Sommer geht und ich heute abend bei Frau Konsul Weißmann eingeladen bin. Soll ich denn immerzu in dem schwarzen Tüll herumlaufen? Was denken Sie sich denn? Eine so gute Kundin! Ich war mit Ihrem schwarzen Spitzenkleid im ›Fashion‹ abgebildet. Ich schicke Ihnen die Photographie, und da lassen Sie mich warten? Also heute noch? Lassen Sie mich überlegen. Um ½ 3 Dejeuner, um 5 bei mir Bridge. Also kommen Sie etwa um ½ 2 Uhr. In einer halben Stunde müssen wir aber probiert haben! Und um 7 Uhr muß geliefert sein.«

So hatte Frau Muschler telefoniert, aber schon in der Garderobe begann die Enttäuschung, nicht nur für Frau Muschler. Eine Frau allein ist immer schön. Aber viele, das bietet Schwierigkeiten. Vor dem Spiegel zu Hause ist alles bezaubernd. Rosa mit Perlen, gepudert vor dem häuslichen Toilettetisch, sagt jede Eva »sehr gut« zu sich selber. Aber dort übertraf die schwarztaftene Messalina Käte sie weit, und gar erst der hellblau gerüschte Tüllampion Hannelore! Aber schlimmer, die Hälfte trug rosa. Dreißig Frauen dachten: Rosa war ein Mißgriff. Frau Muschler dachte: »Nie wieder Glauker!«

Auf einem kleinen Tisch lagen die Tischführungskarten: »Herr Doktor wird gebeten ...« Ausgerechnet die? Warum eigentlich? Ganz falsch taxiert. Aber gut, es wird schon gehen. An der Wand hing der Plan der Tischordnung. »Ich gehöre zur zweiten Garnitur«, dachte der Doktor Krone. »Aber dafür habe ich die Frau Muschler zu Tisch, deren Mann am Tisch des Exministers sitzt. Sie wird mich wegen ihrer Nerven fragen und dann zum Professor gehen.«

Ein paar ganz junge Frauen gingen in Schwarz, auf Dämon angestrichen. Sie suchten das Abenteuer auf dem Hintergrund des eigenen Mannes. Sie wußten, gute Bürgerinnen seit der Großmama, daß dies das Angenehmste ist. Aus der großen Liebe wird doch die Bohème.

Papa stand neben Mama: »Unserem Suschen hätten sie auch jemand anders zu Tisch geben können als den Otto Peter, der nichts hat und nichts kann.« Mama sagte zu Papa: »Ich werde auf alle Fälle den Klaus Waldschmidt einladen, der einmal die Berliner Tageszeitung bekommt. Man muß es den jungen Leuten mundgerecht machen.«

Die Tische waren mit rosa Nelken und Silberbändern dekoriert. In der Mitte stand auf jedem Tisch eine weiße Porzellanfigur. Das Geschirr hatte einen breiten matten Goldrand. So hatte man es 1912, als Margot heiratete.

Frau Muschler sah, daß Margot neues Silber hatte. Sie hatte, wie Muschlers auch, bisher Chippendale gehabt. Nun hatte sie ganz glattes, modernes bekommen, merkwürdig, wo Margot doch sonst nur für Stilsachen war.

Es begann mit Rheinsalm und Sauce Périgord. »Rot oder weiß?« sagte der Lohndiener von der Geflügelcremesuppe ab. Frau Muschler sprach mit dem Doktor von Käsebier und seiner Wirkung auf ihre Nerven.

Nach Tisch wurde musiziert. Die jungen Mädchen sahen zu, daß sie in die Nähe der Herren kamen. Der Lebenskampf ist schwer. Margot Weißmann sang: »Auf, hebe die funkelnde Schale gefüllt mit Wein«, und sah dabei den Marquese an, der herrlich aussah, groß und schwarz und dabei schlank. Er war katholisch und verheiratet, und seine Frau war bei vielen Kindern in Spanien geblieben.

In einer Ecke stand der bekannte Kunsthändler, er sprach mit Oppenheimer.

Oppenheimer sagte: »Ich ärgere mich sehr, daß ich damals so lange wegen des kleinen Pissarro gezögert habe, Cassirer hat ihn jetzt doppelt so hoch an Herrn von der Mandt verkauft. Die zwei Kakemonos habe ich nun doch dem Museum abgelassen, da mich China nur noch vor der Sungperiode interessiert. Dafür habe ich den Géricault an die Wand gegeben, prima Stück, sehr billig, aus Paris. Man kann doch leider keine deutschen Bilder aufhängen. Übrigens, was sagen Sie, daß der gute Georg versteigern läßt? Französische Quattrocentobilder. Schrecklich, nicht? Außerdem soll ein Chippendalescher Stuhl versteigert werden. Die Lehne ist nachgewiesen echt. Allerdings die Vorderbeine werden angezweifelt. Mindestens das linke. Ich würde ihn trotzdem zu den meinen stellen. Man hat mehr Konzessionen gemacht in den letzten Jahren.«

Frau Muschler trat hinzu und sagte: »Ich habe neulich eine erstklassige frühe Steingutschüssel erwischt. Weißblaue Manier. Ich begreife ja die gute Margot nicht mit ihren Tangpferden.«

»Ja«, sagte Oppenheimer, »regimenterweis würde ich sie mir auch nicht aufstellen, trotzdem sie sehr gute Exemplare hat.«

Otto Peter lauschte einem Gespräch von älteren Damen.

»Die Frauen sind zum Leiden geboren«, sagte die eine. »Erst verlassen einen die Männer und dann die Söhne.«

»Ja, man bleibt einsam zurück.«

Otto Peter sagte: »Und wir haben es auch schwer, man möchte jemanden haben, mit dem man reden kann, aber man findet niemanden. Nur immer studieren, es ist sehr schwer ohne ein Echo. Und gar mit den Frauen! Unsereins hat doch Verantwortungsgefühl. Man kann sich nicht trauen.«

Die süße Hannelore im hellblauen Kleid wurde nicht beachtet, der Vater sagte: »Eine Ungezogenheit von diesen jungen Gecken.«

Der Freund des Doktors Schrade hatte zwar seine Wechselschulden bezahlt, aber er suchte jetzt schon vier Monate nach Stellung. Er wollte hier Verbindungen anknüpfen, aber er hatte bereits einen gebeugten Rücken.

»Er sieht untüchtig aus«, sagte Waldschmidt zu Cochius.

»Gewiß, durchaus«, sagte Cochius.

Eigentlich blieb ihm nur der Strick.

Das schöne und reiche Fräulein Camilla liebte den Dr. Krone, der schwer hinkte von einem Granatsplitter im Kriege her. Aber er ging nicht zu ihr, obwohl er sie sehr gern hatte, sondern zu der häßlichen und armen Gerda, der Turnlehrerin von Margot Weißmanns Töchterchen, denn er war sehr stolz.

»Käsebier«, sagte er zu Gerda, »ist ein Genie der Heiterkeit. Die meisten Menschen rechnen zur Kunst nur das Tragische. Mir steht das Heitere höher.«

»Camilla verliert jetzt sehr«, sagte die alte Frau Frechheim, die Mutter von Thedy Muschler.

Fräulein Dr. Kohler stand allein. Meyer hatte wieder nicht angerufen und heute abend abgesagt, und sie hatte sich ein neues Kleid für 200 Mark gekauft, wo nun Herr Powitzer vielleicht doch kündigte wegen des Hundes.

Der Clou des Abends, der vierzigjährige Industrielle G., Geiger von Graden, mit der berühmten Ostasiensammlung, kam auf sie zu. »Es ist Ihnen wohl ein bißchen zu trubulös?« sagte er.

»O nein«, sagte sie beglückt.

»Sie sind nervös«, sagte er, »ich bedaure, nicht so viel mit Ihnen zusammen sein zu können, wie ich dies wohl gewünscht hätte.«

Er führte sie in den Wintergarten. »Hier ist es kühl und ein Ruhebett«, sagte er.

»Komisch«, dachte sie, »warum sagt er nicht Sofa?«

Sie ließ sich nieder. Er setzte sich ihr zu Häupten und legte ihr beide Hände unter den Kopf. Weibliche Zärtlichkeit lag in dieser Geste, bestrickend bei diesem ruhigen Mann in großer Stellung mit einer Ostasiensammlung.

Sie streckte sich. Sie war lautlos. Von draußen tönte Musik. Sie waren eine Insel. Seine Finger glitten leise über ihren Arm. Nach ein paar Minuten stand sie auf.

»Ist Ihnen nun besser?« Sie nickte wortlos.

Die Mädchen trugen Obstsalat und Teller und Löffel herum. In der Bibliothek, italienische Renaissance, wo die

Liköre standen, hatten sich die Herren zusammengefunden. Waldschmidt, der im Reichswirtschaftsrat war, sprach über die Lage. Die andern hörten zu. »Wir sehen noch lange nicht schwarz genug«, sagte er und nahm einen Henessy. Einer sprach über Bismarck und Ebert. Er war jung und glühend und Sozialist. »Die Leistung Eberts, der uns aus dem Chaos herausgeführt hat, ist größer als die Bismarcks. Im Taumel über einen siegreichen Krieg, da bringt man alles zustande.«

Frächter war da. Niemand wußte, wieso er eingeladen war. Er sprach von den Eindrücken seiner letzten Amerikareise. »Maschinen«, sagte er, »Maschinen, Hände sparen, Rationalisierung. Das Dreifache wird drüben geschafft, und dann klagen sie hier über schlechte Wirtschaft. Und dabei geht's den Leuten nicht schlecht. Ich bin da neulich in ein Kino gegangen, Sonnabend in der Frankfurter Allee, überfüllt, sage ich Ihnen, überfüllt, und alle gut angezogen.«

Waldschmidt sagte: »Unser Herr Doktor ist noch ein junger Heißsporn, allzuscharf macht schartig, wir wollen doch zugeben, daß der Arbeiter jede Konjunktur zuerst spürt.«

»Selbstverständlich«, sagte Frächter. »Aber mit Sentimentalität ist nichts getan.« Er hielt nichts von Verständnis. »Recht behält die beste technische Methode, Amerika ist Trumpf. Sie werden doch kein Maschinenstürmer sein, Herr Waldschmidt.«

»Ja«, sagte Cochius langsam, »da erlaubt man so einen Potemkinfilm, da ist man gegen Schmutz und Schund, ja, müssen wir denn nicht unsere Kinder schützen?«

»Aber Ihre eigene Zeitung! Miermann!« lachte Waldschmidt.

»Ja«, sagte Cochius, »leider, ich bin anderer Ansicht als Miermann. England hat auch den Potemkin verboten.«

»Wir verstehen ja nicht zu regieren«, sagte Frächter.

Der alte Zyniker Waldschmidt sagte: »Die Leute brauchen Orden und Titel. Sie können in Bayern fast schon jeden Prokuristen mit Herr Kommerzienrat anreden, und das Resultat ist, daß die Leute zufrieden sind.«

Der stellungslose junge Mann wollte etwas sagen, aber Frächter ging mit Cochius abseits und sagte: »Auch die Organisation der Zeitungen ist in Amerika ganz anders. Große

Räume, fünfzig Schreibmaschinen in einem Saal, alle in einem Saal. Übersichtlich.«

Cochius sagte: »Ich finde das ausgezeichnet.«

Frächter sagte: »Bunter muß eine Zeitung sein, bunter, wissen Sie. Einmal das Feuilleton als Spitze, einmal ein Mord, einmal Politik, aber nicht immer Politik, das will ja kein Mensch lesen.«

»Ja«, sagte Cochius, »ganz richtig.«

»Und Bilder«, sagte Frächter, »jeder Artikel erstklassig illustriert.«

»Wir fangen jetzt schon an Zeichnungen zu bringen«, sagte Cochius.

»Aber nicht Zeichnungen, wozu Zeichnungen? Photographien, Technik ist Trumpf! Mechanisierung. Warum soll die Berliner Rundschau weniger Auflage haben, als die Berliner Tageszeitung? Mit Geist lockt man keinen Hund vom Ofen. Geist? Wer will Geist? Tempo, Schlagzeile, Sensation, das wollen die Leute. Amüsement. Jeden Tag eine andere Sensation, groß aufgemacht. Ach, ich könnte schon Schwung in eine Zeitung bringen! Drei Ausgaben! In Ihrer Zeitung zitieren die Leute noch lateinisch. Vorn auf die erste Seite ›Deutschlands Welthegemonie, Schmeling siegt.‹ Eine Frauenzeitung will ich jetzt machen, eine Kosmetikseite, eine Schneiderseite und Gesellschaftsberichte mit Nennung aller Namen, so daß man auch merkt, was man sich so erzählt, daß Graf Dinkelsbühl was mit der Meyer-Lewin hat, daß Frau Weißmann den Marquese de l'Espinosa bei sich sah.«

Cochius lachte: »Gut, sehr gut. Wer wird die Zeitung verlegen?«

»Ich denke Rüttger.«

»Ich würde gern was mit Ihnen zusammen machen. Wir müssen das Blatt umorganisieren.«

»Ganz recht, im alten Trott geht's nicht mehr. Sie müssen einen Rundflug der Berliner Rundschau machen, Sie müssen das schönste Berliner Bein prämiieren, tausend kleine Häuschen, eine Schwimmkonkurrenz mit Auszeichnungen. Der treueste Blindenhund der Berliner Rundschau, der letzte Droschkenkutscher der Berliner Rundschau. Die elegantesten fünfzig Berliner Stenotypistinnen müssen abgebildet werden, die ältesten Berliner Köchinnen, die erfolgreichsten Autofahrerinnen. Sie müssen in alle Kreise kommen. Der Zeppelin darf nicht mehr Zeppelin heißen, sondern Berliner Rundschau.«

Waldschmidt trat dazu. Er sagte: »Sprechen Sie von Zeitungen? Sie wollen Reklame machen? Hat gar keinen Sinn. Ich habe mal bei allen abgesprungenen Abonnenten meines süddeutschen Blattes nachfragen lassen, weshalb sie gekündigt hätten: 90 Prozent haben geschrieben: Beim Echo bekämen sie dreimal so viel Papier und sie seien Gemüsehändler oder so was ähnliches und sie brauchten Papier. 5 Prozent sagten, sie läsen das Echo wegen des schönen neuen Romans, und 5 Prozent, es können auch 2 Prozent gewesen sein, waren mit der Haltung des Blattes unzufrieden. Wenn Sie den Leuten leeres Papier liefern statt bedrucktes, ist ihnen viel lieber.«

In einem tiefen Sessel saß breit, kurz und glatzköpfig Richard Muschler, neben ihm auf einem hohen Stuhl saß ein schöner, eleganter, junger Mann, der das schöne, vornehme und reiche Fräulein Waldschmidt geheiratet hatte und von dem man annahm, daß er sehr klug und tüchtig sein müsse. Man nahm das allgemein an, weil man sich nicht vorstellen konnte, daß der alte kluge Waldschmidt einem jungen Mann, der überhaupt aus keiner Familie war, seine Tochter gegeben hätte, wenn er nicht wenigstens so tüchtig gewesen wäre, daß alle sagten: »Ein tüchtiger Schwiegersohn ist mir auch lieber als ein dummer aus großem Haus.«

Dieser junge Mann war Dr. jur. Reinhold Kaliski.

Muschler war Inhaber des alten Bankhauses Muschler & Sohn in der Straße hinter der katholischen Kirche, gleich neben dem Eckhause Französische Straße. Der Dr. jur. Reinhold Kaliski erzählte vom Wintergarten und von Käsebier. »Das ist ein ausgezeichnetes Programm«, sagte er, »fabelhafte Mädchen.«

Oppenheimer kam dazu. »Ich weiß nicht«, sagte er, »im Palais waren doch andere Ratten und gar im Metropol. Zu mager, finde ich, zu mager.«

»Ich habe das Knabenhafte sehr gern«, sagte Kaliski.

»Nich zum Hausgebrauch«, sagte Oppenheimer.

»Na, ich nich«, sagte Waldschmidt, der hinzu kam, »ich will 'n bißchen was üppiges mit schlanker Taille.«

»Erinnern Sie sich, Waldschmidt?« sagte Oppenheimer, »an

Mieze, hübsches Mädchen, hat angefangen bei der Arkadia und ist später ins Palais gekommen, nachdem sie bei der Gersonschen Garde gestanden hatte.«

»Ob ich mich erinnere!« lachte Waldschmidt. »War 'n entzückender Käfer. Hat sicher ihre hunderttausend Mark. Ne rosa Perle, allein zwanzigtausend Mark heute, hat ihr mal der verrückte Dicky geschenkt und 'ne eigene Wohnung.«

»Ach, Dicky, na der gute Dicky! Jetzt haben's die Mädchen viel schwerer. Nur Bank und Industrie. Traurig.«

»Willst du dich nicht setzen, Papa«, sagte Kaliski.

»Danke schön, bedecken Sie sich«, sagte Waldschmidt. Er ging mit Oppenheimer weiter. Sie sahen Fräulein Dr. Kohler.

»'ne schöne Person«, sagte Oppenheimer.

»Bißchen klassisch und pompös«, sagte Waldschmidt, »die Mutter ist 'ne alte Freundin von mir. Tugendbekannte vom Neuen See. Wir sind zusammen Schlittschuh gelaufen. Sie wissen doch, die Tochter vom alten Blomberg, und natürlich aus der U.schen Familie, dessen Bruder sich später« – er machte die Geste des Kopfabschneidens – »die Schwester hatte einen Baron Rybarg geheiratet.«

»Und ist schrecklich reingefallen. Säufer, nich? Jetzt weiß ich! Kohler von den E.G.Z.-Werken. Ist 1915 gestorben. Der hatte ein Riesenvermögen hinterlassen.«

»Ach, so was wird immer überschätzt. Die Witwe hat alles in der Inflation verloren. Muschler hat es zum Teil verwaltet. Nicht gerade sehr tüchtig.«

Oppenheimer interessierte das nicht. »Schönes Mädchen«, sagte er und ging auf sie zu. »Gut durchwachsen und knusprig.«

»Der Käsebier«, sagte Dr. Kaliski zu Muschler, »ist ein erster Mann, ganz erster Mann, wissen Sie, müßte man managen.«

»Ist doch gemanagt.«

»Nein, im Süden. Wer wohnt schon im Süden. Ich meine im Westen. Groß am Kurfürstendamm! Organisation ist alles! Sie haben doch Terrains. Die müßte man ausnützen. Wie groß?«

»1000 Quadratmeter.«

»Gerade richtig. Großes Haus. Reines Vergnügungsetablissement. Sehen Sie sich an, wie Haus Vaterland geht. Aber ich will gar nicht so groß! Unten links Läden. Rechts Käsebier, durch zwei Stockwerke das Lokal für Käsebier. Nur Käsebier. Käsebier als Unternehmer. Er unterhält die Leute als echter Wirt. Er war nämlich mal Kneipenwirt in der Wiener Straße. War immer im Südosten, gefällt ihm *auch* besser im Wintergarten.«

»Na, hören Sie, was reden Sie da! Wer baut und finanziert? Ich gebe nichts. Ich steck mein Geld nicht in Unternehmungen.«

»Ich kenne ganz erste Leute, Leute, so! Eine ganz erste Baufirma, die müßte man heranziehen. Die haben eine Hypothek an Hand zu 8 Prozent, zweite 10 Prozent.«

»Wäre sehr billig.«

»Was Ihnen Kaliski bringt, ist immer billig.«

»Und was für Sicherheit hätte ich für meine Grundstücke? Ich bin kein Unternehmer, ich bin ein Bankier. Ich hab nich gerne Sachen, bei denen ich nicht weiß, wie sie sich verzinsen. Was ist, wenn das Theater schlecht geht?«

»Dann kriegen wir mal keine Pacht.«

»Nein, nein, ich bin nicht für solche Sachen. In Papieren kenne ich mich aus. Aber bauen?«

»Aber Herr Muschler, Sie werden doch nicht einfach die Terrains liegen lassen in solcher Gegend! Denken Sie an, was die Sachows nebenan an ihren Grundstücken verdient haben.«

»Na ja, das war ein besonders günstiger Vertrag.«

»Na, gut.«

»Aber weshalb? Was wollen Sie denn dran verdienen? Wieviel Prozent?«

»Ich gar nicht. Nein, Herr Muschler. Ich bitte Sie. Ich würde Sie eventuell bitten, mir die Vermietung zu übertragen.«

Die Mädchen kamen und reichten Bier und Limonade.

»Wollen wir nicht Bridge spielen?« sagte der Bankdirektor Hersheimer.

»Gern«, sagte Muschler, und sie spielten im Nebenzimmer. Muschler, Frau Frechheim, seine Schwiegermutter, Bankdirektor Hersheimer und Frau. Inzwischen saß Kaliski mit etwa fünf andern um einen runden Tisch. Sie sprachen vom Verzollen.

»Ich weiß nicht«, sagte der Prokurist G., »warum die Damen nie verzollen wollen.«

»Ja«, sagte Frau Muschler, »mein Mann ist auch komisch.

Wie wir das letztemal von Paris kamen, hatte ich verschiedenes Neues im Koffer. Einen Mantel und ein paar Hüte und so. Ich hab vorher die Etiketten herausgetrennt. Mein Mann wollte das nicht.«

»Ich weiß nicht, ich habe noch nie Ärger mit dem Zoll gehabt«, sagte Frau Weißmann. »Wir sind mit dein Auto von der Riviera durch Italien nach Afrika gefahren. Nirgends haben wir Ärger gehabt.«

Die Mädchen trugen jetzt Brötchen herum. Der stellungslose junge Mann sagte: »Als ich das letztemal aus der Tschechoslowakei kam ...«, aber niemand ließ ihn weiterreden.

Käte erzählte vom Verzollen von ein paar Salben aus Paris. »Als mir die Herren Schwierigkeiten machen wollten, sagte ich, das sei meine Nahrung und nahm ein Löffelchen und aß.« Die Gesellschaft lachte.

»Sie leben jetzt in Berlin.«

»Ja, aber ich gehe sehr wenig aus, ich muß arbeiten.«

»Wo geben Sie denn Ihre Stunden?«

»Bis jetzt nur in meinem Zimmer, Sie wissen ja, wie schwer es ist mit Wohnungen.«

»Sicher, furchtbar schwer.«

»Ein Bekannter hat siebentausend Mark Abstand gezahlt«, sagte Frau Muschler.

»Ja, und wir haben sechstausend bezahlt und noch dazu gar nichts Erstklassiges.«

»Es ist schrecklich mit den Wohnungen«, sagte Käte. Dann setzte sich Klaus Michael Waldschmidt neben sie: »Wie fanden Sie es bei Käsebier, Gnädigste? Mein alter Herr war ganz hingerissen.«

»So gut fand ich es nicht, Vorkriegskunst, kleinbürgerlich, ohne Elan, dabei gibt es jetzt so gute Kabaretts.«

»Nicht wahr? Aber ich finde Käsebier einen großen Künstler. Kommt es nicht darauf an?«

»Heute nicht mehr. Käsebier ist richtig, um gehemmte Männer in Schwung zu bringen. Er ist eine Art besseres Stimulanz. Aber eigentlich ist das Ganze nur möglich für eine Gesellschaft, die noch nichts begriffen hat. Sehen Sie sich russische Filme an. Das vermeiden Sie sicher? Das fühlt sich nicht weich an? Nicht?«

»O nein, gar nicht, ich liebe die Russen sehr.«

»Na, lieben kann man sie nun gerade auch nicht. Man kann heutzutage nicht neutral sein, man muß wissen, wo man hingehört. Unsereins weiß ja, wo's hingehört. Käsebier weiß es nicht.«

»Ich glaube, man kann nicht alle Kunst politisch betrachten.«

»Doch, doch, die im Äther spielenden französischen Bettstücke sind doch zum Kotzen. Das spielen wir alleine.«

»Ja? Wirklich?« Und er küßte ihr die Hand.

»Muß Liebe schön sein.«

»Sicher, wollen wir tanzen?«

Lieven sprach mit der süßen Hannelore von Käsebier. Er wolle sie mitnehmen in die Hasenheide.

»Vielleicht mit meiner Freundin Susi?« sagte sie. »Wir können sie gleich fragen.«

Susi war ganz selig. Hannelore auch. Ein Dichter, dachten sie, ein Dichter.

Die Eltern und Hannelores Vater ärgerten sich, mit so einem Literaten sitzen die Mädchen.

Otto Peter saß einsam in einer Ecke, er war 19 Jahre alt. Hannelore beachtete ihn nicht. Er überlegte, ob er Lieven erschießen sollte. Lieven, er hatte es gesehen, hatte Hannelore im Wintergarten geküßt, dabei hatte er ihr in die Achselhöhle gegriffen, der Lump. Hannelore und Susi standen zusammen.

»Er ist himmlisch«, sagte Hannelore.

»Ist er kühn?« fragte Susi.

»Ja«, sagte Hannelore stolz.

»Hat er dich geküßt?« fragte Susi.

»Ja, denke dir, im Wintergarten.«

»Liebt er dich?«

»Sicher.«

»Wir müssen uns morgen sprechen, ich erzähle dir ausführlich.«

»Wir telefonieren morgen früh.«

Otto Peter blickte düster.

»So'n grüner Junge«, sagte Hannelore zu Susi mit einem Blick auf ihn, »er zittert, wenn er mit einem tanzt. Schrecklich doof.«

»Ich hab auch nichts für die Jungs übrig«, bestätigte Susi.

»'n Antrag hat er mir gemacht. In der Geisbergstraße. Wie findstu? Wo man einem noch nicht mal'n Kuß geben kann!«

Susi war auch empört: »'n vernünftiger Mensch sucht sich doch dazu wenigstens 'n Grunewald aus. Zu doof! Zu doof!«

Margot kam zu Muschlers und Bankdirektor Hersheimers. Sie sprachen von Käsebier. Frau Hersheimer sagte: »Ich sah ihn im Wintergarten, unerhört.«

»Fabelhaft«, sagte Frau Muschler.

»Ein Genie«, sagte Margot.

»Gottbegnadet«, sagte der alte Magnus.

Otto Peter sagte: »Ein ursprüngliches Volksgewächs, prachtvoll. Er soll nach London.«

»Völlig berechtigt«, sagte Margot, »ich habe ihn neulich kennengelernt, als ich mit Meyer-Paris und dem Attaché de l'Espinosa von der Spanischen Gesandtschaft da war.«

»Und wie ist er?«

»Ganz einfacher Mensch natürlich, aber sehr nett. Er hat sich sehr mit mir gefreut. Wir sprachen ihn hinter der Bühne.«

Jetzt wurden Bier, Limonade und große Platten mit Brötchen gereicht, Lachs, Gurke, Ei, Sardellenbutter, feine gemischte Aufstriche aus Ei und Senf und Sardellen und Öl gemischt. Auch Kaviarbrötchen waren dabei.

Frächter kam dazu.

»Mein Lieber«, sagte Margot Weißmann, und streckte ihm den nackten Arm entgegen, »ich glaube, ich habe mich noch gar nicht für Ihre Widmung in meinem Käsebier bedankt. Bezaubernd geistvoll.«

Sie schlug groß die Augen auf.

Thedy Muschler sagte: »Ein sehr amüsantes Buch.«

»Wie mich das freut.«

Frau Hersheimer sagte: »Ihre Einleitung hat mir den ganzen Abend verschönt.«

»Wie das geschrieben ist«, sagte Margot, »Sie schreiben mit dem Witz der Franzosen. Wissen Sie, es geht nämlich doch nichts über die pariserische Leichtigkeit. Paris ist zu bezaubernd.«

»Natürlich. Wir mit unserer Schwere«, sagte Frächter.

»Wissen Sie, meine verehrte Kollegin«, sagte Lieven zu

Fräulein Dr. Kohler im Salon Louis XVI., »es interessieren mich hier nur die kleine Hannelore Siebert und die Susi Schneider, es ist wohl der Zerstörungstrieb des Mannes, der die Jungfrau schätzt.«

»Ich bitte Sie, Lieven, stehen Sie auf.«

»Ja, weshalb denn, Charlottchen? Was sagen Sie zu dieser?« Und er zeigte auf die jüngere Waldschmidt-Tochter. »Sie lebt ein Doppelleben und verläßt dreimal in der Woche die Wohnung ihrer Eltern, um zu ihrem Freund zu gehen. Ich kann mir diese Frau in fabelhaften Situationen vorstellen.«

»Also ich bitte Sie endgültig, stehen Sie auf.«

»Sie sitzen so allein, gnädiges Fräulein«, sagte Muschler und nahm Lievens Platz ein. »Sehen Sie dort das Mädchen in blau und gold, das ist die beste Partie von Berlin.« Er zeigte auf die jüngere Waldschmidt-Tochter.

»Das kann ich mir kaum denken, daß der alte Waldschmidt sein ganzes Geld über die Inflation erhalten hat.«

»Also, das weiß man allgemein an der Börse.«

»So, ja dann.«

Muschler wurde unbehaglich. Er hatte das Gefühl, sie mokiere sich über ihn. Sehr begreiflich, daß niemand die Kohler will, so kluge studierte Frauen sind gräßlich, dachte er.

Der Clou des Abends, der vierzigjährige Industrielle, bedeutender Geiger, mit der berühmten Ostasiensammlung, ging mit der Dame Käte.

»Es ist Ihnen wohl ein bißchen zu trubulös?« sagte er.

»O nein«, sagte sie beglückt.

»Sie sind nervös«, sagte er, »ich bedauere, nicht so viel mit Ihnen zusammen sein zu können, wie ich es wohl gewünscht hätte.« Er führte die Dame Käte, die herrlich aussah, in schwarzem Taft, roten Haaren und vielen falschen Perlen, in die Richtung des Wintergartens.

Fräulein Dr. Kohler zuckte zusammen. Der Herr de l'Espinosa aber fragte ihn nach der jugoslawischen Schafausfuhr. Er antwortete klar und klug und gab Zahlen. Fräulein Dr. Kohler verliebte sich immer mehr.

Frau Margot Weißmann ging durch die Räume. In einer Ecke saß der Doktor Krone mit Gerda, der Gymnastiklehrerin ihres Töchterchens. »Echt«, dachte sie, »nun lädt man so einen begabten jungen Mann ein, könnte er reiche Mädchen kennenlernen und eine gute Partie machen, sitzt er den ganzen Abend bei dem Ding, bei dem gar nichts zu holen ist. Solche Leute können nicht weiter kommen.«

Es war 4 Uhr. In der Garderobe wurden die Pelze ausgeliefert und die Autos bestellt. Klaus Michael Waldschmidt begleitete Käte. Der junge Waldschmidt war ihr sehr angenehm. Herr Cochius sagte zu Frächter: »Ich wurde mich freuen, wenn Sie mich einmal besuchen würden. Ich sagte es Ihnen schon einmal.«

Herr Muschler sagte: »Na, Herr Kaliski, ich höre von Ihnen.«

Kaliski nickte: »Ich werd telefonieren.«

Lieven küßte Hannelore und Susi die Hand: »Ich werde einmal anrufen.«

Der Clou sagte zu Margot: »Ich werde mir gestatten, morgen nachzufragen.«

Dr. Krone begleitete die Gynmnastiklehrerin nach Hause.

»Es sind wieder einmal gar keine jungen Leute dagewesen, die in Frage kommen«, sagte Mama zu Papa, und sie stiegen mit den beiden Siebzehnjährigen in den Wagen, »höchstens der Klaus Michael, aber so was tanzt den ganzen Abend mit einer Person wie der Herzfeld.«

Traurig sah ihnen Otto Peter nach. Am Zoo wechselte er das Taxi mit dem Nachtomnibus.

»Ich werde im Asyl für Obdachslose enden«, dachte der stellungslose junge Mann. »Vor zehn Jahren habe ich gedacht, ich würde meinen Mitbürgern eins bauen. Ich bin am Ende, ich kann nicht mehr.«

Oppenheimer begleitete Fräulein Dr. Kohler nach Hause. Er sagte: »Sofort, als Sie ins Zimmer traten«, und küßte ihr die Hand. »Merkwürdige Augen haben Sie!«

»Es ist schon ganz warm draußen.«

»Bitte, bleiben Sie so sitzen, nein, so, halbes Profil! Ausgezeichnet! Dich hätte ich bestimmt geheiratet, wenn ich überhaupt hätte daran denken können.« Und dann küßte er ihr die Hand. »Es wird Frühling«, sagte er. »Grüßen Sie Ihre Frau Mama, ich rufe Sie einmal an.«

Fräulein Dr. Kohler dachte über Oppenheimer nach. Sie war sehr erregt, als sie die Treppe hinaufstieg und entsetzlich unglücklich über den Clou und über Oppenheimer.

Käte stieg in das Auto von Klaus Michael, einen zweisitzigen Nash. Käte sagte: »Ich werde mich dichter setzen, es ist so kalt im offenen Auto, mein Lieber.«

Wie einfach, dachte Klaus Michael erregt. Während er sie zudeckte, geriet er durch den weiten Ärmel des Abendmantels an ihren nackten Arm.

»Es ist merkwürdig«, sagte er, »wie einen solch ein bißchen kühles Fleisch sofort erregt.«

Käte erregte die Stellung, das Auto, der Mantel, die Sportlichkeit des jungen Herrn. Zudem war sie müde von Alkohol und der Nachtstunde, und so fand sie ihn geistvoll. Der junge Klaus Michael fuhr mit ihr in seine Wohnung. Überm Tiergarten sah er den hellen Schein von der Gegend um die Gedächtniskirche: »Ich habe das noch nie gesehen, wie rot der Himmel dort ist. Wie Feuerschein.«

Käte dachte, er scheint mich zu lieben.

Im Schlafzimmer, weiß Schleiflack mit rosa Fußbodenbelag und rosa Seidenmöbeln, saß Frau Muschler vor dem Spiegel und tauchte ein Wattebäuschlein in den kostbaren Cleansing Cream der Arden, um das Gesicht von Puder und Schminke zu reinigen. Sie war sehr hübsch in rosa Pantoffeln mit Straußenfedern und einem rosa glänzend seidenen Pyjama, sah im Spiegel ihren Mann, der einen sehr dicken Bauch hatte, in blaßgrünen Unterhosen.

»Mausi«, sagte er. »Der junge Kaliski, der Schwiegersohn vom alten Waldschmidt, hat mir eine Verwertung für die Terrains angeboten.«

»Um Gottes willen«, sagte Mausi. »Weiß er, wie's steht?«

»Unsinn. Es weiß es kein Mensch. Die Auskünfte über uns lauten glänzend.«

»Was gehört uns eigentlich noch?«

»Nichts, außer den Terrains.«

»Und die Perleberger Straße?«

»Zwei Hypotheken.«

»Und Niederschönhausen?«

»Gleichfalls.«

»Also Terrains verkaufen und fortziehen und von den Zinsen leben!«

»So viel bringen die Terrains nicht. Ich kann mich nur durch einen Coup sanieren. Wenn ich von dem Bau einen Überschuß von hunderttausend Mark im Jahr habe, wird's gehen.«

»Wie soll es denn gemacht werden?«

»Kaliski will mir einen Unternehmer bringen, der das ganze Risiko trägt und ungeheure Sicherheiten gibt.«

»Und Cannes?«

»Na, hör mal, selbstverständlich fahren wir nach Cannes, wir werden doch nicht so unsern Kredit schädigen.«

»Na ja, natürlich. Man wird doch den Leuten nichts zu reden geben. Was würden Weißmanns sagen.«

»Na, ob's bei Weißmanns so glänzend ist, weiß man auch nicht.«

»Aber ich bitte dich, Eisen?«

»Gerade Eisen ist auch schlecht.«

»Sie suchen doch Wohnung im alten Westen.«

»Das will nichts sagen. Aber meine Sorgen, wie's Herrn Weißmann geht. Jedenfalls gibt's noch immer reiche Leute. Das sah man heute abend. 'ne feine Partie hat der Kaliski gemacht.«

»Der sieht aber auch gut aus.«

»Findstu, kann ich nicht finden.«

»Laß doch nicht ewig das Wasser im Badezimmer laufen. Du machst einen ganz nervös.«

»Ich mach dich doch immer nervös.«

»Na ja, wie du wieder hin und her läufst, stundenlang in deinen Unterhosen.«

»Ich bin nicht so schön wie Herr Kaliski. Bistu gekränkt? Aber Schatz? Na, is gut. Siehste, ich hab schon' Pyjama an.«

Zwölftes Kapitel

Ein Bauunternehmen beginnt

Es war nicht wahr, was Muschler zu Kaliski gesagt hatte, daß er noch nie an die Verwertung der Terrains gedacht hatte. Am Tag nach der Margotschen Gesellschaft klingelten die beiden Waltkes bei Muschler an. Sie trugen ihm ein Projekt vor. Die Finanzierung sollte durch Hypotheken erfolgen, Muschler behielt sich alles vor. Er wollte eine Garantie für die Mieten. Die konnten sie nicht geben.

»Sie brauchen sich gar nicht zu bemühen«, sagte Muschler. Erich Waltke kam dennoch. »Herr Muschler«, sagte er, »wir bauen Ihnen da was Piekfeines. Hochherrschaftliche Wohnungen. Fünf- und Sechszimmerwohnungen. Tausend und zwölfhundert Mark das Zimmer. Davon könnten Sie ein Vermögen machen.«

Muschler sagte: »Ich denke, Luxuswohnungen stehen leer?«

»Nö, wo denn?« sagte Erich Waltke. »Alles ist vermietet. Die Leute zahlen bis zehntausend Mark Abstand. Sie irren, Herr Muschler. Bedenken Sie, was Köpernick verdient hat.«

»War noch ein anderer Zeitpunkt.«

»Es fehlen immer noch dreißigtausend Wohnungen.«

»Wer garantiert mir die Mieten? Ich brauche Sicherheiten. Ich bin ein Bankier, kein Bauunternehmer. Ich stecke kein Geld in unsichere Geschäfte.«

»Ich möchte Ihnen doch einmal das Projekt zeigen, das wir gemacht haben.« Und er entrollte die Pläne. »Unten Garagen, jede hundert Mark im Monat, dann Läden, dann vier Geschosse Wohnungen, macht eine Rentabilität von 20 Prozent. Hauszinssteuer fällt weg.«

»Und die vielen Reparaturen, die man hat?«

»Das ist nicht verheerend.« Er zeigte ihm das Projekt.

»Is ganz hübsch«, sagte Muschler, »aber wissen Sie, die Finanzierung ist eben das Wichtigste.«

Waltke ging.

Waltke telefonierte mit seinem Bruder.

»Die Hypothekenbeschaffung ist ihm das Wichtigste«, sagte er.

»Ich werde mich umtun, wird nicht viel zu machen sein.«

Muschler telefonierte mit der D. Bank. Er ließ Obligationen beleihen. Es waren dreißig Stück Siemens-Obligationen. Dann klingelte er, ließ sich von der Kasse mit tausend Mark belasten, außerdem ließ er zehntausend Francs wechseln wegen Cannes.

Während dieser Zeit telefonierte Kaliski mit einem Herrn, dessen Frau die Tochter eines großen Bauunternehmers war, Herrn Rübe. Herr Rübe war Architekt. Er war ein älterer Mann, hatte einen blonden Spitzbart und trug schwarze, mit Borte eingefaßte Samtjacketts im Hause.

Kaliski sagte Rübe, was er mit Muschler besprochen hatte. Rübe war Feuer und Flamme. Ein Objekt von zwei Millionen. Schwiegervater Bauunternehmer. Er Architekt. Hypothekenbeschaffung für seinen Schwiegervater Kleinigkeit, Kaliski Vermietung. Sofort. Sofort.

Rübe stürzte sich darauf, besichtigte das Gelände und sah die Möglichkeiten. Theater, Wohnungen, Garagen, Läden, Wohnungen fünf bis sechs Zimmer.

Kaliski telefonierte mit Muschler und bat um eine Geländeskizze. Auf diese Weise erfuhr der Prokurist Mayer, der alte Mayer, der schon bei Muschlers Vater Lehrling gewesen war, von dem Plan.

Er sagte: »Gott, Herr Muschler, was für Sachen, sollten wir nicht mit dem jungen Herrn Oberndorffer die Sache mal durchsprechen?«

»Können wa ja, ich weiß bloß nich, was Sie sich davon versprechen?«

»Ist doch ein Fachmann.«

»Wenn die Rübes nicht das ganze Risiko tragen, mach ich die Sache nicht, und wenn sie's tragen, brauch ich keinen Fachmann.«

Der alte Mayer sagte: »Der junge Herr Oberndorffer hat immer alles für uns gemacht, ich finde, man ist es ihm schuldig.«

»Na ja, schön«, sagte Muschler gutmütig.

Muschler rief Oberndorffer an: »'n Tag, Herr Oberndorffer, wie geht's Ihnen?«

»Danke.«

»Und Ihrer Frau Gemahlin?«

»Danke.«

»Wissen Sie, ich möchte Sie mal sprechen, wir wollen nämlich die Terrains bebauen da am Kurfürstendamm, wissen Sie.«

»Schön, Herr Muschler, furchtbar gern«, rief Oberndorffer entzückt.

»Na, so nicht«, sagte Muschler, »es sind da nämlich Leute, die mir die ganze Sache machen und bezahlen, ich wollte Sie nur mal um Rat fragen.«

Oberndorffer war tief enttäuscht. Er hatte alles für Muschler gemacht, seine Einrichtung, sein Sommerhäuschen, Taxen und Gutachten, alles billig, manches unter Selbstkosten. Alles im Hinblick auf die Terrains am Kurfürstendamm, alles im Hinblick auf eine große Aufgabe, alles im Hinblick auf eine endliche Möglichkeit, sein Können zu zeigen.

Nun waren andere gekommen. Er war fassungslos. Aber er wollte sich noch einmal bewegen. Er fuhr sofort zu Muschler. Während er hinfuhr, telefonierte Rübe schon mit Kaliski. Sein Schwiegervater habe einen kompletten Vorschlag. Er habe eine erste Hypothek an Hand mit 8½ Prozent, die zweite Hypothek trage er selber mit 10 Prozent, heute, bitte, wo 11 und 12 verlangt werden. Auszahlung erste mit 98, zweite mit 97, alles glänzende Bedingungen.

Kaliski gab die Rübeschen Vorschläge an Muschler weiter, als Oberndorffer ins Zimmer trat.

»Guten Tag, nehmen Sie Platz.«

»Also, was machen Sie für Geschichten, Herr Muschler, Sie wollen bauen? Was denn?«

»Ein Theater für Käsebier und ein großes Wohnhaus mit Läden und Garagen.«

»Welcher Architekt ist es denn, wenn ich fragen darf?«

»Natürlich dürfen Sie fragen, warum sollen Sie nicht fragen dürfen? Rübe.«

»Was denn, Rübe?«

»Ja, Rübe.«

»Wer ist denn Rübe?«

»Ich weiß nicht, Schwiegersohn von Otto Mitte & Co.«

»Was, und da wollen Sie sich mit Haut und Haar an Otto Mitte verkaufen? Otto Mitte & Co. kann Ihnen doch Hunderttausende zuviel als Bausumme abnehmen.«

»Das ist doch egal, er übernimmt das Risiko für die Pacht und die Mietseingänge. Das kann mir doch egal sein.«

»Aber, Herr Muschler, Sie sind doch Bauherr, es kann Ihnen doch nicht egal sein, wie teuer der Bau kommt.«

»Ich bin kein Unternehmer, Herr Oberndorffer, ich bin ein Bankier, die Hauptsache ist mir die Rente, die Rentabilität. Rechnet mir Otto Mitte eine gute Rentabilität aus und übernimmt dafür die Garantie, kann's mir doch egal sein.«

»Aber es kann doch was falsch kalkuliert sein, dann haben Sie ein verbautes und noch dazu überteuer gebautes Haus.«

»Wir kalkulieren schon nicht falsch.«

»Oder es passiert was mit Otto Mitte?«

Muschler lachte: »Wissen Sie, wer Otto Mitte ist? Dem gehört ganz Tegel und Weißensee und halb Steglitz dazu. Ich bitte Sie, der Mann wird auf 5 Millionen Privatvermögen geschätzt. Otto Mitte! Wie ich gehört habe, Rübe ist der Schwiegersohn von Otto Mitte, war ich sofort beruhigt. Beim Bauen ist der Bau gar nicht so wichtig, die Finanzierung ist alles.«

»Ich rede nicht in meinem Interesse, ich rede in Ihrem Interesse, Herr Muschler. Was für eine Reklame, wenn das Theater schön wird! Und wieviel besser vermieten sich gut gebaute Wohnungen als schlechte!«

»Wenn mir Otto Mitte die Sachen von seinem Schwiegersohn bauen läßt und für die Mieten garantiert, kann ich beruhigt sein.«

»Haben Sie schon mit Käsebier verhandelt?« fragte Oberndorffer.

»Nö«, sagte Muschler, »wozu denn, dazu haben wir noch immer Zeit. Erst muß das Finanzielle erledigt sein. Was soll ich mit Käsebier verhandeln, bevor ich was Positives weiß.«

»Ich warne Sie«, sagte Oberndorffer.

»Lieber junger Mann, mich brauchen Sie wirklich nicht zu warnen.«

»Ich werde Ihnen ein Gegenprojekt machen, das eine noch viel größere Rentabilität bringt.«

»Bitte schön«, sagte Muschler, »wenn Sie es umsonst machen. Also auf Wiedersehen, Herr Oberndorffer.«

»Auf Wiedersehen, Herr Muschler.«

Oberndorffer bekam vom alten Mayer die Unterlagen. Der alte Mayer war bekümmert.

»Ich bin ja nicht dafür, mit Mitte abzuschließen«, sagte er, »jetzt, wo Herr Frechheim verreist ist. Aber sie bieten sehr günstige Bedingungen. Außerdem ist es kein Risiko.«

»Risiko ist immer.«

Oberndorffer machte sich daran, ein Projekt auszuarbeiten.

Am gleichen Tag telefonierte Otto Mitte mit einem Herrn im Wohlfahrtsministerium: »Na, Herr Regierungsrat. Man macht mir Schwierigkeiten mit der achten Etage an meinem Hochhaus am Fehrbelliner Platz. Dabei habe ich auf mündliche Zusage hin schon längst so projektiert. Die Fundamentierung ist für acht Etagen berechnet. Das geht doch nicht. Ich bitte Sie. Sie können doch Otto Mitte keine Schwierigkeiten machen.«

Der Regierungsrat war überhöflich: »Nein, nein. Das ist sicher ein Irrtum, Herr Kommerzienrat.«

»Na, das will ich doch auch meinen«, sagte Mitte, »sehen Sie mal, ich habe mich doch vorher genügend orientiert.«

Der Regierungsrat sagte: »Wissen Sie, Herr Kommerzienrat, daß die Bahn eine große Siedlung in Hohenschönhausen plant?«

»Ja«, sagte Mitte, »natürlich. Haben wir längst begossen. Also sehen se ma zu.«

»Gewiß, Herr Kommerzienrat.«

Mitte wußte nichts von Hohenschönhausen. Karlweiß, sicher baut Karlweiß, dachte er. Er rief den Architekten Karlweiß an.

»Herr Kommerzienrat«, sagte Karlweiß, »sehr angenehm, was verschafft mir die Ehre?«

»Ich habe da verschiedene Projekte schweben und wollte Sie eventuell zuziehen. Wann können Sie mich besuchen?«

Karlweiß verstand auf Anhieb, er sagte: »Ich wollte Sie übrigens auch bei dem Hohenschönhausener Projekt mit auffordern. In den nächsten Tagen gehen die Blanketts erst hinaus.«

»Fordern Sie nur nicht zu viel auf. Sie wissen, je mehr Sie auffordern, um so teurer wird's.«

»Es wird doch auch Leute geben, die nicht im Ring sind.«

»Na, wenn Sie mit denen arbeiten wollen!«

»Also wann wollen wir's besprechen?«

»Ich denke Donnerstag. ½12 Uhr. Ist es Ihnen recht?«

»Ja, es geht, besser um ¾12.«

»Gut. Auf Wiedersehen.«

Dreizehntes Kapitel

Käsebier in Ton und Bild und als gedeckter Tisch

Inzwischen war Frächter an Omega-Schallplatten herangetreten wegen Plattenaufnahmen von Käsebier, für die jetzt eine ungeheure Nachfrage begann. Frächter schlug Omega vor, sämtliche Rechte auf Käsebier zu erwerben. Er wollte 2 Prozent Vermittlungsgebühr dafür. Die vier Hauptschlager, jeden für sich natürlich. »Wie soll er schlafen durch die dünne Wand?«, »Ach, muß Liebe schön sein«, »Wer mit mir will, der komme mit, wer nich will, jeht alleene«, »In Zelt 2, an der Spree, bei 'ner Tasse Kaffee.«

Bevor noch Käsebieraufnahme sein konnte, denn Käsebier war überbeschäftigt für die Wintergartenpremiere, hatte Gödowecz für Omega ein Riesenplakat entworfen.

»Käsebier spricht und singt nur auf Omega.«

Zwei Tage nach der Premiere war der Nachmittag endlich für Plattenaufnahmen Käsebier reserviert worden. Am selben Tag war am Nachmittag Filmaufnahme im Wintergarten angesetzt für die Ufa-Wochenschau. Am gleichen Tage war er zu einem Frühstück nachmittags um 5 Uhr bei Frau Konsul Weißmann eingeladen. Er fand nicht mehr durch, brachte alles durcheinander. Die Plattenaufnahme wurde im letzten Augenblick abgesagt, da es schwieriger war, die Filmaufnahme abzusagen, die noch stumm war. Man sah nur Käsebiers außerordentliche Mimik, den verzweifelten Gesichtsausdruck bei »Wie soll er schlafen durch die dünne Wand?« In der Wochenschau liefen vor ihm »Cowboyspiele in Südamerika« und nach ihm »Einweihung des Schulschiffs Brigella durch den Duce«. Dazwischen zwei Minuten Käsebier.

Am nächsten Tag fand die Plattenaufnahme statt.

Am Sonntagnachmittag um 5.20 Uhr sang er 20 Minuten im Radio, unter anderem ein paar alte Schlager aus dem Biedermeier, was für Kenner ein großer Genuß war. Der »Kopf des Tages« in den Funkzeitungen war für Sonntag überall »Käsebier«. Die Photographie war von Frau Ilsemarie Kruse. Sie hatte Käsebier zuerst porträtiert und machte jetzt, da sie pro Bild 10 Mark erhielt, gute Geschäfte.

Frau Isolde von Knockwitz hatte ein Schattenprofil von Käsebier geschnitten, einmal lachend, einmal weinend, das am Sonntag in der Berliner Bilderschau ganz groß veröffentlicht wurde.

Außer Gödowecz hatte sich noch der Zeichner Dietze auf Käsebier geworfen. Er hatte eine ganze Serie »Käsebier in zwölf Phasen« gezeichnet, die in der Großberliner Woche erschien.

Der junge Maler Pankow stellte ein Bild von Käsebier in

»Wie kann er schlafen durch die dünne Wand« auf der Sezession aus. Das Bild wurde im Katalog abgebildet und in allen Kunstkritiken ablehnend erwähnt. Der Kritiker der Berliner Tageszeitung verriß es sogar zwölf Zeilen lang, was ein außerordentlicher Erfolg war. Der Völkische Aufbruch schrieb: »Geradezu viehisch, ein anderer Ausdruck fehlt dafür wirklich, ist das Untermenschenbild von Gottfried Pankow. Hier ist noch einmal die snobistische Gorillamenschen-Malerei der Kurfürstendamm-Zivilisation in (Un-)Reinkultur. Brr.« Eine andere, wenig gelesene, sehr vornehme Zeitung der Rechten schrieb: »Führend ist diesmal Pankow mit einem Bilde des Volkssängers Käsebier, dem ein Ehrenplatz in der Schau der Akademie gebührte. Das Bild ist ausgezeichnet in der Empfindung für Tempo und Farbe hingestrichen.« Pankow wurde in die Jury gewählt. Der Kritiker der Berliner Tageszeitung schrieb noch einmal von dem dünnen und ungekonnten Strich, einem albernen Sachlichkeitsstil, der das Bild in nichts vom Buntdruck unterscheide. In einer wilden kleinen Zeitschrift stand ein erbitterter Artikel über soviel Snobismus, über die geradezu barbarische Kunstbetrachtung, über die Lächerlichkeit, ein miserables Porträt, nur weil es eine Tagesgröße darstelle, den feinen Blumenstilleben und vor allem Landschaften der Besten – und es gäbe noch immer Beste – vorzuziehen.

Pankow bekam kurz darauf von der Gräfin Dinkelsbühl einen Porträtauftrag, und sein Käsebierporträt wurde als nahezu Einziges der Ausstellung verkauft.

Am Montag hatten die Damen der Gesellschaft große Besprechung wegen zweier Ausstellungen. Die eine sollte »Der gedeckte Tisch« in einem Warenhaus sein, das andere war ein Wohltätigkeitstee in einem Klub, wofür ebenfalls die Damen der Gesellschaft Tische decken sollten. Vorsitzende bei der Besprechung war die Gräfin Dinkelsbühl. Die Gräfin Dinkelsbühl bat Frau Konsul Weißmann um Vorschläge. Frau Konsul Weißmann wollte einen Käsebiertisch decken, und zwar sollten überall die bekannten Schlagerzeilen verwendet werden. Frau Muschler rief: »Meine verehrte Frau Konsul, aber ich habe schon eine Käsebierpuppe für meinen Tisch in Arbeit gegeben. Ich habe sicher damit gerechnet, daß ich einen Käsebiertisch machen werde.«

»Aber warum haben Sie mich denn nicht angerufen, meine liebe Frau Muschler, ich hätte Ihnen gleich gesagt, daß ich mit Frau Gräfin längst den Tisch besprochen habe«, sagte Margot.

»Ich hätte auch sehr gern einen Käsebiertisch gemacht«, sagte Frau Generaldirektor von Heyke, »aber ich denke, wir ordnen uns unserer lieben und verehrten Frau Gräfin unter.«

Frau Gräfin Dinkelsbühl schlug vor, ob Frau Konsul Weißmann nicht für den Wohltätigkeitstee und Frau Generaldirektor von Heyke für das Warenhaus den Käsebiertisch decken wollten. Frau Muschler könne ja einen ganz einfachen Tisch für Käsebiers Mitarbeiter decken, damit die Käsebierpuppe Verwendung finde.

»Das können Sie wunderhübsch machen, meine liebe Frau Muschler, Sie haben doch so viel Geschmack«, sagte die Gräfin, »einen Tisch für Artisten, Tänzerinnen und ähnliches Zirkusvolk.«

Darauf einigten sich die Damen dann. Frau Muschler sagte: »Ich fahre in 14 Tagen spätestens nach Cannes. Ich muß es wissen mit den Tischen.«

»Aber selbstverständlich, meine liebe Frau Muschler«, sagte die Gräfin.

Frau Konsul Weißmann wollte ganz modern sein: »Ich nehme blaues Glasservice für acht Personen, bunte Wicken und stelle kleine lebende Bilder von Puppen nach den Schlagertexten: ›Wie kann er schlafen durch die dünne Wand‹, das kann sehr reizend sein.«

Frau Generaldirektor von Heyke wollte ihr antikes Berlinservice nehmen und einen altmodischen Kaffeetisch mit Napfkuchen und Feldblumenstrauß herrichten. Die Gräfin war einverstanden. Dann begann die Besprechung der übrigen Tische. Frau Thedy war außer sich. Sie ging früher. »Ich habe noch Anprobe«, sagte sie. Aber der eigentliche Grund war, daß sie einen Käsebiertisch decken wollte, weil der Käsebiertisch das größte Aufsehen versprach. Sie telefonierte mit ihrer Mutter:

»Was sagst du, Mama, ist doch unerhört von Margot. Sie muß natürlich wieder einen Käsebiertisch haben, weil es der größte Erfolg wird, sie spielt sich auf, als wäre er ihr Patenkind. Und dabei weißt du doch, daß wir das Theater planen.«

»Man soll aber mit niemandem darüber reden, sagte Richard zu mir.«

»Ja, leider, ich hätte es gern heute Margot ins Gesicht gesagt, vor allen Damen, sie soll sich nicht so haben, weil er bei ihr gefrühstückt hat, wir bauen ihm ein Theater, das ist viel mehr.«

»Aber ich bitte dich, Margot macht sich ja lächerlich. Bei ihren Gesellschaften ist es doch nie gut. Ich fand es am Sonnabend sehr minderwertig.«

»Sie bestellt immer beim Traiteur. Gut ist es nur, wenn man im Hause selbst kocht. Ich habe es Margot Weißmann immer gesagt, sie soll unsere Kriepke nehmen, da weiß man, was man hat.«

»Die Pute war doch trocken.«

»Natürlich trocken.«

»Und Kompott hat sie gegeben.«

»Ja, ich versteh Margot wirklich nicht. Kompott ist doch ganz altmodisch. Und dann möcht ich einmal erleben, daß es bei Weißmanns mit dem Mokka klappt. Margot ist ja untüchtig. Sie versteht es nicht mit den Dienstboten, verwöhnt alle Angestellten, und dann gibt sie nicht genug Trüffeln zur Pute. Ärgre dich nicht wegen des Tisches. Hättest eben gleich eine andere aparte Idee geben sollen. Zum Beispiel ›Souper zu zweit‹.«

»Ich dachte auch schon: ›Abschiedssouper‹.«

»Ja, sieh mal, das ist doch entzückend.«

»Nicht wahr, mit weißen Rosen?«

»Also ruf doch die Gräfin Dinkelsbühl an, sie freut sich immer so mit dir, und sag ihr, du willst nicht den Tisch für die Käsebierangestellten decken. Das kann man dir doch nicht zumuten. Was ist das für ’ne dumme Idee! Warum hast du denn das nicht gleich gesagt?«

»Ach, ich war zu wütend dazu. Ich muß mir übrigens doch noch was zur Reise anschaffen.«

»Richtig, ich verstand dich ja nicht, daß du wieder täglich in dem braunen Mantel herumlaufen willst. Warst du nun gestern bei der Marbach? Du kannst nur zur Marbach gehen. Das andere taugt ja nichts. Du willst Frisko nehmen? Das würde ich nicht tun. Das hat doch schon voriges Jahr alles getragen. Nimm lieber Panama. Warst du bei der Modenschau von

Hammer? Ich war vorgestern. Da war eine Zusammenstellung von beige, rosé und bleu, bezaubernd und noch nicht einmal sehr teuer. Fünfhundert. Deine Kusine Nelly ist ja ein gerissenes Ding. Sie hat mit der Glauker verabredet, daß sie 700 Mark sagt, wenn sie mit ihrem Mann kommt, und sich dann zweihundert abhandeln läßt. Sie sagt, ihr Erich ist dann so begeistert von seiner Tüchtigkeit, daß er sofort kauft. Die versteht's. Anders als du. Du hast deinen Mann zu sehr verwöhnt. Aus den Männern ist nie Geld rauszukriegen. Sie wollen schenken. Schick ihm die Rechnung, dann ist er einverstanden. Übrigens, die Schuhe, die wir gestern gekauft haben, gefielen mir zu Hause gar nicht mehr. Ich habe aber glücklicherweise eine kleine Schramme über dem linken Hacken entdeckt, und da habe ich sie zurückgetragen. Sie wollten sie nicht zurücknehmen, ich sagte aber, ein lädiertes Paar nehme ich nicht, und wenn sie mich als Kundin behalten wollten, dann müßten sie es tun. Da haben sie es denn auch getan.«

»Jetzt muß ich aber aufhören.«

»Du, denke dir übrigens, die Gabriele Meyer-Lewin hatte sich doch das Bein gebrochen, haben sie sie gestern mit der Bahre in den Schlafwagen gebracht nach Cannes. Sie hatten schon im Palace Zimmer bestellt. Schrecklich, nicht?«

Vierzehntes Kapitel
Gespräche oder die Liebe in Berlin

Meyer-Paris hatte Fräulein Dr. Kohler zufällig getroffen. Er nahm sie im Taxi mit. Meyer ärgerte sich über den Chauffeur, der den einfachen Weg nicht fand, und ließ ihn kurz entschlossen an einem Papiergeschäft halten, kaufte einen Pharusplan, zeigte ihm den Weg und sagte: »Hier, damit Sie Berlin kennenlernen.« Lotte fand das etwas übertrieben. Aber sie war zu selig, neben ihm zu sitzen, als daß sie länger darüber nachgedacht hätte. Es regnete. »Es regnet«, sagte er, »immer wenn wir uns treffen, regnet es.« Am Ziel wollte er dem Chauffeur den Preis für den Pharusplan abziehen. Der Chauffeur weigerte sich. Fräulein Dr. Kohler bekam einen hochroten Kopf. Sie sagte zu Meyer: »Bitte, ziehen Sie dem Chauffeur nichts ab.« Sie schämte sich für Meyer, freute sich, daß sie klar sah, aber es half ihr nichts. Als er mit ihr den Fahrdamm querte, fuhr ein Auto scharf vorüber. »Das ist noch gut gegangen«, sagte er, »sonst hätte schon in der Mittagszeitung gestanden: ›Reizendes junges Ehepaar am Lützowufer überfahren‹«, wobei er sie vieldeutig ansah.

»Kommen Sie im April mit mir nach Paris. Ja, bitte.«

»Gern«, sagte sie.

»Ich sage Ihnen früh genug Bescheid.«

»Und dann stehe ich plötzlich mit meinen Koffern allein auf irgendeinem Bahnhof. Sie haben an mich vergessen, und es ist niemand da, der mir hilft.«

Meyer streichelte sie. »Nein, ich lasse Sie nicht allein.« Er küßte sie auf den Mund.

Sie konnte nicht schweigen. Sie hätte gern mit ihrer Freundin gesprochen. Aber sie mußte in die Redaktion. Dort saßen Miermann und Gohlisch.

Der Geldbriefträger klopfte. »Herr Gohlisch?«

»Ja, bitte.«

»Sie erhalten 20 Mark von Herrn. Frächter.«

»Dank vom Hause Österreich«, sagte Gohlisch, »25 Mark hatten wir vereinbart.«

Ein Bote klopfte, brachte Telegramme.

Landsbergwarte. 1405 = presse = berliner rundschau 46jähriger distriktangestellter erich sahler minzke kreis nordau-warthe verschluckte mittagsessen gebiß verstarb trotz sofortiger operation.

»Telegramm ist das«, sagte Gohlisch, »wir haben Korrespondenten! 'n verschlucktes Gebiß telegraphieren sie, aber von der politischen Entwicklung ist nichts zu erfahren. Im Völkischen Aufgang stand übrigens: ›Ein Herr Gohlisch, der eigentlich Cohn heißt, ein schmieriger Jude im Solde des Herrn Cochius, hat diesen feixenden Sänger entdeckt, der die edelsten Güter in den Schmutz und die Mannentreue in den Jargon der Rotfrontschweine zieht.‹ Kann ich antworten?«

»Nein, wir wollen uns doch nicht diesen Ton zu eigen machen.«

»Lesen Sie mal erst, Herr Miermann, wie schön meine Antwort ist: ›Ich heiße Gohlisch und bin edelbürtiger Germane. Den Namen Gohland, der mit Gohlisch identisch ist, trug schon ein Referendarius am Hofe Karls des Großen. Meine Vorfahren haben schon Wildsäue gejagt, als die Ihren noch auf Bäumen lebten und nur was zu fressen hatten, wenn die Nußernte gut ausgefallen war.‹«

»Das ist so schön, müßte man eigentlich veröffentlichen, aber Witz soll einen nicht dazu verführen, dumm zu sein«, sagte Miermann.

Augur trat ein. Drückte allen stumm die Hand wie immer.

»Was ist, Verschwörer?« sagte Miermann. »Wir sind völlig verstopft mit dem Prozeß Langkoop und Itzehoe. Was gibt's aufzudecken?«

»Ich habe da von seltsamen Geschäften eines Architekten von der Wohnungsfürsorgegesellschaft gehört.«

»Wem denn?«

»Karlweiß.«

»Das ist ja interessant. Das ist ein außerordentlich gefährlicher Mann. Ich fürchte, man wird nichts nachweisen können.«

»Es war nämlich heute ein Privatklageprozeß in Moabit. Karlweiß ist Mitglied der Wohnungsfürsorgegesellschaft, und Projekte, die Karlweiß baute, bekamen leichter Hauszinssteuer als andere, so daß viele große Baufirmen sich angewöhnten, Karlweiß, der gar keinen Namen hat, zu ihren Bauvorhaben zuzuziehen, bloß, um leichter Hauszinssteuermittel zu bekommen. Jedenfalls war er Mitglied des Wohnungsamtes Steglitz und hat Wohnungsteilungen dann zugestimmt, wenn er dafür den Bauauftrag bekam. Aus dem Wohnungsamt Steglitz flog er, aber in der Wohnungsfürsorgegesellschaft sitzt er noch.«

»Wurde denn etwas bewiesen?«

»Hundertprozentig nicht.«

»Dann möchte ich nichts bringen. An Karlweiß haben wir uns schon mal die Finger verbrannt.«

»Sie können aber solche Geschäfte nie nachweisen, wenn Sie sie nicht als Ballon d'essay hinausgeben.«

»Dementis sind immer unangenehm, lieber Augur. Was meinen Sie, wie gern ich was gegen Stadtrat Busch schriebe. Aber jeder sagt, es würde alles dementiert. Und dem setz ich mich nicht gern aus. Und Gohland, unser Urarier, sagt kein Wort?«

»Ich denke.«

»Nach, hoffentlich nach. Welcher Mensch denkt heute noch!«

»Natürlich denke ich nach, ich werd doch nicht denken.«

»Was haben denn die Firmen ausgesagt, die Karlweiß beauftragt haben?«

»Die haben sich alle gedreht und gewunden.«

»Ich mache ja brennend gern Skandal, aber ich muß etwas in Händen haben.«

»Busch ist mir sehr verdächtig«, sagte Gohlisch, »aber jeder sagt, gewiß, er wirtschaftet in die eigene Tasche, aber was er Berlin einbringt, ist so unendlich viel mehr, ist so ungeheuerlich, daß ein bißchen korrupte Genialität besser ist als eine korrekte Unfähigkeit. Kann man nichts sagen. Und dein Karlweiß? Das ist ein heikles Thema. Wo bleibt denn der Kaffee und unsere Grappa, und wie geht's deinem Töchterchen?«

»Leider nicht besser, aber es soll nicht schlimm sein, sagt der Arzt.«

»Bitte doch mal Dr. Krone, daß er kommt.«

»Ach, unser Arzt ist ausgezeichnet.«

»Ich möchte noch in die Stadt gehen«, sagte Fräulein Dr. Kohler, »auf Wiedersehen.«

»Sie sind ja so beschwingt heute, meine Tochter, hast du dich verlobt?«

Fräulein Kohler wurde ganz rot: »Ach, is ja Unsinn.«

»Sie hat sich offenbar verlobt«, sagte Miermann zu Gohlisch.

»Mit dem schiefmäuligen, triefäugigen Kollegen?«

»Ach, Unsinn, auf Wiedersehen.«

»Sie dementiert nicht, hört, sie dementiert nicht. Auf Wiedersehen.«

Fräulein Dr. Kohler lief durch die Stadt. Sie kaufte ein: Zwei Paar seidene Strümpfe, zwei Paar rosa Seidenschlüpfer. Sie wollte sich gern ein Seidennachthemd kaufen, aber sie traute sich nicht. Es schien ihr zu sehr dem Glück vertraut. So kaufte sie nur zwei Paar Seiden-Kombination, aber dann meinte sie, Batist würde auch genügen.

Sie hatte viel Ärger durch diese Sachen. Frau Geheimrat Kohler war eine Preußin. Sie fand Kuchen Luxus, Nachmittagsschlaf unsolide, ein Taxi zu nehmen bare Verschwendung, und sie verbrachte ihre Abende damit, freundlich und rührend weiße Wäsche zu flicken. Daß Lotte Farbiges und gar Seidenschlüpfer tragen wollte, entsetzte sie tief, und sie nannte es nur die Lumpen.

»Wenn du die Lumpen tragen willst, bitte schön, aber wer weiß, wo du *noch* hingerätst.«

»Aber Mama, wozu flickst du bloß ewig die weiße Leinenwäsche, das macht kein Mensch mehr. Außerdem nimmst du noch immer jemanden dafür. Das lohnt sich nicht.«

»Das laß meine Sorge sein, solange ich hier was zu sagen habe, wird nicht verschwendet.«

*

Käte wußte nicht mehr ein noch aus. Sie hatte Schulden. Trotzdem sie eine Unmenge Schülerinnen bekam, zahlten sich die Übersiedlung, die Wohnungseinrichtung noch nicht aus. Dazu kam, daß sie im Scheidungsprozeß auf alles verzichtet, ja sogar die Schuld übernommen hatte. Sie hatte weggewollt. Herr Herzfeld war, wie er war.

»Ich hätte ihn nie heiraten dürfen«, sagte sie zu Miermann, der fand, daß Herr Herzfeld hätte die Schuld übernehmen müssen und ihr eine Rente, wenigstens eine Übergangszahlung, leisten. »Sie sind die wirtschaftlich Schwächere, noch dazu eine Frau. Ich sehe nicht ein, warum Sie die Vorteile, die Ihnen die gesetzliche Regelung bietet, nicht ausgenutzt haben. Eine Frau ist ein schwaches Wesen. Ist ja alles Unsinn mit eurer Selbständigkeit.«

»Sie sind aus einer andern Generation«, sagte Käte, »ich habe die Schuld. Ich hätte ihn nie heiraten dürfen. Ich wollte die Versorgung, das ist meine schwere Schuld. Warum sollte also er die Schuld übernehmen? Ich wollte von ihm fort. Schließlich liebte er mich auf seine Art. Warum sollte ich mir das Loskommen nicht erleichtern? Und wie konnte ich Geld annehmen von jemandem, der mir tief gleichgültig ist? Nein, ich bin selbständig, ich will mich nicht gebunden fühlen.«

»Warum wollen Sie für einen kurzen Übergang nicht Geld von ihm annehmen?«

»Auf keinen Fall, die Gesetze, die für eine kapitalistische Weltanschauung gemacht sind, in der der Mann Besitzrechte an seiner Frau hatte, gelten nicht für mich.«

»Sie haben sich einen eigenen sittlichen Kanon zurecht gemacht, von dem Sie noch nicht einmal wissen, ob er berechtigt ist, und der Ihnen das Leben sehr schwer macht.«

»Ich weiß, daß er der einzige ist. Diese ganze Idee, daß die Frauen sich von den Männern ernähren lassen, ist unmoralisch. Ich nehme ja auch keine Geschenke an.«

»Aber Sie können sich doch nicht auf den Standpunkt der kleinen Mädchen stellen, bei denen es bei den seidenen Strümpfen geschnappt hat.«

»Doch, doch«, sagte Käte, halb schon lachend, »Blumen, Konfekt sind Damensache, seidene Strümpfe sind beinahe Prostitution, die übrigen Bekleidungsgegenstände völlige Prostitution.«

»Und was ist Liebe, die überschütten will?«

»Sie hat andere Wege. Ich finde ja auch, daß alle Liebe von Unverheirateten etwas Unreines hat.«

»???«

»Sie ist auf ein Ziel gerichtet. Nur wenn beide anderweitig gebunden sind, kann eine Liebe ganz ohne Zweck, ganz rein sein. Bei allen anderen Beziehungen denkt, hofft, wünscht einer Heirat und verschiebt so das Gefühl.«

»Umwertung aller Werte hätten wir früher gesagt, aber die junge Generation liest Nietzsche nicht mehr.«

Diese ganze Unterhaltung spielte sich wie immer in der kleinen Konditorei in der Mauerstraße ab. Es war ½ 2 Uhr. Käte hatte ein Frühstück gegessen. Miermann wollte für beide zahlen. Käte erlaubte es nicht. Sie rauchte eine Zigarette nach der andern und stieg dann in ein Taxi. Sie fuhr in die Berliner Tageszeitung zu Waldschmidt. Der kluge Waldschmidt hatte ein Faible für sie.

Bei ihm war der übliche Betrieb.

»Liebes Kind, sehr willkommen«, sagte Waldschmidt und hielt den abgenommenen Telefonhörer zu, »aber, bitte, einen Moment, nehmen Sie Platz, ich spreche gerade. – Ja, Herr Hofrat. – Nein, unmöglich.«

Er legte den Hörer hin und sagte zu Käte: »Der redet so viel, daß er gar nicht merkt, wenn einer nicht zuhört. Von Zeit zu Zeit nehme ich den Hörer auf«, er tat es, »gewiß, Herr – nein – nein. Dann habe ich Sie falsch verstanden. Wir können gern mit dem Auto rausfahren. Auf Wiedersehen. – Gruß an die Gnädigste.«

Das Telefon klingelte. »Ja, nur bis achtundneunzig. Ich limitiere. Keinesfalls höher. Mehr sind die Dinger nicht wert.«

Ein Bote brachte einen Korb.

»Sie sehen, aber ich stehe gleich zu Ihrer Verfügung. Einen Moment, bitte.« Ins Telefon: »Ich möchte gern Herrn Otto haben. Herr Otto? – So, es wird also in Nieder-Klappsmühl gestreikt. Unter uns gesagt, haben die Leute recht. Miserable Löhne. Wovon sollen sie leben? Es ist schrecklich. Der Arbeiter spürt jede Schwankung als erster. Aber für uns sehr unangenehm. Wenn die Preise hochgehen, können wir nicht mehr exportieren.« – »Also, mein Kind, was ist mit Ihnen?«

»Also glatt und rund. Ich brauche fünfhundert Mark.«

»Aber, um Gottes willen, was ist denn passiert? Könnten Sie denn nicht schlimmstenfalls Ihr Kapital angreifen?«

»Wie meinen Sie das?«

»Na, nach Ihrem Auftreten, haben Sie nichts auf der Bank? Na, eine eiserne Reserve?«

»Ich habe immer mein Verdienst verbraucht, und nach der Scheidung war ich in Italien.«

»Das kann man sich eben von Gehältern und Stunden nicht leisten. Man muß doch einen Fonds haben. Sie haben doch aber gerade eine Wohnung gekauft?«

»Auf Abzahlung.«

»Und Möbel?«

»Auch auf Abzahlung.«

»Das ist doch aber grauenhaft, ganz ohne Hintergrund, so kann man doch nicht existieren.«

»So existieren aber neun Zehntel aller Menschen.«

»Na ja, aber doch nicht eine Person wie Sie.«

Das Telefon klingelte. »Wieviel brauchen Sie? – Ob ich fünfzigtausend frei habe? – Ist denn die Sache sicher? – So, nein, aber 12 Prozent. Gar keine Sicherheiten? – Was denn? – Eine Hypothek? So. – Na, das scheint mir sehr sorgenvoll. Und die Steuer? Wie, man kann die Steuer vermeiden? Kommen Sie heute abend zu einer Flasche Rotspon!« – »Also, liebes Kind, ich schieße Ihnen fünfhundert Mark vor.

Sie brauchen mir nur vierhundert zurückzugeben. So viel erspar ich an Steuer. Sie müssen sie nur bei Ihrer Steuererklärung angeben.«

»Sicher, Herr Waldschmidt. Gern. Also ich danke Ihnen.«

»Nicht nötig. Freue mich, Sie gesehen zu haben.«

»Die Freude war meinerseits wohl größer«, lachte sie.

Fünfzehntes Kapitel
Frächter besucht Cochius

Acht Tage nach der Weißmannschen Gesellschaft ließ sich Frächter bei Cochius melden.

Cochius war zurückhaltend wie immer.

Frächter begann: »Herr Cochius, wir sprachen von einer Umorganisation Ihres Blattes. Ich habe nicht nur Novellen geschrieben. Ich bin nicht nur Journalist. Ich habe jahrelang für die Omegawerke die Plattenreklame gemacht, eine Zeitlang auch für Mecker-Flossen, fabelhafte Schwimmschuhe. Ich bin kein kaufmännischer Laie. Die Berliner Rundschau müßte man groß aufziehen. Schon der Kopf müßte ganz anders werden. Viel dicker und größer. Wasserkopf sozusagen. Was ist Tradition? Gut für Schlösser und gestorbene Feudalherren. Weil ein Zeitungskopf einhundertsiebzig Jahre alt ist, ist er noch nicht gut für 1929. Im Gegenteil! Ich bringe Ihnen zwanzig Zeitungskopfentwürfe. Man müßte das Blatt auf mindestens Hunderttausend bringen, dann große Annoncenwerbung, aber Annoncen steigen nur mit der Abonnentenzahl. Abonnenten aber bringt bloß Reklame. Wenn wir der Tiergartenverwaltung einen guten Vertrag bieten, erlaubt sie sicher, daß wir auf jede Bank ›Berliner Rundschau‹ in weißer Ölfarbe schreiben, aber auch sonst! Jeden Tag eine Ecke: ›Wovon Berlin spricht‹, alles mit Namen, sehr fein natürlich, nicht verklatscht, aber immerhin! Dann Publikumspreise.«

»Ich danke Ihnen, Herr Frächter. Sie haben Ideen. Und was wären Ihre Bedingungen?«

»Dreißigtausend Mark Gehalt und Beteiligung an der Umsatzsteigerung.«

»Darüber könnten wir wohl einig werden. Ich hoffe, daß Sie, wie es die wissenschaftlichen Methoden der Betriebsführung jetzt verlangen, auch durch Rationalisierung Spesen sparen können.«

»Sicher«, sagte Frächter, »auch müßte der Redaktionsstab frisch durchblutet werden. Junge Kräfte! Die guten Journalisten von 1900, die vom Atem der Zeit nicht durchstürmt sind, schreiben viel zu hoch für ein modernes Publikum. Dem Publikum ist ja übrigens alles egal, wenn nicht die Kritiker wären, wüßte kein Mensch, was gute, was schlechte Bilder, Filme oder Bücher sind. Zeitungen werden so wenig kritisiert wie seidene Strümpfe. Übermorgen liest jeder die Bettgeheimnisse des Herrn von Trappen oder der Käte Herzfeld lieber als Abhandlungen über die französische Politik. Keiner will sich das eingestehen. Aber das Wesen des modernen Betriebsfachmanns ist es, schlummernde Bedürfnisse zu wecken.«

»Ich hoffe, Herr Frächter, Ihre Umorganisierung kostet nicht zu viel. Ich kann gar nicht sagen, wie müde ich es bin, mich für diese Steuern ärgern zu lassen.«

Frächter sagte: »Sie haben ganz recht. Man kann nicht einerseits dem Kapitalisten die Verantwortung lassen und andererseits ihn terrorisieren. Ich garantiere Ihnen, daß mein Gehalt zehnfach herauskommt.«

»Sie versprechen viel! Jetzt geht's zum Sommer. Aber zum Winter will ich Ihren Eintritt ins Auge fassen.«

»Sehr erfreut«, sagte Frächter.

»Ich danke Ihnen«, sagte Cochius, »also: Auf Wiedersehen.«

Frächter war ein Motor, der mit 1000 Umdrehungen in der Sekunde lief. Er besprach mit ein paar Leuten die Gründung einer Tonfilmgesellschaft »Käsebier«, um ihn, Tauber gleich, herauszubringen. Das Telefon klingelte, immer klingelte bei ihm das Telefon: »Frächter, bitte – Tag, Herr Direktor – morgen meinen Sie? Morgen allerdings fahre ich nach Dresden im Flugzeug, und übermorgen bin ich zu einer Konferenz in Hamburg, erlauben Sie einen Augenblick, ich hole lieber mein Notizbuch. Am dritten, am dritten. – Tauber, sehen Sie sich Tauber an. Warum soll Käsebier nicht Tauber werden? – Stimme? Ach, das ist das wenigste. Wir müssen uns bloß mit dem Film beeilen, Nachtaufnahme, Tagaufnahme. Sie müssen hinterher sein, es muß schneller – Was? Kunstwerk wächst? ’n Film wächst nicht, ’n Film wird gedreht. Auf Wiedersehen.« – »Frollein, verbinden Sie mich mit der Stadtbühne.« – »Ja, also was ist mit dem Kredit? – Nicht zu kriegen? Lieber Herr, ich habe dem Titaniaverlag und dem Exzelsiorfilm einen Kredit verschafft. – Der Direktor Breitfuß von der Konzernbank ist nach Genf gefahren, und der Fritz Blumentopf, der ihm den Fitzke vorstellen wollte, der mit dem Patz befreundet ist, der den Kobalt kennt, von der Marisfilm, der sagte ihm, daß Patz gerade in Dresden sitzt wegen eines neuen Tonfilms. Ich werde also mit dem Baseler Schnellzug nach Genf fahren, vorausgesetzt natürlich, daß ich einen Schlafwagen bekomme, um wenigstens Breitfuß zu sprechen. Lassen Sie mich mal machen. Sie kriegen den Kredit. Wiedersehen!« – »Fräulein, mit dem ›Roten Stern‹ verbinden.« – »Guten Tag, lieber Ohnstein, wie geht’s denn? Hören Sie mal, haben Sie Interesse für eine Artikelserie über ›Die größten Geldgeschäfte seit 1750‹, 10 Artikel? Stück 300 Mark. Ist spottbillig! Ganz großer Reißer!«

»Natürlich Herr Frächter, das ist ja eine fabelhafte Idee. Kann ich mal einen sehen?«

»Gern, schicke ihn heute noch.« – »Fräulein, Schuhhaus.« – »Frächter. Sie werden also die Schuhe ›Käsebier‹ nennen? Ausgezeichnet. Stellen Sie große Käsebierfigur aus Papiermaché vors Geschäft. Gute Idee? – Was? – Nicht? Hoffe auch gute Bezahlung. Ha, ha, ha. Gemacht.«

Er arrangierte für geschlossene Vereine Vorstellungen Käsebiers. Bei der Zigarettenfabrik »Käsebier«, die soeben mit 50000 Mark Kapital gegründet wurde, wurde er Reklamechef. Er lancierte die Zigarette »Käsebier melior«, »Käsebier optimus«, »Käsebier bonus«.

Aber so schnell wie er gedacht hatte, entschloß sich Herr Cochius nicht, einen Mann, selbst eine Kanone, mit 30000 Mark Gehalt zu engagieren.

SECHZEHNTES KAPITEL

Finanzierung des Käsebiertheaters

Frau Muschler machte sich für Cannes fertig. Sie wollten am 30. April fahren. Zimmer und Schlafwagenkarten waren längst bestellt. Sie verschoben es auf den 8. Mai, weil Mitte noch eine Besprechung mit Muschler für den 6. Mai angesetzt hatte. Vorher hatte Mitte verschiedene Unterredungen. Eine mit dem Architekten Karlweiß. Karlweiß kam zu Mitte. Mitte sagte: »Was ist mit Hohenschönhausen? Ich habe die Blanketts noch nicht?«

»Sie bekommen sie. Was haben Sie denn für Projekte?«

»Ich hätte eine große Sache für Sie. Zwei-Millionen-Objekt.«

»Was denn?«

»Wissen Sie gar nichts?«

»Keine Ahnung.«

»Na, Muschlers Terrains.«

»Is ja interessant. Wohnungen?«

»Nein, viel mehr.«

»Wahrscheinlich was man jetzt so macht, Restaurants, Kino, Bar, Café?!«

»So ungefähr.«

»Also was?«

»Erst geben Sie mir Hohenschönhausen, geb ich Ihnen die Kurfürstendammsache!«

»Sie sind deutlich –«

»Na, was denn? Warum nicht. Mitte ist immer deutlich. Warum so mit der frisierten Schnauze?«

»Ich meine nur so. Wenn's wird, wieviel Prozent von der Bausumme?«

»Drei habe ich gedacht«, sagte Mitte.

»Sagen wir dreieinhalb Prozent.«

»Und Sie lassen mich in die Preise eintreten.«

»Gut«, sagte Karlweiß.

»Wann seh ich Sie mal in Rebenwäldchen zur Jagd?« sagte Mitte.

»Gern, im Sommer.«

»Ich will bald dort mal 'n Krebsessen geben mit Maibowle.«

»Gemacht, mit Dank«, sagte Karlweiß.

»Also, auf Wiedersehen.«

»Also, auf Wiedersehen.«

Otto Mitte hatte ferner eine Unterredung mit seinem Schwiegersohn Ekkehard Rübe.

»Es tut mir leid«, sagte Mitte, »aber ich kann dir den Bau nicht geben.«

»Erlaube, Papa, ich habe ihn dir doch durch Kaliski gebracht.«

»Ich erlaube gar nichts, wer ist Rübe? Glaubst du, man hätte sich an dich gewandt, wenn du nicht mein Schwiegersohn wärst?«

»Wahrscheinlich doch. Kaliski kannte mich.«

»Ach, du, mit deinen Juden.«

»Erlaube, das ist eine rein geschäftliche Beziehung.«

»Mir gleich. Ich werde dir die Wahrheit sagen, ich bekomme von meinem Parteigenossen Karlweiß einen Auftrag mit Hauszinssteuermitteln, der mindestens vierfach so groß ist wie dein ganzer Kurfürstendamm. Aber ich bekomme ihn nur –. Du verstehst?«

»Verstehe. Aber dafür verschacherst du mir die Möglichkeit, einen großen Bau zu machen.«

»Rede nich so große Töne mit Schachern und so, sei friedlich. Ich zahle dir eine Vermittlungsgebühr aus meiner Tasche, und morgen fahren wir mit'm Auto nach Rebenwäldchen. Was macht Jutta?«

»Es geht ihr gut.«

»Und Eckbert?«

»Auch, so weit ich weiß. Was macht die alte Dame?«

»Sie hat in ihrem Verein zu tun. Na, laß man. Also nischt für ungut.«

»Auf bald.«

Rübe war beleidigt, aber da er von Hause aus faul war, genügte es ihm, Vorsitzender der Zeuthner Künstlervereinigung zu sein, einen langen blonden Spitzbart zu tragen und ein schwarzes Samtjackett und eine gediegene Rente von Otto Mitte zu haben.

Mitte telefonierte mit Muschler, teilte ihm mit, daß er einen anderen Architekten genommen habe. »Karlweiß. Wird Ihnen egal sein.«

Muschler war's total egal. Er bat nur am sechsten um die Unterredung. Sie fand statt.

Einerseits waren da Bankier Muschler und sein würdevoller Rechtsanwalt Dr. Löwenstein. Andererseits Otto Mitte, der Architekt Karlweiß und ein Jurist, Assessor Matukat. Mitte legte ein glänzendes Finanzierungs- und Rentabilitätsprogramm vor. Die reinen Baukosten sollten eine Million betragen, schlüsselfertig, inklusive Architektenhonorar. Dazu 100000 Mark für Garagen. Das Theater sollte 250000 Mark kosten.

»Vergessen Sie nicht die Nebenkosten«, rief Muschler, »Zinsen. Damnum[4].«

Dr. Löwenstein sagte: »Behörden und Notariatskosten.«

»Alles in Schuß«, sagte der Assessor, »dafür 97000 Mark.«

»Wollen wir vorsichtig rechnen«, sagte Muschler, »110000 Mark. Also im ganzen 1210000 Mark. Und wie die Einnahmen?«

Otto Mitte las vor: »180 Zimmer. Das Zimmer 1000 Mark im Jahr = 180000 Mark. Zwei Läden = 11000 Mark. Theaterpacht = 50000 Mark. Garagen = 19000 Mark.«

»Na, na«, rief Muschler.

Otto Mitte sagte: »Selbst bei 25000 Mark Pacht! Na – und Sie werden doch 3000 Mark im Monat Pacht bekommen?«

»Das sicher.«

»Immer noch glänzende Rentabilität. 20 Garagen à 75 Mark = 900 Mark die Garage im Jahr, Unkosten abziehen, immer noch 19000 Mark im Jahr. Nehmen Sie einen Bleistift, Herr Muschler.«

»Stimmt, stimmt«, sagte Muschler.

»Dazu«, sagte Mitte, »kommt noch der Überschuß aus dem Tanken. Die Garageninhaber müssen verpflichtet werden, von uns den Betriebsstoff zu entnehmen. Rechnen Sie nochmal, zwanzig Liter und 10 Prozent Verdienst, ergibt rund 10000 Mark, ist 245000 Mark Reineinkommen. Nun die Verzinsung: Für die erste Hypothek 68000 Mark. Den Rest finanzieren wir aus Mieterzuschüssen, pro Zimmer 1000 Mark Mietszuschuß sind 180000 Mark, brauchen wir noch 230000 Mark zu 12 Prozent als zweite Hypothek, die ich gebe. Haben wir

---

[4] Abzug vom Nennwert eines Darlehens als Vergütung für die Darlehensgewährung

68000 + 27000 Mark. Hierzu noch Unkosten 45000 Mark. Das ist 140000 Mark. Ziehen Sie ab, 245000 Mark minus 40000 bleiben rund 100000 Mark Reineinkommen. Bitte? Da wer'n wa das Kind schon schaukeln.«

»Dagegen ist nur zu sagen«, sagte Muschler, »werden wir die Mieten bekommen? Werden wir die Pacht bekommen? Wir haben überhaupt noch nicht mit Käsebier gesprochen.«

»Den kriegen wir schon«, sagte Mitte. »Und die Mieten? Kleinigkeit. Nirgends steht was leer. Fünf- und Sechs- und Vier-Zimmerwohnungen stehen nich leer. Bei der Wohnungsnot! Nö, nö!«

»Garantieren Sie?«

»Ich garantiere.«

»Meine Herren, lassen Sie mir die Rentabilitätsberechnung da.«

»Und das Projekt?« sagte Karlweiß.

»Ach ja, das Projekt. Daran hätte ich fast vergessen. Ich reise jetzt nach Cannes. Ich will mir das alles noch durch den Kopf gehen lassen.«

»Lassen Sie sich nicht zu lange Zeit«, sagte Mitte dröhnend. »Man soll das Eisen schmieden, so lange es heiß ist, eine Hypothek von 800000 Mark zu 8½ Prozent kriegen Sie nicht so schnell und jemanden wie Otto Mitte auch nicht.«

»Na, wir werden hoffentlich zusammenkommen.«

»Auf Wiedersehn. Gesunden Hopps«, sagte Mitte in seiner burschikosen Art.

»Na, was ist?« fragte abends Frau Muschler.

»Wenn die Rechnung stimmt, 100000 Mark im Jahr Reingewinn.«

»Himmlisch«, rief Frau Muschler.

»Ich habe noch Oberndorffer gestern gesprochen, der sagt, das Projekt wäre schlecht.«

»Aber wenn wir 100000 Mark im Jahr daran verdienen?«

»Die Zeiten können sich ändern. Die Wohnungen kosten 4000, 5000 und 6000 Mark.«

»Das ist doch nicht schlimm. Ich glaube, unsere Villa kommt uns noch viel mehr.«

»Schafchen, allerdings. Oberndorffer meint, ich sollte 1½-, 2½- und 3½-Zimmerwohnungen bauen.«

»Aber, ich bitte dich, du kannst doch keine Proletarierwohnungen bauen, *den* Ärger.«

»Ja, ich denke ja auch nicht daran. Aber Oberndorffer meint, Leute, die früher fünf Zimmer hatten, ziehen jetzt in zwei oder drei.«

»Ach, Unsinn. Unsere Bekannten leben doch alle noch so wie früher. Die Margot Weißmann sucht Wohnung im alten Westen, sie will in die Drake- oder Rauch- oder Hohenzollernstraße.«

»Ist schwer zu finden.«

»Na, siehste. Sag ich auch. Wir haben uns heute bei der Modenschau von der Marbach getroffen. Himmlische Sachen. Die Margot nimmt auch bei der Herzfeld Stunde.«

»Das ist eine interessante Person. Riesig witzig und bildschön.«

»Na, so schön find ich sie nicht.«

»Doch, doch.«

»Der Klaus Waldschmidt macht ihr den Hof.«

»Gute Partie, den soll sie sich halten.«

»Erstens, meint Margot, die alte Waldschmidt würde sie umbringen, und zweitens, denkt sie gar nicht daran. Sie will ihre Freiheit genießen. Weißt du, sie soll was mit Miermann haben.«

»Was, dem alten Schriftsteller?«

»Der ist noch gar nicht so alt. Der soll sehr geistreich sein. Ja, sie soll überhaupt mehr in Künstlerkreisen verkehren. Margot zieht das ja auch vor. Denke dir, sie ist immer noch mit dem Attaché befreundet.«

»Na, was ist schon so ein kleiner Legationsrat.«

»Aber aus Spanien! Nicht aus Südamerika, wie wir alle dachten.«

»Na, schön. Ich lasse ihr das Vergnügen.«

»Übrigens muß ich mir noch einen Hut kaufen.«

»Aber, Mausi, bei den Zeiten.«

»Du sagst das so, wenn ich in Cannes sehe, daß ich ihn brauche, ist es in Cannes noch viel teurer als hier.«

»Na, ja, kauf ihn dir.«

»Siehst du, du bist ein Guter. Und wenn das mit dem Haus wird!«

»Na, es ist noch nicht so weit.«

Siebzehntes Kapitel

Konferenz in Baden-Baden

Am Abend reisten Muschler und Frau nach Cannes. Die Kinder blieben mit dem Fräulein in Berlin.

Oberndorffer arbeitete ein Projekt aus, Karlweiß ebenfalls. Oberndorffer schrieb an Muschler ein ausführliches Gutachten: Das Karlweiß-Projekt sei nicht besonders glücklich. Die Freifläche sei verzettelt. Von 179 Zimmern seien 66 gleich 37 Prozent Hofzimmer. Die Zimmer nähmen nur 47 Prozent der bebauten Fläche ein, so viel sei für Flure und Treppen und ungünstige Lichthöfe verbraucht. Fast jede Wohnung habe Fehler, dunkle Flure und Dielen und schlecht belichtete Zimmer. Badezimmer ohne direktes Licht und ohne Lüftungsmöglichkeit, geringe Zimmergrößen und ungünstige Form. Oberndorffer schrieb: »Derartige Luxuswohnungen dürfen nur einen Fehler haben, und das ist ihr Preis. Kommt noch der geringste Fehler hinzu, so sind sie unvermietbar.« Er schrieb das, sorgfältig und zuverlässig wie er war, nach bestem Wissen und Gewissen.

Zu gleicher Zeit mit Oberndorffers Brief kamen zwei Briefe der Auskunftei bei Muschler an. Eigentlich war es ja überhaupt lächerlich gewesen, sich über Otto Mitte zu erkundigen. Aber ein Kaufmann macht nicht so große Geschäfte, ohne eine Auskunft einzuholen: »Gut für 100000 Mark Kredit.« Damit war für Muschler eigentlich der Fall erledigt. Doch schrieb der alte Mayer und vor allem sein Sozius Gustav Frechheim, sein alter übervorsichtiger Onkel, sie könnten sich den Oberndorffschen Bedenken nicht entziehen.

»Hast du schon mal erlebt«, sagte Muschler zu seiner Frau, »daß Onkel Gustav *kein* Hemmschuh ist? Er schreibt mir: ›Ich erinnere mich an die Häuserkrachs vor dem Krieg. An Häusern kann man viel mehr Geld verlieren, als man je an ihnen verdienen kann. Verbaute Wohnungen sind in Berlin nichts Seltenes und gar ein Theater! Ich finde das Oberndorffersche Projekt sehr viel besser, und schließlich kann es Herrn Mitte ja kein solcher Unterschied sein, ob er Oberndorffer oder Karlweiß beschäftigt. Ich meine daher, wir könnten dem Oberndorfferschen Wunsche, das Gutachten einer Kapazität einzuholen, wohl entsprechen. Oberndorffer hat Prof. Schierling vorgeschlagen.‹«

Bevor aber Muschler auf diesen Vorschlag antworten konnte, war er schon überholt. Otto Mitte telegrafierte er erhalte sogar eine erste Hypothek von 900000 Mark, müsse aber dazu definitiv Bescheid wissen, ob Muschler nicht zu einer Konferenz zurückkommen könne. Muschler telegrafierte:

»Berlin kommen unmöglich, vorschlage Konferenz Baden-Baden, von wo rückfahre Cannes. Muschler.«

Mitte telegrafierte zurück:

»Einverstanden morgens 30.5. Baden-Baden, Hotel Bellevue.«

Am 29. Mai 1929 bestellte die Firma Mitte fünf Schlafwagenkarten nach Baden-Baden, für Otto Mitte, Karlweiß, Assessor Matukat und für Dr. Löwenstein, den Rechtsanwalt Muschlers, und den Onkel Gustav Frechheim.

Es war ein herrlicher Maiabend, als die fünf Herren sich auf dem Anhalter Bahnhof trafen. Sie fuhren nach Baden-Baden durch. Muschler kam von Cannes mit dem Auto.

In Baden-Baden wurden die fünf Herren mit dem Auto des Bellevuehotels am Bahnhof abgeholt und in das Hotel gefahren, wo man ihnen ein Zimmer reserviert hatte.

Man setzte sich sofort zu einer Beratung zusammen. Ein Werkvertrag sollte formuliert werden.

Der große Kampf, den Muschler führte, war erstens um eine Garantie der Mieten durch Mitte, und zweitens wollte Muschler, und das war die größte Sicherung, eine Eigentümergrundschuld hinter der ersten Hypothek in Höhe von 250000 Mark eingetragen haben, als Grundstückswert sozusagen.

Mitte lachte: »Unmöglich. Sie geben nichts als das Grundstück und kriegen von mir ohne alle Kosten einen Bau hingepfeffert, der Ihnen 100000 Mark Rente bringt, und dann wollen Sie sich noch dazu eine Sicherheit verschaffen, die mich völlig wehrlos macht. Unmöglich.«

Aber Muschler ging nicht davon ab und forderte noch mehr: eine garantierte Verzinsung des Grundstückswertes in Höhe von 25000 Mark jährlich, die er auf alle Fälle verlangte.

Die zweite Hypothek gab Mitte. Sollten die Mieteinnahmen zur Bezahlung von Zinsen und Amortisation nicht ausreichen, so sollte Mitte die fehlenden Beträge stunden. »Ich bin ein

Bankier«, sagte Muschler, »ich bin kein Unternehmer, ich kann kein Risiko tragen.«

Es war Mittag. Muschler sagte: »Bei einer Zwangsversteigerung muß mir dann der Besitzer der zweiten Hypothek die 250000 Mark auszahlen, das ist meine einzige Sicherheit. Nein, nein, davon gehe ich nicht ab, sonst wird aus der ganzen Sache nichts.«

Mitte war ein Unternehmer. Er konnte nie genug Projekte haben, nie genug Risiko, nie genug zu tun. Er hatte einen weißen Kopf, er hatte einen Millionenbesitz, aber er war keine Rentnerseele. Er war kein Erbe. Er war der alte Mitte, der gefürchtetste, der verhaßteste, der tüchtigste Bauunternehmer von Berlin. Er hatte vor dem Kriege, gemäß der Bauordnung der wilhelminischen Geheimräte, Mietskasernen auf freiem Feld gebaut, er hatte so wenig wie die Beamten an die Menschen gedacht, als er baute. Er baute Hof an Hof, Zimmer an Zimmer, die Hauptsache war die Feuersicherheit. Mochten sonst die Schlafzimmer nach Norden liegen und die Wohnzimmer nach Süden in Höfe gehen, in die nie ein Strahl Sonne schien. Er tat nichts gegen die Gesetze. Waren die Kinder abgeschnitten vom Glück des Lebens, sonnenlose Geschöpfe von den Höfen und Treppen verjagt, wo es ihnen verboten war zu spielen, ohne Grünplätze, ohne Sandplätze, allen Gefahren ausgesetzt, ihn ging das nichts an.

»Die heutige Gesellschaft nötigt die unteren Schichten des großstädtischen Fabrikproletariats durch die Wohnverhältnisse mit absoluter Notwendigkeit zum Zurücksinken auf ein Niveau der Barbarei und Brutalität, der Roheit und des Rowdytums, die unsere Vorfahren schon Jahrhunderte hinter sich hatten. Ich möchte behaupten, die größte Gefahr für unsere Kultur droht von hier aus. Die besitzenden Klassen müssen aus ihrem Schlummer aufgerüttelt werden, sie müssen endlich einsehen, daß, selbst wenn sie große Opfer bringen, dies nur eine mäßige, bescheidene Versicherungssumme ist, mit der sie sich schützen gegen die Epidemien und gegen die sozialen Revolutionen, die kommen müssen, wenn wir nicht aufhören, die unteren Klassen in unseren Großstädten durch ihre Wohnungsverhältnisse zu Barbaren, zu tierischem Dasein herunterzudrücken.«

Sicher hatte Otto Mitte diese Worte Schmollers vom Jahre 1886 nie gelesen, aber auch wenn er sie gelesen hätte, hätte er gelacht. Er war kein Menschenbeglücker. Er war untertan der Obrigkeit. Er tat, was die andern taten. Er tat nur Schlimmeres, weil er tüchtiger war als die andern. Er baute deutsche Renaissance, er baute Jugendstil, er baute wilhelminischen Barock. Er bebaute die langen schmalen Grundstücke, die eine ahnunglose Bürokratie so zugeschnitten hatte, so dicht, wie es gestattet war, und er war stolz darauf. Er wurde herangezogen, er bekam den Kronenorden IV. Klasse, er wurde preußischer Kommerzienrat. Er gab Geld für die Flotte. Er war Alldeutscher. Er war für die Annektion von Longwy und Briey, und als nach der Revolution Gartenstädte verlangt wurden, baute er Gartenstädte, nicht sehr erstklassig, nie mit guten Architekten, sondern immer mit solchen, die Fühlung, Geldfühlung mit Stadträten hatten. Aber er baute sie. Er war kein Rebell. Er war ein Kaufmann. Er war untertan der Obrigkeit. Er klopfte dem kommunistischen Stadtrat auf die Schulter und lud ihn zur Jagd ein oder zu einer Flasche Rheinwein, wie er gekatzbuckelt hatte vor dem hochmögenden Geheimrat der wilhelminischen Epoche. Er baute mit Hauszinssteuer, er baute ohne Hauszinssteuer, er baute Gartenstädte, er baute Laubenganghäuser, er baute flache Dächer – »verheerend, aber wird verlangt«, – er baute Steildächer, er baute Reihenhäuser, er war kein Rebell, er war untertan der Obrigkeit. Das war Otto Mitte. Otto Mitte, ein zäher Verhandler, ihm waren 150000 Mark keine imaginäre Summe, für die er zwei große Geschäfte, das Kurfürstendamm-Geschäft und das Hohenschönhausener Geschäft, aus der Hand ließ.

»Wir wollen mal 'n bißchen präpeln«, sagte er.

Die andern waren auch bereit. Sie aßen lang und mit Ausdauer. Muschler hatte was an den Nieren und konnte nur Burgunder vertragen, lieber aber einen Sauerbrunnen. Mitte bestellte mir nichts, dir nichts schweren Niersteiner.

»Ihr Spezielles«, rief er Muschler zu.

»Komme nach«, rief Karlweiß.

»Steige vorm Herrn Präsidenten in die Kanne«, rief der große rotblonde, mit Schmissen bedeckte Ostpreuße, Assessor Matukat.

»Wissen Sie noch, Matukat, wie wir damals in Ikehmen jagten, wie der große Hirsch so spät den Fang bekommen hatte und so stark schweißte, da hat Ihr alter Herr großen Niersteiner aufgefahren. Wissen Sie noch?«

Matukat wußte.

»Ihr Spezielles«, sagte er zu Mitte.

»Komme nach«, sagte Mitte.

Um 3 Uhr, Matukat und Mitte nahmen noch einen starken Korn, setzte man sich wieder an den Verhandlungstisch. Muschler ließ nicht locker, um ½7 Uhr hatte Mitte zugesagt.

»Ich hol's beim Bauen raus«, dachte er.

Dr. Löwenstein verlas mit tiefem Ernst das Protokoll.

»Fabelhafter Anwalt«, sagte Muschler leise bewundernd zu Otto Mitte.

Der alte Gustav Frechheim kannte Baden-Baden. Er schlug vor, eine kleine Tour in den Schwarzwald zu machen: »Bloß eine Stunde mit den Autos.«

Mitte und Muschler fanden das die Idee eines verkalkten Greises.

»Ach nee, nee«, sagte Mitte, »woll'n wir einen kleinen Dämmerschoppen machen, gut. Aber 'ne Landpartie, nee.«

Sie gingen kurz durch die Oosanlagen. Noch spielte die Musik auf dem Tanzplatz des Stefanihotels. Schmale schöne Frauen tanzten in lichten Kleidern, die echten Kastanien dufteten, der Oleander schüttete rosa Geblüh über die Gärten, und zu Blumengebirgen türmten sich die Rhododendren. Aus der Rheinebene stieg ein süßer Westwind, und über dem Schwarzwald stand die Sonne.

»Um 8 Uhr geht der Zug. Machen wir schnell, kriegen wir noch Karten und können morgen früh in Berlin sein«, sagte Otto Mitte.

»Wollen wir nicht übernachten?« sagte Frechheim.

»Was denn, und morjen den ganzen Tag kutschieren? Nee, nee, is nich, ich fahr nich bei Tage. So klotzig hab ich's nich, daß ich dem Herrgott 'nen ganzen Tag stehlen kann.«

»Gehen wir zurück und lassen uns Billetts besorgen«, sagte Muschler.

Sie gingen über die Brücke, gingen noch ein paar Schritt im Staub der Autos. Löwenstein errechnete die Notariatsgebühren, Karlweiß überlegte die Honorarsumme, Muschler und Mitte besprachen noch einmal die Eventualitäten.

»In einer Woche«, sagte Muschler, »wird Ihnen die Firma N. Muschler & Sohn schriftliche Mitteilung zugehen lassen, ob wir den Vertrag nach vorliegendem Entwurf abschließen. Wenn wir uns nicht einigen sollten, Herr Kommerzienrat, so stehen keinem Beteiligten Ansprüche zu.«

»Ja«, sagte Mitte, »nur Karlweiß müßte natürlich einen Entwurf bezahlt bekommen.«

»Von Ihnen, von Ihnen«, sagte Muschler.

»Sie sind doch Bauherr«, sagte Mitte.

Sie riefen Karlweiß. »Wir haben vergessen, darüber zu verhandeln, was geschieht, wenn N. Muschler & Sohn den Bau anderweitig vergibt.«

»Na, mein Projekt muß natürlich bezahlt werden.«

»Wieso natürlich?«

»Weil ich meine Arbeit schon geleistet habe.«

»Na, wieviel denn?« fragte Muschler.

»4000 Mark.« – »Na, hören Sie, das ist aber viel.«

»Nach der Gebührenordnung und dem Objekt würde mir noch viel mehr zustehen.«

»Sagen wir 2000 Mark«, sagte Muschler.

»Wir sind doch hier nicht Pferdehändler. 3000 Mark, basta«, sagte der große Kommerzienrat Mitte.

Über den Vogesen, überm Straßburger Münster versank die Sonne. Der Wind legte sich, der Jasmin duftete, der Weißdorn, die echten Kastanien, der Oleander. Dunkel ragten die Tannen, und die Wasser der Oos plätscherten. Aus dem Walde kam eine liebliche Nymphe im kurzen Kleid neben der sanft sprudelnden Quelle.

»Gut«, sagte Muschler, »3000 Mark, aber ich möchte eine schriftliche Bestätigung dieser Abmachung.«

»Schnell, Herr Assessor, kümmern Sie sich, spielen Sie Reisemarschall, sofort die Rechnung«, sagte Mitte wenige Minuten später am Empfangsschalter des Bellevuehotels.

Der Empfangschef verbeugte sich: »Nur Tageszimmer, Essen, Wein.«

Muschler wollte die Rechnung sehen: »Sie verrechnen sich nämlich immer.«

Otto Mitte gab zwei Telegramme auf, meldete die Ankunft und gab geschäftliche Dispositionen. Karlweiß depeschierte gleichfalls. Muschler telefonierte mit Berlin, notierte Kurse, gab Aufträge, unterbrach das Gespräch, als die Herren zur Abfahrt bereit waren, fuhr mit zum Bahnhof. Am Bahnhof fehlte ein Koffer. Dr. Löwensteins Koffer, es war eine entsetzliche Aufregung. Wo war der Hausdiener? Muschler lief am Zug entlang: »Bellevue«, schrie er, »Bellevue.« Löwenstein rief: »Wenn der Koffer nicht kommt, muß ich hierbleiben. Ich habe morgen Termin, 12 Uhr, Landgericht III. Die Akten im Koffer, wollte sie heut nacht durcharbeiten, wo ist der Koffer?« – »Bellevue, Bellevue.«

Matukat sagte: »Ich würde ja ausjestiegen sein, aber denn komm ich nich mehr rein.« Muschler lief hin und her: »Bellevue, Bellevue«, schrie er, »Bellevue, Bellevue.« Muschler lief zu den Hausdienern. Die Hausdiener halfen suchen. »Noch 'ne halbe Minute.« – »Einsteigen«, rief der Schaffner. »Mein Koffer fehlt«, schrie Löwenstein.

»Hier scheint e fremder Koffer reinkomme zu sein«, sagte ein Herr gemütlich zum Coupé hinaus. Löwenstein stürzte hin.

»Bellevue! Bellevue«, schrie der kleine dicke Muschler immer noch und lief um die Wette mit den Hausdienern. »Er ist da«, rief Löwenstein. »Gott sei Dank«, rief Muschler. »Auf Wiedersehen.« Karlweiß winkte.

Muschler fuhr ins Hotel zurück und telefonierte. »Niedergesäß«, sagte er zu seinem Chauffeur, »morgen früh 8 Uhr, Abfahrt nach Cannes.«

Achtzehntes Kapitel
Schierlings Gutachten

Als Muschler in Berlin war, kam Oberndorffer noch einmal auf seinen Vorschlag zurück, eine Kapazität zuzuziehen. Oberndorffer versprach sich sehr viel davon. Sein Theaterentwurf war bestechend, die Zimmerlage ungleich günstiger. Wenn er diesen Auftrag bekam, war er ein gemachter Mann. Ganz im Hintergrund dachte er heimlich an großzügige Städtebauaufträge.

Am Mittag aß Oberndorffer mit Gohlisch, Dr. Krone und

Augur in der Kommandantenstraße. Oberndorffer erzählte von seinem Projekt, er war Feuer und Flamme und sagte: »Das Gute setzt sich durch.«

»Phantasien vom Bremer Ratskeller«, sagte Gohlisch, »alles setzt sich durch, nur nicht das Gute.«

»Lieber Freund«, sagte Dr. Krone, »Sie scheinen mir sehr jung.«

»Aber Schierling, der so viel kann, Sie müssen wissen, wer Schierling ist!« sagte Oberndorffer, ein schmaler junger Mann.

»Auch Schierling sagt nichts gegen Otto Mitte«, sagte Gohlisch.

»Aber wenn das andre Projekt so schlecht ist?«

»Mitte zieht es vor, und Schierling tut nur, was Mitte gefällt. Sie können mir glauben.«

Augur nickte düster. »Mitte soll jährlich eine halbe Million Bestechungsgelder zahlen.«

»Das ist eine von Ihren Naivitäten. So primitiv ist es leider nicht, aber viel gefährlicher. Haben Sie sich erkundigt, ob Mitte schon mal mit Schierling gebaut hat?«

»Nein, das habe ich allerdings nicht getan«, sagte Oberndorffer.

»Sie werden ewig auf der Galeere bleiben.«

»Die Leistung setzt sich durch«, lachte Dr. Krone höhnisch. »Von mir ist gestern ein Patient gestorben infolge der wahnsinnigen Nachuntersuchungen. Ich sage, der Mann ist schwer krank, der Oberbonze widerspricht mir, ich mache daraufhin eine Beschwerde, es hilft nichts. Gestern steht der Mann auf, fällt um, ist tot.«

»Mahlzeit«, sagte Gohlisch, »vier Grappa und vier Kaffee. Ich wünsche es Ihnen von Herzen, aber der große Professor wird Ihnen nicht helfen!«

Oberndorffer ließ sich nicht abbringen.

»Ich bitte Sie, mein Projekt bringt 1½-, 2½- und 3½-Zimmerwohnungen, das Karlweißsche sieht nur auf Repräsentation.«

»Kommt ja nicht auf'n Inhalt an«, sagte Gohlisch, »Schierling wird von Mitte beschäftigt, also redet er Mitte zum Mund. Oberndorffer gegen Mitte! Das ist wie Muschkote Kazcmircak gegen Ludendorff im Krieg.«

»Aber Kazcmircak war stärker als Ludendorff.«

»Aber es gibt keine Koalition der Geistigen.«

»Richtig.«

»Die Geistigen sollen Grappa trinken«, sagte Gohlisch. »Ich ersäufe meinen Gram.«

*

Tatsächlich erhob Mitte ein großes Geschrei. »Na, sagen Sie mal, Herr Muschler, was wollen Sie denn noch alles, ich denke gar nicht daran, einen anderen Architekten zu beschäftigen als den bewährten Karlweiß.«

»Aber sehen Sie mal, Herr Mitte, es kann Ihnen doch egal sein, mit wem Sie bauen. Der Oberndorffer ist sehr zuverlässig und genau. Und seine Wohnungen scheinen mir auch besser, und vor allem dringen meine Sozien darauf.«

»Na, was für'n Blaak, Herr Muschler. Sie haben wohl sozialistische Ideen? 1½-, 2½- und 3½-Zimmerwohnungen! Was soll denn das? Kapazität, ich bin mir alleene Kapazität genug, ich brauch kein Professor!«

»Aber ich bezahle ja das Gutachten! Es ist mir 'ne Beruhigung.«

»Na, wenn Sie 'ne Beruhigung brauchen, Herr Muschler, dann können wir ja den Schierling zuziehen. Aber ich bau mit keinem andern als mit Karlweiß. So'n junger Architekt, was der für Zicken macht, der baut die Zimmer 2,80 Meter hoch und so klein, daß man drei Fliegen, aber keine Menschen reinsetzen kann. Nee, nee, ich hin nicht für so 'ne unbekannten Leute! Schön, ziehen Sie Schierling zu, wenn Sie 'ne Beruhigung dabei brauchen, trotzdem Sie ja nur die Terrains geben. Ich riskiere ja ebensoviel. Aber Otto Mitte braucht keine Beruhigung. Na, nichts für ungut. Auf Wiedersehen.«

»Auf Wiedersehen, Herr Kommerzienrat.«

Mitte telefonierte danach mit Karlweiß: »Professor Schierling soll als Gutachter für die neuen Projekte zugezogen werden. Is ja bloß 'ne Formalität«, und lachte dröhnend. Karlweiß lachte auch: »Wozu macht sich der Muschler unnötige Kosten?«

Die Freunde Oberndorffers behielten recht. Schierlings Gutachten drehte und wandte sich, machte allgemeine Redensarten, aus denen man bei viel freundlicher Gesinnung eine Hinneigung zu Oberndorffers Projekt hätte sehen können, ging aber mit keinem Wort auf die schweren Fehler von Karlweiß' Projekt ein und nützte nichts und niemandem, gab keinen Fingerzeig, und man konnte den Eindruck gewinnen, als ob er sich die Grundrisse der Wohnungen und des Theaters überhaupt nicht angesehen hätte. Es kostete 2000 Mark.

Oberndorffer war damit endgültig ausgeschaltet. Muschler sagte zu seiner Frau: »Das ist wieder einmal echt, die Vorsicht von Mayer und Onkel Gustav hat uns wieder einmal 2000 Mark gekostet. Wichtigkeit wie das Projekt ist! Ich belaste Onkel Gustavs Privatkonto mit 2000 Mark, was braucht das die Firma zu tragen.«

Der Vertrag mit Mitte wurde perfekt.

Mitte hatte eine außerordentlich schlechte Bauausführung vorgesehen. Oberndorffer, der von Muschler zugezogen worden war, machte Muschler darauf aufmerksam. Muschler erbat zwar Änderung, aber er fand es nicht so weittragend.

»Ich kann Ihnen nur wieder sagen, beim Bauen ist der Bau gar nicht so wichtig. Die Finanzierung ist alles.«

Mit Käsebier war noch nicht gesprochen worden. Käsebier war auf Tournee. War erst die Sache mit der Finanzierung in Ordnung, würde alles andere eine Kleinigkeit sein.

Neunzehntes Kapitel
Käsebier-Puppen und -Prozesse

Eine Kunstgewerblerin hatte einen Gebrauchsmusterschutz auf eine Käsebierfigur erworben, die aus vier Staubtüchern bestand. Diese Kunstgewerblerin, eine tüchtige Person, Fräulein Götzel, hatte mit Batiken angefangen, die sie massenhaft während der Inflation ins Ausland verkaufte. Später, als das nicht mehr so gut ging, bemalte sie Schuhe. Vor allem aber machte sie jedes Genre und jede Art von Puppen. Sie hatte kein künstlerisches Gewissen. »Wenn die Weiber 's wollen, mache ich ihnen den letzten Dreck. Hellblau Rokokoteepuppen mit rosa Röschen und Silberspitzen-Tutu.« Jetzt kreierte sie Staubtücher und entwarf den Käsebier. Wer schenkte früher Staubtücher? Waren Staubtücher überhaupt ein Artikel? Fräulein Götzel sorgte dafür, daß Staubtücher ein Artikel wurden. Weihnachten 1928 hatte ein Warenhaus allein 40000 Papageien aus Staubtüchern verkauft, die von Fräulein Götzel entworfen worden waren. Nun war ihr der Käsebier gelungen! Sie wollte ihn ganz groß aufziehen. Käte Herzfeld fiel ihr ein, die schöne Geschäftsfrau. Jetzt im Sommer nahm keiner Gymnastikstunde. Sie sollte für den Käsebier Propaganda machen, die Einkäufer besuchen, vielleicht auch in die Provinz fahren, dafür Spesengeld bekommen und am Umsatz beteiligt werden. Käte war einverstanden. Nichts hielt sie dauernd in Berlin. Miermann blieb ihr. Der Waldschmidt war nicht zu halten. Alles übrige waren Nebengeräusche. Käte war für diesen Posten geboren. Sie war ein ungeheuer kaufmännisches Talent. Sie brachte alles dafür mit, die Überzeugtheit von ihren Waren – alles übrige war Schund, was sie hatte, war immer erstklassig –, die große Rednergabe, die Schönheit, den Sexappeal, die rasche Klugheit und das Rechnenkönnen.

Sie wurde überall vorgelassen, sie war liebenswürdig und hatte sofort einen leicht erotischen Ton, der nie aufdringlich war. »Herr Persianer«, sagte sie, »Sie wissen doch, daß ich Sie liebe, also wieviel Stück?« Rasch saß Sie mal auf einem Schreibtisch, und rasch ließ sie sich auch mal streicheln. Fräulein Götzel hatte zehn Damen sitzen, die die Käsebierfigur aus zwei braunen, einem weißen und einem fleischfarbigen Staubtuch nähten. Es waren originelle Dinger, und sie hielten die Erwartungen, die auf sie gesetzt wurden. Es gab in diesem Sommer auch einen Käsebier aus Gummi, der in der Tauentzienstraße und in der Leipziger Straße zusammen mit Luftballons und Fröschen verkauft wurde.

Der beste Artikel aber wurde eine Käsebierpuppe, die aufgezogen singen konnte »Wie kann er schlafen durch die dünne Wand?« Sie war zum Patent angemeldet, und die Fabrik wollte sie erst zu Weihnachten herausbringen. Sie hatte bereits 20 Vertreter engagiert.

Um diese Zeit hörte man in jedem Gartenlokal »Wer mit mir will, der komme mit, wer nicht will, jeht alleene«. In jedem Café wurde verlangt »Mensch ist Liebe schön«. Jeder Jazzspieler krähte es, jeder Klavierspieler knödelte es vor. Von allen Grammophonen klang es: »Wie kann er schlafen durch die dünne Wand?« Es drang bis in die letzte Hütte. Man sang es in den Arbeitspausen. Man sang es sonntags auf dem Müggelsee. Die Köchin sang es beim Abwaschen im Berliner Westen, und die Hinterhöfe des Ostens, Nordens und Südens waren erfüllt mit: »Wie kann er schlafen durch die dünne Wand?« – »Ach Mensch ist Liebe schön«, sagte jeder Büroangestellte Montagmorgen zum Kollegen. »Ach Mensch ist Liebe schön«, sagte Käte Herzfeld überlegen zu Margot Weißmann. »Ach Mensch ist Liebe schön«, sagte Gohlisch ironisch zu Fräulein Kohler, um sie zu veräppeln. »Ach Mensch ist Liebe schön«, sagte Fräulein Fleißig, Sekretärin bei Mitte, zu ihrer Kollegin. »Ach Mensch ist Liebe schön«, brüllte die Aja Müller sechsmal am Tage durchs Telefon. »Ach Mensch ist Liebe schön«, sagten die Käsebierpuppenarbeiterinnen und die Gummiarbeiterinnen und der schicke Metteur in der Berliner Rundschau.

Dabei fand bereits ein Prozeß der Megaphongesellschaft gegen Omega statt, in dem Megaphon die Omega auf Unterlassung verklagte, Unterlassung nämlich der Ankündigung »Käsebier spricht und singt nur auf Omega«. Auf einer alten Platte von Megaphon »In der Hasenheide« hatte Käsebier vor Jahren einmal ein paar Strophen gesungen. Diese Platte war dem sehr tüchtigen Chef von Megaphon eingefallen, und er hatte daraufhin einen Prozeß angestrengt mit Hilfe von Dr. Löwenstein. Löwenstein dachte: Ich bilde mich noch zum Käsebierspezialisten aus. Löwenstein hielt daraufhin einen Vortrag im Radio über Künstlerprozesse.

Sehr bald darauf hatte Käsebier einen Plagiatsprozeß. Ein Herr Theobald Sawierski aus der Kameruner Straße 7 erklärte, daß die Anfangsworte zu: »Ach Mensch ist Liebe schön« von ihm stammten. Auf diesen Prozeß stürzten sich die Zeitungen im Juni, wo es nichts zu schreiben gab.

Gohlisch schrieb ein entzückendes Feuilleton, worin er die Worte »Ach Mensch ist Liebe schön« auf ihre Plagiatsfähigkeit prüfte. Sind die Worte »Mädchen, ich liebe dich« gebrauchsmusterschutzfähig? Ist die Zusammenstellung Mädchen mit ich liebe dich schon eine Eigenproduktion? Ist »Fräulein, ich liebe Sie« ein Heinezitat oder eine alltägliche Redensart? Er schlug vor, folgende Wortzusammenstellungen für Schlagerzeilen zu schützen: »Na, lauf doch nicht so schnell«, »Das Bier, ich mein', könnte frischer sein«, »Rechts um die Ecke, links geradeaus.« – »Jedenfalls«, schloß er, »ist eine so merkwürdige und eigenartige Wendung wie ›Ach Mensch ist Liebe schön‹ unbedingt schützenswert, und man kann neugierig auf den Ausgang dieses Plagiatsprozesses sein, der von eminenter Wichtigkeit für alle Dichter sein wird.«

Frächter schrieb eine größere Arbeit in zehn Fortsetzungen für das Abendblatt Der Rasende Roland über »Historische Plagiatsprozesse«.

Zur gleichen Zeit kam wieder einmal Lieven in die Redaktion gestürzt und teilte Miermann und Öchsli mit, daß er ein Singspiel vollendet habe, dessen Komposition der Operettenkomponist Adam übernommen habe, das »Käsebier« hieße und in dem Käsebier die Hauptrolle spielen solle.

»Ich habe Ihnen schon eine Notiz fertiggemacht: Der berühmte Dramatiker Lieven und der Operettenkomponist Adam haben soeben ein Singspiel ›Käsebier‹ vollendet, in dem der berühmte Volkssänger die Titelrolle selber spielen wird, er soll mit Pallenberg alternieren. Die Premiere wird am 4. September im Deutschen Künstlertheater stattfinden.«

Gohlisch sagte: »Sagen wir bekannter statt berühmter«, strich berühmter durch, schrieb bekannter darüber, 8 pt. Feull., und brachte die Notiz in die Setzerei.

Lieven wartete Miermann eine Zigarette auf: »Käsebier bonus«, sagte er, »neue Sorte.«

»Habe schon gehört, es gibt drei Sorten, Käsebier melior, Käsebier optimus, Käsebier bonus. Am Bahnhof Friedrichstraße hängt ein Plakat, daß man nicht mehr weiß, heißt der Bahnhof Friedrichstraße oder Käsebier.«

»In 100 Jahren«, rief Lieven, »wird er vielleicht Käsebier heißen.«

»Oder vielleicht Lieven?«

»Sehr schmeichelhaft, aber bitte, was ist Friedrichstraße? Erinnerung an einen unfähigen König.«

»Ich habe gerade jetzt die Auffassung gehört, er sei der einzig tüchtige, der einzige deutsch, nicht preußisch patriotische gewesen«, sagte Miermann.

»Auf alle Fälle bringt ein Käsebier mehr Menschenglück als ein absoluter König.«

»Da stimme ich Ihnen sogar bei.« Das Telefon klingelte. »Auf Wiedersehen«, winkte Miermann.

Mitte Juni fand dann der erste Strafprozeß statt, der im Zusammenhang mit Käsebier stand. Ein junger stellungsloser Sänger, der mit Käsebier nicht die geringste Ähnlichkeit hatte und tatsächlich Franz Leihhaus hieß, hatte sich als Käsebier ausgegeben und daraufhin ein Engagement mit 3 Mark pro Abend und Abendbrot für das Kabarett eines Ostseebades bekommen. Er hatte 50 Mark Vorschuß verlangt und erhalten. Der Witwe eines Geheimrats hatte er auch 30 Mark auf die gleiche Weise abgeschwindelt. Die alte Dame, eine sehr kleine schmale Frau in Schwarz, sagte als Zeugin: »Ach, ich will nicht, daß er bestraft wird, er hat mir den ganzen Sonntag über Musik gemacht, und ich bin meist so einsam.« Die kommissarische Aussage des Kabarettpächters war hingegen sehr böse, und sie enthielt Worte wie »abgefeimter Lump«.

Der Prozeß nahm einen raschen Verlauf. Er war um ½ 10 Uhr angesetzt, so daß die Mittagszeitungen schon einen Prozeßbericht, die Abendzeitungen schon das Urteil, einen Monat Gefängnis und Bewährungsfrist, bringen konnten. Der Staatsanwalt beantragte fünf Monate, da der Sänger bei Vertragsabschluß mit Käsebier unterzeichnet hatte, was als schwere Urkundenfälschung anzusehen sei. Das Gericht konnte sich dem nicht anschließen.

Der falsche Käsebier wurde im Gerichtssaal photographiert und überall abgebildet.

Rechtsanwalt Katter, der Leihhaus verteidigte, hatte die ganze Presse benachrichtigt und war so überall genannt und mit seinem Mandanten abgebildet worden. Er wurde mit einem Schlage bekannt. Die Anwaltskammer, der Rechtsanwalt Katter bisher ein unbeschriebenes Blatt war, hielt eine Disziplinarsitzung über Katter ab und verurteilte ihn wegen seiner unwürdigen Reklame zum Schaden seines Mandanten zu 300 Mark Geldstrafe. Rechtsanwalt Katter zeigte sich sehr zerknirscht, aber lachte sich heimlich ins Fäustchen. Was scherten ihn die alten Justizräte? Moabit war Moabit, und er hatte seinen Ruhm weg. Er zahlte gern 300 Mark.

Am Tage nach den Prozeß kam Leihhaus zu Miermann in die Berliner Rundschau. Er sei unvorbestraft, habe sich in entsetzlicher Not befunden, da aus irgendwelchen formalen Gründen die Arbeitslosenunterstützung für ihn nicht in Frage komme, und habe sich so, fast aus Ironie, Käsebier genannt, dessen alberne Verhimmelung ihn geärgert habe. Nun sei sein Name durch alle Zeitungen gegangen, er sei überall abgebildet worden, kurzum er sei vernichtet.

Miermann war ehrlich empört. Aber das Geschehene war nicht ungeschehen zu machen. Er gab ihm 10 Mark aus der eigenen Tasche und sprach mit dem Gerichtsberichterstatter. »Alle Zeitungen haben ihn genannt«, sagte der, »ich konnte nicht als einziger einen fingierten Namen nehmen.«

»Warum denn nicht? Dann wären Sie als einziger anständig gewesen.«

»Und hier in der Redaktion hätte man aus den andern Zeitungen gesehen, daß mein Name anders ist und hätte ihn in ›Leihhaus‹ umgeändert. Darauf können Sie sich verlassen. Das habe ich zu oft erlebt.«

»Der Name Leihhaus ist ja auch geradezu hinreißend, schwer, ich gebe es zu, ist es da, sich zu beherrschen.«

Tatsächlich gab es bereits zwei oder sogar drei Kabarettisten, die Käsebier imitierten und parodierten.

Als der Tonfilm begann, munkelte man davon, daß Käsebier nach Hollywood engagiert werden sollte. Bisher war aber davon nicht die Rede. Käsebier war immer noch auf seiner erfolgreichen deutschen Tournee. Es schwebten Unterhandlungen mit Kopenhagen, London und Budapest.

*

An einem Sonntag im Juli lag Fräulein Dr. Kohler auf der Terrasse eines Wochenendhotels bei Berlin. Unendlicher Lärm herrschte. Auto auf Auto kam angeblökt. Männlein und Weiblein, wenig Kind und Kegel.

Nachmittags begann die Jazzband, Herrgott, so ein Sommertag! Von den verschiedenen Terrassen brüllte es zueinander, verabredete sich, autelte, segelte, ruderte und vollführte einen ungeheuer gesunden und jungen Lärm. Fräulein Dr. Kohler hatte einen dicken Brief erhalten mit einer bekannten Handschrift. Es lag darin Programm und Text für das Käsebiergastspiel in Stuttgart. Dazu eine Karte. »Trotz alledem – Charlotte – dies Ihnen gehörend. Ihr M. P.«

Zwanzigstes Kapitel

Käsebier greift zu

Im Juli war die Hergabe der ersten Hypothek noch nicht entschieden, im Gegensatz zu dem, was Mitte in Baden-Baden gesagt und versprochen hatte. Am 24. Juli teilte er mit, daß die entsprechende Banksitzung erst am 1. August stattfinden werde. Anfang August war dann auch das Baupolizeiprojekt von Karlweiß fertig. Es stellte sich heraus, daß bei dem neuen Projekt – geringere Fassungskraft des Theaters, Wegfall eines Geschäftsraumes und mehrerer Zimmer – die Rentabilität um 47000 Mark niedriger gerechnet werden mußte als beim Vorprojekt, dabei stellten sich auch neue Mängel heraus. Dunkle Wohnungen, zu kleine Zimmer. Wohnungen, wo Küche und Mädchenzimmer im Keller oder Souterrain lagen. Da war eine Wohnung in der Rentabilitätsberechnung als Dreizimmerwohnung aufgeführt gewesen. Sie bestand tatsächlich aus zwei Zimmern, von denen nur eins brauchbar war.

Muschler erklärte, er könne sich nicht so überrumpeln lassen.

Karlweiß sagte am Telefon: »Ich habe privatim das meiste schon mit der Baupolizei besprochen. Es kann nicht mehr geändert werden.«

Muschler war höchst ärgerlich. Er schrieb an Mitte:

»Ich kann nur sagen, daß ich mich durch derartige Vorbesprechungen über ein nicht genehmigtes Projekt nicht vor vollendete Tatsachen stellen lassen kann und werde.« Die Verhandlungen zogen sich hin und her. Am 29. August verlangte das Bezirksamt Charlottenburg einen größeren Hof, gestattete dafür aber ein sechstes Geschoß.

Ein neues Projekt wurde gemacht. Eine neue Rentabilitätsberechnung aufgestellt. Muschler war sehr ärgerlich. Konnte man zum Winter zu bauen anfangen? Wahrscheinlich nicht? Also war Sommer 30 noch mit keiner Rente zu rechnen. Inzwischen stöhnte Frau Muschler, daß die Kinder den heißen Sommer in Berlin bleiben sollten.

Die alte Frau Frechheim, die täglich morgens mit ihrer Tochter telefonierte, hatte sie aufgehetzt. »Du verstehst es ja nicht. Sieh dir Lotte an, dabei ist sie doch tatsächlich häßlich.

Hast du dir schon mal den kleinen Finger von ihrer linken Hand angesehen, also das ist was Unglaubliches, völlig unproportioniert. Daß das nicht jeden abstößt. Dabei hat ihr Mann ihr jetzt einen Maybach angeschafft und läßt sie allein nach Paris. Und du, du sollst den ganzen heißen Sommer in Berlin sitzen? Lächerlich überhaupt. Weißt du, die Herren klagen immer. Wenn es nach ihnen geht, sollte man nie was ausgeben. Sie sehen immer schwarz. Ich versteh dich ja nicht. Willst du wieder täglich in dem braunen Mantel rumlaufen? Den kannst du unmöglich weitertragen. Du hast deinen Mann zu sehr verwöhnt. Aus den Männern ist nie Geld rauszukriegen. Ich sage dir, reise an die Nordsee. Nach Belgien, da ist gutes Publikum. Ist ja lächerlich, Evimarie und Peter haben Erholung dringend nötig. Aber dann geh noch zu Gerson, du kannst nur zu Gerson gehen, und schaff dir einen eleganten Strandanzug an. Was Gutes. Du bist nie gut angezogen. Wie war denn gestern abend dein Georgettekleid? – Gut? – Ich finde es nicht mehr ganz tadellos. Also geh zu Gerson und schaff dir was an.«

Frau Muschler befolgte alles, was ihr ihre Mutter geraten hatte. Sie setzte durch, daß sie mit Kindern, Fräulein und Auto im August an die Nordsee nach Westende fuhr.

Am 14. September ging ein Dispensantrag an die Baupolizei. Es waren eine Unmenge Anträge durchzusetzen. Karlweiß hatte alles als Kleinigkeiten hingestellt. Mitte Juli wollte er die provisorische Bauerlaubnis haben. Mitte September war sie noch nicht da.

Mitte September kam Käsebier von der Tournee zurück. Man wurde seiner schwer habhaft, da er abends wieder in der Hasenheide auftrat und den ganzen Tag wegen Tonfilmaufnahmen in Babelsberg zu tun hatte. Er spielte in einer Tonfilmoperette »Ach, muß Liebe schön sein« die Hauptrolle.

Diese Tonfilmoperette hatte nichts mit der Operette von Lieven und Adam zu tun. Es war eine echte österreichische Operette mit einem jungen Erzherzog und einem Berliner, der in alle Situationen hineinplatzt. Die Rolle des Berliners spielte Käsebier. In dieser Operette kamen so schöne Sätze vor, wie: »Mädchen folge mir, und mein Herz wird immer zu deinen Füßen liegen.«

Der Hauptschlager war das Lied Käsebiers: »Alle reichen Leute haben Geld.«

Otto Mitte, trotzdem es ihm gar nicht zugekommen wäre, arrangierte die grundlegende Unterredung mit Käsebier für den 16. September. Muschler überließ das neidlos Mitte. Mitte traf den Ton des Volkes, er war von einer dröhnenden Jovialität, er setzte den Hut, wenn's nötig war, ins Genick, und wenn's nötig war, steckte er einen Gamsbart darauf. Er ging mit Käsebier einen heben. Mitte würde es schaffen.

So kamen Mitte, Muschler und Käsebier am 16. September abends in Mittes Garten im alten Steglitz zusammen. Mitte ließ herrlichen Rheinwein auffahren. »Na, Herr Käsebier, wie geht's so als berühmter Mann?«

»Na, danke, so lila durchwachsen.«

»Warum? Unzufrieden?«

»Ach, nich doch. Kommt nie in Frage. Wo wer ich denn!«

»Na, wo war's denn am besten?«

»In Köln, großartige Stadt, der Dom und der Rhein und abends auf der Rheinterrasse, großartig.«

»Schöner als Groß-Berlin?«

»Kommt nich in Frage.«

»Wollen Sie immer so rumreisen?«

»Kommt nich in Frage.«

»Also, Herr Käsebier. Ich mache Ihnen einen Vorschlag, wie Otto Mitte, Kommerzienrat Sr. Majestät, noch keinen Vorschlag gemacht hat. Wissen Sie, was 'n Mäzen is?«

»Na, watn, selbstferfreilich.«

»Ich bin ein Mäzen, so ein Mäzen, wie Sie noch nie einen gehabt haben.«

»Ich hab was gegen.«

»Was, Sie haben was gegen Otto Mitte, Herr, wissen Sie denn, was Sie ausschlagen? Sie gehen an Ihrem Glück vorbei. Sie sind doch ein kluger Mensch, Herr Käsebier.«

»Na ja. Aber ...«

»Sehen Sie mal, was wollen Sie immer in der Hasenheide? Hasenheide is ja ganz schön und Neue Welt, wie noch Luftschaukel war. Aber wenn man vorwärts kommen will, dann gibt's nur den Westen. Den Zug nach dem Westen. ›Das Mädchen aus dem goldnen Westen‹ gibt's 'ne Operette. Sehen Sie, wenn Sie ein Theater am Kurfürstendamm haben, sind Sie ein gemachter Mann. Das Publikum da draußen ist fürs Volkstümliche, wissen Sie, Revue, nackte Mädchen und solche Menkenkes, nich mehr in die Lamäng. Aber Sie, das ist gefragt heutzutage. Stellen Sie sich vor, Sie haben ein Theater am Kurfürstendamm, ›Käsebiers Gute Stube‹ oder ›Käsebiers Sommergarten‹. Das ist richtig. Rokoko ist abgemeldet. Knif. Kommt nicht in Frage.«

»Ja«, sagte Käsebier, »es klingt ja ganz schön. Aber es wird teuer kommen.«

»Sie zahlen 3500 Mark Pacht im Monat und nehmen am Abend 500 Mark ein. Sehen Sie, hier können Sie an Ihre Preise 'ne Null hängen, 3 Mark, 5 Mark, 10 Mark. In dem kleenen Loch, in dem Stall, im Theater des Westens, zahlen se 4, 6 und 8 Mark, immer proppenvoll, und 'ne Brause 1,50 Mark. Is 'n glattes Geschäft. Schlagen Se ein. Geben Sie die Hand her, lassen Sie de Niere da.«

»Machen wir Zoff«, sagte Muschler.

»Na, ja«, sagte Käsebier.

»Herr Käsebier, was is da zu überlegen? Is 'n glattes Geschäft. Was haben Sie für'n Risiko?«

»Na, ja«, sagte Käsebier, »is wegen der Hasenheide. Müßte ich doch kündigen und das Ensemble. Man ist doch so gewohnt.«

»Behalten Sie die besten Kräfte, kündigen Sie die andern.«

»Nee, das möchte ich nicht, jetzt? Nee, möchte ich nicht.«

»Warum denn? Hemd steht einem näher als der Rock. Jeder ist sich selbst der Nächste. Geben Sie ihnen 'ne Abfindung, Sie sind doch 'n reicher Mann.«

»Na, ja, ich hab' ja 'n paar Kröten.«

»Paar Kröten nennen Sie das? Ha, ha, ha.«

»Sie müssen sich entscheiden, Herr Käsebier, wir müssen den Bau anfangen. Sie sind ja großartig, man will Ihnen 'n Theater bauen und denn überlegen Sie noch, ob Sie das Geschenk annehmen sollen? Na, heben Sie noch einen?«

Käsebier sagte: »Ich will wohl, aber ich möchte nicht. Ich will mal mit meiner Mieze drüber reden. Nehmen Sie mir's nicht übel, Herr Mitte. Aber so was is doch 'ne Sache – und 3500 Mark.«

»Na, darüber ließe sich reden.«

Käsebier ging.

»Na, und was wird nun?« sagte Muschler.

»Seien Sie nicht ängstlich, Herr Muschler. Morgen will Käsebier. Er hätte ja 'ne weiche Birne, wenn er das ausschlagen würde. Seien Sie ganz beruhigt, Herr Muschler. Ich fange mit Ausschachten an.«

»Auf Ihr Risiko, Herr Kommerzienrat, auf Ihr Risiko.«

»Auf *mein* Risiko«, lachte Mitte und trank noch Glas schweren Rheinwein.

Am Abend sprach Käsebier mit seiner Frau.

Sie saß in ihrer Wohnung. Im Wohnzimmer hingen vertrocknete Lorbeerkränze und Käsebiers Photographien. Die größten Loheshymnen unter Glas und Rahmen schon vergilbtes Zeitungspapier. Mieze hielt sich kein Mädchen. »Nee«, pflegte sie zu sagen, »ich kann das nicht, alles denn so unproper. Ich morgens Kaffee jebracht und denn die Wirtschaft jemacht und 'n schönes Stückchen Fleisch besorgt. Nee, ich will wissen, was ich esse.«

Sie hatte hochblondes Haar, trug Stöckelschuh und sehr grelle Kleider. Sie war Feuer und Flamme für den Kurfürstendamm: »Denn 'ne große hochherrschaftliche Wohnung, weißt du, wo wir 'n schönes Büfett stellen können, und 'ne neue Küche möchte ich dann auch haben, nich? Und so elegante Bettwäsche mit vielen Spitzen und 'n Pelzmantel, nich? Hier in der Hasenheide, wo ein jeder kennt, is es ja peinlich, nich? Aber denn im Westen würden wir doch zur feinen Welt gehören, nich?«

»Ach na, 'n Pelzmantel könnste dir hier auch leisten. Mir is nich ganz wohl bei der Sache!«

»Aber Männe, ich versteh dich nich? Was willste denn. Sie machen 'n Tonfilm für dich. Du bist berühmt. Du warst im Wintergarten. Was klebste denn hier an de Hasenheide? Kannst doch Caruso werden, ladet dich Lindenburg ein, singste vorm König von England, bei uns is et ja nischt Rechtes mehr so ohne gekröntes Haupt.«

»Na, weißte Mieze, du wirst Wilhelm nachtrauern, für Lehmann begeisterste dich, und ich habe Bebel und Marx in der Stube hängen.«

»Du bist eben nich fürs Höhere. Ich bin nich für die Proleten. Ich will 'ne Dame sein. Weißt du noch in Wiesbaden, wo der Herr Polizeileutnant zu mir gesagt hat: ›Gnädige Frau, Sie gehörten in die große Welt‹, und ich fühle das auch, ich habe ihm gesagt: ›Treten Sie mir bitte nicht zu nahe, Herr Polizeileutnant‹, aber recht hat er.«

»Na, Miezeken, was willste denn, die Bourgeoisie is 'ne absterbende Klasse.«

»Ach, nee, bis jetzt is noch ganz schön, 'ne Villa in Zeuthen oder im Grunewald. Du hast kein Streben, du bist so berühmt, ich will auch was davon haben.«

»Na, was willste denn?«

»'n Auto und 'nen richtigen Salon und Wäsche mit Stickerei und denn Landpartien mit Auto und Grammophon machen und Picknick und gekühlte Bowle! Du könntest so berühmt wie Chaplin werden und von Lords eingeladen sein auf Schlössern und willst hier in der Hasenheide versauern.«

»Wegen Auto brauche ich auch nicht nach dem Kurfürstendamm.«

Aber eigentlich war Käsebier schon gewonnen, und als am andern Morgen Mitte anrief beim Zigarrenladen im Hause – Käsebier war eben erst dabei, sich Telefon legen zu lassen – und Käsebier holen ließ, war das Gespräch in zwei Minuten beendet. »Die Pacht, na ja, die Pacht! Wern wa schon sehen.«

EINUNDZWANZIGSTES KAPITEL
Der Bauzaun

Der Bauzaun am Kurfürstendamm stand schon. Er war prachtvoll. Die Bauzäune jener Zeit waren keine Bauzäune. Sie waren: »Leere Fläche für Reklamezwecke zu vermieten.« Nicht mehr ließ der Doge von Venedig von Tintoretto sich den Festsaal ausmalen, sondern das Wäschegeschäft aus der Leipziger Straße, das am Kurfürstendamm baute, sondern die Weinhandlung aus der Leipziger Straße, die am Kurfürstendamm baute, sie ließen ihre Bauzäune von großen Künstlern bemalen. Hier war das Fresko der Zeit zu sehen. Zufällig wurde hinter diesen Fresken gebaut. Rein zufällig. Und es wurde viel gebaut. Jeder

Laden, der auf sich hielt, ließ den deutschen Marmor der wilhelminischen Zeit abreißen, weil er zu prunkhaft war, und mit dem teureren italienischen Travertin die Wände verkleiden, die Ladentische aus geschnitzter Eiche oder deutschem Nußholz wurden herausgerissen und glattes, kostbares Makassarebenholz dafür genommen. Der Stuck wurde abgeschlagen und einfache Querbänder angebracht, denn es mußte einfach gebaut werden, koste es was es wolle. Die Hausbesitzer am Kurfürstendamm verfielen dem Taumel der Inflation. Sie zerstörten die Parterrewohnungen, diese hochherrschaftlichen Wohnungen, von 10 bis 14 Zimmern, in denen noch vor anderthalb Jahrzehnten Gesellschaften von 60 Personen gegeben wurden, der Fisch, die Pute, das Eis, bei denen Leutnants den jungen Töchtern der Industrie den Hof machten, wo junge Söhne der Industrie schwermütig dachten: Sozialismus oder Südsee? Erstdrucke, Fayencen und Wildesche Aphorismen, wo Rechtsanwälte und Ministerialräte Tischreden hielten, wo die Verlobungen mit vielem Geld gefeiert wurden. Läden sollten diese Wohnungen werden, Läden für 50000 Mark Miete, Läden für Autos, Läden für Kleider, Läden für Parfüms, Läden für Schuhe.

Was war das für ein Bauzaun, den Otto Mitte & Co. errichten ließ! Über drei Etagen hoch stand Käsebier von Scharnagl gemalt. Gödowecz hatte noch im letzten Moment versucht, Scharnagl den Auftrag zu entreißen, aber Scharnagl war und blieb der beste Reklamekünstler von Berlin. Seine Art, eine Art von Kinderzeichnungen, erkannte jeder sofort: »Aha, Scharnagl!« Scharnagl hatte 5000 Mark für den Zaun verlangt. Otto Mitte hatte es bewilligt. Neben dem riesigen Käsebier stand: »Was? Käsebier? Ja, Käsebier am Kurfürstendamm!« Rings um ihn hüpften Tänzerinnen, kletterten Akrobaten, lief einer Seil, balancierte einer Bälle.

»Haben Sie schon gehört«, sagte die Konsulin Weißmann zu Käte, »Käsebier am Kurfürstendamm. Ich finde es völlig berechtigt.«

»Ich auch«, sagte Käte, »interessant dieser Aufstieg.«

»Bei solchem Künstler!«

»Trotzdem! Wo er so von unten herkommt?«

»Er verkörpert das echte Berlin. In Paris werden solche

Leute von den ersten Damen geheiratet. Ich fahre übrigens doch zu den Rennen nach Longchamps.«

»Wie war's denn bei Muschlers?«

»Sehr reizend. Sie ist ja immer etwas übertrieben. Kaviar als Vorgericht in Massen und ziemlich einfache Leute. Wer verkehrt schon bei Muschlers. Aber das Theater wird von Muschlers gebaut! Thedy kommt sich schon fast wie eine Theaterdirektorsgattin vor. Sie spricht nur von ›unserem Theater‹. Sie war übrigens in der ›Frau im Bild‹ zusammen mit Trappen, der Meyer-Lewin und dem Grafen Dinkelsbühl auf dem Rot-Weiß-Turnier abgebildet.«

»Wird sie selig sein.«

Der Bauzaun erregte allgemeines Aufsehen.

Mitte begann auszuschachten. Kaliski begann zu annoncieren:

»Die prachtvollen Luxuswohnugnen am Kurfürstendamm mit Dachgärten, allem Komfort. 4½-, 5½- und 6½-Zimmerwohnungen. Zu vermieten: Dr. Reinhold Kaliski, Immobilien und Hypotheken.«

Kaliski telefonierte wieder einmal mit Rübe wegen seiner Provision. Er verlangte 30000 Mark. Rübe sagte: »Ich mache ja den Bau nicht, wie Sie wissen. Die Aufgabe lag mir nicht, ich habe das meinem verehrten Schwiegervater gesagt, und er hat Karlweiß beauftragt. Aber ich werde ihm selbstverständlich Ihr Verlangen unterbreiten.«

»Verlangen, Verlangen nennen Sie das, wenn 'n Mensch Geschäfte machen will und zu seinem Recht kommen. Bin ich meschugge – entschuldigen Sie –, daß ich Mitte & Co. 'n Millionenauftrag zuschanzen soll ohne Grund, bin ich 'ne Wohltätigkeitsanstalt?«

»Regen Sie sich nicht so auf, Herr Kaliski, Ihr Recht soll Ihnen werden. Ist ja nicht verheerend, 20000 Mark. Ich werde mit meinem Schwiegervater darüber reden.«

»Ich reg' mich aber auf«, sagte Kaliski.

Ekkehard Rübe sprach mit Mitte. »Na, das werd ich selber in die Lamäng nehmen«, sagte Mitte und rief Kaliski an: »Nu sagen Se mal, lieber Herr Kaliski, Sie haben doch die Vermietung, was wollen Sie denn von mir?«

»Erlauben Se mal, Herr Mitte, ich hab schon zu Ihrem Herrn

Schwiegersohn gesagt, ich bin keine Wohltätigkeitsanstalt. Ich bin 'n Vermittler, wenn Sie's noch nicht wissen sollten.«

»Muschler hat mir gesagt, Sie bekämen nichts außer der Vermietung.«

»Von Muschler, ja. Von dem hab ich ja die Vermietung, aber von Ihnen? Hab' ich nötig, Ihnen umsonst 'n Geschäft zuzuschanzen? Kann ich was dafür, wenn Ihrem Herrn Schwiegersohn die Aufgabe nicht paßt? Weil das 'n Künstler ist, bin ich noch keiner, und ob das so stimmt, weiß ich noch lange nicht. Karlweiß, man weiß doch, Karlweiß, die Herren vom Magistrat ...«

»Nu is aber genug, Herr Kaliski, wenn Sie jetzt nicht aufhören, hänge ich an. Ich denke, Sie wollen Geld von mir, dabei beschimpfen Sie mich?«

»Entschuldigen Sie, Herr Kommerzienrat, aber ich habe mich so aufgeregt, weil ich seit fünf Monaten auf die Provision warte.«

»Ich kann nur wiederholen, Muschler hat mir gesagt, Sie hätten keine Provision verlangt. Er hat mir noch erzählt, Sie seien der Schwiegersohn vom Waldschmidt.«

»Nu ja, aber ich hab doch 'n Immobiliengeschäft. Muschler findet wohl Provisionen unfein? Muschler, wissen Sie, Muschler, Muschler hat's nötig! Der war Bankier von den E.G.Z.-Werken und Aufsichtsrat, was meinen Sie, was der sich für Provisionen hat zahlen lassen, wenn er den E.G.Z.-Werken 'nen Millionenauftrag zugebracht hat. Nicht zu knapp. Wenn das der alte Geheimrat Kohler gewußt hätte, hätt er ihm auch nicht das Vermögen von seiner Witwe anvertraut, die jetzt dasitzt und Zimmer vermietet.«

»Das ist mir ja sehr interessant, was Sie mir da erzählen.«

»Also, unter Diskretion.«

»Natürlich. Also wegen der Provision, Herr Kaliski. 5000 Mark.«

»Herr Kommerzienrat, Sie sind doch als großzügig bekannt. Ihr Herr Schwiegersohn, und das wird er Ihnen auch gesagt haben, hat mir 20000 Mark zugesagt. Ein Gentleman agreement. Da braucht man doch nichts Schriftliches.«

»Nein, Herr Kaliski, selbstverständlich nicht. Aber 20000 Mark sind viel Geld. Die Baupolizei macht uns schreckliche

Schwierigkeiten. Der Auftrag ist nicht so gut, wie ich gedacht habe. Sagen wir 10000 Mark, und ich lasse sie Ihnen morgen anweisen.«

»Na, is gut, gemacht, trotzdem es sehr wenig ist, aber es liegt mir doch daran, daß Sie sehen, ich bin ’n anständiger Kaufmann. Auf Wiedersehen, Herr Kommerzienrat.«

»Herr Kaliski, ich werde gern mal wieder ’n Geschäft mit Ihnen machen. Auf Wiedersehen.«

Noch einmal griff Oberndorffer ein. In einem langen Brief teilte er der Firma N. Muschler & Sohn alle seine Bedenken mit. Er zählte noch einmal alle Bedenken hinsichtlich der Einzelheiten der Wohnungen auf. Die erwarteten Mieten seien nicht zu erzielen. Die Wohnungen hätten schwere Mängel, während solch teure Wohnungen wirklich nur einen Mangel haben dürften, und das sei ihr Preis. Er riet noch einmal dringend von dem ganzen Projekt ab, 1½-, 2½-, 3½-Zimmer seien das Benötigte. Für größere Wohnungen fehle bereits jetzt das Bedürfnis. Von dem Theaterprojekt gar nicht zu reden.

Am Abend kamen der Onkel Frechheim und Frau Frechheim in den Grunewald zu Muschlers. Nach Tisch saß man im Herrenzimmer, englisch Mahagoni mit grün zusammen.

»Der junge Oberndorffer hat mir noch einmal alle Bedenken hinsichtlich der Wohnungen geschrieben«, sagte Muschler, »vor allem aber auch mitgeteilt, daß solch große Wohnungen bald unvermietbar sein dürften.«

»Margot Weißmann hat jetzt was gesehen, was ihr paßt, kostet 6000 Mark Abstand.«

»Na ja. Aber es ist nicht jeder Theodor Weißmann. Nimm doch noch ’ne Zigarre, Onkel Gustav, sie ist milde.«

»Man kann doch aber andererseits keine Kleine-Leute-Wohnungen bauen, kriegt man ja keine Mieten rein«, sagte der Onkel, »gut ist die Zigarre«, und roch an ihr.

»Wenigstens vier, fünf und sechs Zimmer«, sagte die alte Frau Frechheim, »wenn schon keine hochherrschaftlichen Wohnungen.«

»Ich bin ja der selben Ansicht«, sagte Muschler, »aber die Zeiten haben sich geändert.«

»Aber doch nicht so, daß man plötzlich Proletarierwohnungen am Kurfürstendamm baut«, sagte die alte Dame empört.

»Die jungen Paare nehmen schon alle nur noch Vier-Zimmerwohnungen«, sagte Muschler, und steckte sich eine Zigarette an.

»Also in meinem Kreis nicht«, sagte Frau Frechheim.

»Ich glaube auch, das ist eine lächerliche Idee, Wohnungen ohne jede Repräsentation bauen zu wollen«, sagte Thedy.

Das Mädchen brachte auf einem silbernen Tablett den Kaffee, dann fuhr sie einen Teewagen herein, auf dem eine Obstschale stand mit Pflaumen, Birnen, Weintrauben und die Obstteller, dazu ein Korb mit Glaseinsatz für Schalen, Obstbestecke und Papierservietten, daneben zwei Schalen mit Konfekt.

»Nimm«, sagte Frau Muschler zu ihrer Mutter, »es ist echtes, bitteres Konfekt von Hamann.«

»Ich habe eine neue Sorte entdeckt«, sagte Frau Frechheim, »bei Hildebrandt, Likörkonfekt, ausgezeichnet, du mußt es mal versuchen. Ich kann dir mal 'n Viertel schicken lassen zum Ausprobieren.«

Der Onkel sagte: »Ich finde ja die Zimmer viel zu niedrig.«

»Was«, sagte Frau Frechheim, »du willst auch so niedrige Zimmer bauen? Das sind ja halbhohe Räume, der reine Mezzanin.«

»Man baut jetzt so.«

»Na, gräßlich.«

»Und so kleine Zimmer?«

»Nein, nein, die Zimmer sind ganz schön.«

»Nein«, sagte Frau Muschler, »du darfst nicht so minderwertige Wohnungen bauen, nachher zahlen die Leute keine Miete, na, gräßlich, Vier-Zimmerwohnungen sind klein genug.«

»Eine richtige, hochherrschaftliche Wohnung fängt bei sieben Zimmern an, drei Toiletten, Anrichte, zwei Bäder, Wintergarten, das ist richtig. Von dem Kleinkram heute wird man bald wieder abkommen«, sagte Frau Frechheim.

»Will jemand einen Schnaps?« fragte Muschler. »Ich habe echten Benediktiner da oder einen Curaçao? Ich muß noch einmal vom Haus anfangen. Ich muß nämlich sagen, Onkel Gustav, ich habe heute eine Auskunft über Otto Mitte bekommen, die Leute sind einfach glänzend, und da sie das ganze

Risiko tragen und uns die Mieten garantieren, kann uns ja wirklich nichts passieren. Ist ziemlich egal, wie der Bau aussieht.«

»Ich weiß nicht«, sagte der Onkel, »auf die Dauer rentieren sich nur schöne Wohnungen. Aber was heute schön ist, ist morgen häßlich. Ich finde die modernen kahlen Wohnungen scheußlich, und meine Nichte sagt: ›Wie kannst du es bloß in den vollgestopften dunklen Zimmer aushalten?‹«

»Na ja«, sagte Muschler. »Da hast du's.«

Sie standen in der Diele. »Es wird schon richtig kalt. Man braucht den Pelz. Laßt ihr noch nicht heizen?« sagte Onkel Gustav.

»Nein«, sagte Muschler, »wir tun so als ob Sommer wäre, weil wir bauen wollen.«

»Immer witzig, immer witzig, der Herr Schwiegersohn«, sagte Frau Frechheim, zog ihren Persianermantel an und stieg mit ihrem Bruder ins Auto.

»Mir ist gar nicht wohl bei der Bauerei«, sagte er.

»Ich verstehe dich nicht. Ein Käsebier-Theater ist doch eine großartige Idee.«

»Dein Schwiegersohn hat immer noch so eine Inflationspsychose, alle Leute übrigens in Deutschland. Die Sachwerte spuken ihnen immer noch im Kopf rum. Die ganze Sache hat so einen unsoliden Anstrich. Auch bei Mitte ist mir nicht wohl. Bei allen diesen Leuten sieht man nicht klar.«

»Ich verstehe dich nicht, Gustav, Richard ist doch so unternehmend. Du bist immer ein Hemmschuh gewesen!«

»Liebe Mathilde, erinnerst du dich noch an den Zusammenbruch von Thöny und Schwarzbach? Das war auch so eine Theatergründung. Nachher ist kein Mensch reingegangen. Nein, nein, mir ist nicht wohl bei dieser unsoliden Geschichte. Haben wir die Terrains so lange gehalten, hätten wir sie auch noch 'ne Weile länger halten können.«

Frau Frechheim sagte: »Man munkelt, daß Oppenheimer was mit der kleinen Kohler hat. Es ist doch schrecklich heutzutage mit den jungen Mädchen. Jetzt wird sie überhaupt keiner mehr heiraten.«

»Willst du morgen mit in die Oper kommen, ich habe Karten?«

»Was ist es denn?«

»Traviata.«

»Ja, sehr gern, Gustav.«

»Du holst mich dann mit dem Wagen.«

Onkel Gustav stieg in der Keithstraße aus, wo er schon lange wohnte.

Zweiundzwanzigstes Kapitel
Die Baupolizei

Der Bau war nun Ende September so weit, daß ausgeschachtet wurde, und noch war kein Termin für die Genehmigung abzusehen; inzwischen hatte Karlweiß Otto Mitte mit der Gesamtausführung der Großsiedlung Hohenschönhausen betraut. Nach einem völlig irrsinnigen Plan wurden dort Wohnungen für 5000 Menschen geschaffen. Der Hauptplatz wurde für Lichthöfe und wunderschöne weitläufige Treppenhäuser genommen, was eine bildschöne Fassade ergab. Die Wohnungen hingegen enthielten zwei kleine Löcher als Zimmer, dazu Bad, Küche, Nebengelasse, was alles um eine sehr geräumige fensterlose Diele herumlag. Das Resultat war später, daß Frau und Kinder jahraus, jahrein in dem fensterlosen Raum bei künstlichem Licht spielten und nähten.

Hinzu kam, daß Otto Mitte besonders teuer baute.

Soweit ging das Geschäft Otto Mitte/Karlweiß in Ordnung. Nicht aber, was das Käsebier-Theater anbetraf. Noch hing alles in der Schwebe. Noch war keine Bauerlaubnis erteilt. Noch war infolgedessen auch der Vertrag Mitte/Muschler nicht völlig perfekt gemacht, was erst nach Erteilung der Bauerlaubnis erfolgen konnte. Am 22. Oktober kam eine Antwort auf einen Antrag vom 14. September. Otto Mitte sah, daß Karlweiß nicht genügend hinterher war, die Schwierigkeiten des Instanzenweges unterschätzt hatte. Am 5. November kam eine Erlaubnis für die Keller. Zwei Monate waren vergangen, seit Karlweiß gesagt hatte, in den nächsten Tagen hätte er den Bauschein. Ende November, der Frost begann, war er noch nicht da. Inzwischen hatten sich Leute auf die Annoncen in den Tageszeitungen hin gemeldet, die tatsächlich die Luxuswohnungen mieten wollten, und als man ihnen keinen Termin sagen konnte, absprangen. Die ganze Angelegenheit war um ein halbes Jahr verschoben worden. Statt am 1. Februar würde das Theater erst im Herbst eröffnet werden können.

Käsebier hatte seinen Vertrag mit dem Hausbesitzer der Hasenheide erst zum 1. April kündigen können. Dies war nun sein Glück. Bis zum April blieb er in seiner Goldgrube. Den Mitarbeitern, soweit er sie nicht nach dem Kurfürstendamm mitnehmen wollte, war eine längere Spanne Zeit gelassen, und er hatte den Sommer 1930 noch in Ruhe für Filmarbeit und zur Vorbereitung neuer Nummern zur Verfügung.

Frau Käsebier hingegen, die sich auf die neue Wohnung vorbereiten wollte, war höchst ärgerlich, daß sie für ihre Phantasie noch immer keine realen Grundlagen bekam. Sie wollte anfangen, Spitzengardinen zu arbeiten. Aber noch konnte sie keine richtigen Fenstermaße bekommen. Auch wollte sie ein Eßzimmer mit elegantem Büfett. Wie groß wird die Stellwand sein? Eine Auskunft war nicht zu erreichen.

Anfang Dezember, kurz vor Weihnachten, fand bei Otto Mitte wieder einmal in Sachen »Projekt Käsebier« eine größere Sitzung statt.

Herr Karlweiß hielt dort den versammelten Interessenten einen langen Vortrag über Wesen und Dauer eines behördlichen Instanzenweges. Er sagte: »Wenn man ein Projekt am 13. Juni zur Baupolizei gibt, so ist es eine Woche später beim Bezirksamt, acht Tage später beim Tiefbauamt, womit der Juni vorbei ist. Am 2. oder 3. Juli ist es bei der Stadtentwässerung, vierzehn Tage bei der Hochbaudeputation, acht Tage beim Vermessungsamt, acht Tage beim Brandschutzamt, was schon August bedeutet. Von dort geht es zum Städtischen Bauamt, nochmal acht Tage, dann September zur Zentrale der Baupolizei. Angenommen, es geht glatt, geht es in vier Wochen, also Oktober, zum Statischen Prüfungsamt, drei Wochen später zum Polizeipräsidium, vier Wochen später Ministerium, also Anfang Dezember, was beinahe ein halbes Jahr bedeutet. Die Herren denken immer, heut geplant, morgen gebaut. Die Genehmigung für einen komplizierten Bau wie den unsern, dauert sechs Monate, wenn man Glück hat.«

»Das hätten Sie nur in Baden-Baden zu sagen brauchen«, rief Muschler.

»Ich habe gedacht, ich könnte es beschleunigen, aber die vielen Extrawünsche von Herrn Muschler.«

»Das ist ja großartig. Alles, was den Bau betrifft, hab ich Ihnen überlassen und denn ...«

»Ruhe, Ruhe«, rief Mitte, »wir werden uns doch hier nicht veruneinigen, nicht wahr, Herr Muschler? Jeder tut sein Bestes. Uns hat die Sache mehr gekostet als sie je einbringen wird.«

»Na, na, Herr Kommerzienrat, so ein kluger Kopf.«

»Aber ich bin ein Unternehmer, ich will Beschäftigung, ich bin kein Finanzier.«

»Trotzdem, Herr Mitte, ich weiß nicht, wie die Verhältnisse auf dem Bau- und Geldmarkt sich weiter gestalten. Bei den Zeiten kann man nicht bis Herbst disponieren über ein dreiviertel Jahr.«

»Ich muß für Stein und Holz und überhaupt Baumaterialien oft auf länger als ein Jahr disponieren. Man kann doch auf ein paar Monate disponieren, ich verstehe das nicht, Herr Muschler?«

»Ich habe ja auch nichts dagegen, daß die Anträge weiter laufen und will ja auch, wenn die Genehmigung doch noch kommen sollte, alles aufs sorgfältigste prüfen, aber ich muß mir jetzt noch freie Hand lassen.«

»Na, ist gut«, sagte Mitte, »ich habe schon mehr Tänze mit der Baupolizei bestanden.«

»Ich fürchte, sie wird auch diesmal den Bau verhindern und damit soundso viel Arbeitsgelegenheit.«

»Wofür meinen Sie, daß die Baupolizei sonst da ist?«

»Schade, das wär'n Thema für meinen literarischen Neffen«, sagte Muschler, »aber soll doch mal Oberndorffer hingehen.«

»Schön«, sagte Mitte, »Otto Mitte will Sie nicht hindern.« Muschler hatte immer wieder gebeten, daß Oberndorffer einmal direkt für ihn zur Baupolizei ginge. Karlweiß hatte stets erklärt, daß bei seinen glänzenden Beziehungen damit mehr verdorben als genützt würde.

Anfang Dezember ging nun endlich Oberndorffer zur Baupolizei. Unten empfing ihn ein Beamter. Er hatte einen grauen Seehundsbart und sah über seinen Zwicker Oberndorffer an: »Bitte, füllense hier den Settel aus.«

Oberndorffer nahm den Zettel, Name und Angelegenheit des Besuchers. Der Portier drückte ihm ein zweites Formular in die Hand, das mit dem ersten identisch war. »Bitte, füllense den Settel auch aus. *Den* behalten Se nun.«

Oberndorffer füllte aus. »Es wäre doch praktischer«, sagte er, »wenn Sie Blaupapier dazwischen täten.«

»Ja«, sagte der Portier und wurde so menschlich, als ob er zwei Zigarren bekommen hätte, »das hat schon mal einer gesagt, wa haben's auch mal gehabt, aber es is dann nich mehr genommen worden. Im übrigen sind die Dinger ja ganz überflüssig, aber wir haben sie mal geschenkt bekommen, und nun sollen se auch aufgebraucht werden. Da haben wa se immer 'ne Weile hier zu liegen, und denn werfen wa se weg.«

Oberndorffer stieg in den letzten Stock, durch einen breiten, grau gestrichenen Korridor kam er in das Zimmer 213. Zwei Beamte saßen am Fenster, einer schrieb, der andere wikkelte gerade sein Frühstück ein, ein dritter, ein alter Mann, heftete Akten. Der Leim stand neben ihm und grobes Garn. Oberndorffer ging zum Frühstücker: »Dispensgesuch Mitte/Muschler.« Der Frühstücker zeigte mit dem nackten Daumen über die Schulter weg auf den hinter ihm sitzenden angezogenen Beamten. Oberndorffer wandte sich an diesen: »Es handelt sich um das Dispensgesuch Mitte/Muschler.«

Wortlos griff der Beamte in die vor ihm stehende Kartothek, schüttelte den Kopf, wandte sich um, stand auf und ging an den hinter ihm stehenden Aktenschrank, sah nach: »Is schon weiterjegangen, Zimmer 238.«

»Danke.« Oberndorffer ging ins Zimmer 238. Hier saß ein Herr, der sich um Oberndorffer nicht kümmerte.

Oberndorffer sagte: »Es handelt sich um das Dispensgesuch Mitte/Muschler.«

»'n Augenblick«, sagte der Beamte. Er sah nach. »Is schon beim Dezernenten.«

»Na, das ist ja mal schnell gegangen«, dachte Oberndorffer und lief den Korridor zurück, die Treppe zwei Etagen höher und dann erst rechts, dann links. Stand vor einem Fenster und der Damentoilette, lief wieder zurück. Ausgestorben lagen die Korridore. Die Korridore hatten sich längst selbständig gemacht. Grausam und echolos boten sie sich Oberndorffer dar. Schließlich klopfte Oberndorffer an ein Zimmer, wo »Anmeldung« stand. »Ach, entschuldigen Sie, wo ist denn Zimmer 314?«

Ein freundlicher Ostpreuße stand auf: »Das ist auch schwer zu finden, gehen Sie hier den Korridor zurück und dann zwei Stufen rauf und dann um die Ecke und denn noch mal um die Ecke und denn sind Sie schon da.«

Oberndorffer dankte ihm vielmals und lief wieder zurück. Endlich Zimmer 314. »Regierungs- und Baurat Hoppe.«

Oberndorffer klopfte. Regierungsrat Hoppe war nicht da. Oberndorffer stand wieder auf dem Korridor. Kein Mensch weit und breit. Er klopfte aufs Geratewohl. Der Beamte sagte, der Herr Regierungsrat sei beim Abteilungsleiter, es könne eine Viertelstunde dauern.

»Steht man hier rum«, dachte Oberndorffer. Im Mitteltrakt stand eine Bank. Oberndorffer kaufte sich die Mittagszeitung und las. Nach einer Viertelstunde ging er wieder zum Zimmer 314. Regierungsrat Hoppe war ein gemessener Herr. »Dispensgesuch Mitte/Muschler ist schon zur Unterschrift.«

»Ich danke vielmals«, sagte Oberndorffer, »dürfte ich fragen, wie es steht?«

»Sie werden auf dem Dienstwege Bescheid erhalten«, sagte der Beamte hochmütig.

Oberndorffer durchwanderte wieder das Dienstgebäude und gelangte an die Kanzlei. Zwei Beamte saßen am Fenster, einer schrieb, der andere wickelte gerade sein Frühstück ein, ein dritter, ein alter Mann, heftete Akten.

Oberndorffer sagte in den Raum: »Dispensgesuch Mitte/Muschler.«

Wortlos griff ein Beamter in die hinter ihm stehende Kartothek, wandte sich um, schüttelte den Kopf, ging zu einem Aktenschrank, sah nach: »Is schon weitergegangen. Zentrale.«

»Seit wann, bitte?«

»Seit 14 Tagen.«

»Danke.«

Oberndorffer stand im dicken Schneetreiben auf der Straße. Der Wind pfiff. »Wie komme ich zur Zentrale? Untergrund. Besten Untergrund.«

Kam zur Zentrale. Der Dezernt war ein freundlicher Herr,

Dr. Scheunemann: »Dispensgesuch Mitte/Muschler ist noch nicht hier.«

»Aber wie ist das möglich. Es ist doch vor 14 Tagen vom Bezirksamt abgegangen?«

»Ja, so lange brauchen die Akten, bis sie bei uns sind. 14 Tage, das ist gar nicht lange für den Aktenwagen.«

»Warum schicken Sie sie denn dann nicht mit der Post, da wären sie in einem Tage da?«

»Das käme den Staat viel zu teuer. Mit der Post, nein, das würde den Betrieb zu sehr verteuern.«

»Das ist doch schrecklich, dies Gerenne wegen so einer Sache. Gibt es denn keine Möglichkeit festzustellen, wo das Gesuch geblieben ist, um es zu beschleunigen?«

»Tja, das ist schon so«, zuckte Dr. Scheunemann die Achseln. »Genau so gut könnte ich Sie nach dem Verbleib eines Ziegelsteins fragen, den Sie in einem Ihrer Bauten vermauert haben.«

Der Wind pfiff. Oberndorffer stand auf der Straße. Heftiges nasses Schneetreiben hatte eingesetzt. Oberndorffer mußte nun noch wegen des Theaters nach dem äußersten Schöneberg: Elektrische, is doch zu langweilig. Werd ich mir ein Taxi nehmen. Leerlauf, dachte Oberndorffer. Fuhr nach Schöneberg, dachte, daß es noch nicht mal sein eigener Bau war, für den er hier rumkutschierte.

In der Tauentzienstraße ließ er halten, sah den Weihnachtsbetrieb. Nichts als Käsebier. Käsebier als Gummipuppe, als Aufziehpuppe, als Luftballon. Stieg wieder ein. Käsebier wird immer berühmter, dachte er, so gut ist er aber gar nicht. Bei uns wird immer alles übertrieben. So was schlechtes wie diese Gummisachen. Die Leute haben gar kein Gefühl mehr für Qualität, so was könnte doch auch nett gemacht sein.

Oberndorffer kam nach Schöneberg. Im düsteren Vorraum, einem alten Berliner Zimmer, standen gerade zwei Beamte beim Handtuchzählen. Der eine Beamte hatte schmutzige Handtücher in der Hand und sagte: »26.«

Oberndorffer stand da: »Ich möchte dem Dezernenten die Bescheinigung bringen.«

»Ja, 26. Is nich mehr da«, sagte der andere, »nu die saubern 28.«

Der erste: »Ja, 28.«

Der andere zählte, Oberndorffer sagte: »Dann sind Sie vielleicht so freundlich und geben den Brief ab.«

Der Beamte zählte weiter: »30, 31. Kann ich machen, legen Se 'n hin.«

Oberndorffer sagte: »Geben Sie mir bitte eine Bestätigung.«

Der Beamte zählte: »35, 36. Geben wir nicht. Schicken Se 'n einjeschrieben.«

Oberndorffer sagte: »Es sind wichtige Dokumente darin. Ich muß eine Bestätigung haben.«

Der Beamte sagte: »Geben wir nicht. Schicken Se 'n einjeschrieben. 41, 42.«

»Jede Behörde ist verpflichtet, Briefe zu bestätigen.«

»Wir sind nicht verpflichtet. Schicken Se 'n einjeschrieben. 44, 45.«

»Sie sind dazu verpflichtet.«

»Es gibt 'ne Bestimmung, daß wir nicht bestätigen brauchen. Beschweren Se sich oder schicken Se 'n einjeschrieben, 48. 1, 2, 3 ...«

Oberndorffer ging weg. In der Tauentzienstraße stieg er aus. Er wollte sich ein Paar Schuhe kaufen.

»Wollen Sie Marke ›Käsebier‹'?« sagte das Fräulein.

Oberndorffer ließ sie sich zeigen. Er wollte lieber eine andere Fasson, sie hatten ihm zu viele Verzierungen. Aber schließlich nahm er sie doch.

In der Tauentzienstraße schrien die Straßenhändler in den Schnee: »Seidenschals, die erstklassigen Seidenschals, Stück for Stück 3 Mark«, »das echte Cotyparfüm. Der Fabrikant hat pleite gemacht, jede Flasche 1 Mark«, »Käsebier, die echte Gummipuppe, etwas für die Kleinen, damit sie lachen und nicht weinen, können se ans Herz drücken, können se ins Bad mitnehmen ...«

»Den kleinen Käsebier finden Sie nur hier, eine kleine Schraube gedreht ...«

»Drei Tafeln Schoko 30 Pfennig. Aus der berühmten österreichischen Schokoladenfabrik. Ein Nuga, ein Mokka, ein Marzipan, die Probetafel 10 Pfennig, drei Stück 30 Pfennig, für die eigne Sache, für die eigne Person, für den eignen Körper, für das eigne Ich, für die eigne Gesundheit, 10 Pfennig, einen

Groschen für das eigne Ich oder für den Körper des eignen Kindes oder der eignen Frau, für einen Groschen, für 10 Pfennig, für einen...«

»Käsebier, die echte Gummipuppe, etwas für die Kleinen, damit sie lachen und nicht weinen, können se ans Herz drükken, können se ins Bad mitnehmen. Käsebier, die echte Gummipuppe ...«

Dreiundzwanzigstes Kapitel
Ein Weihnachtsspaziergang

Gohlisch sagte in der Redaktion: »Ich gehe heute fürbaß durch die Leipziger Straße und will mir ein Paar Schuhe auf Weihnachten kaufen. Sagt das Schuhfräulein zu mir: ›Wollen Sie Marke *Bally* oder Marke *Käsebier*?‹ Ich sage: ›Lieber Fasson Gohlisch.‹ Darauf erblaßte das Schuhfräulein und wollte den Geschäftsführer holen. Hätte es damals getaut, Herr Miermann, hätte Käsebier nie das Licht der Welt erblickt! Jetzt hat Käsebier im Sturm das Weltall erobert. Kommen Sie mit in den Sturm?« sagte er zu Fräulein Kohler.

Er stellte den Mantelkragen hoch, zog den Hut tief ins Gesicht, sagte zu Miermann: »Leben Sie wohl, Heil und Sieg und fette Beute«, und ging, ein alter Schmierenschauspieler, mit der Kohler, die groß und etwas plump noch immer einen Knoten zu ihrem langweiligen Gesicht trug. Sie hatte einen einfachen braunen Mantel an. So zogen sie los.

Auf dem Dönhoffplatz war Weihnachtsmarkt. Pfefferkuchenherzen und Kandiszucker.

»Seidenschals, Stück for Stück 3 Märker.«

»Meine Gnädigste, kaufen Sie hier das herrliche Cotyparfüm, den herrlichen Blumenduft. Der Fabrikant hat pleite gemacht, darum verramschen wir alles für eine Mark, das echte Cotyparfüm, den herrlichen Blumenduft. Wie, Ihnen riecht's nich nach Maiglöckchen? Mir riecht's herrlich! Das echte Cotyparfüm ...«

»Käsebier, etwas für die Kleinen, damit sie lachen und nicht weinen, können se ans Herz drücken, können se ins Bad mitnehmen.«

»Den kleinen Käsebier finden Sie nur hier, eine kleine Schraube gedreht und der kleine Käsebier singt: ›Wie soll er schlafen durch die dünne Wand?‹ Millionen ernten Sie an Witz und Humor für 20 Pfennig am Stamm- oder Biertisch, bloß 'ne kleine Schraube gedreht und schon wackelt er mit 'n Kopp und singt, das ist keine Hexerei, das ist keine Zauberei. Bloß 'ne kleine Schraube gedreht, und der kleine Käsebier singt: ›Wie soll er schlafen durch die dünne Wand?‹ Damit werden Sie viel Spaß ernten am Stamm- oder Biertisch.«

Die Käsebierpuppe sang.

»Käsebier, die echte Gummipuppe, platzt nicht, springt nicht, ist unverwüstlich«, sagte der Nebenmann.

Gohlisch und Fräulein Kohler gingen weiter. »Lametta, Lametta, 3 Pakete 'n Groschen.«

»Weihnachtskerzen, Weihnachtskerzen!«

Sie gingen in ein Wäschegeschäft.

»'ne Kleinigkeit?« sagte das Fräulein, »darf ich Ihnen unsere Neuheiten zeigen? Hier dieser entzückende Blumenstrauß aus Staubtüchern, reizend, nicht wahr? Oder hier das Neueste, ›Käsebier‹ aus vier Staubtüchern!«

»Nur noch ›Käsebier‹ zu Weihnachten«, sagte Gohlisch. Sie kauften den Staubtücher-Käsebier.

»Kein Weihnachten ohne Käsebier« stand in Glühbirnen über einem Geschäft mit Füllfederhaltern, in dem Gohlisch den seinen reparieren lassen wollte.

»Es lohnt sich nicht, ihn reparieren zu lassen«, sagte die Ladnerin verächtlich, »die Reparatur kostet 3 Mark, es ist ein überholtes System. Kaufen Sie den neusten ›Käsebier‹. Für 3 Mark bekommen Sie schon einen ganz guten.«

»Nein«, sagte Gohlisch, »dieser Halter hat Käsebier gezeugt. Bin ich Saturn, der seine eigenen Kinder frißt? Soll ich diesen Halter von ›Käsebier‹ töten lassen?«

»Ich schenke ihn Miermann zu Weihnachten«, sagte die Kohler und zückte 3 Mark, »Zigaretten brauchen wir noch.«

»Ach ja, Zigaretten.«

»Wollen Sie Neuerhaus«, sagte der Zigarettenmann, »Muratti oder Käsebier? Käsebier melior 5 Pfennig, Käsehier bonus 3 Pfennig, Käsebier optimus 8 Pfennig.«

»Da das Gute besser ist als was Besseres«, sagte Fräulein Kohler, »nehmen Sie ruhig bonus, wenn ich Ihnen raten darf.«

»Geben Sie 25.«

»Mit Käsebier laufen, mit Käsebier schreiben, mit Käsebier abstauben, mit Käsebier baden, Käsebier rauchen«, sagte Gohlisch.

»Käsebier, die echte Gummipuppe, platzt nicht, springt nicht, ist unverwüstlich. Käsebier, die echte Gummipuppe, etwas für die Kleinen, damit sie lachen und nicht weinen, können se ans Herz drücken, können se ins Bad mitnehmen. Käsebier, die echte Gummipuppe –«

Aus den Grammophongeschäften Käsebierschlager. Vom Himmel, es dunkelte schon, die Käsebierleuchten, die Wanderschrift: »Käsebierschuhe sind die besten.«

Auf der Straße die Luftballons in Käsebiergestalt. Käsebier zum Aufblasen. Käsebier zum Aufziehen. Käsebierfüllhalter.

Plakate: »Weihnachtsfeiertage: Käsebiersingspiel im Künstlertheater mit Pallenberg.«

Eine Dame sagte: »Am ersten Feiertag gehen wir zu Käsebier, ich will noch Billetts kaufen.«

»Käsebier, die echte Gummipuppe, platzt nicht, springt nicht, ist unverwüstlich. Käsebier, die echte Gummipuppe, etwas für die Kleinen, damit sie lachen und nicht weinen, können se ans Herz drücken, können se ins Bad mitnehmen. Käsebier, die echte Gummipuppe –«

Drüben in der Auslage des Buchladens: August Frächter: »Käsebier«. Daneben Heinrich Wurm: »Käsebier«, aus der Serie: »Lieblinge des Volks«. »Käsebierbilderbuch von Dr. Richard Thum«. »Käsebier in der Karikatur«, zusammengestellt von Gödovecz. Otto Lambeck: »Käsebier, ein Essay.«

Gohlisch und Fräulein Kohler standen davor, als plötzlich Lieven vor ihnen auftauchte: »Meine Freunde«, rief er enthusiastisch, »ist dies alles nicht eine gewaltige Symphonie des Ruhms? Vom Boden bis zum Himmel nichts als Käsebier. Theater, Musik, Geist, Banken, Handel, Industrie, die Weberei und Leder- und Gummiwaren und Spielzeug, alles vertreten, und aus vollen Backen blasen alle die Posaunen, schlagen die Becken, lassen die Zimbeln ertönen und tanzen einen gewaltigen Tanz mit Luftballons und Staubtüchern und Gummimenschen und singenden Puppen und Schallplatten und gepunzten Schuhen und Bauzäunen und Mauersteinen, mit Tischler und Zimmermann und Klempner und Installateur, mit Fahnen und Wanderschrift und Leuchtbuchstaben rot, lila, grün, und über allem, Gloria, Gloria, der Füllfederhalter der Presse. Und ich habe teilgehabt, ich bin ein Kind meiner Zeit, ich bekenne mich dazu, ich gehöre ihr an.«

»Schreiben Sie doch das Hohelied der Reklame, wie man sie umwirbt, wie man ihr beischläft, der alten Hure. Wie schön sind deine Brüste, goldner Leuchtbuchstabe Atrax, könnt ich doch deine Schenkel umfassen, süßer Rundfunk, wie leuchtet mir das Zwischenstück mit dem Feigenblatte, sanfter ...«

»Aber Gohlisch«, sagte Fräulein Kohler etwas albern und verlegen.

»Sie barocker Spötter«, sagte Lieven unsicher. »Ich grüße Sie.«

»Heil und Sieg und fette Beute«, sagte Gohlisch.

»Käsebier, die echte Gummipuppe, platzt nicht, springt nicht, ist unverwüstlich. Käsebier, die echte Gummipuppe, etwas für die Kleinen, damit sie lachen und nicht weinen, können se ans Herz drücken, können se ins Bad mitnehmen. Käsebier, die echte Gummipuppe –«

Vierundzwanzigstes Kapitel

Der Bau

Inzwischen wuchs der Bau, das Gerüst stieg. Die Mauern stiegen. Es begannen die Vergaben, das große Rennen um die Aufträge. Die Vergabe hatte Max Schulz bei Otto Mitte in der Hand, genannt »der olle Schulz«. Er trug einen Bebelbart und sah auf den Pfennig. Die Installationsfirmen schickten ihre Vertreter. Da kam der alte Wurm von Wurm & Redlich für Gas und Wasser. Schulz hätte gern Wurm & Redlich den Auftrag gegeben, »aber Sie sind zu teuer, Herr Wurm, was soll ich da machen, zu teuer.« Nein, Wurm & Redlich war nicht mehr leistungsfähig. Max Schulz mußte den Auftrag an Staberow Söhne geben, trotzdem ihm Staberow höchst unsympathisch war, so ’n moderner schneidiger Nazi, der Geschäfte mit ’n Hakenkreuz im Knopfloch machte.

»Sie kriegen zwar den Auftrag, Herr Staberow, weil Sie leider der Billigste sind, aber ich bin ’n alter SPD-Mann, ’s nächstemal geben Sie Ihren Klempnerladen bitte in der Garderobe ab.«

»Weltanschauung ist Weltanschauung«, sagte Staberow.

»Rindvieh ist Rindvieh«, sagte Schulz. Das, dachte er, kann ich mir leisten bei ’nem Auftrag von 90000 Mark.

»Wie, was haben Sie eben jesagt?«

»Ich, ich habe nur gesagt, daß Sie selbstverständlich in unsre allgemeinen Bedingungen eintreten müssen.«

»Ehrensache, Herr Schulz.«

Es kamen die Heizungsleute. Es kamen die Installateure für Licht. Schulz war nicht für die ganz großen Firmen, zum Teil waren sie ja kulanter, aber er arbeitete lieber mit den Handwerkern selber, ließ bei Nierstein und Hammerschlag, zwei kleinen Elektroinstallateuren, anrufen.

»Da meldet sich niemand«, sagte Fräulein Fleißig, die Sekretärin.

»Wir haben die Privatnummer.«

Das Fräulein rief an.

»Nierstein.«

»Otto Mitte & Co. Wir haben was für Sie, kommen Sie bitte wegen eines Kostenanschlags her.«

»Ich existiere nicht mehr«, sagte Nierstein, »ich dachte, Sie wüßten es.«

»Nö«, sagte Fräulein Fleißig.

»Herr Hammerschlag murkst jetzt allein in seiner Wohnung.«

»So, so. Danke schön.«

»Bankrott«, sagte Fräulein Fleißig zu Schulz.

»So is et, hört man ’n Vierteljahr nischt von den Leuten, sind se pleite. Also lassen Sie die Blanketts an die andern rausgehen wie immer.«

Im Vorzimmer warteten schon die Heizungsleute, sanitäre Anlagen, Be- und Entwässerung. Die Vertreter der Ölkonzerne wegen der Tankanlagen in den Garagen. Die Vertreter der Treppenfirmen. Es saß draußen der alte Böker, Schlosser,

Handwerksmeister mit 20 Leuten. Es saß da Herr Feinschmidt selber, von der Firma Feinschmidt und Rohhals, Bautischlerei und Holzarbeiten. Er kam wegen der Türen und des Parketts. Es kam Duchow, Duchow der Tischler, wegen der Theatersessel. Duchow kam rein.

»Es is noch nicht so weit, Herr Duchow«, sagte Schulz.

»Ich wollt ja auch bloß sagen, Herr Schulz, daß ich nicht übergangen werde.«

»Nee, nee, aber meinen Sie, der Karlweiß hätte schon was gezeichnet? Nee, wissen Sie, Herr Duchow, wir kennen uns doch nu so an dreißig Jährchen, so 'n verrückten Bau hab ich überhaupt noch nich mitgemacht. Sie müßten mal Dipfinger hören, der ist unser Bauführer dort, wenn der so auf bayrisch loslegt, det is 'n wahrer Segen.«

»Es ist nischt mehr, Herr Schulz, meinen Sie, die Leute wollen gute Arbeit? Interessiert niemanden mehr. Macht gar keen Spaß mehr. Ich arbeite doch für Bollmann. Bollmann schlägt genau 100 Prozent auf meine Preise drauf. Aber meinen Sie, der achtet drauf, was ich liefre? Is ihm janz ejal. Und denn denken die Leute, sie kaufen billig. Schönes Furnier, wo's glatt geht und wo's aus'm Vollen gearbeitet ist, ist andres Holz. Merkt keiner. Wer verleimt denn noch sowas doppelt? Keen Aas, glauben Se? Ich glaube, seit fünf Jahren habe ich keen Sechefurnier mehr jemacht, und doch bin ich sehr froh an Bollmann. Zahlt doch, zahlt schlecht, aber zahlt. So'n Privatkunde hat mich neulich mit 2000 Märker sitzen lassen. Is 'ne Sache für'n alten Duchow, 2000 Märker. Nee, Herr Schulz, et is nich mehr schön.«

»Es is überall dasselbe. Wo Se hinhören. Ich muß Maßschuhe tragen, hat mir neulich auch mein Schuster gesagt, se merken nischt, die Leute, ob man Pappeinlage nimmt oder anschdänjet Leder, se merken nischt. Wenn se Blasen an de Fieße kriejen und verkrüppelte Zehen, is ihn allet ejal, sieht hübsch aus und kost nich viel.«

»Wissen Sie, Herr Schulz, da hab ich neulich so'n altet Ungeheuer repariert, so'n altet Ungeheuer, so an dreihundert Jahr alt, süddeutsch mit versetzte Intarsien, 'n feinet Möbel. In den Schrank können Se noch in 200 Jahren de Wäsche legen. Will keiner mehr. Vasteht keener mehr so 'ne Arbeit.

Wissen Se, da mach ich jetzt so'n modernen Schreibtisch, na det is vielleicht 'n Ding, det hat Plattbeene, richtige Plattbeene und mauschelt. Det is vielleicht 'n Ding. Der Tapezierer Koller, wissen Sie, der alte Koller, hat auch gesagt, bei Bollmann kaufen sie die Chaiselongue für 39,50 Mark. Haben ja keine Ahnung. Am Abend wird die Werkstatt aufgekehrt und die abgefallene Wolle, aller Dreck zusammengekehrt, immer mang die Füllung genommen. Wissen Sie, Herr Schulz, die Menschen sind ja so dämlich, besonders die Damens, huppen mal so'n bißchen drauf, sehen sich den Stoff an und sagen: ›Die ist aber wirklich preiswert.‹ Von inwendig verstehen sie ja nischt.«

»Ja, ja, Herr Duchow, is nich mehr schön. Und et lernt ja och keener mehr was. Wat lernen denn die jungen Leute heutzutage? Ich hab' noch mauern gelernt an Schmalz sein Gerichtsgebäude. Wir ham ran müssen, Gewölbe mauern auf'n Millimeter genau ..., heute ziehen se eiserne Träger ein. Is alles so'ne Faulheit geworden.«

»Ja, ja, nischt richtjet mehr. Erinnern Se sich noch, Herr Schulz, an 'n ollen Nagel?«

»Lebt denn der noch?«

»Na natierlich: Stücker fuffzig Jahre macht er jetzt Fensterrahmen bei Feinschmidt und Rohhals in der Skalitzer Straße. Herr Feinschmidt sitzt draußen, geht jetzt auch selber Offerte machen, der Herr Feinschmidt. Sag ich zu Nagel, machste immer noch Fensterrahmen, Nagel? Sagt er: ›Jo.‹ Sag ich: ›Hat sich viel geändert in den fuffzig Jahren!‹ Sagt er: ›Och nö, is immer detselbe, früher hab ich zweie in der Woche gemacht, jetzt mach ich zwanzig.‹ Sag ich: ›Det is eben der Unterschied.‹ Fand er nich. Ne, es macht keen Spaß mehr. Aber ich verplauder mich hier bei Ihnen in der Geschäftszeit. Sie wer'n mehr zu tun haben, Herr Schulz.«

»Ich freu mich doch immer, wenn ich Sie sehe, Herr Duchow. Und ich werd' an Sie denken. Was ich noch sagen wollte, haben Sie noch Ihre Villa in Hessenwinkel?«

»Ach wissen Sie, das kommt mich viel zu teuer. Das kann sich unsereiner nich leisten. Ich hätte das nich tun sollen.«

»Was macht'n Ihr Sohn? Is er nu in der Tischlerei?«

»Der eine ja, Albert, aber Oskar is es nich fein genug gewesen, der is doch in die Bank gegangen, und nu hat er'n Radiogeschäft, geht ihm ganz gut.«

»Na ja, Herr Duchow, das is so mit'n Kindern. Auf Wiedersehen.«

»Auf Wiedersehen, Herr Schulz.«

Inzwischen wuchs der Bau.

Dipfinger ärgerte sich über Karlweiß.

»Ich bitt Sie, Herr Kommerzienrat, mir ham nix richtig kriegt vom Herrn Karlweiß. Alle Zeichnungen gibt er 1:100 heraus, wie für die Baupolizei; ich hab gesagt, Herr Kommerzienrat, 1:50 könnt man doch verlangen von »nem Architekten, nix zu kriegn von ihm, keine Deteils, mir ham die allergrößten Schwierigkeiten. A Sauwirtschaft is das, a dreckate!«

»Haben Se schon recht, wer mal 'n Brief schreiben an Herrn Karlweiß.«

Inzwischen kam der Frost und Ende Januar das Dispensgesuch von der Baupolizei und am 10. Februar die Genehmigung vom Polizeipräsidium. Die Zimmerleute verlegten schon die gewaltigen Balken, oben auf dem Gerüst standen schon die Dachdecker, und die Klempner klopften an den Dachrinnen, die Rinnenkessel wurden angeliefert. Gas und Wasser waren fast völlig verlegt. Die Heizkörper standen schon. Noch waren nicht alle angeschlossen. Die elektrische Anlage war noch nicht begonnen, die Elektromonteure streikten. Die Treppen wurden eingebaut, und schon begannen die Schlosser die Fenster anzuschlagen. Aber noch immer waren keine Detailzeichnungen für das Theater da. Noch waren die Stuckarbeiten nicht vergeben, geschweige denn die Möbel gezeichnet und die Stoffe und Beleuchtungskörper, noch hing alles in der Luft.

Inzwischen war es März, inzwischen war es April. Inzwischen war Fräulein Götzel dabei, Nouveautés herauszubringen für den kommenden Herbst.

Es war nichts mehr mit Käsebier, es mußte Neues kreiert werden, zwei Jahre das gleiche geht nicht, und sie entwarf eine Micky-Maus aus Staubtüchern. Sie hoffte groß auf das Weihnachtsgeschäft, und tatsächlich wurde sie nicht enttäuscht. Überhaupt warf sich alles auf Micky-Maus. Micky-Maus aus Gummi, als Schwimmtier wurde schon großer Artikel zur Badesaison. Micky-Mäuse aus Stoff, Micky-Mäuse als Anstecknadel. Die Vertreter machten Offerte bei den Einkäufern.

»Na und nichts Neues in Käsebier?«

»Kein Mensch hat mehr Käsebier«, sagte Käte Herzfeld, »zum Winter wird er ganz tot sein.«

Die Premiere des Tonfilms »Käsebier« war ein furchtbarer Durchfall.

Fünfundzwanzigstes Kapitel
Wohnungswende

Im Frühjahr 1930 geschah etwas Merkwürdiges. Seit 1917, seit 13 Unglücksjahren, waren keine Wohnungen zu haben gewesen. Die gewaltige Umschichtung der Bevölkerung hatte sich äußerlich nicht dokumentieren können. Ein Wohnungswechsel war nicht möglich. Damals, 1918, krochen sie in alle Winkel, wurden Zwangsmieter. Notwohnung hieß es, Barakken wurden gebaut. Wohnungen wurden geteilt, gemeinsame Badestube, gemeinsame Küche wurde die Regel. Die jungen Paare drückten sich in möblierten Zimmern herum, keiner wußte, was der nächste Tag bringen würde. Die Kriegsgewinnler, die Inflationsgewinnler waren Untermieter, oder waren noch in ihren alten Wohnungen. Leute, die gestern noch nichts hatten und heute alles, kamen nicht zur Freude an ihrem Glück. Denn sie hatten keine Räume, die sie mit allem erträumten und jetzt erreichten Luxus füllen konnten. Einige bauten Villen. Die andern saßen in zwei Zimmern in Alt-Moabit, oder in dreien in der Zossener Straße, trotzdem ihnen längst wenigstens die Kantstraße zugekommen wäre. Die einst Vermögenden hielten noch ihre großen Wohnungen als einzigen Besitz. Im schwarzen Musikzimmer schlief eine Serbin, im Renaissance-Herrenzimmer ein Student, ins romanische Eßzimmer war ein Ungar gekommen, und in den Hinterzimmern wohnte eine russische Familie. Die Besitzerin hatte sich auf ein Stübchen neben der Toilette zurückgezogen oder hatte die ganze Wohnung vermietet für den Preis, daß sie mit ernährt würde. Die jungen Paare von 1916, von 1918, von 1919 steckten mit zwei Kindern immer noch in der drei Zimmer großen Hofwohnung, die damals, als man heiratete, wie vom lieben Gott gesandt kam, trotzdem sie nichts anderes war, als die Hinterwohnung einer Zehn-Zimmer-Wohnung, gelegen an einem dunklen langen Korridor, ohne Balkon, mit einer Küche, die aus einem Gasherd in einem ehemaligen Zimmer bestand. Von diesem Scheusal von einer Wohnung hatte sich noch dazu herausgestellt, 1924 nämlich, als man endlich einen klaren Kopf hatte, daß sie 250 Mark im Monat kostete, während die Eltern für ihre Sechs-Zimmer-Wohnung mit allem Komfort auch nicht mehr zahlten.

Die jungen Paare zogen um. 1926 war Jahrgang 1918 berechtigt, eine eigene Wohnung zu bekommen. Die alten Leute aber saßen in den großen Wohnungen. Noch immer vermieteten sie. Vermieten war Rentenersatz. Vermieten war der Erwerb. Um 1927 herum begann es endlich wieder etwas zu geben wie einen Wohnungsmarkt. Und zwar für Wohnungen über vier Zimmer. Die Zwangswirtschaft wurde gelockert. Das Amt des Wohnungsvermittlers blühte. Trotzdem war das Erlangen einer Wohnung eine schwer und mühsam zu erarbeitende Geheimwissenschaft, eine Sache wie das Erlangen von Lebensmitteln im Kriege, es gab den weißen Schein, es gab den Berechtigungsschein, es gab den Vordringlichkeitsschein, es gab Abstand und Baukostenzuschuß für die Wohnungen. Von 2500 bis 10000 Mark wurden für eine Wohnung bezahlt. Dazu kam die Renovation. Muschler und Mitte konnten sich nicht vorstellen, daß es je anders würde. Niemand konnte sich das vorstellen.

Plötzlich, Ende 1929, begann der Umschwung. Er begann am Kurfürstendamm und in der Hardenbergstraße mit Wohnungen über zwölf Zimmer. Ein paar Zettel ließen sich blikken, dieser jedem Berliner Kind bekannte Zettel, oben ein Achtel rot, das übrige schwarz, »Wohnung zu vermieten«.

Es war Ende Februar, daß Muschler einen solchen Zettel sah, als er vom Büro übern Kurfürstendamm nach dem Grunewald fuhr in die Fontanestraße. »Niedergesäß, halten Sie mal 'n Moment.« Muschler stieg aus. Sah den Zettel an. »Na ja«, dachte er, »es sind 14 Zimmer, wer braucht das heute noch? Na ja.«

»Niedergesäß, nach Hause.«

Aber rasend schnell kamen mehr. Es war kein Einzelfall mehr, hatte nicht mehr nur die obersten Spitzen ergriffen. Es war, als ob die Cholera herrschte in den großen Wohnungen. Die Bewohner flohen. Rasend griff sie um sich. Waren es gestern noch die 14-Zimmer-Wohnungen, so waren es heute die 10 Zimmer, morgen schon die 8 Zimmer und übermorgen schon die 6 Zimmer über 2000 Mark. 2000 Mark schien die Grenze. Bei 2000 Mark waren die Wasserleitungen nicht mehr verseucht. Wer noch im Januar und Februar Tausende für Abstand und Renovation bezahlt hatte und den Vermittlern auch ein paar Hunderter, faßte sich im April an den Kopf und legte sich Tiernamen bei.

Eine Ware, die noch im Februar 6000 Mark gekostet hatte, war plötzlich gratis zu haben. Die große Wohnung, vor kurzem eine Rente, die große Wohnung war kein Kapital mehr, das Zinsen trug, die große Wohnung war die große Sorge.

Muschler sah den Kurfürstendamm, Haus bei Haus die Zettel. Tote Stadt, die Cholera hatte gehaust. Oder war es wie in amerikanischen Goldgräberstädten, wenn das Gold zu Ende war? To let, to let, to let, Haus bei Haus? Die Läden zu. Haus bei Haus. Der Liberale, laissez faire, laissez passer, rief plötzlich nach dem Staat.

»Man kann doch nicht einfach den Hausbesitz zugrunde gehen lassen, Herr Mitte«, sagte Muschler am Telefon, »der Staat hätte die Verpflichtung! Und wissen Sie, was tut denn eigentlich Kaliski? 5 Prozent der Wohnungen sind erst vermietet? Er macht ja gar keine Reklame! Meine Frau hat gesagt, seine Frau will sich von ihm scheiden lassen, na, dann ist es doch ganz aus, wenn das Waldschmidtsche Vermögen erst aus dem Geschäft herausgezogen wird, kann er überhaupt keine Reklame mehr machen, und wir sitzen da mit'm gewaschnen Kopf und mit unserm Vertrag.«

»Na, aus'm Vertrag werden wir schon rauskommen, da lassen Sie man mich für sorgen. Aber der Kurfürstendamm ist keine Wohngegend mehr.«

»Und nebenan die Sachows?«

»Andre Konjunktur gewesen. Wir haben die Konjunktur verpaßt, da beißt die Maus keinen Faden ab. Ich halt's aus, Herr Muschler.«

»Ich auch, Herr Mitte.«

»Na, für Sie is ja auch kein Risiko bei, aber für mich.«

Sechsundzwanzigstes Kapitel

Kaliski wird ausgeschifft

Bei Waldschmidts hatten nie die richtigen jungen Leute für die Töchter verkehrt. Waldschmidt pflegte zu sagen: »Richtige junge Leute zum Engagieren sind schon selten genug, aber zum Heiraten gibt's gar keine.«

Fräulein Ella Waldschmidt hatte 1924 eine unglückliche Liebe. Im selben Jahr machte ihr der Dr. Kaliski den Hof. Er wurde eingeladen. Er sah besonders gut aus, hatte seinen nationalökonomischen Doktor, und man wußte nicht, woher er kam. Er sprach kluge Sätze, nur trat er etwas zu geräuschvoll auf.

Bei einem Ausflug war es ihr zuerst aufgefallen, als er mit dem Kellner schrie: »Wo bleibt hier das Essen, zum Donnerwetter noch mal? Machen Sie doch die Gardinen zu, die Sonne scheint einem gerade ins Gesicht! – Na, ja, nu is stockdunkel. Ziehen Sie die Gardinen wieder auf! Bringen Sie wenigstens die Gedecke!« Damals war er ihr auf die Nerven gegangen. Aber sie heiratete ihn trotzdem. Sie war 30 Jahre alt. Ihr Vater, der Kaliski für sehr klug hielt, riet ihr zu dem Gleichaltrigen. Es stellte sich heraus, daß er aus Posen war. Er war unfein. Ganz einfach unfein. Er war aus einem andern Milieu. Er brachte einen Gobelin mit in die Ehe, ein Mädchen, das dem Trompeter von Säckingen Rosenkränze wand. »Den Gobelin hat meine selige Mutter gestickt, den müssen wir aufhängen. Das war noch 'ne Frau!« Mit leisem Vorwurf gegen Ella.

Ihm waren Geldausgaben nicht selbstverständlich. Bei jeder Sache fragte er: »Was hat es gekostet?« Frau Kaliski hielt es vier Jahre aus. Nun erfuhr sie, daß er noch dazu eine Freundin hatte. Sie ließ sie sich zeigen. An der Freundin erkannte sie seinen Geschmack. Das sehr dicke und kleine ordinäre Mädchen in giftgrünem Mantel mit weißem Pelz gab ihr den Rest. Frau Margot Weißmann sprach mit Ella: »Laß dich von ihm scheiden, was willst du mit dem unmöglichen Menschen? Dein Vater ist klug genug, er rettet schon dein Vermögen. Du behältst das Kind. Sei vernünftig.«

»Er tut mir leid«, sagte Ella, »er hat doch dann gar kein Geld, was wird dann aus ihm?«

»Der kommt schon wieder hoch.«

Ella dachte: Was wissen Fremde? Margot ist so energisch und denkt immer, was *sie* macht ist richtig.

»Ja, ja, Margot«, sagte sie und verabschiedete sich von ihr und fuhr zu Tante Eugenie.

Tante Eugenie war jetzt 60, aber was für eine Frau! Noch immer trug sie wallende Federhüte, noch immer dekorative Mäntel. Ihre Wohnung war ein Museum; ihre Möbel stammten aus jener ersten Zeit des Films, wo der Film im wesentlichen darin bestand, daß Möbel umfielen. Überall standen Etageren mit Meißner Figuren.

»Wie lieb, daß ich dich wieder einmal sehe«, sagte sie, schloß und öffnete die Augen auf jene Manier, die kein Frauenzimmer mehr beherrscht, »komm, laß dich umarmen.« Dabei kam sie von dem erhöhten Podest herunter, auf dem sie saß und las oder die unendlich langen und vielen Briefe schrieb »au courant de la main«, jene ausgedehnte Korrespondenz mit Menschen aller Länder führte. Sie sprach das gebrochene Deutsch der Diplomatenfrauen und Chansonetten. Sie klingelte dem Mädchen: »Meine Liebe, meine Frau Nichte ist gekommen. Den Tee auf der Terrasse. Qu'est ce que c'est, mon enfant?« Tante Eugenie kannte die Welt. Wer alles war durch dieses Haus in der Tiergartenstraße gegangen! Nicht alle, von denen Tante Eugenie sprach, aber die meisten. Sicher hatte sie viele Verhältnisse gehabt im Stile von Prévost, aber nicht einmal vor sich selber würde sie das zugegeben haben.

Das Mädchen öffnete die Portieren: »Der Tee ist angerichtet.«

Ella ging neben Tante Eugenie auf die Terrasse. Hier hinten war Berlin zu Ende. Diese Gärten, die sich an die südlichen Rückfronten der Häuser anschlossen, waren noch immer die schönsten von Berlin. Auf der riesigen Terrasse unter der rotweißen Markise, lag der alte weiße Windhund, das dumme, elegante Tier; der Teetisch war gedeckt, von den Rosen kam süßer Duft. Tante Eugenie trug ein silbergraues Seidenkleid mit echten Spitzen garniert, eine schwere Perlenkette und große Brillanten in den Ohren. Draußen auf der Terrasse nahm sie einen großen, weißen, gestickten Crêpe-de-Chine-Schal um. Ella dachte: Nie werd ich so herrlich aussehen können, ich bin wieder einmal nicht gut genug angezogen. Und wie sie sich hält, und dieser Teetisch!

»Dein Teetisch ist immer bezaubernd«, sagte Ella, »das Porzellan und die Rosen dazu!«

»Ja, das Wedgewood ist entzückend. Denke dir, gestern hat meine gute Therese die letzte Tasse von meinem echten Limoges zerschlagen. Ich war ganz traurig. Nimm dir noch von den Brioches, oder willst du ein bißchen Jam nehmen? Du siehst so auf meine Boutons, ich war gestern abend in der Oper und habe sie noch in den Ohren. Du sagst Rosen, aber die Crambler sind dieses Jahr nicht so schön, längst nicht. Ich müßte einen ständigen Gärtner haben, aber ich kann mir das nicht mehr leisten. Aber nun zu dir, ma chérie. Was gibt es denn?«

»Ich möchte von Reinhold weg.«

»Aber meine Liebe, selbstverständlich, das ist doch keine affaire heutzutage?«

»Aber er tut mir so leid.«

»Nun, du wirst doch Gründe haben, oder liebst du ihn noch?«

»Nein, aber ich habe ein Kind von ihm.«

»Trotzdem, mon enfant, ich bitte dich. Er ist doch unmöglich. Als ich euch anläßlich deiner Verlobung zum Frühstück eingeladen hatte, stellte er sich vor meinen kleinen Van Dyck und sagte: ›Ist wohl sehr kostbar, so'n Bild?‹ Ich dachte, wie kann mein Bruder seine Tochter einem solchen Menschen geben?«

»Liebe Tante Eugenie, er versteht nichts von Kunst, darauf kommt's aber doch nicht an.«

»Sicher nicht, aber auf das Niveau, mein Kind. Der Duc d'Aubreyville hat in Ostende zu meinen Füßen gelegen, ich habe ihn nicht erhört, und du weißt, daß der Professor von Lossen mein Jugendfreund war, ich kenne die Welt, ma chérie, du kannst befreundet sein, mit wem du willst, aber eine Ehe ist eine Milieu- und Niveaufrage. Kaliski ist nicht unser Niveau. Ich gratuliere, wenn diese Scheidung ausgesprochen wird. Er paßte nicht in unsere Familie. Das Schlimmste war der Brief seiner Schwester aus Schrimm, in dem sie mir schrieb, sie habe immer gehofft, daß ihr Bruder, der als Akademiker der Stolz der Familie sei, groß heiraten würde, aber daß er sogar in die Waldschmidtsche Familie einheiraten würde, das sei selbst für Kaliskis in Schrimm, obgleich sie die erste Familie dort seien, beinahe zu viel. Ich fand auch, daß das zu viel sei.«

»Die Zeiten haben sich geändert. Krieg, Revolution und Inflation.«

»Sicher, und mein lieber Bruder ist ein geistvoller Mann und sagte mir damals, es sei ganz gut, wenn frisches Blut in eine Familie kommt, und dein Jungchen ist ja auch bezaubernd.«

»Ja, Peterchen ist himmlisch ausgefallen.«

»Aber dieser Kaliski ist zu furchtbar. Ich weiß auch nicht, man hat sich damals gar nicht richtig erkundigt.«

»Du hörst ja nichts, Tante, Papa ist doch so klug, aber er sagt auch, alles Wichtige hört man erst hinterher. Keiner will eine Verlobung hindern.«

»Und es ist ja auch so. Ich sage auch nicht gerne was Ungünstiges, wenn mich einer wegen einer Partie fragt. Kommt sie zustande, ist man der Unanständige gewesen und sein Leben lang mit den Leuten auseinander.«

»Du sagst, Papa sprach von Degeneration, das ist doch auch ein Problem. Unser Klaus Michael ist nur noch für Golfklub und Rot-Weiß, redet von Wimbledon und Autos und Cracks und Champions, da war eben Papa ein richtiger Geschäftsmann lieber.«

»Aber ein bißchen zu sehr Geschäftsmann, mein liebes Kind. Laß dich scheiden, zieh ein Vierteljahr zu mir oder geh auf Reisen. Und Tenue, Ella, Tenue, die Dehors wahren, du bist eine Waldschmidt. Auf Wiedersehen, mein Kind, bonne chance.«

»Auf Wiedersehen, liebe Tante.« Sie küßte ihr die Hand.

Abends kam Kaliski nach Hause. Ella saß auf ihrem Sofa: »Na, Puppe, nimmste übel?«

Ella fuhr zusammen, so furchtbar war er also!

»Ich muß dir mitteilen, ich möchte, daß wir uns in aller Freundschaft trennen.«

»Freundschaft, was heißt da Freundschaft?«

»Du hast mich betrogen, lieber Reinhold.«

Ella war diskret. Aber Margot Weißmann erzählte es Frau Muschler.

Herr Muschler entschloß sich, Kaliskis Vertrag zu kündigen: »Es kann mir zwar beinah egal sein, wo ich 25 000 Mark Verzinsung für das Grundstück bekomme und keine Hypothekenzinsen für die zweite Hypothek zu zahlen brauche, aber so ganz egal ist es mir doch nicht, denn die Mieteingänge decken bisher noch nicht einmal die Zinsen für die erste Hypothek und die Unkosten, und was aus dem Theater wird, wo der Käsebierfilm so entsetzlich durchgefallen ist, weiß man auch nicht.«

Also kündigte er den Vertrag, weil Kaliski nicht genügend Reklame für die Vermietung gemacht hatte. Kaliski wehrte sich. Die Wohnungen sollten bis zum Frühjahr 1930 beziehbar sein, sie seien es aber erst zum Herbst. Die Vermietung von Luxuswohnungen erfolge erst kurz vor der Beziehbarkeit, und die Konjunktur habe sich in entsetzlicher Weise geändert.

»Jahrelang haben Sie versucht, die Bebauung Ihres Terrains zu finanzieren und auszuführen«, schrieb Kaliski an Muschler, »die größten Firmen haben es Ihnen abgelehnt. Durch meine Beziehungen allein zu Herrn Rübe ist dieses für Sie risikolose Geschäft gelungen, für das ich keine Provision verlangt habe, sondern mich nur mit der Vermietung auf Ihre bindende Zusage hin begnügt habe. Es wurden Tausenden von Interessenten die Wohnungen angeboten. Daß die Mieter sich nicht entschließen konnten, einen Mietvertrag einzugehen, lag nicht nur an dem Preise, sondern an der unmöglichen Raumeinteilung und der unglücklichen Baugestaltung. Ich habe, trotz dieser Fehler, die die Vermietung sehr erschweren, einige Tausend Mark auf Werbekosten verwandt. Ich werde keinen Prozeß führen, da ich kein Phantast bin und nicht auf die ›Suche nach dem Recht‹ zu gehen beabsichtige, aber Unrecht bleibt Unrecht.«

Muschler ließ das kalt. Wenn sich die geborene Waldschmidt scheiden ließ, hatte Kaliski kein Geld mehr, um die Wohnungen zu annoncieren. Das genügte ihm.

Diese Kündigung, dachte Kaliski, ist eine Gemeinheit. Sein Vertrag, der bis zum 1. April lautete, hätte, nachdem der Bau so unfertig war, unbedingt verlängert werden müssen. Aber in seinem Scheidungsprozeß standen größere Werte auf dem Spiel, und er nahm die rigorose Kündigung, die ihn seiner Provision beraubte, ohne viel Kampf hin. Er gehörte nicht mehr dazu. Er sank zurück in das Heer der kleinen jüdischen Agenten und Vermittler. Die große Partie, die er gemacht hatte, ging auseinander. Er mußte von vorn anfangen und ging zu Herrn Klaß, der ihm die Gummi-Micky-Maus zur Vertretung gab. Als Kaliski Klaß fragte, was mit Käsebier sei, sagte Herr Klaß: »Ganz toter Artikel. Zum Winter brauchen wir Nouveautés, Nouveautés. Das ist nötig.«

Noch einmal schrieb er ein paar Wochen später durch den Rechtsanwalt einen scharfen Brief an Muschler. »Sie haben Herrn Mitte erklärt, daß sich die Firma Dr. Reinhold Kaliski vor dem völligen finanziellen Zusammenbruch befinde, ich weise das hiermit energisch zurück und mache darauf aufmerksam, daß ich bei Verbreitung dieser unwahren Behauptungen mir vorbehalte, die Urheber dieser Gerüchte für den eventuell eintretenden Schaden in vollem Umfang haftbar zu machen.«

»Da lachen ja die Hühner«, dachte Muschler, als er den Brief erhielt.

Drei Tage darauf stand eine Notiz in der Presse, daß die Firma Dr. Reinhold Kaliski, Immobilien und Hypotheken, ihre Zahlungen eingestellt habe, doch würde die Firma ihre Verbindlichkeiten voll bezahlen und niemand zu Schaden kommen. Das hatte keiner anders erwartet. Waldschmidt sprang selbstverständlich ein.

Siebenundzwanzigstes Kapitel

Rohhals von »Feinschmidt & Rohhals« erschießt sich

Inzwischen wuchs der Bau. Schulz stand auf Posten. Fräulein Fleißig stand auf Posten. Endlich kamen die Details für das Theater. Die Stuckarbeiten konnten vergeben werden. Das Haus wurde schon innen geputzt, soweit die Lichtleitungen verlegt waren. Die Boten kamen, brachten Fliesenproben, Boten kamen, brachten Muster für die Türgriffe, für die Fenstergriffe. Die Tischlerei Schüttke lieferte auf den Bau schon die Türen und Fensterrahmen an.

Feinschmidt & Rohhals hatten den Auftrag nicht bekommen. Sie waren zu teuer gewesen.

»Was soll ich machen?« sagte Herr Schulz, »ich krieg's billiger. Sie wissen, ich arbeite gern mit Ihnen, aber Geschäft ist Geschäft, und kalkuliert muß werden.« Feinschmidt sagte zu Rohhals: »Der Auftrag hätte uns rausreißen können, aber soll ich mit Verlust arbeiten? Ich habe bis auf den halben Pfennig kalkuliert. Wir haben 40000 Mark Außenstände, dabei sicher 20000 Mark Verlust an illiquiden Firmen. Ich weiß nicht, was werden soll. Dabei fressen einen die Steuern auf. Steuern von der Substanz, wer soll das aushalten? Otto Mitte & Co. hat doch immer mit uns gearbeitet.«

Rohhals zuckte die Achseln, er war des Kampfes müde: »Wenn schon Otto Mitte & Co. nicht mehr mit uns arbeiten!«

Endlich hatte sich Karlweiß entschlossen, wie er das Theater machen wollte. Holz, so mehr Bierstube, auf gemütlich. Duchow war mit aufgefordert worden für die Tischlerarbeiten.

Duchow kam zu Schulz: »Wissen Se, Herr Schulz, mich jeht das ja nischt an, aber man macht doch lieber was Gutes wie was Schlechtes. Sehen Se sich mal die Zeichnung an, das soll ich veranschlagen zum Schnitzen. Det soll Rankenwerk sein. Nu sehen Se sich det an, Herr Schulz. Von nahem is ja janz schön, sowas Modernes. Nu sehen Se sich det Ding aber von weitem mal an, vor wat halten Sie das?«

»Für'n liejenden nackten Mann, so auf ein Ellbogen und stützt sich auf was.«

»Ja, auf 'ne Scheibe. Nu soll ich det so zum Veranschlagen geb'n? Da hat der Baumeister noch rumjepusselt an de Zeichnung, nah sieht's ja aus wie Ranken, aber von weitem is ja janz bleedsinnig. Soll ich nu den nacklichten Mann veranschlagen?«

»Ja. Denn wir haben so viel Ärger mit dem Bau, es kommt nur noch drauf an, daß er fertig wird. Mitte hat garantiert, und es ist nischt zu vermieten! Und wie das mit dem Theater wird, weeß keen Mensch. Is alles janz ejal. Wenn's Herrn Karlweiß nicht weiter stört!«

Oberndorffer kam ein paar Wochen später zu Duchow, sah das Modell stehen: »Was 'n das für 'ne komische Sache?«

»Täfelung fürs Käsebier-Theater.«

»Lauter sterbende Gallier?«

»Was, Herr Doktor?«

»Sterbende Gallier, das ist 'ne antike Figur, ein nackter sterbender Mann mit einem Schild.«

»Sehen Se, Herr Doktor, hab ich doch recht gehabt! Hab mir immer gedacht, sieht doch aus wie 'n nacklichter Mann mit 'ner Scheibe. Sollen nämlich Ranken sein.«

Schon kamen die Glaser und kitteten die Fenster ein. Inzwischen wurden drei neue Wohnungen vermietet. An einen Russen, an einen Baron von Schleich und an eine seltsame berufslose Dame. Aber das war spärlich.

Dipfinger ärgerte sich krank über Karlweiß, den »gewissenlosen Sauhund, den dreckaten«, aber was sollte man machen. Mitte zuckte die Achseln. Wer weiß, ob es sich gelohnt hatte, für Hohenschönhausen das miserable Karlweißsche Projekt einzutauschen, dachte er. Womöglich wurde man noch kompromittiert. Es sickerte so allerhand durch.

Dipfinger sagte: »Schauens her, Herr Kommerzienrat, noch net amal die Fenster hat er gleich gezeichnet. An der Kurfürstendammfront sind sie verschieden geteilt. Jetzt stellt's sich's heraus, daß nit genug Platz für die Türen ist, müssen die Bekleidungen abgeschnitten werden. Bei ei'm Teil geht dös gar nit, müssen wir bei Schüttke umarbeiten lassen. So'a Arbeiterei ist do a Gewissenlosigkeit von am Architekten.«

Mitte sagte: »Ich bin och nich jrade bejeistert, was der Karlweiß uns da beschert hat. Die Zimmer liegen so unglücklich, daß kein Mensch die Wohnungen will, dabei spielen mangelnde Türen und Fensterdetails gar keine Rolle, lieber Herr Dipfinger. Machen Se das irgendwie, irgendwie.«

Es gab immer neuen Ärger. Türen lagen so, daß keine Betten im Schlafzimmer gestellt werden konnten, in den Küchen hatte kein Schrank Platz, in den Badezimmern war kein Waschbekken. Die Vermietung kam nicht vorwärts.

Im Juli wurde mit den Malerarbeiten begonnen. Um die Malerarbeiten hatte es einen heißen Kampf gegeben, und Schulz hatte es erreicht, daß er sie um 2000 Mark billiger vergeben hatte, als ursprünglich das billigste Angebot gelautet hatte.

Mitten im Sommer, es war ein total verregneter Sommer, wurde der neue Tonfilm der Käsebierproduktion herausgebracht. Ein Militärschwank. »Furchtbar«, sagte Gohlisch bekümmert, »im Abendblatt habe ich ihn sanft, aber deutlich und mit großer Liebe auf sein anspruchsloses Ausgangsgebiet verwiesen. Es zeigt sich nämlich immer deutlicher, daß Käsebier keinen Geschmack hat. Er gibt sich für die dümmsten Texte her.«

Die Abendblätter kamen. »Aha, hier ist der Gohlisch«, sagte Miermann, »und hier: ›Die alte Bautischlereifirma Feinschmidt & Rohhals hat heute ihre Zahlungen eingestellt. Der 49jährige Mitinhaber Franz Rohhals hat sich erschossen.‹ Franz Rohhals ging in meine Klasse, war ein feiner Junge. Ist doch entsetzlich so was. Und was hinter solcher Nachricht steckt!«

Oberndorffer saß am Stammtisch: »Heute hat sich Rohhals von der Firma Feinschmidt & Rohhals das Leben genommen. Wissen Sie, wer das war? Feinschmidt & Rohhals haben schon für Schinkel gearbeitet. Die Holzarbeiten am Schauspielhaus sind von ihnen. Schinkel schreibt einmal: ›Mein ehrenwerter Tischlermeister Rohhals hat mir heute eine vorzügliche Arbeit gezeigt, worüber die Allerhöchste Genehmigung, wie ich hoffe, in Eile nachgeholt werden könnte.‹ Ich hab es heute nachgelesen, als ich in der Zeitung die Nachricht las.«

»Sie wissen doch«, sagte Krone, »beim Bauen kommt's nicht mehr auf den Bau an.«

»Bei der Zeitung kommt's nicht mehr auf den Inhalt an«, sagte Gohlisch und stand auf. »Heil und Sieg und fette Beute.«

Fräulein Fleißig sagte zu Schulz: »Denken Sie mal an, Herr Schulz. Feinschmidt & Rohhals haben die Zahlungen eingestellt, und Herr Rohhals hat sich das Leben genommen.«

»Wie?« sagte Schulz, »das ist aber gräßlich! Erinnern Sie sich, Herr Feinschmidt war noch vor'n paar Monaten bei mir wegen des Kurfürstendamms, und dann war Schüttke billiger, und ich hab Schüttke genommen. Das war 'ne feine Firma! Die haben eben 'ne Arbeit gemacht, die man heute nicht mehr bezahlen kann. Die haben alles gemacht, was gut ist in Berlin. Nee, es is nich mehr schön. Es macht keen Spaß mehr. Alles, was gut ist, geht zugrunde. Aber Sie wissen doch auch, Fräulein Fleißig, der Schüttke ist billiger gewesen, konnt ich doch nich verantworten. Man muß doch kalkulieren! Sonst geht man doch selber vor die Hunde. Aber es liegt an den Steuern, die hält die Wirtschaft nicht aus.«

Achtundzwanzigstes Kapitel

Meyer-Paris fährt nach Amerika

Es war Sommer.

Margot Weißmann machte sich für La Baule fertig.

Muschlers waren im Salzkammergut.

Frau Frechheim war in Gastein.

Onkel Gustav war auf der Insel Wight.

Fräulein Doktor Kohler bekam einen dicken Brief mit der bekannten Handschrift. Sie machte ihn auf. Es lag darin Programm und Text für ein Käsebier-Gastspiel in Stuttgart. Dazu eine Karte. Ganz leer. Nur »M-P«.

Das Rheinland war befreit. Miermann fuhr zu den Feierlichkeiten hin. Miermann war berauscht. Die Schönheit der Landschaft, die Leichtlebigkeit der Bevölkerung, das herrliche Wetter, der Rheinwein, die Lieblichkeit der Mädchen erhoben ihn in eine Stimmung vollkommenen Glücks.

Frächter fragte Gohlisch, ob die Berichte Miermanns ironisch gemeint seien.

Gohlisch antwortete, daß Miermann restlos begeistert sei und daß die Frage, ob man in Trier oder Mainz besser einen 1921er oder einen 1911er wähle, die einzige Sorge sei, die sein Herz beschwere.

Käsebier war auf Tournee. Berlin war tot.

Im Juli kam M-P nach Berlin. Fräulein Doktor Kohler überlegte einen Tag, dann rief sie ihn an. Er erklärte, keine Zeit zu haben, so lief sie zu ihm in die Redaktion. Er drückte sie ernst und stumm an sich. »In vier Wochen«, sagte er, »in vier Wochen bestimmt. Ich fahre nach Südfrankreich. Wir sehen uns Arles an, Nimes, Avignon.«

»Wirklich?«

»Ja«, sagte er und hatte einen traurigen Hundeblick, der ihr bei seinem witzigen Kopf rührend schien. »Wir fahren, diesmal bestimmt. Ich habe über alles in diesem Jahr viel nachgedacht, du Liebe.« Er küßte ihr die Hand. »Ich verreise nur noch einmal kurz nach Leipzig, Radiovortrag.«

Er sandte von dort eine Karte: »Ja, hier, wo ich – seit wie lange zum ersten Male – eine volle sorglos freie Stunde verfeire, warum sind Sie *jetzt* nicht hier?«

Fräulein Kohler schrieb: »Da ich Sie fast eine Woche nicht sah, habe ich bei allen Himmeln bereits die Empfindung, Sie seien nicht wirklich, sondern eine spiritistische Erscheinung. Sie sehen also, es ist notwendig, sich wieder mal zu manifestieren. Eben wollte mich ein Bekannter zu einem Abendspaziergang abholen, ich hab' aber gesagt, ich hätte ›zu tun‹. Das ›zu tun‹ besteht darin, daß ich auf dem Briefpapier Möve einen Brief an Sie schreibe ...«

Er ließ nichts von sich hören.

Sie schrieb ihm: »Ginge ich Ihnen, wie es der sogenannte Stolz forderte, jetzt aus dem Wege, so wäre eine menschliche Beziehung, fähig, beiden Teilen noch manche Anregung, Klärung und Freude zu geben, zerstört. Wir sind beide, scheint es mir, im Wandern und Steigen. Ich würde mich freuen, könnten wir uns, um ein kühnes Bild zu gebrauchen, manchmal eine Bank sein, von der sich Ausblicke in ein Tal und auch auf Gipfel genießen lassen. Ich bitte Sie also, lassen Sie Unmutsgefühle über unwürdig Weibchenhaftes nicht Fuß fassen, versuchen Sie bitte, mich ein bißchen freundlicher zu sehen. Ein grob zerhacktes Seil ist vielleicht leichter zu reparieren als ein Seidenfaden, der sich löst.«

Sie schrieb ihm täglich solche Briefe, schickte sie nicht immer ab, ging aber jeden Tag, um 3 Uhr in eine kleine Konditorei in der Markgrafenstraße aufs Geratewohl, weil Meyer-Paris dort seinen Kaffee trank. Manchmal traf sie ihn auch. Sein Witz verflog, wenn er sie traf. Sie schrieb seinen feierlichen Gelegenheitsstil, den er ihr gegenüber sprach. Immer wenn er sie traf, hatte sein Blick einen feierlichen und großen Ernst.

»Ich komme mit einem fertigen Programm. In Paris«, sagte er, »in ein paar Wochen. Ich glaube, in Meudon oder in Versailles wird alles viel leichter sein.«

»Warum ist es denn so schwer? Ich glaube, weil Sie *mir* übelnehmen, was *Sie* mir antun?«

Die Rhododendren blühten im Tiergarten in ganzen Bergen, gelb, rot und lila. Das Mädchen Kohler lief durch den Tiergarten. Wenn sich ihr ein Mann näherte, lief sie schnell davon. Sie saß im Café, wartete, bestellte einen Kaffee, manchmal auch einen Mohrenkopf. Um ½ 5 Uhr mußte sie in der Redaktion sein. Meyer war nicht gekommen.

Gohlisch befestigte mit einem Reißnagel sein neuestes Aquarell, einen märkischen See mit einem Segelschiff, über dem Schreibtisch. Miermann war verstimmt:

»Frächter hat ein Buch erscheinen lassen, ›Das Wesen der Zeitung‹.«

»Das ist das Hundeschnäuzigste, was ich je las.«

»Er nennt es Wesen des Kapitalismus, was Wesen der Unanständigkeit ist.«

»Er will Amerikanismus, den Bedürfnissen entgegenkommen, Rationalisierung, Kollektivarbeit.«

»Rationalisierung! Es ist immer dasselbe«, sagte Miermann, »sind die Menschen für die Maschine oder die Maschine für die Menschen da? Die Maschine ist eine unendliche Erleichterung. Der Mensch ist kein Packesel mehr. Dafür beherrscht ihn die Maschine. Man erfindet immer dichtere Methoden, um den Menschen seines Denkens zu entwöhnen und bloß an mechanische Handgriffe zu gewöhnen.«

»Andererseits sagt man, daß es bald nicht genug gebildete Menschen gäbe, die die komplizierte Maschinerie beherrschen können.«

»Jahrelang hieß es«, sagte Miermann, »Mechanisierung, nur Mechanisierung kann uns vorwärts bringen. Da schaffen sie für Millionen Maschinen in den Betrieben an, dafür werden dann tausend Menschen, die redlich ihre 100 Mark verdienen wollen, entlassen. Plötzlich ist die Krise da. Heißt es, die Rationalisierung war ganz falsch, wir sollen mehr Menschen einstellen, die ganze Rationalisierung hat uns nur die Arbeitslosigkeit gebracht.«

»Man kann die Menschen doch nicht auf die Straße setzen, pflegte mein Vater zu sagen«, sagte Fräulein Dr. Kohler.

»Das war der Frühkapitalismus, heute finden wir andere Gestalten«, sagte Gohlisch.

»Herr Frächter als Diener des Kapitalismus, das ist richtig«, sagte Miermann.

»Was haben Sie eigentlich gegen Frächter, ich finde ihn nur einen aufgeblasenen Idioten«, sagte Gohlisch.

»Nein«, sagte Miermann, »er ist gefährlich. Er ist Konjunkteur. Er unterstützt jede Entwicklung, die man hemmen müßte. Er ist für Bluff. Er ist für Trommeln. Er verachtet den

Geist. Er findet albern, von Bildung was zu halten. Sport sagt er und betet den Mikrozephalen an. Ich kenne Frächter.«

»Woher denn?«

»Ich kenne ihn seit 1917. Als ich in Bern, während des Krieges, Korrespondent für die Berliner Tageszeitung war, war er dort deutscher Idealist, verbunden mit leichter Spionage nach allen Seiten. Ich hab ihn 1918 in München wiedergetroffen. Damals hat er eine Zeitschrift ›Sonne von Osten‹ gegründet und die Rednertribüne bei sämtlichen Ismen bestiegen. Er war gegen Kapital und Krieg und hielt es mit der menschlichen Seele, er war für ›Gemeinschaft‹ und wollte die Welt umarmen, so die Millionen von Schiller unterm Sternenzelt: ›Mensch, Bruder, Krone der Schöpfung‹. Er gab seinen Jüngern die Erklärungen für die Zusammenhänge zwischen Krieg, russischer Revolution und dem Kommenden. ›Frankreich, England, Amerika sind erledigt, ihr Kalk spritzt umher.‹ Ich höre ihn heute noch im Zimmer der Pension am Siegestor, heute noch. Alle Mädchen lauschten. ›Zugrunde wird alles gehen, was mit Erkenntnis zusammenhängt und der Ratio.‹ Der Vernünftelnde sei der Sterbende, denn gekommen sei die Sterbestunde der Menschenausnutzung, der Anbetung der Quantität, des Tausend Dutzend im Tag. Aufsteige Schau und Intuition, der Osten, Buddha. Aber Indien war ihm nicht östlich genug, und er meinte: ›Vielleicht Laotse‹. Er trug russische schwarze Blusen und ließ sich die Haare bis zum Nacken wachsen. Er hatte Bilder zu hängen, die ein Gewirr von Strichen waren. ›Das sind wir‹, sagte er, ›das Chaos.‹ Eine Art von Sonnenspektrum nannte er ›Die Liebe‹. Damals schrieb er ein Drama.«

»Der Sohn«, rief Fräulein Dr. Kohler.

»Nein, ›Lassalle‹, der seinen Vater erschießt.«

»Ich hab's doch geraten«, rief Fräulein Dr. Kohler.

»Nein, nicht gerade wegen des Hausschlüssels, wie bei Hasenclever, sondern symbolischer, weil wir hinweg müßten über die schuldigen Väter, die kapitalistisch und mechanisch gesinnten, die sich vermessen hatten, den Dampf und die elektrischen Ströme für das Leben selbst zu halten. Später betete er die Maschinen vom kommunistischen Standpunkt aus an. Heute vom kapitalistischen.«

»Haben Sie das Stück gelesen?« fragte Fräulein Dr. Kohler.

»Er hat es vorgelesen, na was denn!«

»Ich möchte mal derweilen einen Kaffee und Grappa bestellen«, sagte Gohlisch, »Kuchen?«

»Ohne. Also was ist mit dem Frächterstück?«

»In dem Stück gab es endlose Debatten zwischen dem Feldherrn, dem Kapitalisten, einem Herrn in Blau, einem Herrn in Grau, einem Herrn in Gelb und dem ›Führer‹. Der Führer war natürlich Er. Er floh nach dem Mord mit einem Mädchen, um die Welt neu aufzubauen. Das Mädchen war ein Edelmensch, sollte die Hände über dem Leib falten, ein blaues Gewand tragen und ein blondes Holbeingesicht und nichts weiter tun als den neuen Menschen gebären. Er war Antifeminist, denn sein Ideal war der ›Held‹, die Verkörperung von Logos und Eros.«

»Eroos«, sagte Fräulein Dr. Kohler, »ach, der ganze Blüherquatsch.«

»Die Frauen fand er nicht reif für den Geist, er versuchte sie zu heben, womit er auf Maskenbällen begann. Von der Ehe hielt er nichts. Der Mann müsse freibleiben, er propagierte das Mutterrecht. Er verachtete die, die lüstern waren nach einem Ehebund, nach Ansehen und Auskommen. Er hatte eine Geliebte, die er Sonja nannte, obwohl sie Margot hieß. Mit der hat er von Streitigkeiten mit seinem Verleger gelebt, von dem niemand so viel Geld bekommen hat wie er, da er außergewöhnlich geschickte Verträge schloß. Er hat in allen möglichen Zeitschriften geschrieben, sich wohl auch zwischendrin an einem Filmunternehmen beteiligt, und jetzt hat Cochius einen Narren an ihm gefressen.«

»Er hat ihn auf der Gesellschaft bei Frau Weißmann kennengelernt«, sagte Fräulein Kohler.

»Ja, da haben sich so manche kennengelernt«, sagte Gohlisch, »die famose Theatergründung für Käsebier soll damals auch dort geplant worden sein.«

»Das ist möglich«, sagte Miermann, »aber ich war es, der Frächter Cochius vorgestellt hat. Ich weiß noch wie heute, es war nach der Käsebierpremiere im Wintergarten; Frächter fand ihn kapitalistische Kunst und fuhr mit einer Bekannten von mir davon.«

»Warum ist Frächter nicht Naziintellektueller geworden?«

»Hätt er auch werden können«, sagte Miermann, »er ist es zufällig nicht geworden, wird er wahrscheinlich noch.«

»Eigentlich ein unglücklicher Mensch«, sagte Gohlisch.

»Na ja, wenn man so will.«

»Was hat er denn von all seinem Betrieb?« sagte Gohlisch.

»Er wird ganz groß heiraten«, sagte Fräulein Kohler.

»Verlieben tut er sich sicher nicht.«

»Ein armer Mensch«, sagte Gohlisch.

»Sie sprachen übrigens vorhin von Käsebier. Wo ist er denn eigentlich?« fragte das Fräulein.

»Auf Tournee, natürlich«, sagte Gohlisch, »durch ganz Nord- und Westdeutschland.«

»Augustwoche in Baden-Baden?« sagte Fräulein Kohler.

»Na, wat denn«, sagte Gohlisch. »Herr Miermann«, fuhr er fort, »Sie haben vorhin den Frächter als Verräter hingestellt. Ich bin auch ein Verräter. Ich bin ein Verräter an meiner Klasse.«

»Wie können Sie so etwas sagen?« rief Fräulein Kohler, »haben Sie je eine Zeile geschrieben, die Ihrer Klasse geschadet hätte, nicht vielmehr genützt?«

»Aber die Berliner Rundschau ist ein rechtsliberales Organ, linke Deutsche Volkspartei. Ich bin auf die sozialdemokratische Klippschule gegangen.«

»Sie sind ein deutscher Romantiker«, sagte Miermann.

»Muß alles Partei sein?« sagte Fräulein Kohler. »Wenn, dann gehören Sie zur Partei der Einzelgänger.«

»Ich möchte ein Buch schreiben«, sagte Gohlisch, »›Hölderlin und der Gummikragen‹, eine Vereinigung von Sozialismus und deutscher Klassik.«

»Warum eine Vereinigung von Sozialismus und Klassik, warum Sozialismus? Die Vergesellschaftung der Produktionsmittel, die unglaublich schlechte Verteilung der Waren – in Argentinien heizen sie die Lokomotiven mit Mais – hat nichts, aber auch gar nichts mit dieser ungeheuren Verhetzung und Spaltung in Bourgeois und Proletarier zu tun. Ich bin der Meinung, daß die sozialistische Ideologie, diese Festlegung auf *eine* wissenschaftliche Theorie, von der durchaus nicht feststeht, ob sie richtig ist, die vorurteilslose Forschung hindert. ›Hölderlin und der Gummikragen‹ könnte die Partei der Geistigen sein.«

»Vergeßt aber nicht, meine Kinder, ›Hölderlin und der Gummikragen‹ bilden sich auch die Nationalsozialisten ein zu sein«, sagte Miermann.

»Ach was, der Faschismus«, sagte Gohlisch, »ist einfach eine Partei der Macht.«

»Die Form als Inhalt«, sagte Miermann.

»Ich muß noch mal von Frächter anfangen«, sagte Fräulein Kohler, »wie kann er nach dieser ganzen Vergangenheit und seinem Gerede über den Kapitalismus sich a) zu seinem so amerikabegeisterten Buch hergeben und b) so in Bausch und Bogen Rationalisierungsdiktator in einem Betriebe werden?«

»Aber es ist ein Sprungbrett für ihn, das find ich nicht so rätselhaft, das ist Lebenskampf, und seine Maschinenbegeisterung ist natürlich ebenso sowjetistisch wie amerikanisch.«

»Der Kollektivismus«, sagte Gohlisch, »braucht als Vorstufe die ungeheure Vermehrung der Konsumtionsgüter, die wir jetzt Amerikanisierung nennen.«

»Die schlechte Verteilung ihrer Überfülle«, sagte Miermann, »ist unser Problem, der Kollektivismus, heißt es, die Lösung.«

»Ich glaube auch nicht daran«, sagte Fräulein Kohler, »daß aus Haß eine glückliche Welt wird. Das glaube ich nicht. Was wir in Rußland sehen, scheint bisher eine Verschlechterung der Lebensbedingungen gegenüber Westeuropa, beflügelt durch eine Ideologie. Die Ideologie des Christentums im Römischen Reich war genau dasselbe. Das aber ist das Gegenteil von materialistischer Geschichtsauffassung.«

Das Telefon klingelte.

»Sehr verbunden, sehr liebenswürdig«, sagte Miermann. »Ich danke Ihnen!«

Miermann drehte sich um: »Es war Hoffmann von der Allgemeinen. Meyer-Paris läßt sich bei mir entschuldigen, daß er sich nicht verabschiedet hat. Er hätte keine Zeit mehr gehabt. Warum haben Sie uns nicht erzählt, daß Meyer-Paris nach Amerika geht?«

»Wie?« sagte Fräulein Kohler und wurde blaß, »ich habe nicht verstanden.«

Miermann und Gohlisch sahen sich an.

»Meyer-Paris geht für sein Blatt nach Amerika, ist vielmehr schon gegangen.«

Fräulein Kohler machte die Tür auf, ging wortlos hinaus.

Gohlisch ging ihr nach: »Wo wollen Sie denn hin?«

»Lassen Sie mich, danke schön«, sagte sie zu ihm.

Sie rief ihre Freundin, Fräulein Dr. Wendland, an.

»Es ist was Schreckliches passiert.«

»Ist er wieder weggereist?«

»Ja«, sagte Fräulein Kohler weinend.

»Wollen Sie zu mir kommen?«

»Nein, kommen Sie bitte schnell her.«

»Wohin denn?«

»In die Konditorei in die Mauerstraße.«

»Gut, gut, ich komme gleich.«

»Was soll ich tun?« fragte Fräulein Kohler.

»Verreisen, auf alle Fälle jetzt verreisen.«

»Wohin?«

»In ein angenehmes Hotel, in einen angenehmen Ort. Fahren Sie nach dem Schwarzwald, oder ich weiß Ihnen eine kleine billige Pension in Schierke, da ist es immer herrlich.«

»Ich werde schreiben. Ich kann doch aber nicht allein fahren. Können Sie nicht mitkommen?«

»Nein, leider nicht. Ich würde es furchtbar gern tun.«

»Vielleicht ist es auch gar nicht wahr.«

»Es ist sicher wahr.«

»Ich muß ihn noch mal fragen.«

»Müssen Sie sich dieser Demütigung aussetzen?«

»Es ist keine Demütigung. Ich bin so jenseits aller Dinge wie eine Gestorbene. Mir kann nichts mehr geschehen.«

»Tun Sie's nicht, ich bitte Sie.«

Aber sie tat's doch. Sie telefonierte mit der Allgemeinen. Er war noch da. Sie schrieb einen Brief. »Lieber Freund, ich sehe Ihre Hemmungen, und vielleicht wäre es Ihnen lieber, ich sagte, fahren Sie allein. Es gibt aber einen Moment, wo es keinen Stolz mehr gibt oder vielmehr, wo die eigene Sicherheit größer ist als jeder Stolz. Sie haben, es ist keine vier Wochen her, zu mir gesagt, ich komme zu Ihnen mit einem fertigen Programm, und das dumme Ding hat auf das fertige Programm und ihr Königreich Apfelsinia gewartet. Und derweilen hatte der Besitzer schon sein Billett, um davonzufahren. Das ist ein bißchen bitter. Aber darum, weil es hierbei kein Sich-etwas-vormachen gibt, komme ich zu Ihnen, lege meine Arme um Ihren Hals und einmal, ein einziges Mal meinen Kopf an Ihre Schulter und spreche von dem tiefsten Menschlichen und sage Ihnen, daß diese paar Gespräche, die ja auf so einer Reise sein werden, notwendig sind für meine Existenz. Acht Tage irgendwo. Ich würde Sie nicht stören. Ich würde ganz leise sein.«

Sie bekam keine Antwort.

Sie telefonierte am nächsten Tag mit der Allgemeinen. Sie nahm den Hörer ab, sagte: »Dönhoff 7630.«

»Hier Zentrale Allgemeine Zeitung.«

»Könnte ich, bitte, Herrn Meyer-Paris sprechen?«

»Moment, bitte.«

Als er sich meldete, hängte sie ab.

Sie telefonierte am nächsten Tage mit der Allgemeinen. Sie nahm den Hörer ab, sagte: »Dönhoff 7630.«

»Hier Zentrale Allgemeine Zeitung.«

»Könnte ich, bitte, Herrn Meyer-Paris sprechen?«

»Der Herr ist nicht im Zimmer.«

»Ist er noch da?«

»Ja, bestimmt, er hat vor ein paar Minuten gesprochen.«

»Ach, dann versuche ich's nachher noch mal.«

Als sie am dritten Tag mit der Allgemeinen Zeitung telefonierte, sagte das Fräulein: »Herr Meyer-Paris ist nicht mehr in Berlin, er ist gestern abend nach Hamburg abgereist.«

»Danke«, sagte sie mit Mühe.

Sie stürzte in den Korridor, setzte sich ihren Hut auf, lief davon. Es regnete in Strömen. Sie nahm ein Auto. »Was ich noch außerdem für Geld verbrauche«, dachte sie.

»Hapag, bitte.«

Der Chauffeur fuhr sie unter die Linden. In der Hapag stand sie wie eine Irre, mit schiefem Hut und verweinten Augen.

»Welches Schiff fährt morgen nach Hamburg?«

»Wie?« sagte der Beamte.

»Ich meine von Hamburg nach New York?«

»Es fährt keins.«

Ohne Dank stürzte sie hinaus. Sie stolperte die Linden hinauf zum Norddeutschen Lloyd. Ein Herr, der es mit einer Unnormalen zu tun haben glaubte, klemmte einen Zwicker auf die Nasenspitze, behielt sie im Auge, während er in den Heften nachschlug.

»Heute früh ging ein Schiff. Aber ein Herr Meyer aus Berlin fuhr nicht mit. Jedenfalls nicht gemeldet, aber es ist natürlich möglich, daß er ohne Anmeldung heute früh aufs Schiff ging.«

Er war fort. Sie lief sinnlos in dem entsetzlichen Wetter durch die Neustädtische Kirchstraße zur Dorotheenstraße, setzte sich auf einen Steinvorsprung, sprang auf, fuhr zu ihrer Freundin.

»Ich möchte schießen. Warum darf man nicht schießen?«

»Weil man kein Dienstmädchen ist, das sich nicht beherrschen kann.«

»Darf einen ein Mensch so elend machen?«

»Aber schießen dürfen Sie nicht, und ihm nachfahren auch nicht. Setzen Sie sich her und schreiben Sie an die kleine Pension in Schierke.«

Drei Tage später packte sie mit ihrer Freundin.

»Sehen Sie mal«, sagte Lotte Kohler, »wie nett mir die Pension geschrieben hat. Wir freuen uns herzlich, Sie bald zu begrüßen.«

»So elend sind Sie«, sagte die Wendland und streichelte sie, »so elend, daß es Sie schon rührt, wenn ein Hotel sich freut, Sie begrüßen zu können.«

Am nächsten Tage sagte sie zur Wendland: »Ich möchte Ihnen etwas sagen. Mit Käsebier ist es auch aus.«

»Warum denn?«

»Ich hab das so im Gefühl. Mit Käsebier hat es angefangen, nun hört es mit Käsebier auf.«

»Sie haben ja wieder Humor!«

»Bis zum Nächsten, Kläre, bis zum Nächsten. Ich bin ein hoffnungsloser Fall. Aber ich mache Versuche, mich zu ändern. Sieh mich an.«

»Sie haben ja die Haare abgeschnitten?«

»Mein Zopf fiel.«

»Hoffentlich fällt jetzt auch bald was anderes.«

»Ich werd mir Mühe geben.«

»Glück zu. Aber verlieben Sie sich nicht, um Gottes willen, verlieben Sie sich nicht.«

»Gebranntes Kind scheut's Feuer. Wissen Sie, Miermann hat neulich von mir gesagt. wenn ich aus einem andern Milieu wäre, hätte ich fünf uneheliche Kinder und würde von keinem Alimente kriegen, weil ich nicht wüßte, wer's ist. Und so eine Pute hat ihren Doktor gemacht.«

Neunundzwanzigstes Kapitel

Frächter nimmt endgültig das Heft in die Hand

Frächter nahm endgültig das Heft in die Hand. Man sagte 30000 Mark Gehalt, 20000 Mark Tantieme und Beteiligung. Im ganzen 60000 bis 70000 Mark.

Zuerst wurde der Kopf der Berliner Rundschau geändert. Sodann wurde ein »Illustriertes Blatt« beigelegt mit einer Kosmetik- und Schneiderseite. Sodann kam eine Ecke »Wovon man spricht«, wofür ein Herr von dem Klatschblatt »Aus der Gesellschaft« mit einem ziemlich großen Gehalt engagiert wurde. Sodann kamen auf die erste Seite täglich zwei große Photographien und ein Zehntel Annoncen. Sodann wurde jeder fünfte des Personals gekündigt und die übrigen Gehälter um ein Sechstel herabgesetzt. Öchsli, der stillschweigend auf die Hälfte gesetzt wurde, ging fort.

Als Frächter die Listen vorgelegt wurden, den Abbau betreffend, strich er den Namen des Buchhalters Dienstag aus. Der Herr, der mit ihm zusammen saß, sagte: »Den Dienstag nicht, der schafft für zweie.«

»Also können wir dafür zweie abbauen«, sagte Frächter, und er baute zwei ab.

Zur gleichen Zeit hielt das Kinderfest im Zoo alle in Atem. Tatsächlich waren in der Sonntagszeitung zwanzig Seiten Extraannoncen, die sich auf Kinderbedürfnisse bezogen. Es wurden Luftballons, Fähnchen und Lampions verteilt. Auf allen stand »Berliner Rundschau«. 50000 Kinder waren da. Und die Affen aßen tagelang kein Bröckchen mehr.

Frächter war tief befriedigt.

Im Juli war die Scheidung Kaliski/Waldschmidt perfekt.

Frau Ella Waldschmidt fuhr mit Fräulein und Kind nach dem Karersee-Hotel. Frächter, der von der Scheidung erfahren hatte, fuhr ihr nach. Frau Ella kam mit Fräulein und Sohn aus dem Speisesaal, als der Kellner ihr eine Visitenkarte überbrachte.

»Willy Frächter, Verlagsdirektor der ›Berliner Rundschau‹.«

Am Nachmittag machte er mit Frau Waldschmidt einen Spaziergang zum Karersee. Am Abend tanzte er mit ihr. Es hatte ihr bereits Spaß gemacht, sich hübsch anzuziehen. Nach langer Zeit zog sie sich wieder einmal für einen Mann an. Überlegte, ob das Schwarze oder das Bleu, ließ sich beim Friseur den Kopf waschen, kaufte ein neues Parfüm: Narcisse noir. So belebt, traf sie Frächter. Frächter sah noch immer sehr gut aus. War der seltene Typ eines deutschen Intellektuellen, der gut angezogen ist. Im Smoking, groß, schlank trotz leichtem Fettansatz, dunkelblond, blauäugig, fiel sein geistiger Kopf unter einer Gesellschaft von reichen Leuten auf. Ella Waldschmidt, fein, nervös, von Männern unverwöhnt, war dies Zusammensein in dem großen Hotel ein Erlebnis. Frächter umgab sie mit großer Anmut. »Sie schöne, einsame Frau«, sagte er und stieß mit ihr an, während er ihr so in die Augen sah, daß sie rot wurde. Nach Tisch tanzten sie. Er tanzte sehr gut. Beim zweiten Tanz schon hielt er sie dicht. Beim vierten holte er die Pelze, ging mit ihr in die Sommernacht, küßte ihr die Hand. Als sie ins Hotel zurückkehrten, fragte er sie, auf die Front zeigend: »Wo liegt Ihr Zimmer?«

Sie zeigte die Fenster, errötend schon. In der Halle sprachen sie bis zum Morgen. Sie erzählte von ihrer Ehe. Er verstand sie. Sagte kluge Dinge. Er sei ein Arbeiter. Frauen? Er habe nie viel Zeit für Frauen gehabt. Aber sie ... Er sah sie an. Es war kein Zweifel mehr. Wäre er am nächsten Tag abgereist, so hätte er sie noch in dieser Nacht umarmt. So zog es sich hin. Er war aus Ehrgeiz in sie verliebt. Echtes Gefühl war kaum mehr von künstlichem zu unterscheiden. Nur in einem machte sich das bemerkbar, das Gefühl veränderte ihn nicht, die Liebe warf ihn nicht um.

Acht Tage später verlobten sie sich, ohne daß es jemand erfuhr. Im August wollten sie heiraten. Frächter wurde der Schwiegersohn von Waldschmidt.

Der Sommer verging. Die Wohnungen am Kurfürstendamm waren unvermietbar. Oberndorffer, der eines heißen Augustabends Muschlers in einem Café am Kurfürstendamm sitzen sah und sich zu ihnen setzte, konnte sich nicht enthalten zu sagen: »Na, es wäre besser gewesen, Sie hätten Zwei- und Ein-Zimmerwohnungen gebaut. In den Junggesellenheimen, die doch auch so eingerichtet sind, ist alles vermietet.«

Muschler gab das zu. Aber der Bau sei noch nicht völlig fertig, man müsse abwarten. Jetzt, bei diesen Zeiten, warte alles ab. Trotzdem, es wäre richtiger gewesen. Am 1. September würde das Theater eröffnet werden. Man müsse sehen. Es sei ja alles so ungünstig wie möglich jetzt.

Im Café wurde gespielt: »Wie soll er schlafen durch die dünne Wand?«

»Is ja ekelhaft, kann ja kein Mensch mehr hören. Sollen doch den Radio abstellen«, sagte Muschler. »Ober, stellen Se doch den Radio ab, is ja gräßlich.«

»Tut mir furchtbar leid, aber ich darf den Radio nicht abstellen, is die ›dünne Wand‹ von Käsebier, was se spielen. Die Herrschaften am Nebentisch haben auch gesagt, man kann 'n nich mehr hören.«

»Ach nein«, sagte Muschler, der es erst jetzt erkannte, schnell, »das kann ich nicht sagen, is doch 'n großer Künstler.«

»Sicher«, sagte Oberndorffer, »man hat es nur leider wie immer in Berlin übertrieben. Es ging einem schon auf die Nerven.«

»Na, er wird schon wieder neu aufleben am Kurfürstendamm«, meinte Muschler.

Täglich kam Augur in die Redaktion. Düster, den Kopf gesenkt, die Taschen voll Zeitungen, eine Kassandra, prophezeite er täglich einem andern Stadtrat den Untergang, und siehe, Troja gleich, fielen sie hin.

»Na, Augur«, sagte Miermann, »was gibt's Neues von den Wahlen?«

»Wissen Sie, wer das Plakat der Deutschnationalen mit dem Sklarekhengst bezahlt haben soll? Sklareks[5]!«

»Wieso ist das möglich?«

---

[5] Die Kaufleute Leo und Willi Sklarek waren 1931 wegen Beamtenbestechung angeklagt. In diesen Fall von Korruption waren auch führende Vertreter Berlins verwickelt.

»Weil die Sklareks den Deutschnationalen große Gelder überwiesen haben – wem nicht? – und weil direkt mit dem Sklarekscheck der Plakatdrucker bezahlt wurde.«

»Das ist wirklich toll«, sagte Gohlisch.

»Ich fürchte«, sagte Miermann, »wir werden einen völlig radikalisierten Reichstag bekommen.«

»Eine ungeheure Dummheit der Sozialdemokratie, jetzt den Reichstag aufzulösen«, sagte Gohlisch.

»Was ist von dieser wasserköpfigen Bonzenpartei besseres zu erwarten?« sagte Augur.

»Wie geht es deinem Töchterchen?« fragte Gohlisch.

»Nicht gut augenblicklich, der Arzt meint, wir sollen sie, wenn es ihr besser geht, in die Schweiz schicken.«

Fräulein Doktor Kohler saß still dabei, zwei Mieter hatten gekündigt. Was sollte man tun? Vorn wohnten jetzt zwei Homosexuelle, die in Damenschlafröcken durch die Wohnung liefen. Hinten ein junger Mann, der täglich ein anderes Mädchen mitbrachte.

Es war ein Bordell bei ihnen. Wenn der Portier böse war, konnte er Frau Geheimrat Kohler jederzeit anzeigen. Längst hatten sie sich abgewöhnt, einem Mieter zu sagen: »Damenbesuch aber bitte nur bei Tage.«

Man sank, man konnte schwimmen soviel man wollte, man sank. Die Wohnung kostete 500 Mark im Monat. Sie konnten es nicht darauf ankommen lassen, daß die jungen Leute kündigten.

Dreissigstes Kapitel

Ein Kind stirbt und ein Mann verzweifelt

Es war am 31. Juli, nachmittags ½ 5 Uhr. Wieder saßen Miermann, Gohlisch und Fräulein Dr. Kohler in ihrem Redaktionszimmer. Sie sprachen von einer Rede, die der Stahlhelmführer in Leipzig gehalten hatte.

»Na«, sagte Goblisch, »am Stahlhelmtag in Berlin damals fuhr er die Linden entlang, blickte angestrengt in die Generalstabskarte von Berlin und suchte den Lustgarten. Als er ihn gefunden hatte, stand er da mit drei Handschuhen, zweie an den Händen und den dritten hielt er vor sich als eine Art von Marschallstab.«

»Gohlisch, ist das wahr?«

»Tun Sie mir den einzigen Gefallen und bestellen Sie Kaffee«, sagte Fräulein Kohler.

»Mit Kuchen?«

»Ohne«, rief Miermann.

»Mit«, Lotte Kohler.

Gohlisch ging ans Telefon und bestellte: »Drei Kaffee, aber beeilen Sie sich, schönes Mädchen, und drei Grappa für Zimmer 8, Berliner Rundschau.«

In diesem Augenblick kam ein junger Bote und meldete einen Herrn, der sofort mitgekommen sei: Herrn Förster.

Miermann wollte gerade sagen: »Bitten Sie ihn ins Nebenzimmer«, als der Mann schon eintrat. Er war sehr lang, sehr hager, hatte überaus knochige Hände und trug zu kurzen Hosen eine gelbliche Leinenjacke und ein grünes breites Band, zur Schleife gebunden, als Schlips.

»Gestatten die Herren, daß ich hier meinen Koffer absetze. Mein Name ist Förster, Gendarmeriewachtmeister. Ich habe Ihnen wichtige Aktenstücke zu bringen. Ich habe hier eine Uhr, an der können Sie die Wahlresultate ablesen.«

»Wie?« sagte Miermann, »die Wahlresultate? Das ist ja sehr interessant.«

»Ja«, sagte der Fremde, »ich habe ein Jahr daran gesessen, bis ich soweit war, aber nun geht sie auch. Sie zeigt keine Stunden mehr, sondern Wahlresultate.«

»Eine seltsame Uhr«, sagte Gohlisch, »wie liest man sie denn?«

Der Fremde stand auf und trat zu Gohlisch. Er zeigte eine goldene Taschenuhr: »Hier sehen Sie 110 Stimmen der Nationalsozialisten, 100 Stimmen der Sozialdemokraten.«

»Ich sehe eine Zwölf«, sagte Gohlisch.

»Herr, sehen Sie nicht auf der Zwölf eine kleine blaue Schrift 110?«

»Kommen Sie, um uns die Uhr zu zeigen?«

»Gewiß, die Uhr, gewiß! Ich habe auf dem Wittenbergplatz alte Zeitungen gesammelt, aber ich war Gendarmeriewachtmeister. Die Zustände bei der Landgendarmerie sind ungeheuerlich. Hier, der ganze Koffer ist Material, ich schreibe jetzt gerade meine Memoiren, ich suche nur noch einen Verleger. Ich habe mir im fiskalischen Interesse eine schwere Krankheit zugezogen und bekomme keine Entschädigung!«

»Das ist aber wirklich unerhört«, sagte Gohlisch.

»Nicht wahr? Hören Sie zu, ich bin ein Mann von altem Schrot und Korn, mein Urgroßvater wurde von Friedrich dem Großen gehängt. Meine Herren, ich hatte einen Kriminalfall aufzuklären, den geheimnisvollen Mord im Schilf von Buchsum. Ich suchte nach der Leiche, als mir mein Vorgesetzer sagte: ›Die Geliebte von ihm weiß alles.‹ Also ich setze mich auf mein Rad, fahre hin, stecke mir eine Tafel Schokolade ein und gehe zu dem Mädchen. Das Mädchen weint, ich tröste sie, fahre ihr so'n bißchen ans Knie, ich bin ein Mann von altem Schrot und Korn, und kurz und gut – hier ist 'ne Dame bei – die Herren können sich schon 'ne Vorstellung machen, und sie gesteht mir – im Bett – Verzeihung, wer den Mord begangen hat. Ich mache Meldung und werde krank. Und die Regierung, meine Herren, der Staat, wo bleibt die Gerechtigkeit? Die Juden haben sich von den Katholiken bestechen lassen. Die Juden ...«

Miermann und Gohlisch sahen sich an.

Miermann unterbrach den Fremden und sagte: »Wollen Sie mir nicht aufschreiben, was Sie von uns wollen, wir haben zu tun, ich würde mich sehr darüber freuen.«

Gohlisch stand auf: »Kommen Sie bitte mit nach draußen. Der Herr hat zu arbeiten.«

Der Mann stand sehr umständlich auf.

Er zog noch einmal die Uhr und sagte: »Meine Uhr, meine Herren, zeigt einen Toten. Ich will Ihnen herzlich die Hand schütteln. Einen von Ihnen sehe ich nämlich nicht wieder.«

Er ging.

»Ich weiß nicht«, sagte Miermann, »unheimlich war das eben.«

»Gräßlich, ja.«

Gohlisch kam zurück.

»Ist er draußen?«

»Glücklich abgewimmelt.«

»Scherzen Sie nicht«, sagte Miermann.

»Sie sind abergläubisch«, sagte Gohlisch.

»Ich verstehe nicht, wo Augur mit den Nachrichten bleibt.«

»Ich offengestanden auch nicht.«

»Ich werde mal anrufen.«

Gohlisch telefonierte.

»Hier, Gohlisch. Heda, Verschwörer, wo bleibst du mit Nachrichten? Willst du erst um Mitternacht auf freies Feld kommen?«

»Ich werde sie schicken«, sagte Augur, »ich kann nicht kommen, mein Kind ist gestorben.«

»Das tut mir furchtbar leid.« Gohlisch hängte an.

»Das Kind ist tot?« sagte Miermann.

Gohlisch nickte.

»Das wäre nicht nötig gewesen«, sagte Fräulein Kohler, »vom Stahlhelm reden wir hier, Nazis, Sozis, Korruption im Berliner Magistrat, Wahlen, Wahlen, und über all dem stirbt ein Kind.«

»Ich weiß auch nicht«, sagte Gohlisch, »warum ich mich nicht mehr gekümmert habe.«

»Das weiß man nie, wenn's zu spät ist«, sagte Miermann.

»Ich hab mal dem Doktor Krone was gesagt«, sagte Gohlisch.

»Sicher, sicher«, sagte Fräulein Kohler, »aber dieser Tod von einem kleinen, sanften, jungen, sehnsüchtigen Wesen wäre nicht nötig gewesen, es wäre viel wichtiger gewesen, wichtiger als all der Quatsch. Ich hab mich auch nicht gekümmert.«

»Ja«, sagte Gohlisch bedrückt.

»Ja«, sagte Miermann.

Sie saßen und tranken ihren Kaffee.

Miehlke kam, fragte, was mit solle, der Platz war zu knapp, man müßte streichen. »Es kommt nich druff an«, sagte Miehlke. »Streichen, streichen.« Zehn Prozent der Siemens-Arbeiter sollten gekündigt werden. Schiele tritt zur Landvolkpartei über. Für 272 000 000 Reichsbahnaufträge. Erdbeben in Süditalien. Schwere Zusammenstöße zwischen Kommunisten und Nationalsozialisten.

Das Telefon klingelte. »Zum Umbruch, die Herren.«

Miermann und Gohlisch verschwanden in der Setzerei.

Am nächsten Tag saß Miermann mit Käte in dem nie benutzten Zimmer. Miermann erzählte, daß Augurs kleine Tochter gestorben sei. »Wie?« sagte Käte. »Und da hat alles bei Ihnen zugesehen, wie ein Kind langsam an Tuberkulose zugrundeging? Da sind weder Sie noch Herr Gohlisch noch das Fräulein Doktor auf die Idee gekommen, sich zu kümmern?«

»Ich mache mir ja auch Vorwürfe.«

»Was heißt da Vorwürfe? Es ist furchtbar leicht, sich Vorwürfe zu machen. Es wäre Ihre verdammte Pflicht und Schuldigkeit gewesen, einzugreifen. Sie hätten hingehen müssen, einen Arzt schicken oder dafür sorgen, daß das Kind verschickt wird. Sich gehen lassen und nichts tun, wenn einer am Verrecken ist, das hab ich gern. Wenn *ich* dagewesen wäre, wäre das nicht passiert.«

In Miermann bäumte sich etwas. »Vielleicht«, dachte er, »hätte sie mit ihrer Tatkraft und Zielsicherheit alles besorgt, vielleicht hätte ich als Mann so handeln müssen. Aber Sie als Frau?«

»Sie sind sehr überzeugt von sich«, sagte er laut.

Sie zog sich zurück. »Ich glaube, daß man hätte eingreifen müssen. Und ich hätte eingegriffen!« Sie stand da, eine flammende Judith.

»Käte, Sie wissen, daß ich Sie liebe.«

»Ich Sie auch«, sagte Käte witzelnd.

»Ich bitte Sie, seien Sie ernst.«

Käte verstand. »Ich bin ganz ernst, Lieber«, sagte sie.

»Ich möchte Sie etwas fragen, was mich bedrückt. Ich sah Sie gestern mit dem jungen Waldschmidt?«

»Ja?«

»Ich meine ...«

»Ja.«

»Käte, wirklich? Sie haben einen Freund?«

»Was, einen? Wieviel wollen Sie wissen? Einen, zweie, dreie, viere? Entschuldigen Sie die Brutalität, aber ich kann nichts weniger leiden, als ein Sich-selber-was-Vorgemache.«

»Warum? Ein Geschöpf so schön an Körper und Geist?«

»Können Sie das nicht verstehen? Ich hab zu jung geheiratet. Ich hab meinen Mann *nicht* geliebt, wie Sie wissen. Ich hätte eine herrliche Geliebte werden können, aber so wurde ich ein kaltes Stück. Das ist ein schweres Problem. Ich hab mit andern angefangen. Es waren unglückselige Beziehungen zwischen drei und fünf Uhr nachmittags. Ich hab mich immer wieder verliebt. Ich hab auf die Dauer niemanden ertragen, aber ich wollte es auch nicht.«

Miermann saß mit verständnislosem Gesicht da: »Aber mit vielen?«

Sie erriet seine Gedanken: »Ich habe noch nie gespielt, ich hab auch noch nie einem was vorgemacht. Pfui Deibel. Sie können mir auch nicht vorwerfen, daß ich Ihnen was vorgemacht habe. Ich finde es ordinär, zu flirten, und dann tout excepté ça. Nein, wenn sich in mich einer verliebt hat und ich vielleicht daran schuld war, daß er sich verliebt hat, so habe ich auch was mit ihm. Das nenne ich anständig handeln. Alle betrügen ihre Frauen im Geiste, in Träumen, ich finde das nichts wie feige. Haben Sie Ihre Frau nie betrogen? Wenn Sie jetzt ›Nie‹, sagen, sind Sie verlogen, wie diese ganze bürgerliche Gesellschaft.«

»Liebe Käte, ich glaube Ihnen Ihre Kälte nicht. Halten Sie doch Gefühl nicht für schamlos. Wagen Sie es doch, sich zu Ihrem klugen Herzen zu bekennen. Ich kann mir nicht denken, daß, wenn ein junger und kluger Mann käme und Sie zu seiner Frau machen würde, daß Sie sich nicht glücklich fühlen würden.«

»Ich finde die Ehe Wahnsinn. Selbst mit einem hundertprozentig Geliebten könnte ich das nicht aushalten. Ich muß frei sein.«

Sie war wunderschön. In diesem Moment folgte Miermann dem Gesetz seiner Generation, das dem Manne verbot, leidend, klein und hilflos gegenüber der Frau zu sein, bei der Strafe der Lächerlichkeit. »Frei?« sagte er mit einem Anlauf zu männlichem Hohn und umarmte die Verhüllte. Er erwartete Widerstand. Der kam nicht. Er hatte gehofft, befreit zu sein, aber er war verlegen. Sie waren beide ernst geworden, als sie zusammen fortgingen. Sie verlangte nach Zärtlichkeit, nach einem guten Wort, um das Menschliche wiederzufinden, trotzdem er ihr nicht appetitlich war. Er versagte es. Es war eine Vergewaltigung gewesen. Sie würde ihm das nie verzeihen.

Es war fünf Uhr nachmittags. Er ging in die Redaktion. Fräulein Doktor Kohler saß im Zimmer. Miermann sah blaß aus.

»Fehlt Ihnen etwas?« fragte sie. »Soll ich vielleicht etwas bestellen? Bei der Hitze einen Eiskaffee vielleicht?«

Miermann sagte: »Wie alt sind Sie?«

»Dreiunddreißig«, sagte sie.

»Sie kennen also die Frauen um Dreißig?«

»Vielleicht. Kriegsgeneration.«

»Ich habe etwas Merkwürdiges erlebt. Sie hat mir gesagt: Sie hätte mit vielen was gehabt seit ihrer Ehescheidung, und sie nimmt das gar nicht wichtig.«

»Sie ist vielleicht kalt, sie hat vielleicht gesucht.«

»Verstehen Sie das? Ich kann es nicht verstehen.«

»Doch, doch, ich verstehe es.«

Miermann schüttelte den Kopf. Es war sehr heiß. Die Fenster waren geschlossen, die gelben Sommerrouleaus vorgezogen.

»Aber sehen Sie, Herr Miermann, eine so kluge und leidenschaftliche Frau, wie Sie immer sagen, sucht die große Liebe. Muß man nicht vielleicht durch viele Betten gehen, um das zu finden?«

»Sie sagt, alles andere wäre Einrederei.«

»Eine mutige Frau. Sie weiß, man kann viele lieben, man kann hintereinander lieben, man kann auch verschiedene nebeneinander lieben.«

Das Telefon klingelte. Miehlke kam rein. »Wann kommen denn die Herren zum Umbruch? Was soll denn mit? Es muß jestrichen werden.«

»Wo ist der Übersatz, Kohler?«

*

Am 4. August war die Beerdigung im Krematorium Wilmersdorf. In der Augustsonne standen die Leute in schwarzen Kleidern auf dem gepflasterten Hof, in dem Säulengang. Es waren viele gekommen. Öchsli war da, Lambeck selber und fünf kleine Mädchen mit braunen und blonden Haaren, die Blumensträuße trugen. Merkwürdigerweise tat das Augur wohl. Augur kam mit seiner Frau. Er sah traurig umher und stützte die kleine, unscheinbare, ärmliche, verarbeitete Frau, die fassungslos weinte. Die Orgel spielte: »Es ist bestimmt in Gottes Rat«. Der Kindersarg war überall mit hellen Rosen bedeckt, weiß und rosa.

Miermann hielt die Trauerrede.

»Heute bringen wir hier dich, kleine Eva-Maria Tradt, zur letzten Ruhe. Geehrte Trauerversammlung, was kann ich an dem Sarge dieser kleinen Elfe, dieses halbflüggen Mädchenweibes, was soll ich den Eltern sagen, was nicht die Wunden aufrisse und erneuert, da der Schmerz so riesengroß ist, weil die Unschuld selber fortging von der Erde? Dieses kleine Mädchen war ein Wunder an Zierlichkeit, ihre kleinen Mädchenschritte trippelten durchs Haus. Die Schulklasse liebte sie, wir sehen hier ein paar ihrer kleinen Freundinnen, die ihr noch Blumen gebracht haben. Ihre Seele hatte nichts als die Sehnsüchte der Schmetterlinge und der Zeisige und der Himmelsschlüsselchen. Ihr Herzchen war Liebe zu den Eltern, der Lehrerin, den kleinen Gespielen, aber ihr junger Verstand begehrte viel zu wissen und viel zu können. Sie war ein kluges Kind, eine zarte Seele, ein liebevolles Herz. Was, ihr lieben guten Eltern, Sie unser verehrter Herr Augur, Sie gute liebe Mutter, kann es Besseres geben?

Für uns, müssen wir denken, nicht aber für sie. Für sie wäre das Leben Enttäuschung gewesen, sie hätte Unendliches gelitten. Ihr zarter Körper hätte die Last der Schmerzen nicht tragen können, die ihrem Herzen aufgebürdet worden wären, die ihre Seele nicht zu fassen vermocht. Das verratene Herz, das getäuschte Vertrauen, die Einsamkeit in den großen Städten hätten sie niedergebeugt. Sie hätte geschrieen und nach Erlösung gejammert. Denn solche Blumenwesen werden vom Sturm unserer Zeit zerrauft und zerpflückt. Diese Zeit ist hart und grausam, und kleine Elfen stellen wir dem Leben entgegen, damit die Mühle des Lebens sie zerreibe und zermahle.

Himmlischer kleiner Engel, du bist eine sonnige Kinderzeit durch das Leben geflogen, du bist bewahrt geblieben vor Sünde, vor Schande, vor Leid, vor Schmerz, vor Kummer, vor Not, vor den entsetzlichen Sorgen dieser Tage, vor denen die Lust dieses Lebens federleicht wiegt.

Du bist eingegangen in die große Glückseligkeit. Ein himmlischer Seraph, wirst du mitsingen im Chor der Ewigkeit. Wir hier unten, die wir Sünder sind allzumal, die wir ohne Not gelogen haben und betrogen, die wir uns der Macht gebeugt, dem Guten verschlossen und unseren Vorteil gesucht haben, die wir unseren Nebenmenschen nicht geliebt haben und unsere Türe und unsere Augen und unsere Ohren verschlossen haben seiner Not, wir werden viele Stufen zu durchwandeln haben, ehe wir dich wiedertreffen. Denn so tief sind wir gesunken, daß die Uhren nicht mehr die Zeit anzeigen, sondern daß einer eine Uhr erfand, die die Wahlen anzeigt. Nicht mehr das Rinnen der Stunden von Nacht in Tag, von Tag in Nacht, das Versinken der Sonne am Horizont und ihr Aufgang in der Dämmerung, nicht mehr das Erwachen der Vögel bekümmert uns und das Öffnen der Blumenkelche, nicht das Verrinnen der Stunden in die Ewigkeit, sondern Uhren brauchen wir, die die Geschäfte des Tages registrieren, Seismographen, die die Erschütterung von Parteien anzeigen.

So tief sind wir gefallen, so häßlich sind wir geworden!

Aber du bist in den Gefilden der Seligen. Denn ein Leben wie das deine, eben erst in himmlischer Leichte begonnen, noch ohne Mutterschmerzen, noch ohne Frauenschmerzen, noch ohne Liebesleid, das ist nicht zu Ende. Die Liebe höret nimmer auf, die Liebe zu dir kleinen Elfe, die wir verworfen sind vor deinem Angesicht, die wir niedrig sind, Unbußfertige, geflochten auf das Rad der Dinge. Du hast den Bach der Erkenntnis gefunden. Du wirst leben von Ewigkeit zu Ewigkeit. Sei gesegnet, denn du warst ein Segen. Amen, Amen.«

»Du bist die Ruh, der Frieden mild,
die Sehnsucht du und was sie stillt ...« spielte die Orgel.

Miermanns Rede war merkwürdig gewesen, fanden die meisten Anwesenden. Er, der Hochgebildete, hatte alle Begriffe durcheinandergeworfen. Er hatte sich aus der griechischen Mythologie, aus dem christlichen Glauben, aus der Lehre Buddhas geholt, was er brauchte, um zu beweisen, daß dieses Kind weiterleben müsse.

Aber nicht das allein war es, was die Anwesenden ergriff. Es war die Bewegtheit Miermanns, das leidenschaftliche Bekenntnis zur eigenen Sündhaftigkeit, das Suchen nach einem Weg, die Hilflosigkeit, ihm selbst vielleicht noch unbewußt, vor dem Tode. Dieser kluge, dem lebendigen Tage tief verknüpfte Mann, stand dort oben, ein dicker, kleiner Mensch im Gehrock, dessen Kragen auch heute mit Schuppen besetzt war, und tat sein Gewand ab und all seinen Hochmut vor Gott und beichtete. Denn so allgemein alles war, was er sagte, so sehr es sich in den religiösen Formeln zweier Jahrtausende bewegte, so sehr persönlich klang es für die, die Miermann kannten. Er dankte ab, empfanden Gohlisch und Fräulein Doktor Kohler. Dies war mehr als die Labilität des Journalisten, den jede Tagesstimmung umwirft, dies war die Umkehr eines Menschen, die große Sehnsucht nach dem Nichts.

Alle drückten den armen Eltern die Hand. »Sie auch, Herr Lambeck«, sagte Augur gerührt. Lambeck führte die armen Eltern hinaus.

»Ich glaube«, sagte die Frau, »daß mein kleines Kind ein Engel wird, ich glaube an ein Wiedersehen. Sie war so schön. Sie war das beste Kind.« Und dann weinte sie heftig, als sie die kleinen lebenden Freundinnen sah.

In der Redaktion machten Miermann, Gohlisch und Fräulein Doktor Kohler ihre tägliche Arbeit.

»Ich kann heute nicht schreiben«, sagte Miermann und telefonierte nach Hause: »Emma, ich komme heute später, warte nicht mit dem Abendbrot.«

Er ging in eine kleine Geroldstube, ließ sich eine Flasche Wein geben und saß stundenlang da. Dann ging er durch die tote Stadt.

In der Zimmerstraße brannten spärliche Laternen. In der Markgrafenstraße standen ein paar armselige Mädchen. Ein Paar zankte sich. Ein Mann schrie: »Verdammte Ehemannshure!« Eine Frau weinte laut. Dann war plötzlich alles still. »Ich will noch nicht nach dem Westen gehen«, dachte Miermann, »in der Tauentzienstraße schon sitzt alles munter herum und die Damen sind schön. Ich will das gar nicht sehen.« – Er ging die traurige Zimmerstraße zurück, durch die tote Leipziger Straße, eine Landschaft, wie für einen Film aufgebaut, am nächsten Tage abzureißen, nur von den Jupiterlampen noch grell beleuchtet. Er ging über den Spittelmarkt, am Wasser entlang bis zur Waisenbrücke, sah die Silhouette des Stadthausturmes am rötlichen Himmel. Er ging über die Brücke, ging die Stralauer Straße entlang, nur die eigenen Schritte waren zu hören, trat einen Augenblick in den großen Jüdenhof. Der große Baum beschattete die alten Häuser, aus den Fenstern kam Licht. Miermann spürte entsetzliches Heimweh. Von der Parochialkirche tönte es: »Üb' immer Treu und Redlichkeit«.

Miermann umarmte den Baum. »Hilf mir«, sagte er zu dem Baum, »hilf mir.« Er schämte sich nicht vor dem Baum, dieser Baum war gut, er verbarg ihn, gab ihn nicht der Schande preis, verlangte nicht Haltung von ihm, Spott und Tüchtigsein. »Lieber«, sagte er und streichelte den Baum. Er ging zurück durch enge alte Gassen. »Das alles«, dachte er, »wollen sie abreißen, alles, das alles sollen Bürohäuser werden.« Am Molkenmarkt standen sie schon leer. »Ich kannte diese Stadt noch«, dachte er, »als sie noch aussah wie eine Stadt, als man noch nicht Haus bei Haus abgerissen hatte, als noch das Wollager im Hohen Hause war und die Planwagen in der Klosterstraße standen, am Hackeschen Markt noch die Hollmannsche Schule war und alles dort voll Gärten. Es ist kein Platz mehr für den Menschen und seine Sehnsucht.« Er wanderte weiter, kam an den Schloßplatz und ging die Französische Straße lang. Niemand begegnete ihm. Er war zurückgekehrt nach 1000 Jahren in die verfallene Stadt. Unbewohnt waren die Häuser, nur manchmal stand ein alter Gott davor in bortenbesetzter Uniform, der Schlüssel hielt. Nie mehr würden hier Menschen atmen. Das Lachen starb, als die Menschen zugrunde gingen. Er nur allein war aufgeweckt. Er war müde, die Sohlen brannten ihm. »Müde Füße«, dachte er, »das mildeste Tun ist, die Füße zu waschen. Wir haben aufgehört zu wandern, wir haben keine müden Füße mehr, wir haben niemanden, der sie uns wäscht, verratenes Herz, getäuschtes Vertrauen in den großen Städten.«

In der Friedrichstraße waren Menschen, Wagen, Autos. Er nahm ein Taxi, »Potsdamer Brücke«, sagte er. Er stieg dort aus, ging am Kanal entlang. Das Gerüst des Shellhauses stieg in die Luft. Er sprach den Wächter an:

»So hübsche Häuser sind hier abgerissen worden.«

»Is doch gut, die ollen Klamotten«, sagte der Mann, »gibt's Arbeit, und so ein großes Haus von 'ner ausländischen Gesellschaft, das bringt Geld.«

»Ich finde es schade um die alten Häuser«, beharrte Miermann.

»Nee, nee, Herr«, sagte der Mann.

»Das Volk von Berlin«, dachte Miermann, »hält nichts von Tradition, es ist für Abreißen und Tschingdara und Bumdara.«

Miermann konnte noch nicht nach Hause.

»Würzburger Straße«, dachte er, »gibt es etwas Trostloseres, Sinnloseres als diese Straße, etwas Hoffnungsloseres als diese Häuser, die ohne Menschenliebe gebaut wurden.« Er rief ein Taxi. »Friedrichstraße«, sagte er. Er stieg aus, ging an den Mädchen vorbei, Wurstmaxen, Zuhältern, Baugruben, Stichflammen, in ein Lokal. Imitierte chinesische Lasterhöhle, Holzschnitzereien, Drachenköpfe und bunte Laternen, viele Frauen. Ein paar grobe, aber schöne Mädchen in dekolletierten Kleidern tanzten mit schmächtigen jungen Leuten. Eine Blondine in schwarz Paillette setzte sich an seinen Tisch.

»Na, mein Süßer.«

Es war ein Mann. Es ekelte Miermann. Aber er wollte keinen Aufstand erregen.

»Ich möchte einen Curaçao.«

»Nich lieber ne Flasche Wein? Will auch lieb sein.«

»Bitte, einen Curaçao.«

Er zahlte und ging. Ging weiter, sah eine junge Dirne in minimalem Röckchen.

»Komm«, sagte er. Nahm sie mit.

»Wohin willste denn?« sagte die.

»In ein Café.«

»Ich habe nich so ville Zeit.«

»Ich will nur einen Kaffee trinken.«

»Und denn?«

»Kannste wieder gehen.«

»Ach, Sie sind so'n Perverser? Na, schön.«

Er ging mit ihr in ein Café. »Na, bestell dir«, sagte er. Sie bestellte Kuchen und Schlagsahne, stopfte wie jedes Berliner kleine Mädchen. Miermann küßte sie und gab ihr 5 Mark, dann lief sie wieder weg.

Im Tanzsaal an der Ecke spreizte sich im roten Zwanzigmarkseidenkleid ein Mädchen auf dem Podium und sang, mißgestimmt, ein amoureuses Lied. Drunten saßen junge Männer, blond gefettet. In der Nebenstraße war ein Gekeif: »Könnt nischt anders als'n armes Mädchen verhaften«, kreischte eine in schwarzseidener Berufskleidung, drüber ein dünnes Mäntelchen mit grauer Ziege. »Ich bin ja gar nicht mein Jewerbe nachjegangen, wollte zum Geburtstag von meine Freundin.« Das Gekreisch versank. Durch die Nacht leuchtete das »U« der Untergrundbahn.

Es war schon hell, schon nicht mehr Nacht, als er in einem Keller im Norden endete. Lange Tische, Holzbänke, ein Klavierspieler, Straßenbahnschaffner. Dunkles Gewimmel von schlecht gewachsenen blassen Mädchen mit roten Mündern, in grellen Strickjacken und sportbemützte Männer.

Am nächsten Tage bekam Miermann einen eingeschriebenen Brief:

»Sehr geehrter Herr Miermann! Leider ist es uns nicht möglich, unseren Vertrag mit Ihnen aufrechtzuerhalten. Wir kündigen ihn zum 1. Oktober.

Verlag Berliner Rundschau

gez. Frächter.«

»Hier, hier«, sagte Miermann. »18 Jahre sitze ich hier, plötzlich, jetzt in diesem Moment, wo die Leute wissen, daß die Stellungen selbst für die besten Leute knapp sind, in einem solchen Moment! Was ist man? Ein freier Schriftsteller? Ein Journalist? Ein Politiker? Nein, lieber Gohlisch, ein kleiner Angestellter, verstehen Sie, zum Arbeitsgericht können Sie gehen, ein Dienstmädchen, ein Hausknecht, dem man zum 15. kündigt. Sie sind ein Künstler, Gohlisch? Denken Sie? Sie sind's aber nicht! Sie sind ein niedrig bezahlter Angestellter. Nichts weiter als ein niedrig bezahlter Angestellter. Der freie Mensch geht vor die Hunde. Sie würde sagen, du wunderst dich? Das ist Kapitalismus, das ist sein Gesicht.«

»So brauchte er nicht zu sein«, sagte Fräulein Kohler. »So benahmen und benehmen sich nicht alle. Wer selbst ein Unternehmen aufgebaut hat, empfindet seine Arbeiter als Mitarbeiter. Nur Streber sind so ohne Menschlichkeit.«

»Nicht nur«, sagte Miermann, »Erben und Rentner als Unternehmer sind eben solch Unglück. Das Schlimme ist, übrigens in der großen Politik natürlich genau so, daß die die Macht haben, die die Macht suchen, und wer die Macht sucht, nicht der Anständige ist.«

»Sprechen Sie trotzdem mit Frächter«, sagte Gohlisch. »Aber es wird Ihnen nichts nützen.«

»Ich werde sagen ›Sonne von Osten‹, wissen Sie noch, 1918 ›Sonne von Osten‹?«

»Gehen Sie nicht in der ersten Wut. Sie haben recht, aber Sie haben eine Frau, das sind nicht sieben wie bei Napoleon, aber zwei Gründe, um klein beizugeben.«

»Jeder könnte das«, sagte Miermann, »ich kann es nicht. Ich habe zu viel von der Freiheit der Presse gesprochen, ich habe tausendmal das freie Wort verteidigt. Ich habe versucht, niemand zuliebe und niemand zuleide, nie eine Konzession zu machen. Ich soll hingehen und den Renegaten Herrn Frächter um 200 Mark bitten? Ich kann das nicht, und morgen soll ich womöglich dann mit einem fremden Botschafter sprechen? Ich soll ein freier Mensch bleiben, wenn ich um 200 Mark betteln gehen muß? Ich soll einen weiten Blick behalten bei 300 Mark Gehalt im Monat? Ich kann das nicht.«

»Herr Frächter wird Ihnen sagen, daß 90 Prozent der deutschen Bevölkerung mit viel weniger auskommen müssen. Gehen Sie zu Frächter, aber nicht heute.«

Einunddreissigstes Kapitel
Miermanns Streik

Miermann machte einen Feldzugsplan. Miermann streikte. Seit 18 Jahren waren die Leser der Berliner Rundschau an die kleinen Miermanns gewöhnt. Miermann hatte seit 18 Jahren täglich 20 bis 50 Zeilen gefeilter Prosa zu den Tagesereignissen geschrieben, Kabinettkrisen, Wahl des Reichspräsidenten, Krantzprozeß, Haarmannprozeß, Panzerkreuzerfrage. Miermann schrieb nichts mehr. Er wartete auf das Echo des Publikums und des Verlages. Miermann hatte offenbar sehr viel Liebe in diesen Jahren aus dem Publikum empfangen. Drei dicke Leitzordner mit Publikumsbriefen. Er hatte in der Inflation Pakete bekommen, Wein und Süßigkeiten. Er rechnete auf die drei dicken Leitzordner.

Gohlisch fragte jeden Tag: »Wer hat geschrieben?«

»Niemand.«

Das Fräulein fragte und wartete.

Aber es kam nichts.

Miermann sagte: »Keine Messe wird man singen, keinen Kaddisch wird man sagen. Nichts gesagt und nichts gesungen wird an meinem Sterbetage. Das Ganze kommt überhaupt nur, seit mein ›Käsebier‹ nicht mehr schreibt. Gestern ist die Feder geplatzt.«

Nach vier Wochen fragte eine freundliche Dame, ob Miermann krank sei.

Gohlisch, der es am zweiten Tag merkte, sagte zu Miermann: »Ich bin gespannt, was wird. Öchsli hat gesagt, er sei sich über die Wirkung solcher Maßnahmen leider klar.«

Am 28. August stellte es sich heraus, daß selbst Heye das Verstummen Miermanns nicht aufgefallen war, geschweige denn dem Verlag. Niemand hatte es bemerkt. Vielleicht wenn er Monate schwieg, aber auch das war höchst fraglich.

Zweiunddreissigstes Kapitel
Käsebier kehrt zurück

Während Miermann noch streikte, die Stimmung in der Berliner Rundschau eine geistige Zusammenarbeit unmöglich machte, war Käsebier nach Berlin zurückgekehrt.

Frächter griff in die Redaktion ein und verlangte Käsebier auf die erste Seite.

»Käsebier nach seinem Londoner Gastspiel.«

»Käsebier besteigt die ›Gigant‹.«

»Käsebier nähert sich dem Kontinent.«

Er wurde behandelt wie ein Zeppelin oder eine Feuersbrunst oder ein Tornado.

»Käsebier nähert sich Köln.«

»Käsebier nähert sich Berlin.«

Dabei war das Londoner Gastspiel ein glatter Mißerfolg gewesen. Die Londoner Presse war sich einstimmig klar, daß dies eine lokale Größe und unverpflanzbar sei. Sein Gastspiel hatte dem Austausch deutscher und englischer Kunst und Künstler sehr geschadet. Die maßgebenden deutschen Kreise waren über eine so leichtfertige und verantwortungslose Vorbereitung eines Gastspiels, das ein Freund Frächters geleitet hatte, vollständig entsetzt.

Der Londoner Korrespondent der Berliner Tageszeitung ließ Waldschmidt einen privaten Bericht zukommen.

»Leider muß ich mitteilen«, hieß es darin unter anderem, »daß die Times sehr böse Worte findet: ›Das offizielle London zu den Darbietungen eines mehr als mittelmäßigen Bänkelsängers einzuladen, kann nur noch als Dreistheit bezeichnet werden. Diesen liebenswürdigen, guten Dilettanten auf eine Stufe mit der Raquel Meller, der Guilbert oder selbst einem nicht sehr großartigen Künstler wie Marc Henry zu stellen, gehört eine große Voreingenommenheit zugunsten des eigenen Landes.‹ Man müßte diese Stimmen in Deutschland veröffentlichen, denn solche törichten Gastspiele schaden uns mehr, als sie nützen. Sie schaden vor allem der wahrhaft großen deutschen Kunst.«

Aber man brachte kaum etwas über diese Stimmung. Die Berliner Tageszeitung ließ etwas spüren. Die Berliner Rundschau schwelgte in »Käsebiertriumph«. Dabei war die Käsebierkonjunktur tatsächlich vorüber. Nicht nur die Spielwaren- und Gummiindustrie, nicht nur Fräulein Götzel hatten sich von ihm abgewandt. Seine Platten wurden nicht mehr verlangt. Die Käsebierlieder wurden abgelöst von Neuem, und wo vorher nur »Wie kann er schlafen durch die dünne Wand?« gespielt wurde, herrschte jetzt »Drei Musketierä, drei Kavalierä« oder »In Paris, in Paris sind die Mädels so süß« aus »Sous les toits de Paris«.

Für den Film war er erledigt, seine Filme waren zu schlecht gewesen, und für keinen Journalisten war er mehr zu entdecken. Das einzige, was sich wirklich eingeführt hatte, waren die geflochtenen Schuhe Marke »Käsebier«, deren Absatz den ganzen Sommer unverändert anhielt. Noch immer stand mitten im Schaufenster die große Papiermachéfigur von Käsebier, hingegen hatte die Zigarettenfabrik Käsebier, »Käsebier bonus, melior und optimus« nach einjährigem Bestehen Bankrott gemacht. Ihr Schild rostete am Bahnhof Friedrichstraße und wurde jetzt gerade entfernt, um einem neuen, »Nicobar, der Nikotintöter«, Platz zu machen.

Inzwischen hatte Käsebier seinen Mietkontrakt zum 1. April in der Hasenheide gekündigt.

Die Wohnung behielten sie noch bis 1. Oktober. Frau Käsebier wollte eine Fünfzimmerwohnung, doch Käsebier bestand auf vieren.

Frau Käsebier, der zuerst die Wohnung am Kurfürstendamm als Paradies erschienen war, weinte manche Träne. Gewohnt, in der Küche zu essen, wollte sie diese Gewohnheit nicht aufgeben. Und die Küchen waren, wie es bei den Modernen üblich ist, auf ein Minimum beschränkt. Das Hin- und Herservieren hätte ihre ganze Gemütlichkeit getötet, und sich ein Mädchen zu nehmen, widerstand ihr aufs heftigste. Diesem Küchenproblem rückte sie mehrfach zuleibe und verlangte schließlich, man solle die Küche in eines der geräumigen Zimmer verlegen, was die Bauleitung verweigerte. Sie kam überhaupt nicht mehr zur Ruhe vor Tapeten, Gardinen und Möbeln. Sie richtete sich einen Salon, ein Herrenzimmer und ein Speisezimmer ein. Das Schlafzimmer behielt sie. Sie war darin sehr glücklich gewesen, sie war nun mal abergläubisch, und etwas wollte sie auch als Erinnerung an die Zeit der Abzahlung behalten.

Käsebier hingegen übte und übte und hatte mehr Lampenfieber, als er je in seiner frühesten Zeit gehabt hatte. Das Programm wollte er, der Unpolitische, in dieser erregten Zeit möglichst nur auf das Menschliche beschränken.

Margot Weißmann, die um diese Zeit nach Berlin zurückkam, lud zum 3. September zur Einweihung ihrer Wohnung und zur Publikation der größten Sensation, der Verlobung Frächters mit Frau Kaliski, geborene Waldschmidt.

Zu der Gesellschaft, die am 3. September bei Weißmanns stattfinden sollte, hatte Frau Muschler sich schon die erste Winterkreation, ein weißes Georgettekleid, bestellt. Muschler billigte es, obwohl er bereits sehr schief lag. Der beinahe völlig unvermietete Kurfürstendammkomplex konnte ihn nun nicht, wie gehofft, herausreißen, und ob Käsebier 3000 Mark Pacht im Monat würde zahlen können, war auch mehr als zweifelhaft. Zudem hatte sich Muschler in sehr zweifelhafte Geschäfte eingelassen, obwohl sein Kundengeschäft mehr und mehr zurückging. Kredite, zum Teil aus Gutmütigkeit gewährt, waren eingefroren. Die Börse wurde im Hinblick auf das Ansteigen der Nationalsozialisten immer schwächer. Wäre der Kurfürstendamm noch Terrain gewesen, so hätte Muschler die

Terrains jetzt verkaufen oder beleihen können. Das Verhältnis zwischen den Sozien artete wegen der Bebauung häufig in Krach aus. Onkel Gustav sagte: »Ich bin gleich nicht dafür gewesen, aber du weißt ja alles besser.«

»Es ist auch ein glänzendes Geschäft«, sagte Muschler, »wenn wir's jetzt aushalten.«

»Wir halten's aber nicht aus«, sagte Onkel Gustav.

»Du siehst immer schwarz«, sagte Muschler.

»Bisher habe ich leider noch immer recht behalten.«

»Aber an die Mark haste geglaubt.«

»An den Wahnsinn der Inflation konnte man ja auch nicht glauben.«

»Na, ich habe jedenfalls damals richtig gelegen.«

»In unnormalen Zeiten, aber 'ner normalen Krise bist du nicht gewachsen.«

»Na, wir wer'n ja sehen.«

»Leider nur zu bald.«

Auch Mitte sah die Entwicklung sehr beängstigt an. Der ewige Optimist, dieser Sanguiniker, rechnete allerdings mit dem Bankrott Muschlers, was ihn seinen Verpflichtungen enthob, doch hatte er auch dann die Eigentümergrundschuld von 250000 Mark an Muschler vorher auszuzahlen, dazu die Grunderwerbssteuer, und er war äußerst illiquide.

Dreiunddreissigstes Kapitel
Miermann stirbt

Miermann entschloß sich am 29. August, nachdem weder das Publikum noch der Verlag sein Verstummen bemerkt hatten, mit dem Verlag zu reden.

»Ich gehe jetzt zu Frächter«, sagte Miermann.

»Also Glück auf und Kopf hoch.«

Das war etwas, was Gohlisch noch vor einem Monat nicht gewagt hätte, seinem angebeteten Redakteur zu sagen. Aber Miermann hatte sich verändert, so verändert, daß Gohlisch »Kopf hoch« zu ihm sagen konnte.

Bevor Miermann aber zu Frächter ging, las er zwei Artikel durch, einen von Gohlisch, einen von Fräulein Dr. Kohler.

»Ich möchte Kaffee bestellen«, sagte Gohlisch.

»Ach, lassen Sie man«, sagte Miermann, »ich möchte nicht.«

»Vielleicht eine Grappa?« sagte Gohlisch.

»Sehr nett, aber ich möchte nicht. Lieber Gohlisch«, sagte er, »aber Ihre Manuskripte! Sie können doch nicht sagen: ›Es gehört die parteipolitische Unverfrorenheit der Deutschnationalen dazu, angesichts einer unter trübem Himmel gradlinigen Sachlage von Gesinnungsschwäche und dergleichen zu reden.‹ Eine ›unter trübem Himmel gradlinige Sachlage‹ ist allerdings das Schönste, was ich lange gelesen habe.«

Er strich, er stellte um, er setzte Interpunktion, er rückte einen Gedanken zurecht, er hob ihn aus der Wirrnis des Dunkelgefühlten in die Klarheit einer lichtvollen Prosa, und so wurde aus den Artikeln der treuen Schüler Gohlisch und Kohler erst das, was sie waren. Ein guter Gohlisch, ein guter Kohler. Ja, mehr noch, Gohlisch und die Kohler hatten sich angewöhnt, ihre Artikel zu schreiben, als ob sie sie als Privatbriefe an Miermann schrieben. Sie wurden gut, indem sie an seine ebenso warmherzige wie liebevolle Kritik dachten. So war es auch an dem Tag, als Miermann ihre beiden Artikel in die Setzerei schickte und zu Frächter ging.

Frächter hatte sich die Haare schneiden lassen. Er trug den Millimeter-Kurzschnitt. Ein leichter Glatzenansatz machte sich bemerkbar. Nichts erinnerte an den Herrn, der noch vor anderthalb Jahren im Romanischen Café saß. Einem Bürger mit leichtem Fettansatz, der von Zeit zu Zeit ein Monokel einklemmte, mit 30000 Mark Gehalt und Tantiemen bis 50000 Mark, saß Miermann gegenüber.

Frächter begann: »Ich bedaure diese Unterredung aufs äußerste. Wenn es nach mir ginge, glauben Sie mir, wenn es nach mir ginge, würde ich Ihnen gern ein großes Gehalt geben.«

»Herr Frächter, Sie wissen genauso wie ich, daß ein Mann in meiner Position einen anderen Lebensstandard braucht, um seinen Blick zu behalten, wie ein kleiner Büroangestellter.«

»Gewiß, aber wir können nicht mehr zahlen. Die wirtschaftliche Lage zwingt uns.«

»Was zwingt sie Sie? Ihre Zeitung zu verschlechtern, Leuten, die 18 Jahre bei Ihnen gearbeitet haben, zu kündigen?«

»Ja, dazu zwingen uns die Zeiten! Was Sie Verschlechterung nennen, Herr Miermann, nenne ich Aufblühen. In eine Zeitung muß neues Blut. Es ist nicht gut, wenn die Leute allzulange da sind.«

»Herr Frächter, haben Sie sich schon einmal um die Leserschaft gekümmert?«

»Nein, Herr Miermann, das ist gar nicht nötig. Das Publikum merkt leider nichts, und jedes Jahr verlassen 200000 Abiturienten die höheren Schulen, die deutsche Aufsätze zu machen gelernt haben und die für 10 Pfennig die Zeile schreiben. Ich übertreibe, aber im Journalismus gibt es kein Startum. Es kommt auf die Haltung der Zeitung, nicht auf den Einzelnen an.«

»Sie haben ja so recht, sehen Sie, darum sind ja auch die deutschen Journalisten von der Auslandspresse so hoch geachtet, weil die Verleger sich bemühen, das Niveau des deutschen Journalisten immer höher und höher zu heben, weil die Bildung Quatsch ist und die Durchdringung einer Sache albern, aber trotzdem, Herr Frächter, wird es uns schwer fallen, den Skandalblättern nicht nachzuhinken. Ich bin gern bereit zu drucken ›Kapitalist schändet Mädchen‹ oder ›Seit acht Wochen Regen, Schuld der Sozis‹. Aber ob das sofort geht, weiß ich nicht.«

»Herr Miermann, wollen Sie *mich* lehren, wie man eine Zeitung macht? Unsere Auflage steigt und steigt. Am Tag der Prämiierung der schönsten Beine haben wir 20000 Stück mehr im Straßenhandel verkauft. Die Kosmetikseite ist ungeheuer beliebt, und was meinen Sie, wie billig Herr Schulz sie mir macht.«

»Ich kann Ihnen auch billig deutsche Politik machen. Vielleicht kann ich sogar das Gros Artikel billiger liefern.«

»Herr Miermann, Sie haben sich in eine Verbitterung hineingeredet, die unsern Verhandlungen nicht günstig ist. Ich sage 300 Mark Fixum.«

»Für wieviel Artikel?«

»Na, wie immer!«

»Das ist pro Artikel 25 Mark?«

»Dann schreiben Sie eben weniger. Wenn Sie übrigens unsre Bedingungen nicht annehmen wollen, können Sie sofort gehen.«

Miermann stieg die Treppen in der Würzburger Straße hinauf. Frau Emma fragte nicht, weshalb er so früh käme. Sie fragte ihn nie nach etwas. Sie hielt sich nur eine Aufwartung. Sie ging in die Küche und wusch noch Radieschen.

Miermann saß im Sofa und hatte das Gefühl, daß er nichts zu tun habe. Miermann, der sonst nach Haus kam: »Ist Post gekommen? Hat jemand angerufen?«, der sofort telefonierte, Broschüren las, sich an den Schreibtisch setzte, – saß still im Sofa und sah zum Fenster hinaus nach Westen in die untergehende Sonne.

Emma trat zu ihm und sagte: »Es wird schon gehen.«

Miermann zog sie zu sich aufs Sofa und legte den Arm um ihre Schulter.

»Ich hab dich doch sehr lieb«, sagte er.

Sie aßen ihr Abendbrot, Brot, Butter, Aufschnitt, Tomaten, Radieschen und tranken Bier.

»Wollen wir noch ein bißchen spazieren gehen, es ist so heiß heute abend.«

Miermann ging mit seiner Frau fort. »Entsetzlich«, dachte er, »diese Würzburger Straße, diese Geisbergstraße, diese ganzen, lieblosen, häßlichen Kisten für Menschen.« Er hatte das Gefühl, daß die Häuser auf ihn fielen. Und diese ganzen Häuser waren von unten bis oben mit nichts gefüllt als Menschensorgen, ohne Aufschwung, glaubenslos und wissenlos, »sie aber schlafen, wie die Austern dämmern.«

In der Motzstraße begegneten ihnen zwei galizische Juden. Sie trugen seidene Kaftans und weiche schwarze Hüte. Der eine hatte einen langen schwarzen, der andere einen langen roten Bart.

»Sind wir nun so viel schöner geworden, du mit deinen blonden Haaren und blauen Augen und ich mit meinen Büchern über die deutsche Romantik und die deutsche Klassik? Die Menschen wissen ja nicht, was schön ist.«

Sie kamen an den Nollendorfplatz.

»Wollen wir einen Eiskaffee trinken?« sagte er.

»Ach, wegen mir, nein, lassen wir's doch.«

»Wir werden uns doch noch einen Eiskaffee leisten können?«

»Na ja«, seufzte Emma. Sie begann schon im Geiste einzuteilen und sich auf das verminderte Einkommen einzustellen. Der Eiskaffee waren zwei Mittagbrote.

Sie gingen in die Konditorei und tranken den Eiskaffee. Sie saßen sehr lange. Etwa nach einer Stunde wurde es sehr voll. Die Kellner konnten den Bestellungen nicht nachkommen.

Ein Herr rief plötzlich ganz laut: »Schkandal, ich sitze hier seit einer Stunde, es kommt niemand, eine Wirtschaft ist das. Man kommt doch nicht her, um zu warten. Ich habe dreimal dem Kellner gesagt: ›eine Schokolade, ein Eiskaffee‹, er bringt's einfach nicht, er kommt einfach nicht wieder, überhaupt nicht wieder, niemand rührt sich, niemand kommt, sitzt man da wie so'n Affe, Schkandal.« Er war beängstigend rot im Gesicht, schlug mit der Faust auf den Tisch und mit dem Stock auf den Boden. »Schkandal, als ob man nicht bezahlen wollte. Zustände sind das, Zustände, so wird man behandelt!«

Alle Anwesenden waren von dem hemmungslosen Gebrüll des Mannes tief erschrocken. Der Geschäftsführer wurde gerufen, er benahm sich sehr gut und sagte beschwichtigend: »Aber, mein Herr, Sie werden sofort bedient werden, was wünschen der Herr?«

Aber der Herr hörte nicht auf zu brüllen. Seine Frau suchte ihn zu beschwichtigen, es war im höchsten Maße angsterregend, wie der Mann immer mehr in Wut geriet; er ergriff einen Stuhl, setzte ihn mit Wucht hin. »Ich will gar nichts mehr. Sie denken vielleicht, ich will noch was, drei Stunden habe ich gewartet, aber jetzt hat's geschnappt, nun ist's genug, nun will ich nichts mehr. Nun ist's aus. Ich habe gerufen, der Kellner kommt einfach nicht, er läßt uns einfach sitzen, bedient einfach nicht, Schkandal, Schkandal.«

Miermann sagte zu seiner Frau: »Der kommt aus einer politischen Versammlung.«

Der Geschäftsführer sagte entschuldigend: »Jeden Abend, wenn das Kino mit den ›Dächern von Paris‹ aus ist, ist eine Viertelstunde dieser Ansturm. Dafür kann ich mir nicht so viel mehr Personal nehmen.«

Alle winkten beruhigend. Miermann und Emma standen nach einer Weile auf und gingen die Kleiststraße entlang. Noch vor der ersten Querstraße sagte Miermann plötzlich: »Mir ist so schlecht!« Im gleichen Moment taumelte er und fiel. Emma, aufs höchste erschrocken, stützte ihn, kniete nieder und hielt seinen Kopf. Er drückte ihr die Hand und bewegte die Lippen. Es kamen die 35 Jahre ungesprochenen Worte von seinen Lippen, das uralte Sterbegebet der alten Juden: »Schmah isroel, adonoi elohenu adonoi echod.« »Höre, Israel, der Ewige, unser Gott ist der eine Gott.«

»Amen«, sagte Emma.

»Komm«, sagte er.

Aber sie mußte ihn allein lassen, sie schrie um Hilfe.

Ein Taxichauffeur stieg vom Bock, brachte Miermann zum Arzt, der im nächsten Haus wohnte. Der konstatierte den Tod. Emma wollte ihren Mann mit nach Hause nehmen. Der Chauffeur brachte ihn ins Auto. Emma fürchtete sich vor dem Mann, mit dem sie 24 Jahre lang das Leben geteilt hatte, als er stumm neben ihr lag, und machte das Fenster zum Chauffeur auf. Der fremde Atmende war ihr ein Trost bei dem nahen Toten. Emma weinte. Hätte er sie doch mitgenommen! Was sollte sie pflichtenlos im Leben?

Sie war rasch zu Hause, rief ihren Arzt an. Er kam, konstatierte einen Herzschlag, gab alle Anordnungen, und Emma wachte nun bei ihrem alten Geliebten. Da dachte sie daran, daß sie ihn rächen müßte an denen, die ihm so Böses getan hatten. Es erwachte der alte Kampfgeist Miermanns in ihr, und sie rief bei Öchsli an. Sie sagte Öchsli das Vorgefallene und fügte hinzu, Öchsli möchte es doch noch allen Zeitungen melden, aber so, daß die Berliner Rundschau nichts erführe. Und erst nach dieser Rache einer Journalistenfrau ergab sie sich ganz ihrem Leid, der Erkenntnis ihrer grenzenlosen Einsamkeit.

»Komm«, hatte er gesagt. Sollte sie nicht kommen, mußte sie nicht kommen, war es nicht ihre Pflicht zu kommen? Am Morgen kam Öchsli zu der halb Zerstörten und sorgte dafür, daß sie ins Bett ging.

Alle Morgenblätter, bis auf die Berliner Rundschau, meldeten den Tod Miermanns. In allen Zeitungen waren ihm mindestens 20, in der Berliner Tageszeitung ein Aufsatz von 80 Zeilen gewidmet worden. Nur in der Berliner Rundschau stand kein Wort. Tatsächlich entstand darüber eine viel größere Aufregung als über Miermanns Tod.

»Ich verstehe gar nicht, was wir für einen Nachrichtendienst haben«, sagte Frächter zum Chef des lokalen Teils, »wir erfahren nicht, wenn der wichtigste Redakteur unseres Hauses stirbt.«

Der alte Brummbär sagte: »Wenn man mir alle Mitarbeiter wegnimmt.«

Im Feuilleton sagte einer voll Wut, der gehört hatte, Miermann sei auf dem Heimweg von einer Gesellschaft gestorben: »Bei dem Gehalt kann ich mir keinen Smoking leisten und in den Kreisen verkehren, wo man so was erfährt.«

In einem Mittagsblatt fand sich eine dunkle Andeutung von Selbstmord. Die radikalen Abendblätter brachten große Überschriften.

»In den Tod getrieben!«

Inzwischen hatte Heye einen sehr schönen Nachruf geschrieben.

Aber die falsche Nachricht mußte dementiert werden, und in der Aufregung, daß die Sache mit der Kündigung an die große Glocke gehängt werden könnte, überwies Frächter Frau Emma 1000 Mark, weil er annahm, daß womöglich das alles von ihr arrangiert war. Zwischen dem Chef des Nachrichtenwesens und Herrn Frächter gab es dann noch einen Spezialkrach.

Die Beerdigung war auf den 2. September angesetzt. Emma, die die letzten Worte ihres Mannes gehört hatte, überlegte, ob es nicht richtiger sei, ihn in Weißensee auf dem jüdischen Friedhof neben seinen Eltern beizusetzen. Aber im Testament des längst aus dem Judentum Ausgetretenen fand sie die klare Bestimmung, daß er im Waldfriedhof beigesetzt zu werden wünschte.

So wurde es auch angeordnet.

Es war ein schöner Sommertag, Vögel sangen, Schmetterlinge flogen umher, und die Blumen waren bunt und nichts wie schön. Es war ein rechter Heimgang, hier wieder zur Erde zurückzukehren. Es waren, wie erwartet, sehr viele Menschen gekommen. Viele auch von seinen Leserinnen, die sich nicht gekümmert hatten, als es ihm im Leben notwendig gewesen wäre, kamen jetzt und brachten Blumen. Es waren alle Kollegen da, Frächter vom Verlag, Frau Käte Herzfeld, Miehlke von der Setzerei, die Theaterkritiker, Politiker, Verwandte, Freunde, Dr. Krone, Oberndorffer, Lambeck, Herr und Frau Tradt-Augur, Lieven ging herum und drückte allen gefühlvoll die Hand, die Aja Müller trug ihre schwarze Mütze ganz hinten auf ihren rotblonden Haaren und ging von Prominenz zu Prominenz. Es war eine mondäne gesellschaftliche Unternehmung. Sie ging herum und freute sich, wen sie alles traf. Es war nichts anderes als bei einem Rout[6] bei Margot Weißmann. Lieven sah zu, daß er in die Nähe des Theaterdirektors Möglein kam und Heinrich Wurm in die Frächters. Die Orgel spielte Bach und dann trat mit langsamen Schritten Frächter vor und sprach:

»Lieber Freund, tief ergriffen stehen wir an deiner Bahre. Wir bringen heute den mir liebsten, den mir nächsten Mitarbeiter zur ewigen Ruhe ...«

Er erzählte von seiner Freundschaft für Miermann, gab eine feine Analyse seines Wesens. »Er ist«, so sagte er, »ein wahrhaft guter Redakteur gewesen, ein Mensch, der immer sich hinter die Sache zurückstellte, der fremdes Werk und fremdes Wort behandelte wie sein eigenes. Dies war seine große Bescheidenheit, die herkam aus einem umfassenden Wissen, aus einer wahren universitas. Seine Bücher, seine feine Lyrik blieben ungelesen, umso gelesener war er als Journalist, denn er war Journalist aus Berufung, nicht aus Beruf.«

Jedes Wort konnte man unterstreichen.

»Wir Verleger«, schloß er, »wir Verleger wissen, daß beim Verlag alles der Schriftsteller ist, alles der Journalist, alles der Geist. Wir Verleger, wir Geschäftsleute sozusagen, wir sind nur die Handlanger, die den Journalisten, dem Geiste helfen wollen. Denn letzten Endes ist der Inhalt das Wichtigste, der Kern, nicht die Schale. Und so neige ich mich hier vor einem Vertreter des Geistes, vor einem Vertreter des Journalismus, vor einem jener letzten, tiefen, ehrlichen Diener des Wortes, die selten und immer seltener werden. Friede sei mit ihm!«

Nach Frächter sprachen noch sehr viele, im wesentlichen Vorsitzende und Vertreter. Es sprach ein Vertreter der freien wissenschaftlichen Vereinigung, bei der Miermann oft als Gast gesprochen hatte, ein Vertreter des Berliner Magistrats, der Vorsitzende des Verbandes Berliner Theaterkritiker, ein Vertreter des Büh-

---

6 Abendempfang

nenvereins, ein Vertreter des Schutzverbandes deutscher Schriftsteller, ein Vertreter des Reichsverbandes der deutschen Presse.

Es sagten alle dasselbe: »Herr Georg Miermann gehörte unserem Verbande seit 1899 an, er war ein tätiges Mitglied. Immer war er zur Stelle, wenn sein Rat gebraucht wurde. Er wird uns und unseren Schutzbefohlenen sehr fehlen, und wir danken ihm über das Grab hinaus für alle Hilfe, die er uns gewährte.«

Inzwischen schrieben die Journalisten die Namen der Anwesenden auf.

Zuletzt trat Lieven vor und sagte: »Mein Freund.« Er hielt eine wohlgeformte und kluge Rede für die Theaterdirektoren, die Presse, die Verleger und die schönen Frauen, für die Notiz im Abendblatt: »Zuletzt würdigte der bekannte Dramatiker Lieven eingehend das Werk des großen Journalisten.«

Denn in den Abendblättern des 2. September war Miermann bereits der »große Journalist«. Beim Tode am 30. August noch 20 Zeilen »der bekannte Journalist«. In den größeren Nachrufen bereits »der bedeutende Journalist«. In den Berichten über die Beerdigung »der große Journalist«, »der einzigartige Journalist«.

Gohlisch und Fräulein Kohler gingen an das Grab. Sie dachten an Miermann bei der Beerdigung von Augurs Kind und an den Jahrmarkt der Eitelkeit, der hier zwischen Bäumen, Vögeln, Blumen und einem Toten sich ausbreitete.

»Es haben nur solche gesprochen, die er nicht ausstehen konnte«, sagte Gohlisch.

»Sie haben wieder mal völlig recht«, sagte Fräulein Kohler.

Vor dem Friedhof stand Frächter und bot liebenswürdig Gohlisch und Fräulein Kohler und noch ein paar Dazukommenden an, mit seinem Auto nach Hause zu fahren.

Vierunddreissigstes Kapitel

Die Eröffnung des Käsebiertheaters

Am selben Abend wurde das Käsebiertheater eröffnet. Ungeheure Blumenarrangements aller Lieferanten wurden angeliefert. Um ½ 9 Uhr begann die Vorstellung. Um 8 Uhr schon die Auffahrt. Es waren fast alle da, die am Morgen bei Miermanns Beerdigung gewesen waren. Muschlers hatten einen ganz großen Tisch zusammen mit Frechheims und anderen Bekannten. Margot Weißmann kam mit ihrem Spanier. Aja Müller war da mit einem Neuen. Frächter mit seiner Verlobten Ella Waldschmidt – in drei Tagen wollten sie heiraten –, Gohlisch, Lambeck, Lieven, die Gräfin Dinkelsbühl, Herr von Trappen, Bankier Hersheimer, Käte Herzfeld, Gabriele Meyer-Lewin. Miermann fehlte. Der junge Schrade war endgültig versunken. Es war ein schwüler Sommerabend. Die Aja Müller sah großartig aus.

»Die Aja Müller ganz lange Handschuhe«, sagte Frau Muschler.

»Wie die Yvette Guilbert in ihrer Jugend«, sagte Onkel Gustav.

»Alles ist da«, sagte Frau Muschler sehr aufgeregt.

»Na ja, bei der Premiere«, sagte Muschler skeptisch.

»Sieh mal, selbst Lambeck.«

»Na ja, Lambeck, wenn schon Lambeck. Aber die Theaterkritiker sind nicht gekommen. Siehste etwa Ixo oder Öchsli?«

»Ja, da haste recht.«

»Werden sicher noch kommen.«

Gohlisch stand allein, schließlich sah er Käte Herzfeld.

»Guten Abend, Frau Herzfeld«, sagte Gohlisch, »es ist nicht lange her, daß wir uns gesehen haben.«

»Ein furchtbarer Fall«, sagte Käte.

»Ich war ihm zu so großem Dank verpflichtet.«

»Schade, er kam irgendwie nicht zu Rande mit dem Leben, aber er war ein wundervoller Mensch.«

»Ja«, sagte Gohlisch nachdenklich. »Wissen Sie, es sind nur die Varietékritiker gekommen.«

»Wie interessant! Ist Öchsli nicht da und Ixo auch nicht?«

»Ich sehe niemanden. Dritte Garnitur von jungen Leuten hat man geschickt. Auch kein Kunstkritiker ist da.«

»Das ist ja hochinteressant. Wissen Sie, Herr Gohlisch, ich finde ihn ja auch nach und nach wirklich den letzten Dreck.«

»Das finde ich ungerecht. Er ist natürlich nicht so bedeutend, wie er gemacht wurde. Aber man kann ihn doch nicht entgelten lassen, daß die andern ihn überschätzt haben.«

»Ach, er ist ja ein alberner Mensch ohne Ahnung von der Zeit. Was soll uns ein unpolitisches Kabarett?«

Die Aja Müller schrie: »Na, Gohlisch, mein Süßer, meine Pfaufeder, mein Goldfasan, warum rufst du mich nie an? Liebst du mich nicht mehr?«

Ella Waldschmidt begrüßte Käte Herzfeld: »Wie geht es Ihnen?«

»Danke, wie es einem eben jetzt so geht.«

»Ja, ja. Rufen Sie mich doch mal an.«

Frächter sah arriviert aus.

Im Vorraum lag die Käsebier-Literatur aus. Willy Frächter: »Käsebier. Ein Berliner Volkssänger. Was er ist und wie er wurde.« Daneben Heinrich Wurm: »Käsebier« aus der Serie »Lieblinge des Volkes«. Das Käsebierbilderbuch von Dr. Richard Thum. »Käsebier in der Karikatur«, zusammengestellt von Gödovecz. Otto Lambeck: »Käsebier, ein Essay.«

Frächter stand mit Gohlisch zusammen: »Es ist mir gar nicht angenehm«, sagte Frächter, »daß das Buch hier ausliegt. Ich möchte es am liebsten verleugnen.«

Im Saal saß Gohlisch mit Oberndorffer zusammen. »Na, wie gefällt Ihnen der Raum?« sagte Oberndorffer.

»Ich weiß nicht, so hölzern und so Schnitzereien von 1918.«

»Tja, na. Sehen Sie sich mal um.«

Der Raum war oben in silbernen und goldenen Tönen gehalten. Unten war er holzgetäfelt und geschnitzt, um die Decke lief ein Stück Gesims im Zickelzackel von 1918 und große Beleuchtungskörper, aus einem silbernen Rechteck mit einem goldenen Halbkreis verbunden, standen neben der Bühne.

»Diese komischen Schnitzereien! Aber unsereiner hat nichts zu tun!«

»Na ja«, sagte Gohlisch. »Wir sind eben Galeerensklaven.«

Öchsli kam zu spät: »Guten Tag, Gohlisch, wie geht's dir? Ich bin doch noch gekommen, ich fand's zu gemein, daß man den Käsebier unserm neueste Sekretär hat zum Verreiße gebe wolle.«

Käsebier kam vor den Vorhang und begrüßte die Anwesenden. Aber Berliner sind steif, es glückte nicht. Sie lachten ein wenig. Aber keiner rief ein freundliches Wort. Es war kein Kontakt da.

Ein paar Tanzmädchen kamen und ein Schattenkünstler. Dann kam ein Exzentric auf dem Einrad, der mit einem Urwaldgebrüll auf die Bühne stürzte und auch wieder davon und auf äußerst komische Manier auf einer runden Tischplatte radelte.

Eine sehr nette Sängerin sang Songs, aber so was hatte man auch schon mal gehört. Sehr ungeschickt war es, daß man kurz vor der Pause eine sehr wirkungsvolle Gespensterszene spielen ließ. Einen Mitternachtsspuk, bei dem ein Gerippe einen Foxtrott tanzte.

In der Pause sagte Waldschmidt zu Lambeck: »Wir gehen sehr schweren Zeiten entgegen. Ich sehe sehr schwarz. Man kann nur mit der großen Koalition regieren. Alles andere bedeutet das Chaos. Ich sehe sehr schwarz. Wir haben, besonders wirtschaftlich, alle über unsere Verhältnisse gelebt.«

Lambeck nickte.

»Wenn die Wahlen eine Minderheit für die große Koalition bringen, bleibt nur die Diktatur. Und wer weiß, wie sich das Ausland verhält bei radikalen Wahlen. Ob nicht Kredite zurückgezogen werden.«

Inzwischen stand Käte bei Margot Weißmann. »Enchanté de vous voir«, sagte Margot zu Käte wegen des fremden Herrn.

»Enchanté«, sagte auch Käte.

»Keine Stimmung heute«, sagte Margot, »schwaches Programm. Langweilig.«

»Ja, ich finde auch, ich finde ja schon längst nichts mehr an Käsebier. Wann kommen Sie endlich zu mir?«

»Aber, meine Liebe, bestimmt, Sie kommen ja morgen abend erst mal zu mir. Die Wohnung wird eingeweiht. Ich glaube, sie ist sehr gut geworden.«

»Guten Abend«, sagte Bankier Muschler und trat hinzu.

»Guten Abend«, sagte Frau Thedy Muschler. »Meine Liebe, man hat sich ja den ganzen Sommer nicht gesehen. Wie geht es Ihnen?«

»Ich freue mich so, daß ich Sie mal treffe, ich wollte Sie längst anrufen. Ich hatte schon ein ganz schlechtes Gewissen.«

»Wir sehen uns ja morgen auf der Gesellschaft, ich freue mich schon sehr«, sagte Frau Muschler und sah Herrn Rechtsanwalt Katter an.

»Guten Abend«, sagte der im Vorbeigehen und streifte Frau Muschler mit der Hand.

»Auf Wiedersehen«, sagte Muschler, »wir freuen uns schon auf Käsebier.«

»Au revoir monsieur.«

»Wir telefonieren einmal«, sagte Margot.

»Rufen Sie mal an«, sagte Käte.

»Wir telefonieren einmal«, sagte Frau Muschler.

Dann kamen Mädchen, die die Beine in die Luft warfen und eine kleine Szene aus einem Filmatelier. Zwei Jazzspielerinnen an zwei Klavieren. Und dann kam Käsebier.

Käsebier war wie immer. Er sang diesmal seinen alten Volksliedschlager. Das war sehr komisch. Aber man erwartete mehr, viel mehr.

»Ganz nett«, fand alles. Zudem war das Programm viel zu lang. Schon bei der vorletzten Nummer stand ein Teil des Publikums auf und verließ das Lokal. Nach der letzten Nummer hielt Käsebier eine kleine Ansprache. »Sehr gut gemeint«, dachte das Publikum überlegen.

Als man hinausging, wurde kaum von der Vorführung gesprochen. Gohlisch fühlte sich schuldig und sah einen Zusammenbruch herannahen.

»Miermann war nicht mehr da«, sagte Öchsli.

»Ja«, sagte Gohlisch, »er wird sehr fehlen. Ich fand es übrigens sehr nett.«

»Ja, ich auch. Der Käsebier ist ein so guter Mensch.«

»Das genügt wohl nicht.«

»Paß auf, alle junge Leut werde schreiben, er drückt sich an den Fragen der Zeit vorbei.«

»Ja, wahrscheinlich, und vielleicht mit Recht.«

An der Ecke des Kurfürstendamms war ein großer Auflauf. Eine Schlägerei, sagte man, hatte stattgefunden. Ein Lastwagen, der von roten Fahnen überweht war, kam mit jungen Leuten vorüber, die unverständliche Sätze schrien. Die Straße dampfte vor Aufregung. Große Wahlplakate hingen überall. Junge Leute in Uniform marschierten mit geschulterten Stöcken. Große Worte klangen: »Nieder mit dem Kapitalismus!« – »Für deutsche Freiheit!« Aber dahinter stand für jeden einzelnen die nagende Sorge, ob er seinen Platz, seinen engen oder weiten Platz, würde im Leben halten können.

Gohlisch und Öchsli verabschiedeten sich voneinander.

Muschlers fuhren nach Hause.

»Durchfall«, sagte Muschler.

Käte, die mit dem jungen Waldschmidt nach Hause fuhr, sagte: »So rührend ist der Käsebier.« Es tat ihr leid, daß sie nicht mehr mit Miermann darüber sprechen konnte, wie interessant doch dieser Aufstieg und Abstieg.

Am nächsten Abend war die große Verlobungsgesellschaft bei Margot Weißmann und zugleich die Einweihung der Wohnung.

Fünfunddreissigstes Kapitel
Muschler macht bankrott

Fräulein Dr. Kohler ging am 10. September in die Redaktion und las wie täglich die Zeitungen. »Die Firma N. Muschler & Sohn hat heute ihre Zahlungen eingestellt«, stand im Handelsteil. Sie erschrak, aber doch nicht sehr, denn sie dachte nicht daran, daß das Ereignis auch sie berühren könnte. Muschlers taten ihr leid. »Schrecklich«, dachte sie. »Bankrott. Schrecklich.« Bankrott erschien ihr das furchtbarste Ereignis des Kaufmannslebens. Bankrott hieß für sie, von Haus und Schrank und Wäsche gejagt werden. Menschen, vielen Menschen, vielleicht schuldlos, etwas schuldig sein. Sie wußte nicht, daß vom Schuldturm her ein weiter Weg ging, bis das Ziel erreicht war, wo der Schuldner triumphierte und der Gläubiger zusammenbrach. Sie fragte aber immerhin Gohlisch, ob sie etwas unternehmen müsse. Gohlisch verwies sie an einen Herrn vom Handel.

Fräulein Kohler, etwas verlegen und schüchtern, fragte den Doktor Barein, ob das schlimm sei, und ob ihre Papiere – ihre Mutter hätte schließlich den Rest ihres Vermögens dort – gefährdet seien.

»Haben Sie ein Nummernverzeichnis?« fragte sie der Doktor Barein.

»Nummernverzeichnis? Ich muß Ihnen sagen, ich weiß gar nicht, was das ist. Herr Muschler hat alles für uns verwaltet.«

»Also fahren Sie gleich nach Hause und erkundigen Sie sich und sehen Sie zu, daß Sie Ihre Papiere bekommen, sofort.«

Fräulein Kohler bekam eine würgende Angst. Sie fuhr nach Hause, teilte ihrer Mutter das Vorgefallene mit.

Die tapfere Frau sagte: »Dann mache ich eine Pension auf.«

Sie dachte immer noch, daß man es mit Fleiß und Sparsamkeit schaffen müßte.

»Wir können doch so kaum vermieten. Ich will bloß sehen, daß ich die Papiere retten kann. Haben wir ein Nummernverzeichnis?«

Auch die Mutter wußte nicht, was das ist. »Justizrat Oppler wird es wissen«, meinte sie. Der alte Justizrat war kurz am Telefon. Fräulein Dr. Kohler war es auch unangenehm, ihn zu behelligen. Er berechnete ihnen nie etwas. Er kannte die Familie seit vierzig Jahren und hatte Hunderttausende durch den alten Kohler verdient. Der alte Justizrat sagte: »Natürlich haben Sie ein Nummernverzeichnis. Fahren Sie sofort hin und sehen Sie zu, daß Sie die Papiere bekommen. Barguthaben auch?«

»Ja.«

»Wieviel?«

»Etwa 400 Mark.«

»Das wird verloren sein.«

»O Gott. Das geht doch nicht.«

»Fahren Sie sofort hin.«

Sie fuhr nach der Französischen Straße. Die Kastanie fing an, gelb zu werden. Die runde Kuppel war Schönheit einer anderen Zeit. »Würde die Kirche offenstehen«, dachte Fräulein Kohler, »würde ich hineingehen und mich ausruhen.« Drüben stand das Haus aus rotem Mainsandstein, ein großartiger, italienischer Renaissance-Palast. Da war nichts aus Unedlem, die Treppenstufen aus weißem Marmor, die Treppen mit rotem Teppich belegt, die Wände dunkler Marmor, das Geländer Bronze. Mehrere Autos standen davor, Chauffeure sprachen zusammen. Im Hause war große Unruhe. Man hörte Stimmen, Türen, »unerhört«, sagte ein Herr, als er Fräulein Dr. Kohler entgegenkam. Der alte Mayer, den sie lange kannte, ein würdevoller, alter feiner Herr, kam die Treppe herunter. »Was ist denn los, Herr Mayer?« sagte Fräulein Dr. Kohler.

»Was soll los sein?« schrie er erregt. »Pleite sind wir.« Im Kassenraum geriet sie in einen aufgeregten Schwarm von Menschen. Handwerker standen da, ein Mann, der Briefpapier machte, ein kleiner Drucker, hatte 1000 Mark zu bekommen. Ein älterer, sehr vornehm aussehender Herr verlangte erregt sein Depot, ein jüngerer Arzt sein Guthaben. Kleine Leute standen da, die um ihr Erarbeitetes bangten, Leute, die aus der Inflation einen Batzen gerettet hatten, fürchteten aufs neue.

Fräulein Dr. Kohler sah Rechtsanwalt Löwenstein: »Was ist? Was soll man tun?«

Löwenstein zuckte die Achseln: »Ich verliere auch mein Geld.«

Fräulein Kohler sagte: »Wir können das Geld nicht verlieren, es ist das letzte. Mein Vater, Sie wissen doch, ich glaube, es waren zwölf Millionen.«

»Tja«, sagte Löwenstein, »tja.«

»Wo ist Herr Muschler?« rief ein einfacher Mann. »Wo ist der Muschler?«

»Ich will mein Geld wiederhaben«, weinte eine Dame. Fräulein Kohler ging zu der Sekretärin. »Fräulein Fischer, was ist mit den Papieren?«

»Weg«, sagte Fräulein Fischer.

»Aber die auf Nummernverzeichnis?«

Fräulein Fischer zuckte die Achseln: »Mein Erspartes ist auch weg.«

»Könnte ich vielleicht zu Herrn Frechheim?«

Fräulein Fischer ging in dessen Büro.

Frechheim kam ihr entgegen. »Was ist mit unsern Papieren?« sagte Fräulein Kohler. »Wir hatten sie im Depot.«

Frechheim sagte: »Die Depots sind da.« Er war plötzlich ein uralter Mann geworden.

Er ging mit ihr zu der wartenden Menge. »Wo ist mein Depot?« schrie einer. »Diebe, Lumpen, Betrüger. Heute mache ich noch Anzeige.«

Frechheim sagte: »Kein Depotbesitzer wird zu Schaden kommen.«

»Aber die Depots sind doch nicht da?«

»Der Treuhänder hat alles zur Verfügung.«

Fräulein Kohler ging noch einmal zu Fräulein Fischer: »Fräulein Fischer, ich bitte Sie, sagen Sie mir die Wahrheit.«

»Herr Muschler hat die Depots angegriffen, alle Papiere sind beliehen worden.«

»Alle? Wo sind denn unsere Siemens-Obligationen?«

»Längst lombardiert, schon voriges Jahr, bevor die Herrschaften nach Cannes fuhren.«

»Ich verstehe das nicht. Ich muß mit einem Anwalt reden.«

»Die Familie will die Depots ersetzen.«

»Ich verlange, daß mir die Papiere gegeben werden oder der Geldeswert. Ich verlange das. Wo ist denn Herr Muschler? Was ist denn mit dem Haus? Oder mit dem Schmuck von Frau Muschler? Sie werden doch einstehen?«

Fräulein Fischer zuckte die Achseln: »Herr Muschler hat gesagt, das sei alles Privatvermögen seiner Frau. Es hat furchtbare Zankereien hier gegeben. Herr Frechheim hat doch nichts gewußt. Und als nun große Forderungen der Banken kamen und Herr Muschler nicht bezahlen konnte, kam alles raus. Wir haben es ja längst kommen sehen. Wir haben schon einen Monat kein Gehalt bekommen. Sie müssen Ihre Forderungen anmelden.«

Fräulein Kohler ging fort. Noch einmal das durchmachen, dachte sie. Ich muß sofort mit dem Wirt reden, daß er uns die Wohnung billiger läßt oder uns aus dem Kontrakt läßt. Wir müssen die Wohnung aufgeben! Was wird Mama sagen? Aber man kann doch nicht wegen der Wäsche und des Silbers und Porzellans in Not geraten. Wegen der Schränke braucht man eine große Wohnung! Das ist zu irrsinnig. Als Kind, dachte sie, habe ich in den Katalogen von Herzog und Gerson und Grünfeld immer die Gardinen und Tischwäsche angestrichen, die mir am besten gefielen. Ich habe gar kein Gefühl mehr für Besitz! So beweglich sein wie möglich! Nur keine Sachen, die einen beschweren. Aber wie wird Mutter das aufnehmen? Versteigerung! Wohnungsaufgabe! Es wird ihr gleichbedeutend sein mit dem Abgrund, mit dem Ende.

Sie sprach mit ihrer Mutter.

»Bekommen wir nicht Abstand für die Wohnung?«

»Ausgeschlossen, Mama. Wir müssen sehen, daß uns der Wirt aus dem Kontrakt läßt.«

»Und wenn wir uns zwei Zimmer nehmen, wo soll ich denn dann hin mit den Sachen?«

»Wir müssen sehen, daß wir sie verkaufen, und das wird auch nötig sein, damit wir Geld für den Umzug haben.«

Ein Mann, den man bestellt hatte, übersah die zehn Zimmer und meinte, eine Versteigerung lohne sich nicht. Das Riesenbüfett im Eßzimmer wolle kein Mensch mehr. Sie sollten froh sein, wenn es ihnen einer umsonst abtransportiere. Und die Kronen seien alle nichts mehr wert, für die Brockensammlung vielleicht!

Fräulein Kohler schämte sich, wie verkommen alles war. Seit zehn Jahren war nichts renoviert worden. Die Tapeten waren schmutzig, die Decken schwarz vor Ruß.

Der Mann begann im Korridor. Der eiserne Schirmständer, war er nicht Schund? Die Garderobenhaken häßliches Zeug, auch nur noch für die Brocke? Er ging durch die Zimmer. Frau Geheimrat Kohler sagte: »Sie müssen entschuldigen, daß nun überall in den Salons Betten stehen. Wir hatten bisher vermietet, aber jetzt geht es nicht mehr!«

»Oh«, sagte der Mann, »det schtört mich nich weiter. Ich seh schon, es is nich viel.«

»Es sind sehr gute Möbel gewesen«, sagte Frau Kohler mit einem Anlauf. Aber der Mann klopfte an dem großen Büfett im Eßzimmer. Die nachgemachte Frührenaissance angestrichener Gips! Die Eßzimmerkrone aus Messing mit der seidenen Zuglampe, die ausgeblichen war, ebenso unmöglich wie die eiserne Krone im Herrenzimmer! Für den Riesenmahagonispiegel würde er fünf Mark geben.

Die Polstermöbel aus dem Musiksalon von 1910 mit grünem Damast waren schlecht in der Form und der Stoff verschlissen. Die nachgemachten Rokokosessel im andern Salon der neunziger Jahre wollte kein Mensch mehr, und der Stoff war mehr grau als rosa. Und gar erst das Schlafzimmer! Der Waschtisch mit farbigen Anschlußwaschbecken war Frau Kohlers Stolz 1897 gewesen. Aber wer wollte sich noch in Waschbecken waschen, bei denen das Ventil mitten in einer La-France-Rose saß? Nußbaummöbel waren da. Keiner wollte mehr einen Danziger Barockschrank von 1904 im Herrenzimmer, keiner mehr ein umbautes Sofa im Salon, das längst aufpoliert gehört hätte. »Die Teppiche, ja, das geht, aber sie sind alle zu groß«, sagte der Mann.

»Und der Flügel?«

»Der Flügel bringt vielleicht 400 Mark.«

Frau Kohler schrie auf. »Das Instrument hat 4000 Mark seinerzeit gekostet.«

Der Mann zuckte die Achseln.

Wie ein fetter Schnitter Tod ging er durch die Wohnung und mähte alles mit Blicken nieder. Der türkische Rauchtisch sank hin. Die samtenen und seidenen Gardinen, die Wolkenrouleaux, die brüchigen Filetgardinen, die Vitrine im Eßzimmer, gefüllt mit Kristall, die vierundzwanzig verschiedenen bunten Römer, die Sesselchen mit grünem Seidenbezug, die Vitrine mit Meißner Figuren im Musiksalon, die Ledersessel mit Kastanienblättern, die eichene Standlampe. – Das viele Silber mit Rokokomuster könne man nur nach Gewicht verkaufen. Rokokosilber wolle kein Mensch mehr.

Hat nichts Bestand? dachte Fräulein Dr. Kohler. Würden wir verschüttet wie Pompeji, wäre nichts wert, ausgegraben zu werden? Ist alles Mist, was wir gemacht haben?

Der Mann blieb stehen: »Das Biedermeierzimmer könnte vielleicht 100 Mark bringen.«

»Das möchte ich aber gerade selber behalten«, sagte Fräulein Dr. Kohler. Von dem ganzen Hausrat, zehn volle Zimmer, eine elegante Wohnung im alten Westen, blieb bestehen: ein holländischer Barockschrank von 1700 mit Delfter Vasen, das königliche Berliner Porzellan für 24 Personen, eine Kommode von 1790, die Teppiche, ein paar Weißstickereien. Aus. Aus. Alles andere war für eine veränderte Zeit unbrauchbar. »Es lohnt sich nicht, die Sachen zu versteigern. Es bringt die Spesen nicht ein.«

Der Mann verschwand.

»Der Mann versteht ja nichts«, sagte halb überzeugt, halb um sich selbst zu trösten die Geheimrätin. »Sieh mal, Tante Amalie hat mich früher immer so um das Büfett mit den eingearbeiteten Silber- und Glaszügen beneidet, das ist doch auch was wert.«

»Weißt du. Mama, telefoniere doch mal Tante Amalie an, wollen wir ihr's schenken.«

»Wird nur zu groß sein für ihre kleine Wohnung.«

Tatsächlich riefen sie an. Tante Amalie war's zu groß. Aber sie wollte ihre Tochter fragen.

Am Abend rief Tante Amalie an und erzählte, daß Annelies gelacht habe, sie habe einen Silberkasten, das genüge ihr vollständig. So sei's heutzutage mit den Kindern.

Fräulein Kohler ging durch die Wohnung, sah den Salon mit den vielen unstabilen Tischen und Stühlen, dem Sofaumbau mit Spiegel, dem Tisch, der völlig mit Gobelin bekleidet war. Mit fremden Augen betrachtet, blieb nichts bestehen.

Der große bürgerliche Reichtum elend vertan! Wo war ein, auch nur ein schönes Stück? Auf einem Tisch lag eine bulgarische Stickerei, eine Oase voll Seele neben der Bronzebüste eines Mädchens mit offenen Haaren, die einen Seerosenkranz trug. Der Eisschrank war vielleicht verwertbar, aber der war auch zu groß. Dafür hatten die Männer gearbeitet, damit ödester Kram die Häuser zum Bersten fülle, damit für die 50 Personengesellschaften nicht alles wenigstens geborgt werden mußte. Und hatte sie sich dennoch nicht herrlich amüsiert vor dem Kriege? War sie nicht ebenso blind für das Echte gewesen wie alle anderen? Hatte sie es nicht um so feiner gefunden, je größer die Zimmer waren, je gewaltiger die Büfetts, je mächtiger die Kronen, je verzierter das Kristall, je reicher gestickt das Tischzeug? Und es war nur fein, wenn das Porzellan einen Gold- oder einen Kobaltrand hatte, wenn die Zigarrenschachteln aus Silber waren und Bronzen herumstanden, Vasen und Porzellane, mehr als das Auge fassen konnte. Hatte sie ihr feines klassizistisches Haus in Blumeshof mit der geschwungenen weißen Holztreppe und dem roten Sammet auf dem Handlauf nicht minderwertig gedeucht, 1911, als alles nach dem Kurfürstendamm zog und der Kaiserallee, mit gipsernem Barock schon am Eingang, mit bronzierten Sphinxen auf dem Treppenanfang und Wandgemälden in Erdbeerrosa und Spinatgrün?

Ihre Mutter weinte im Eßzimmer über diesen Zusammenbruch. »Wenn das mein Mann erlebt hätte.« Aber das Fräulein hatte ihren Zopf abgeschnitten, ihre Röcke und ihre Sehnsucht nach gefülltem Wäscheschrank. Leicht sein, beweglich sein! Zwei Zimmerchen im Grünen war das Ideal! Wenn es nicht noch schlimmer kam, wenn auch Fleiß nichts mehr half und Sparsamkeit! Plötzlich beschlich sie eine entsetzliche Lebensangst. Was, wenn sie ihre Stellung verlor? Mensch des gesicherten Lebens, der sie war, im kleinsten Rahmen, aber immerhin gesichert. Was dann? War es nicht besser, die Sachen für die Pfändung aufzuheben? Etwas zu haben, wenn man Schulden machen mußte beim Bäcker, beim Fleischer?

So saß zehn Jahre nach dem Tode des Geheimrats Kohler, einem Mann von 12 Millionen Vermögen, seine Tochter in der Zehnzimmerwohnung.

Die braune Bronzelampe brannte. Zu irgendeinem Jubiläum hatte sie ihr Vater bekommen. Jetzt konnte man sie auf den Müll werfen, oder für die Brocke vielleicht! Sie ging durch das Berliner Zimmer in ihr Schlafzimmer. Der Eßzimmerteppich war zwar ein herrlicher Buchara, aber er war abgetreten. Die Römer waren zwar häßlich, aber hatten sie nicht vergnügt Wein daraus getrunken? Es ging ihr alles durcheinander.

In ihrem Zimmer saß auf dem Sofa der Käsebier aus Gummi, den ihr Gohlisch vorige Weihnachten geschenkt hatte. »Käsebier, die echte Gummipuppe, etwas für die Kleinen, damit sie lachen und nicht weinen, können se ans Herz drücken, können se ins Bad mitnehmen.« Vielleicht wird Muschler das Haus gut los werden und kann den Bankrott vermeiden, dachte sie.

*

Am gleichen Tag fand eine Besprechung zwischen Mitte und Muschler statt. Es waren anwesend: Mitte, Matukat, Muschler, Dr. Löwenstein und Frechheim. Frechheim sprach nicht mehr mit Muschler. Frechheim hatte sich entschlossen, Muschler nicht ins Gefängnis kommen zu lassen, aber sonst war er für ihn erledigt. Es handelte sich nun um die Verwertung des Theaters.

»Gutes Geschäft«, sagte Muschler zu Mitte, »ich möchte auch der Zweite sein!«

»Na, ich aber nicht bei Ihrem famosen Käsebiertheater«, sagte Mitte.

»Warum? Warum?«

»Na, ich danke! Der arme Mann! Geht keen Aas rein. Erst

hab'n Se'n aus seiner Hasenheide fortgelotst, jetzt geht er hier zugrunde.«

»Na, und Sie?«

»Ich habe in Ihrem Interesse gehandelt. Gehört mir der Bau oder Ihnen?«

»Na, die Pacht wird er doch immer aufbringen.«

»Nö, das glaub ich nicht!«

»Machen Sie nur den Bau runter. 'n Bau von einer Million Wert möchte ich auch für 250000 Mark Eigentümergrundschuld bekommen.«

»Na, und Grunderwerbssteuer?«

»Noch mal 100000 Mark.«

»Wissen Sie, ob die Bank stehen läßt?«

»Sicher läßt die Bank stehen.«

Mitte überlegte, 350000 Mark hatte er nicht flüssig. Wenn's zur Zwangsversteigerung kam, fiel er hinten runter mit seiner zweiten Hypothek. Muschler dachte, daß die 250000 Mark Eigentümergrundschuld eventuell sogar den Bankrott aufhalten könnten.

Löwenstein sagte: »Wenn es zur Zwangsversteigerung kommt, kann einer ein gutes Geschäft machen, erwirbt für 350000 Mark etwas, was eine Million wert ist.«

»Na, so weit werden wir's ja nicht kommen lassen«, sagte Mitte. »Otto Mitte & Co. werden's schon erwerben, aber ich denke, Herr Muschler, Sie geben's auch billiger. 'n Haus mit 'nem Theater, das pleite ist und unvermietete Wohnungen!«

»Wenn Sie sich so einen genialen Architekten nehmen!!«

»Nee, nee, nu schiebenses nich auf Karlweiß. Die Konjunktur hat sich geändert. Was mich der Bau gekostet hat, ist ja nicht zu sagen. Von dem vastorbenen Kaliski anjefangen!«

»Was hat Sie Kaliski gekostet?« fragte Muschler.

»Na, 10000 Märker immerhin für die Vermittlung von dem famosen Geschäft.«

»Was?« sagten Muschler und Löwenstein aus einem Mund. »Uns gegenüber hat er doch immer versichert, er will sich nur mit der Vermietung begnügen?«

»Na, mir hat er anders gesagt.«

»Na, was jetzt alles rauskommt. Aber deswegen bleibt Recht Recht und Vertrag ist Vertrag.«

»Wo nischt ist, hat der Kaiser und och de Republik das Recht verloren.«

»Wie meinen Sie das?«

»Sie können in Berlin hausieren gehen, werden Sie im Augenblick keinen Käufer finden. Ich sage 50000 Mark und übernehme das Käsebiertheater.«

»Erlaubensema, Herr Kommerzienrat«, sagte Muschler, »wir haben doch einen Vertrag für die Eigentümergrundschuld.«

»Wartenses ab, wer's Ihnen bezahlt. Otto Mitte & Co. nicht. Ich sage 50000 Mark, Schluß.«

Sie trennten sich.

Durch Berlin lief die Nachricht, daß ein Geschäft zu machen sei, das Käsebiertheater zu verkaufen! Es liefen die Vermittler herum, die Telefone standen nicht still. Es galt ein großes Geschäft zu machen!

»Wir teilen uns in die Prozente«, sagte Schabe zu Peter.

»Wieso teilen? Ich habe Sie auf das Geschäft aufmerksam gemacht«, sagte Peter zu Schabe, »mindestens zwei Drittel.«

»Wieso denn? Ohne meine Verbindungen können Sie gar nichts machen. Ich kenne alle reichen Leute, die für so ein Geschäft in Frage kommen.«

»Na, wenn's Ihnen gelingt, gut, auf Teilung.«

*

Frechheim sagte seinem Neffen Muschler die Meinung. »Einfach Geschäfte über meinen Kopf weg zu machen, ich muß sagen, eine Frechheit ist das, du hast uns alle zugrundegerichtet, deinen Namen, unsern Namen.«

Muschler zuckte die Achseln.

»Ach, du findest das nicht wichtig?! Name ist nicht mehr wichtig?! Warum auch? Wo hast du deine Reserven? Ein Lump bist du!«

»Na, erlaube mal.«

»Die Depots beliehen! Fremde Gelder angegriffen! Ins Gefängnis kannst du wandern. Und dieser verrückte Bau! Diese Albernheit! Dies Großhanstum!«

Onkel Gustav setzte sich erschöpft. Muschler saß ruhig da: »Die Familie will es ja decken.«

»Wenn sie können. Und was willst du mit deiner Villa machen?«

»Die gehört doch Thedy.«

»Solange ich was zu sagen habe, wird Thedy die Villa und ihre Brillanten in die Masse geben! Hast du denn gar kein Ehrgefühl mehr? Ich gebe selbstverständlich alles, meine Bilder und meine Möbel in der Keithstraße. Bist du ein Schieber oder waren dein Vater und dein Großvater vornehme, ehrliche Leute, Bankiers, die mit Rothschild gegessen haben?«

»Mußt du mit Thedy reden.«

»Das werd ich auch tun.«

Aber das änderte gar nichts. Thedy hielt an ihrem Besitz fest. Sie würde die Villa aufgeben und einen Teil der Sachen, gewiß, aber sie wäre dazu nicht verpflichtet. Sie legte Wert darauf, daß sie nicht verpflichtet war. Und an die Brillanten war gar nicht zu denken. Es war zum Teil alter Frechheimscher Familienbesitz. Sie dachte gar nicht daran. Schlimmstenfalls würde man nach der Gesamtabwicklung in die Schweiz ziehen, meinte sie.

Muschler, der gutmütige und bequeme, war ganz ihrer Meinung. Es war eben viel bequemer, mit Schulden in die Schweiz zu ziehen als zu verarmen.

»Haste eigentlich ganz recht, was soll man sich hier in Deutschland rumärgern, wo sie einem alles weggesteuert haben.«

Sechsunddreissigstes Kapitel
Gläubigerversammlung

Am Montag, den 15. September, war die erste Gläubigerversammlung. Die ungeheure politische Aufregung über den Ausgang der Wahlen traf in der Gläubigerversammlung zusammen mit der Erregung der Menschen über Verluste von Erspartem, Erarbeitetem und Erspekuliertem.

Oben im dritten Stock des Amtsgerichts Berlin-Mitte, in jenem tollen Haus mit der Atmosphäre eines Tanzlokals mit schwingenden Treppen, Rokokogeländer und Rosenblüten, fand in einem getäfelten Raum die Versammlung statt. Fräulein Dr. Kohler war sehr früh da. Aber schon standen die Leute einander gegenüber, drehten sich gegenseitig die Jackettknöpfe ab und erzählten erregt ihre Geschichte. »Drei Tage vorher, denken Sie an, drei Tage vorher«, sagte ein kleiner Geschäftsmann, »bring ich ihm noch 2000 Mark und er nimmt's auch. Denken Sie an, er nimmt's auch. Wär doch nur anständig gewesen, wenn er unter irgendeiner Ausrede mir die Papiere zurückgeschickt hätte.«

»Er wird sie gar nicht gekauft haben, der Lump.«

»Glatt verbraucht! Wissen Sie, glatt verbraucht!«

»Er fährt noch immer's Auto«, rief einer.

»Und was für'n Wagen!«

»Muß doch einer woll die Steuer for zahlen!«

Duchow, der Tischler, war da. Er war da, winzig, alt und grauhaarig und schrie mit hoher Stimme. »Man kämpft wie'n Löwe. Wie'n Löwe muß man kämpfen«, und er schüttelte den spärlich behaarten Kopf.

Dr. Krone stand da: »Wenn meine Papiere nicht da sind, geh ich sofort zum Staatsanwalt. Sofort! Denken Sie, ich laß mir das gefallen? Erst hat einen der Staat betrogen, jetzt die Bankiers. Alle fünf Jahre werden einem die Ersparnisse gestohlen. Glatt gestohlen! Ich habe große Ausgaben, ich muß mir eine andere Wohnung nehmen. Dafür hat man ja das Geld liegen. Sind die Papiere nicht da. Einfach nicht da. Ich habe sie schon zweimal eingeschrieben verlangt, erzählt man mir immer was von ›Treuhänder‹. Soll man doch gleich bolschewisieren, weiß man, woran man ist.«

Oberndorffer, der sich verspätet hatte, kam angerannt: »Hat's noch nicht angefangen?«

»Was haben Sie denn hier?« fragte Dr. Krone. »Auch Ersparnisse verloren?«

»Nö, Honorar. Tach, Herr Duchow. Werden Sie auch Geld einbüßen?«

»Ja, 500 Mark. Ist auch Geld. Voriges Jahr hab ich erst an einem Kunden 2000 Mark verloren. Ist viel Geld für'n alten Duchow. Nee, 's macht kein' Spaß mehr, Herr Baumeister. Keen Mensch weeß mehr, was gut ist, und dann büßt man noch Geld ein. Wir beede, Herr Baumeister, wir sind doch gottbegnadete Künstler, mit uns weeß man nischt mehr anzufangen.«

»Na, gottbegnadet?! Herr Duchow!«

»Na, ich meen ja bloß so.«

»Beim Bauen«, sagte Oberndorffer, »ist der Bau gar nicht so wichtig, die Finanzierung ist alles. Jetzt haben wir die Finanzierung.«

»Soll man doch gleich bolschewisieren«, hörte Oberndorffer Krone sagen.

»Ich hatte mein ganzes Vermögen dort«, sagte eine alte Dame und weinte. »Alles, was man noch aus der Inflation gerettet hatte.«

Schon kamen Rechtsanwälte und die Vertreter der großen Firmen. Die Versammlung wurde eröffnet. Der Konkursverwalter Böker, ein blonder Mann mit Spitzbart und Bauch, verlas den Status. Er verlas den Bestand des Geschäfts und die Entnahmen.

Als die Entnahmen auf das Persönliche gingen und er verlas: »Entnahme Richard Muschler 70000 Mark«, erhob sich noch einmal die Empörung. »Von andrer Leute Geld«, »natürlich«, »von unserm Geld«, »unerhört«.

»Da ist meine hohe Lebensversicherung dabei«, schrie Muschler. Aber das nützte ihm nichts, er stand abgedrängt in einer Ecke. Frechheim hatte 10000 Mark entnommen. Der Gläubigerausschuß wurde gebildet.

»Wen vertreten Sie überhaupt?« schrie einer.

»Ich? Die Union für Im- und Export.«

»Das ist ja gar nicht möglich. Die vertrete ich ja.«

»Herr, was erlauben Sie sich!«

Die andern traten begütigend dazwischen. Es war aus dieser Sache nicht klug zu werden.

Ein Dicker rief: »Was verdient überhaupt der Konkursverwalter?«

Der Richter, ganz Würde, sagte: »Das ist gesetzlich festgelegt. Darüber können Sie sich in der Konkursordnung orientieren. Hier ist nicht der Ort dazu!«

»Wie hoch ist denn überhaupt Ihre Forderung?« fragte einer den dicken Fragesteller.

»93 Mark«, sagte der.

Alles lachte.

»Für mich sind 93 Mark auch Geld«, sagte der Dicke. »Bei Ihnen fängt's vielleicht erst bei der Million an.«

Dr. Krone wollte als Vertreter der mittleren Gläubiger in den Gläubigerausschuß.

»Sie sind ja gar kein Kaufmann!« erwiderte ihm ein Rechtsanwalt.

»Aha, die Herren wollen unter sich sein«, rief der Dicke.

»Ja, ja, so is«, sagte Duchow.

Und der Drucker sagte: »Die Großen haben alle Pfänder in der Hand. Die Kleinen haben das Nachsehen.«

»So ist es.«

Einer rief: »Wovon haben die Herren Muschler die Fabrik in Schleiz bezahlt, die sie in letzter Zeit gekauft haben?«

»Wir haben keine Fabrik in Schleiz«, rief Frechheim.

»Heißt Textol A.-G. Dahinter steht aber Herr Muschler. Ich will wissen, ob die Fabrik in die Masse kommt?«

»Das ist Sache des Gläubigerausschusses.«

»Ich will wissen, ob die Fabrik in die Masse kommt?«

Er bekam keine Antwort.

»Und was ist mit dem Schweizer Konto von Herrn Muschler?«

»Ich will wissen, was mit dem Schweizer Konto von Herrn Muschler ist, sonst zeige ich ihn wegen Konkursverbrechen an!«

»Wissen Sie, wer Vorsitzender vom Gläubigerausschuß werden soll? Der Schieber Karlweiß.«

»Wirklich«, sagte Oberndorffer, »das ist doch toll.«

»Da hab'n wa's ja«, sagte Duchow. »Reine Kinderstube hier, reine Kinderstube hier. Da ziehen die Großen die Kleinen aus.«

»Was wird denn aus Käsebier?«

»'ne Jröße von gestern.«

»Geht denn das Theater so schlecht?«

»Mir hat der Käsebier gesagt, er hat im ersten Monat schon Unterbilanz. Sie kennen doch die Berliner. Im allgemeinen gehen se nur im ersten Monat rein. Wenn se also im ersten Monat nich reinjehen, is janz aus.«

Die paar Herren standen zusammen. Rechtsanwälte, Karlweiß, ein Vertreter von Otto Mitte und anderen großen Firmen. Sie besprachen den Gläubigerausschuß. Hinten, wo die Bänke stehen, standen Duchow, Oberndorffer, der Dicke, Fräulein Dr.

Kohler und Dr. Krone und die Angestellten, die schon einen Monat keine Gehälter bekommen hatten, was keiner gewußt hatte.

*

Am gleichen Tag sagte Mitte zu Muschler: »Wollen wa nich mal aufs Amtsgericht gehen und uns die Eintragung von der Eigentümergrundschuld ansehen?«

»Wozu denn. Wir haben doch die Verträge.«

»Man kann doch nicht wissen.«

»Ich weiß nicht, wo mir der Kopf steht und soll'n Vormittag auf dem Amtsgericht totschlagen! Ich will Ihnen ja entgegenkommen.«

»Na, das denke ich auch. Sie wissen doch selber, was passiert, wenn's zur Subhastation[7] kommt?«

»Na, schön«, sagte Muschler müde. »Ich hol Sie mit'm Auto ab.«

Am nächsten Tag fuhr Muschler bei Mittes Büro in der Schellingstraße vor.

»Na, Muschler, Sie werden doch nicht den Kopf hängen hassen, kann doch jedem passieren! Heutzutage! Der eine früher, der andere später!«

»Ach nee, nee«, sagte Muschler, »ich laß ja gar nicht hängen.«

Im Amtsgericht Charlottenburg mußten sie viele Wege machen, ehe sie das rechte Zimmer fanden. Mitte und Muschler sahen das Grundbuch ein.

Muschler sah immer noch hin, als Mitte schon dröhnend zu lachen anfing. »Mönsch, Muschler«, sagte er und schlug Muschler auf die Schulter, »Ihr berühmter Herr Dr. Löwenstein hat die Eintragung vergessen.«

Muschler sagte: »Das ist ja unmöglich, Herr Kommerzienrat, Löwenstein wußte, wie wichtig mir dieser Punkt war.«

»Na und ob! 'n janzen Tach hab'n wa in Baden-Baden darüber verhandelt!«

»Es ist unmöglich. So ein großer Anwalt? Löwenstein vergißt so was nicht.«

»Na, wollen wir einen Beamten fragen?«

Der sah grauhaarig über seine Brille.

---

[7] öffentliche Versteigerung

»Eigentümergrundschuld an Herrn Muschler ist hier nich drin.«

»Na, 's is doch«, sagte Muschler wütend, »da soll doch gleich! Ich mache Löwenstein regreßpflichtig.«

»Bis Sie *den* Prozeß gewinnen!« sagte Mitte.

»Bitte, ich laß es ruhig zur Subhastation kommen.«

Mit Muschler war nicht zu reden in diesem Moment. Er fuhr ins Geschäft und rief sofort Löwenstein an.

Löwenstein sagte: »Und meine Depots, Herr Muschler?«

Muschler hängte an. Tatsächlich hatte der überbeschäftigte Anwalt einen Bock geschossen. Es war nichts mehr zu machen. Auch diese Reserve fiel. Der Konkurs ging seinen Gang.

Siebenunddreissigstes Kapitel
Ein Besuch

Waldschmidt ging am Tage vor der Besichtigung zu Frechheim. Sie kannten sich von Jugend an, aber in den letzten 20 Jahren hatten sie sich nur auf Gesellschaften, bei Premieren und beim Rennen getroffen. In Jahren war Waldschmidt nicht auf die Idee gekommen, jemanden zu besuchen. So, einfach zu besuchen. Es war eine völlig wahnsinnige Idee, einfach zu jemandem zu gehen, ohne daß man einen Grund hatte. Plötzlich, als er vom Geschäft kam, ließ er in der Keithstraße halten. Auf der Treppe dachte er, ich lauf da einfach dem Frechheim die Bude ein. Er wird denken, ich will ihm Geld anbieten. Aber er hatte das Gefühl, Frechheim könnte sich das Leben nehmen. Und er hatte recht.

»Na, Emma« , sagte er, »ist der Herr zu Hause?«

Waldschmidt ging in das dunkle Herrenzimmer, zusammengekauert saß Frechheim da.

»Sie werden doch nicht!« begrüßte ihn Waldschmidt. »Lieber Frechheim, warum? So ein kluger Mann wie Sie! Es ist doch eine Feigheit.«

»Muschler hat meinen Namen mit kaputt gemacht.«

»Man wird unterscheiden können.«

»In Berlin? Wo die Lumpen nach oben schwimmen und die Anständigen untergehen? Sehen Sie, Muschler hat gar kein

Gefühl für die Firma. Meine so früh verstorbene Frau und ich haben bei jeder Gelegenheit uns überlegt, ob es der Firma nützt oder schadet. Für Muschler ist N. Muschler & Sohn, trotzdem er doch den Firmennamen trägt, Hekuba. N. Muschler & Sohn könnte genau so gut Kreditbank heißen.«

»Ja, so ist es heutzutage. Neulich bei der Einweihung von der Weißmannschen Wohnung sprach ich Theodor Weißmann. Sagte er, ›wenn's noch schlimmer kommt, liquidiere ich die Firma‹, so wie unsereins sagen würde: ›Ich muß mir ein Paar Schuhe bestellen.‹ Ich sagte zu ihm, er hätte doch ein ungeheures Vermögen, wie er daran denken könnte, meinte er ganz erstaunt, als ob ich vom Mond käme, sein Privatvermögen hätte doch nichts mit der Firma zu tun.«

»Das ist der Unterschied, lieber Waldschmidt, zwischen unserer Generation und der, die nach uns kam.«

»Erbe, Erbe, lieber Frechheim, Polo, Golf und Rente, das sind doch alles keine Kaufleute mehr.«

»Früher und sicher auch beim alten Weißmann war ein Unternehmen der große Stolz, für das man sparte und in das jeder erübrigte Pfennig hineingesteckt wurde, da hatte der Kapitalist den Mehrwert, weil er auch das Risiko hatte. Aber diese Leute, für die ihr Unternehmen eine Art Börsenpapier ist, das eine Rente abwirft, diese Herren sind allerdings zur Bolschewisierung reif. Sein Privatvermögen hat nichts mit der Firma zu tun! Wie mein Neffe Muschler! Es ist doch heutzutage ein Zeichen ganz besonderer Anständigkeit, wenn einer arm aus einem Bankrott hervorgeht und sich nicht am Geld seiner Gläubiger gesund macht.«

»Das ist aber 'ne alte Sache, 'ne richtige Pleite ist mir lieber als das große Los.«

»Und wissen Sie, das Haus, in dem ich wohne, gehört doch der alten Frau Gerhard, das ist auch so eine Geschichte, das Haus hat nur drei Wohnungen. Eine ist schon zu vermieten. Wenn ich jetzt ausziehe, wird die zweite Wohnung frei, dann kommt das Haus zur Zwangsversteigerung. Die Wohnung war mir schon seit dem Tode meiner seligen Frau zu groß. Ich habe nur nicht gekündigt, weil mir die alte Frau so leid getan hat, und jetzt laß ich versteigern.«

»Auch nich einfach.«

»Nein, man hängt an den Sachen. Meine schönen römischen Gläser, und wer will heute echte Renaissancetüren, wer kann es sich leisten, sie einzubauen? Ich hätte so gern meine Schreibtischuhr behalten mit dem Glockenspiel und die schöne Bronze von Kruse, und den schönen Krüger.«

»Na, ja«, sagte Waldschmidt, »man hängt an vielem. Mir ist gleich nach den Naziwahlen ein großer amerikanischer Kredit gekündigt worden.«

Im gleichen Moment begriff er nicht mehr, wie er überhaupt so etwas erzählen konnte. War er plötzlich eine Frau geworden, daß er schwatzte wie die Damen am Telefon?

Frechheim erschrak ehrlich: »Es ist so traurig zu hören, daß es allen schlecht geht.«

Waldschmidt lachte: »Na, es geht mir noch nicht schlecht, ich dachte, es wäre Ihnen ein Trost! Ich muß nur verschiedenen von meinen Mitarbeitern kündigen, bei einem ist es so grausam wie beim anderen. Aber ich habe gegenüber dem Jahre 13 das Doppelte Angestellte infolge der Steuern und Sozialversicherungen. Alles Leerlauf! Wir stehen alle auf der Barrikade, lieber Frechheim. Alle, scheint mir, gleich tapfer. Der eine fällt, den anderen trifft die Kugel nicht oder noch nicht. Aber wir sind alle Kämpfer.«

»Die alte Garde«, sagte Frechheim. »Aber das Banner meiner Kaufmannsehre ist beschmutzt, dieser Kerl, dieser Muschler!«

»Es ist überall was«, sagte Waldschmidt und dachte an die Tänzerin, mit der sich sein Sohn verheiraten wollte. Die beiden Männer verabschiedeten sich gerührt.

»Wer könnte zu mir kommen, wenn ich pleite mache?« dachte Waldschmidt. Er überlegte, und es blieb keiner.

Als er vor seiner schönen Villa in der Stülerstraße hielt, war ihm etwas eingefallen. Die Tatsache, daß er völlig einsam war. Es gab gesellschaftliche Beziehungen, Mitarbeiter, Frau und Kinder. Von seinen Mitarbeitern liebten ihn wohl manche. Aber Freunde?

Waldschmidt telefonierte mit dem Kommissionär Levy: »Ersteigern Sie mir bitte die Uhr und die Krusebronze.« Er wollte es für Frechheim ersteigern. Aber später genierte er sich doch und schickte sie nicht zu Frechheim. Der Besuch war schon albern genug gewesen.

Achtunddreissigstes Kapitel
Versteigerung

Versteigerungen in Berlin W sind eine Sache! Feine Leute kaufen nur dort. In einem Geschäft kaufen, das von Kennern geleitet wird, das gesiebt schöne Dinge von guter Qualität enthält, das kann jeder, aber auf Versteigerungen erkennen, was billig, was teuer ist, das ist eine Aufgabe. Dazu gehört die Warenkenntnis der gesamten Einrichtungsbranche, die keiner so gut besitzt wie die Luxusfrau. Wer beständig Porzellan und Toaster und Cocktailservice kauft und Gardinen erneuert und die Perser stopfen läßt, wer schon als Kind von der Mutter gefragt wurde: »Was sagst du zum neuen Teeservice von Tante Herta?« der weiß Bescheid.

Margot Weißmann telefonierte mit der Gräfin Dinkelsbühl: »Also was sagen Sie, Frau Gräfin, Frechheim läßt versteigern! Die herrliche Gläsersammlung und seine anderen Sachen! Morgen ist Vorbesichtigung.«

»Die arme Frau Thedy! Sollte man sie nicht einmal anrufen?«

»Ich glaube, das wäre ihr nur unangenehm. Der Mann ist doch schwer kompromittiert! Wollen wir vielleicht zusammen zu Frechheim hinfahren?«

»Ja, gern, ich suche schon lange einen frühen Barockschrank, genau so einen, wie Frechheim auf der Diele hatte.«

»Man kauft ja geschenkt billig auf Versteigerungen.«

Am Sonntag war die Vorbesichtigung in der Keithstraße.

Unten warteten die Autos.

Versteigerungen haben eine eigene Atmosphäre. Die merkwürdige Stimmung von Auflösung, Verwüstung und Tod wird paralysiert durch den Aufmarsch der eleganten Autos vor der Tür und der noch eleganteren Damen in den Räumen. Das Parfüm von Staub und Ungeputztheit wird übertäubt von Caron und Houbigant und Eau de Cologne und dem Parfüm der Heiterkeit, das eine gepflegte Frau verbreitet, wo immer sie lächelnd hintritt.

Oben stand Käte Herzfeld mit Oppenheimer und dem bekannten Kunsthändler zusammen, als die Gräfin Dinkelsbühl mit Margot Weißmann kam. Eine Minute später kamen auch die Bankiers Hersheimer. Frau Hersheimer trug einen schwarzen Tuchmantel mit Persianer. Aber Margot Weißmann war schon in Flaschengrün mit Breitschwanz. Die Gräfin Dinkelsbühl, eine herrliche Erscheinung, trug einen braunen Anzug. Käte war auch in Schwarz mit Persianer da. Frächter kam mit seiner Frau, weil sie noch einiges für die Wohnung brauchten.

»Sie sehen herrlich aus, Käte«, sagte Margot. »Ich wollte Sie schon neulich auf meiner Gesellschaft fragen, sind Sie eigentlich noch bei der Arden in Behandlung?«

»Nein, bei einer himmlischen Masseurin, ich sage Ihnen gern die Adresse.«

»Haben Sie die ausgezeichnete Servante aus den sechziger Jahren gesehen?« fragte Oppenheimer.

»Lieber Oppenheimer, ich bitte Sie, sechziger Jahre? Sie können doch keine sechziger Jahre stellen!«

»Für mich haben die Sachen viel Flair. Für Sie ist übrigens eine erstklassige Kommode da, sehr reiches Louis XV., ganz große Klasse. Mit 5000 Mark limitiert. Dafür geschenkt!«

Die Wohnung war überfüllt. In der Diele zwei schöne Kommoden, darüber Dörbecksche Berliner Redensarten.

Im ersten Zimmer die Sammlungsschränke, innen beleuchtet, für römische Gläser. Daneben Herrenzimmer, Renaissance, ein großer Ruisdael überm Schreibtisch. Daneben Wohnzimmer in Chippendale mit blauem Samt, der Flügel, ein Notenständer. Daneben der Salon mit kleinen französischen Kommoden, mit gewaltigen Vasen, wie sie Paul von Rußland für Potsdam anfertigen ließ. Im Eßzimmer aufgebahrt der Kram: Der große, glatte silberne Obstkorb vom dänischen Silberschmied. Die Hausbar, die Likörservice. Die Silberschälchen für das Konfekt. Die Meißner Teeservice, die silbernen und Alt-Berliner und Sèvres-Déjeuners, alles stand da, die Gläser in Baccaratschliff, die farbigen Römer. Die 24 silbernen Fingerschalen, 185 g das Stück. Die 18 silbernen Kaffeetassen, 170 g das Stück. Die 24 silbernen Mokkatassen, 70 g das Stück. 11 Teller, 500 g das Stück. Die 24 anklemmbaren silbernen Grätenschalen, 80 g das Stück. Der Besteckkasten für 36 Personen mit Hummern- und Austerngabeln, kurzum die silbernen Tee- und Kaffeeservice, die Keksdosen, die Obstschüsseln mit passenden Tellern, dazu endlos das Bleikristall mit Silberrand, endlos die Döschen, endlos die Vasen. Ein Bronzetintenfaß, eine grüne Marmorschreibtisch-Garnitur, ein silberner Rauchtisch, eine silberne Zigarrenkiste, eine braune Marmor-Rauchschale, auf der ein bronzener Hirsch stand, eine graue Marmor-Rauchschale, auf der sich eine goldene Tänzerin reckte, eine bronzene Rauchgarnitur, dazu die Einzelascher in grünem Onyx, in Rosenquarz, dazu die Italien-Erinnerungen, Majolikateller aus Florenz, Bronzeleuchter aus Pompeji, dazu die Bronzen, Nackedeis auf rotem Marmorsockel, Schnitter, Schmied, Arbeitsmann. Mitten darunter stand ein Goethe, 32 Bände in Ganzleder. Dazu an der Wand der Schrank mit ausgestopften selbstgeschossenen Vögeln, einem Adler aus dem Kaukasus, merkwürdigen Tieren aus Nordafrika, Eidervögeln von einer Nordlandsreise und der Fülle der Möwen aus Südengland. An den Wänden die Geweihe, die Hirschgeweihe, Elchschaufeln und der Kopf einer Wildsau.

Gustav Frechheim war ein feiner Herr gewesen, ein Nimrod, Besitzer einer Yacht, ein Sammler von römischen Gläsern und ein Musikliebhaber, ein Geiger, der in guten Zeiten viel Geld für die Philharmoniker gegeben hatte.

»Schauen Sie dies bezaubernde Kästchen«, sagte die Gräfin, »und dann sind da ein paar sehr anständige Brokate. Möchte ich morgen ersteigern.«

»Sehen Sie bloß dieses furchtbare Eßzimmer von 1900 und diese blödsinnigen Bronzen, zum Piepen. Es ist nichts Rechtes da«, sagte Margot, »höchstens die Brücken.«

Bis in die Kammern krochen die Damen. Margot lachte sich schief. Dort standen die Koffer. Hotelschilder klebten darauf. Negresco Nizza. Danieli Venedig. Suvretta St. Moritz.

Der Kommissionär Levy sprach die Damen an: »Haben Sie schon den Täbris gesehen, Frau Konsul? Herrliches Stück, Sie können so gut noch einen Teppich brauchen. Ich verschaffe ihn Ihnen ganz billig. Vielleicht braucht Frau Gräfin auch noch was?«

»Ich werd ihn mir mal ansehen«, sagte Margot. »Wie hoch meinen Sie?«

»Na, 300, Frau Konsul.«

»Also ich limitiere 200.«

»Das ist wohl kaum möglich, sagen wir 250. Ist großartig

für Ihren Wintergarten. Frau Konsul waren doch immer zufrieden mit mir?«

Das mußte Margot zugeben. Sie kannte den Kommissionär. Sie hatte schon schöne Stücke durch ihn erworben. Sie gab ihm den Auftrag. Der Kommissionär notierte. Er kannte den Täbris. Er vermittelte ihn zum vierten Male seit zehn Jahren. In der Inflation hatte ihn Frau Geheimrat Kohler verkauft. Er war in den Grunewald gewandert zu Lola di Vandey. Als die Schauspielerin ihren Haushalt auflöste, kam er zu Frechheim. Nun sollte ihn Margot bekommen. Die Gräfin limitierte den Barockschrank.

Morgens um 10 Uhr begann am nächsten Tag die Versteigerung. Die alten Dienstboten standen beisammen. Emma, das Faktotum, eine Aufwartefrau, die geholfen hatte, der alte Diener von Frechheim. Die Freunde des Hauses waren da. Die Kommissionäre. Und Fremde. Elegante Damen. Eine Modenschau. Nur schöne Frauen, eine Burne-Jones-Gestalt, weißblond in blaßgrün, sprach mit einer Schwarzen im grauen Fehpelz. Schon war alles abgeräumt. Dicke Männer bliesen den Rauch in die Luft. Einer, mit einem weißen langen Bart und Tirolerhut, roch nach Zwiebel, ein anderer nach Alkohol. Die Gemälde wurden versteigert. Den Aubusson wollte niemand. 5 zu 6 Meter groß. Wer konnte einen solchen Aubusson brauchen? Später kamen die antiken Gläser, die Kommoden, die Vasen, das Silber, der abgetretene Velour, alles meist teurer als in den Geschäften. Aber das Spielfieber packt, von 11 bis 8 Uhr wurde versteigert. Eine graue Staubwolke lag auf allem.

»Nr. 212 Betthimmel, Schantungseide. Gebot?... 3o Mark! Kein höheres Gebot?... 40 Mark, kein höheres Gebot?... 41, 42, 45, 50, 55, 60, kein höheres Gebot? 61, kein höheres Gebot?... 62, kein höheres Gebot?« Hammerschlag.

»Wer ist?«

»Wittstock.«

»Wittstock. Nr. 213 Flügel, Bechstein, Konzert. Gebot?... 50 Mark! Kein höheres Gebot?... 60 Mark, kein höheres Gebot?... 70, 80, 90, 100, 150, 180, 200, 250, 300, 310, 315, 325, kein höheres Gebot?... 350, kein höheres Gebot... 370, 375, kein höheres Gebot...« Hammerschlag.

»Wer ist?«
»Greifenhagen.«
»Greifenhagen.«
So den ganzen Tag. Im Korridor hielt sich fremdes Mannsvolk in schäbigen Anzügen auf, warf Asche auf die guten Stühle, rauchte Pfeife, trug Bärte, alte Röcke. In einem kleinen weißen Empirestuhl mit einem goldenen Fruchtkorb in der Lehne, entstand im blaßgrünen Bezug ein großes Brandloch. Von den Fenstern rissen sie schon die Gardinen. Die Packer, die Ziehleute, die Giganten hoben schon mit Tragebändern die mächtigen Stücke, schleppten sie in die Möbelwagen, der Würstchenmann mit dem Bauchladen machte gute Geschäfte, er stellte ihn hin ins Musikzimmer auf die Kommode Louis XV. Auch ein Pappteller genügt. Es braucht nicht Meißner zu sein.
Und dann war alles leer.

Neununddreissigstes Kapitel

Die Hand der Minerva und eine gipserne Rose ist alles, was übrigbleibt

Es war Mai 1931. Gohlisch, der inzwischen in Magdeburg eine Stellung bekommen hatte, kam nach Berlin. Er traf Oberndorffer.
»Wollen Sie mitkommen?« fragte Oberndorffer. »Ich bin sehr eilig. Ich muß in die Grunerstraße ins Amtsgericht, Prüfungstermin in Sachen Otto Mitte.«
»Ach ja, Otto Mitte ist ja pleite?«
»Zum Teil ist er am Bau pleite gegangen. Beim Bauen kommt's nicht auf den Bau an. Die Finanzierung ist alles, hier haben wir die Finanzierung.«
Sie gingen rasch.
Ein langer rechteckiger Raum in der Grunerstraße war gefüllt mit Menschen.
Vorn saß der Richter.
Ein Beisitzer las vor. Gab es jemanden in Berlin, der nicht beteiligt war? Die Banken hatten ihr Geld verloren. Karlweiß hatte kein Honorar bekommen. Die Handwerker waren nicht

bezahlt worden. Weder der olle Duchow, noch Schüttke, der Feinschmidt und Rohhals den Auftrag abgejagt hatte, noch Staberow hatten ihre Lieferungen fertig bezahlt bekommen. Käsebier hatte 10000 Mark gegeben. Für den Bauzaun, diesen herrlichen Bauzaun am Kurfürstendamm, hatte Scharnagl nie die abgemachten 5000 Mark erhalten. Auch Kaliski hatte 1000 Mark noch gut. Und dann die Gehälter! Es ging ganz ruhig zu. Von Zeit zu Zeit ergriff einer den Türgriff und verschwand leise. Der Beisitzer las monoton.

»Berliner Bank 200000 Mark, vom Verwalter anerkannt. Oberndorffer 71 Mark, vom Verwalter bestritten, Karlweiß 150000 Mark, vom Verwalter bestritten, Duchow 1553 Mark, vom Verwalter anerkannt, Feinschmidt 78 Mark, vom Verwalter anerkannt, Schüttke 11444 Mark, vom Verwalter bestritten, Scharnagl 2500 Mark, vom Verwalter bestritten, Georg Käsebier 10000 Mark, vom Verwalter bestritten, Dr. Reinhold Kaliski 1000 Mark, vom Verwalter bestritten, Konkurs Muschler 10000 Mark, vom Verwalter anerkannt. Staberow 2945 Mark, vom Verwalter bestritten, Oberndorffer 2467 Mark, vom Verwalter bestritten, Matukat 3000 Mark, vom Verwalter anerkannt, Schulz 2400 Mark, vom Verwalter anerkannt, Fräulein Fleißig 300 Mark, vom Verwalter anerkannt, Dipfinger 1500 Mark, vom Verwalter anerkannt.«

Die Stimme des Beisitzers wurde müde. Er las eine Stunde, vom Verwalter bestritten, vom Verwalter bestritten, vom Verwalter bestritten. »Noch lange und ich schlafe ein«, sagte Gohlisch. »Wollen wir gehen?«

»Ja, wollen wir gehen.«

»Vom Verwalter bestritten, vom Verwalter bestritten, vom Verwalter bestritten«, sagte Gohlisch. »Einst hieß es, ›Käsebier, die echte Gummipuppe, platzt nicht, springt nicht, ist unverwüstlich. Käsebier, die echte Gummipuppe, etwas für die Kleinen, damit sie lachen und nicht weinen, können se ans Herz drücken, können se ins Bad mitnehmen. Käsebier, die echte Gummipuppe‹, vom Verwalter bestritten, vom Verwalter bestritten, vom Verwalter bestritten.«

»Wissen Sie, daß die Berliner Rundschau abgerissen wird?«

»Ach nee. Was ist denn eigentlich aus Frächter geworden?«

»Der ist längst nicht mehr bei der Rundschau. Waldschmidt

hat ihn als Teilhaber aufgenommen, und er soll sich sehr gut einfügen.«

»Ach nee, so verändert sich die Welt.«

»Aber der Abriß ist noch ein Frächterprojekt.«

Sie gingen nach der Kommandantenstraße. Der Bürgersteig war gesperrt. Als Gohlisch und Oberndorffer dastanden und nach drüben sahen, flog gerade die Minerva herunter und zersprang, eine Hand und ein Stück von den Geschichtstafeln bröckelten auf der Straße weiter. Gohlisch bückte sich und hob die Hand der Minerva auf und eine Stuckrose. »Daraus lasse ich mir einen Briefbeschwerer für meinen Schreibtisch machen. Andenken an Miermann. Die schönen Tage von Aranjuez wichen dem glorreichen Sommer durch die Sonne Yorks. Heil und Sieg.«

»Na und fette Beute?«

»Fette Beute gibt's nicht mehr. Leben Sie wohl, Oberndorffer.«

Und dann ging er fort, die Hand der Minerva in der einen Tasche und die Rose in der andern.

Vierzigstes Kapitel
Finale

Kennen Sie Cottbus, die Tuchweberstadt in der Lausitz?

Vier Berliner Einkäufer, die nicht wußten, wo man am Abend hingehen soll, gingen in ein Bierlokal mit Kabarett. Sie saßen, bestellten Pilsner und sprachen von den Zeiten.

»Was wollen Sie von Kampf reden? Sie haben ja keine Ahnung! Wenn Sie wissen wollen, was eine schlechte Branche ist, Portefeuille z.B.«

In diesem Augenblick tanzten vier junge Mädchen in dürftigen Kleidern. Nachdem sie getanzt hatten, blickten sie sich um, ob sie wohl einer zum Abendbrot einladen würde.

Aber die Einkäufer sagten zueinander: »Was soll ich Ihnen sagen! Der Topas ist doch fristlos entlassen worden. Er sagt, er klagt.«

»Gemeine Firma.«

»Haben Zwiebelfisch und Kramer nötig, anständig zu sein, eine Firma von drei Millionen Betriebskapital?«

Dann trat ein Sänger auf.

»Ein Pilsner«, rief der Einkäufer. Der Sänger sang ein Lied von den schlechten Zeiten.

»Wer is'n das?« fragte der Einkäufer den Kellner. »Der Mann macht doch seine Sache sehr gut.«

»Käsebier, heißt er wohl, aber genau kann ich's Ihnen nicht sagen, müßte ich mich mal beim Chef erkundigen«, sagte der Kellner.

»Ach nee, lassen'se man, so wichtig ist es mir nicht. Wissen Sie, daß auch R. Rockstroh & Co. wackeln sollen?«

Nachwort

Berlin am Abgrund. »Fette Beute gibt's nicht mehr.« Uralte Empfindungen in der Stadt auf dem Sand der Spree. Gabriele Tergit gab ihnen zu ihrer Zeit Ausdruck. Wenn wir ihr Vexierbild des Lebens und Strebens im Berlin der zwanziger Jahre des zwanzigsten Jahrhunderts aus heutiger Sicht betrachten, sehen wir, daß die menschliche Evolution wohl doch gemütlicher vor sich geht, als uns Gentechniker einreden wollen. Wir haben die Setzer und Metteure in den Zeitungshäusern abgeschafft (und leider auch die Korrektoren). Auf den breiter gewordenen Rand der Zeitungen wird trotzdem nicht gedruckt, und der Redaktionsschluß ist eher noch heiliger, als der grummelige Miehlke seinen Herren Redakteuren vorbetet. Wir bauen eher keine Theater mehr um einen Künstler herum. Dafür haben wir heute Fernsehprogramme, in denen womöglich noch steilere Karrieren lanciert werden als im Salon der Margot Weißmann. Wir lassen uns von der Geschäftstüchtigkeit der Tagesgrößen verblüffen und vergessen sie schnell, wenn sie uns auf die Nerven gehen. Und wir sehen zu, wie vergnüglich es sich am Abgrund leben läßt, wenn die Netzwerke aus den richtigen Beziehungen geknüpft sind.

Es gab Journalistenkollegen, die Gabriele Tergits Roman »Käsebier erobert den Kurfürstendamm« nach seinem ersten Erscheinen 1931 als Schlüsselroman interpretierten. Zu Recht war die Autorin darüber entsetzt, und sie sagte: »Ich hatte doch ein ernsthaftes Buch sozusagen geschrieben, zwar heiter, aber doch eine Satire auf den Betrieb.« Wenn wir Tergits Buch heute unter diesem Aspekt lesen, entdecken wir die Zeitlosigkeit ihres Entwurfs. Man mag Vergnügen daran finden, das Personal um Georg Käsebier in gegenwärtige Menschen zu projizieren, aber es geht an sich nicht um solch kleinteilige Betrachtungsweisen. Es geht ums Ganze. Rudolf Olden, Gabriele Tergits Redakteur beim »Berliner Tageblatt«, urteilte 1931: »Es ist etwas ganz Großes darin: daß es uns über unser Elend lachen macht, oder wenigstens lächeln.«

I

Als Gabriele Tergits Erstlingsroman »Käsebier erobert den Kurfürstendamm« 1931 im Ernst Rowohlt Verlag Berlin erschien, war die Autorin dem Berliner Publikum, das dreimal täglich zum »Berliner Tageblatt« griff, um sich über das aktuelle Zeitgeschehen zu informieren, bestens bekannt als Gerichtsreporterin und Feuilletonistin.

Die Leser der übrigen Blätter in der Reichshauptstadt konnten sie bald darauf kennenlernen, denn das Buch wurde überall besprochen. Es hatte den Nerv der Zeit getroffen.

Der Roman entstand im Sommer 1931. Gabriele Tergit hieß eigentlich Dr. Elise Reifenberg. Die Historikerin stammte aus der Berliner Fabrikantenfamilie Hirschmann. Seit 1924 war sie Gerichtsreporterin beim »Berliner Tageblatt«, außerdem veröffentlichte sie dort Feuilletons und trug seit 1928 auch mit Artikeln zu Carl von Ossietzkys »Weltbühne« bei. Verheiratet war sie mit dem Architekten Heinrich Julius Reifenberg, und beider Sohn Peter war 1928 zur Welt gekommen. Ihren Debütroman »Käsebier erobert den Kurfürstendamm« schrieb Gabriele Tergit im Sommer 1931, übrigens höchst altmodisch: mit dem Füllfederhalter.

Als ich sie fast fünfzig Jahre später im Berliner »Hotel am Zoo« im Zimmer 528, in dem der Lärm der Kurfürstendamms die Grundierung für unser Gespräch gab, zur Entstehungsgeschichte des Romans befragte, kam sie ins Schwärmen.

»Das«, erzählte sie meinem Radiomikrofon, »war die glücklichste Zeit meines Lebens. Wir sind nach Ahrenshoop gefahren mit dem ganz kleinen Kind. Und dieses Ahrenshoop ist also für mich das schönste, was man sich denken kann. Die Ostsee ist doch das nordische Mittelmeer. Es ist blau, es hat keine Ebbe und Flut, und da war ein wunderbarer Buchenwald, und ich hab zwei Zimmer genommen, eins nach hinten, wo das Kinderfräulein und der Kleine geschlafen haben, in einem Bauernhof mit Kühen und Ochsen und allem, was dazugehört, und eins nach vorn mit Loggia in den Buchenwald, wo ich auch bei Regen arbeiten konnte. Und da habe ich den ›Käsebier‹ geschrieben, in vier Wochen.«

Diese Geschwindigkeit war keine Hexerei, denn wer Gabriele Tergits Feuilletons aus dem »Berliner Tageblatt« gelesen hat, begegnet in ihrem Roman vielen alten Bekannten. Sie sind ein wenig verkleidet, tragen andere Namen, verstecken sich hinter anderen Berufsbezeichnungen, aber sie bewegen sich ja auch in einem anderen Milieu.

Daß sie bei sich selbst abgeschrieben hat, bekannte sie immer wieder öffentlich, so zum Beispiel in ihren 1983 postum erschienenen Lebenserinnerungen »Etwas Seltenes überhaupt«: »Ich erfand einen Spaßmacher, dessen Programm ich aus zwei Artikeln von mir über Hasenheide und Skala mischte, mit einigem Neuerfundenen dazu. Der Spaßmacher sollte nur der ganz gleichgültige Aufhänger für Journalisten, Bauunternehmer und Massenmedienleute werden.«

So kann man den Roman lesen, und so bietet er auch hinreichend Genuß. Wenn wir nur die Szenen in der »Berliner Rundschau« herausheben: Hier lesen wir »Literatur der Arbeitswelt«, geschrieben fast vierzig Jahre vor der Erfindung dieses inzwischen wieder verwehten Genres.

II

Unter Tergits Zeitgenossen fing gleich nach dem Erscheinen des Romans das vergnügliche Rätselraten an, nach welchen höchst lebendigen Vorbildern die Autorin ihre Figuren geformt haben könnte. Sie hatte alle Spuren breit und gut sichtbar im Roman gelegt, vielleicht ein wenig naiv und ohne zu argwöhnen, es wäre von irgendeiner Wichtigkeit, da sie ja gerade den »Aufhänger« für vollständig »gleichgültig« erklärt hatte. Wer sich jedoch ein wenig in der Berliner Szene getummelt hatte gegen Ende der turbulenten Zwanziger, traf Bekannte und alte Freunde in diesem Roman. Peter Sachse vom Klatsch- und Tratschblatt »Berliner Herold« war so ein Szene-Kenner. Tergits Kollege beim »Berliner Tageblatt«, Walther Kiaulehn, ebenso. Den beiden ist es zu verdanken, daß wir Heutigen in den Katakomben der Zeitungsarchive die so nebensächliche Titelfigur des Romans in seiner damals noch lebendigen Gestalt kennenlernen können.

Im ersten Heft des 6. Jahrgangs (1930) der Beilage »Die literarische Welt« schrieb Heinrich Mann über ein Varieté, seine Direktorin und seinen Hauptdarsteller: »Carows Lachbühne«, Lucie und Erich Carow. Frau Lucie nannte er eine Künstlerin, Herrn Erich ein Genie. Bald darauf erschien unter großer Beteiligung der schreibenden und allerhand anderer Prominenz der Reichshauptstadt eine dicke Broschüre: »Erich Carow – Karriere eines Berliner Volkskomikers«. Die Lachbühne war inzwischen Kult geworden, Carow verhandelte mit dem Revue-Theater »Scala«. Die Gagen schossen in die Höhe, der einfache Mann aus dem Volke war ein gemachter Star, bekam soviel Geld wie der weltberühmte Clown Grock. Die Zeitungen nannten ihn »den Chaplin vom Weinbergsweg« und feierten seine »hohe Kunst der Menschendarstellung«. 1931, im Herbst, erschien im Ernst Rowohlt Verlag Berlin Tergits Roman. In dem geht ein berühmter Schriftsteller durch die Stadt und sucht nach einem Thema, gerät in das Kabarett an der Hasenheide, und alles nimmt seinen Lauf, siehe oben. Sachse und Kiaulehn, so berichtete Tergit mir, hatten dann die Idee, den Roman ins rechte Licht zu rücken:

»Kiaulehn wollte dieses Buch ein bißchen in den Vordergrund

schieben. Und da hat er sich in Verbindung gesetzt mit einem Peter Sachse. Das war ein Mann, der in der Vergnügungsindustrie von Berlin eine große Rolle gespielt hat, und der das Klatsch- und Quatschblatt ›Berliner Herold‹ herausgab. Der Peter Sachse hat dem Kiaulehn gesagt, er soll den Käsebier gleichsetzen mit dem plötzlich ganz wild bekannten Sensationsmann Carow von ›Carows Lachbühne‹. Und da hat Kiaulehn einen Artikel in der BZ geschrieben: ›Schlüssel zu einem Schlüsselroman‹. Das hat mein Mann gefunden und war empört. Und ich war auch fassungslos. Aber ich brauche Ihnen nicht zu sagen, daß das ein gefundenes Fressen für die Journalisten war, diese ganze Geschichte. Und daß das wahrscheinlich auch dazu beigetragen hat, daß der ›Käsebier‹ so bekannt geworden ist. Aber es war natürlich peinlich. Ich hatte doch ein ernsthaftes Buch sozusagen geschrieben, zwar heiter, aber doch eine Satire auf den Betrieb. Ich wußte doch von Anfang an, daß der Betrieb eine gräßliche Sache ist, die Reklame eine Leben zerstörende Angelegenheit. Hat sich ja auch erwiesen, als dann Herr Goebbels das Ministerium für Reklame aufgemacht hat. Wenn die das nicht so begriffen hätten, wären die ja nie zur Regierung gekommen.«

Peter Sachse schrieb dann auch einen Artikel über Tergits Buch, und die Autorin versicherte mir glaubhaft, daß ihr ansonsten recht friedfertiger Gatte nahe daran war, mit den beiden Herren eine Prügelei anzufangen, damit endlich Schluß sei mit der literaturfremden Tintenkleckserei. Im »Berliner Herold« las man als Replik auf Kiaulehns »Enthüllung«: »Kein Roman um Erich Carow – Käsebier unter falscher Flagge.«

Und dann nahm der Klatschreporter den Volkskomiker in Schutz: »Die Tergit schildert ihren Käsebier als einen kleinen, dicken, blonden Fetten – man weiß, daß Carow schwarz, schlank und die Beweglichkeit selber ist. Tergits Käsebier läßt sich nachher ein Theater am Kurfürstendamm gründen, mit dem er Pleite geht, um dann kümmerlich in der Provinz zu enden. Es ist wenig schön von Kritikern, die sich noch dazu für Freunde Carows halten, ein solches Schicksal Käsebiers irgendwie mit dem Namen Erich Carow zu verbinden. Denn das ist gerade Carows beste und stärkste Seite, daß er erkannt hat, daß seine Welt nicht der Kurfürstendamm ist. Daß er nie daran gedacht hat, dort Fuß zu fassen. Daß er treu seinem Keller am Weinbergsweg und seinem Milieu geblieben ist, aus dem er seine stärksten Kräfte sammelt.«

Gabriele Tergit hatte ja nun gar keinen Roman über Erich Carow schreiben wollen, sondern einen darüber, wie eine Karriere lanciert wird. Darum ist ihr Käsebier – obwohl er die Titelfigur ist – so unwichtig wie nur etwas. Im Vordergrund steht die Stadt, stehen diejenigen, die in ihr handeln und wandeln, die Geschaftlhuber und die Journalisten, die das alles reportieren und beobachten, und denen die Autorin natürlich ganz besonders nahestand, weil sie selbst als Journalistin in der Stadt Berlin unterwegs war, als alles dies, was sie romanhaft kolportierte, geschah. Oder auch nicht geschah.

III

Der Literaturwissenschaftler Walter Höllerer sprach über den Roman im Berliner Jubiläumsjahr 1987 – als beide Stadthälften ihren je eigenen 750. Geburtstag feierten – in der Akademie der Künste in Berlin Tiergarten, dem Bezirk, den Gabriele Tergit am 5. März 1933 Hals über Kopf verlassen hatte, weil die SA vor ihrer Tür gestanden und nicht um eine Spende für die Winterhilfe gebeten hatte, sondern der Gerichtsreporterin für ihre Berichte von den Totschlagsprozessen der SA-Horden eine Abreibung zu verpassen gedachte, was mit viel Glück hatte abgewehrt werden können, aber der Beginn eines lebenslangen Exils wurde.

»Es scheint so«, sagte Höllerer vor großem Publikum, »daß der Kurfürstendamm in den zwanziger Jahren sich eine Attraktivität zugelegt hat, der er ab den fünfziger Jahren mit ähnlichen Mitteln, mit vergleichbaren Abstürzen, mit nicht völlig verschiedenen Mechanismen nachläuft. Oder: Personalitätenbilder im 750-Jahr-Feier-Jahr 1987 sind in diesem Berlin-Buch von 1931 schon vorgezeichnet. Die Presseszene allerdings ist zurückgesunken. Sie wird im Roman von Gabriele Tergit in ihren Auswirkungen auf den Unterhaltungsbetrieb an vielen einflußreichen Stellen gezeigt. Aber Firmenbosse, Rechtsanwälte, Baulöwen und Partylöwen, so oder so einheimsende und spekulierende Kunstliebhaber und Kunstsammler sind vergleichbar geblieben mitsamt ihrem Gefolge. Auch der weibliche Personenbestand – von der kämpferischen Frau bis zum Partyaushängeschild – ist da und dort wiederzufinden. Das große Geld steht im Kontakt mit den Personenablösungen in den Zirkeln und in der Politik. Die Korruptionsfälle damals wie heute. So ist Käsebier nicht nur als ein historisch-berlinischer Roman zu lesen, sondern als Beispielgeschichte fürs Berliner Webmuster, fürs Verschiebe-Geschiebe Berlin.«

Als Höllerer den Roman dermaßen analysierte, war er gerade in einer Neuauflage erschienen. Dem Kölner Autor Frank Grützbach kommt das Verdienst zu, das Werk buchstäblich wieder ausgegraben zu haben. Der Wiederentdecker des »Käsebier« hat im Jahr

1974 ein weit verbreitetes Radio-Feature angefertigt. Darin geht er, weil es doch sehr nahe liegt aufgrund der deutlichen Indizien, vor allem auf die Rolle Erich Carows als Vorbild für Georg Käsebier ein. Es gibt ja das im Roman dem Karrieristen Frächter zugeschriebene »Käsebier«-Jubelbuch mit Beiträgen von allen publizistischen Berühmtheiten der Zeit tatsächlich. Es ist, herausgegeben von Manfred Georg und Peter Schaeffers mit einem Beitrag von Peter Sachse über das Etablissement Weinbergsweg 19, insgesamt eine Eloge auf den Komiker Erich Carow mit weiteren Beiträgen von Heinrich Mann, Kurt Tucholsky und vielen anderen. Erich Carow starb 1965. Er hat es nicht besonders lustig gefunden, stets mit dem unbedeutenden Georg Käsebier in Verbindung gebracht zu werden.

Er war ja auch nicht gemeint, und das hatten bereits 1931 mehrere andere Rezensenten auch so gesehen. Gabriele Tergit berichtet in ihren Erinnerungen »Etwas Seltenes überhaupt«: »Ich wurde gepriesen, zum Teil von den falschen Leuten, von Nazis zum Beispiel, die sagten: ›Ja, so geht die Tugend vor die Hunde, aber wir werden euch die echten Werte bringen, Treue und Wahrheit!‹ Hanns Johst, des Führers Freund, nannte mich ›ein tapferes preußisches Herz‹, obwohl er bestimmt wußte, daß ich eine Jüdin war. Seltsamerweise beschrieb die kommunistische ›Welt am Abend‹ meine einfache, nur 1931 unübliche Psychologie am richtigsten: ›Die Tergit ist eine Bürgerin, die sich noch den Sinn für Sauberkeit bewahrt hat und inbrünstig an ein liberales Gesellschaftsideal glaubt. Sie will die kapitalistische Welt in ihrem Roman für Entartung bestrafen, um sie zu bessern.‹«

IV

Der Roman »Käsebier erobert den Kurfürstendamm« erschien nach Grützbachs archäologischer Entdeckung in einem Berliner Antiquariat 1977 im Frankfurter Wolfgang Krüger Verlag, danach als Fischer Taschenbuch, dann in zwei Auflagen im Berliner arani-Verlag. Alle diese Nachkriegs-Ausgaben basieren auf einer von der Autorin selbst besorgten Bearbeitung. Ihre Lektorin hat sie stark zügeln müssen, wie wir in einem Brief vom 13. Dezember 1976 lesen können: »Es macht wirklich nichts, liebe Frau Tergit, wenn es in einem Roman auch weniger sympathische Menschen gibt, im Gegenteil.« Ausgeführt wurden allerdings Streichungen, die ich in dieser nun vorliegenden Wiederauflage des Original-«Käsebiers« rückgängig gemacht habe. Es schien mir wichtig, den Gruß der Redakteure »Heil und Sieg und fette Beute« als »running gag« wiederherzustellen, zumal Tergits Redakteur beim »Berliner Tageblatt«, Rudolf Olden, diesen Gruß als Titel des Romans hatte haben wollen. Auch fand ich es etwas albern, aus dem guten alten »Aboag« einen profanen »Bus« zu machen. Jedes Verkehrsmittel verdient seinen Eigennamen, und heute fahren die Berliner immer noch nicht »Bus«, sondern »BVG«, solange es sie noch gibt. Wenn es grobe Fehler gab, habe ich sie stillschweigend berichtigt, und in wenigen Fällen übernahm ich die wirklich verbessernde Korrektur von 1976.

Berlin, Dezember 2003 Jens Brüning

Zeittafel Gabriele Tergit

4. März 1894 geboren in Berlin als Elise Hirschmann. Nach Schulbesuch Arbeit in Kinderhorten und bei der Lehrstellenvermittlung auf freiwilliger Basis. Besuch des »Pestalozzi-Fröbel-Hauses«

22. November 1915 erster Zeitungsartikel im *Berliner Tageblatt*

nach 1918 Elise Hirschmann holt als »Externe« das Abitur nach

von 1919 an Studium der Geschichte, Philosophie und Soziologie in München, Heidelberg, Frankfurt/Main und Berlin

von 1920 an Feuilletons für *Vossische Zeitung* und *Berliner Tageblatt*

von 1923 an Gerichtsreportagen für den *Berliner Börsen Courier*

24. Dezember 1924 Engagement als Pauschalistin beim *Berliner Tageblatt*

1925 Promotion zum Dr. phil. an der Universität Frankfurt/Main

Januar 1925-März 1933 Arbeit in der Redaktion des *Berliner Tageblatts*

1928 Heirat mit dem Architekten Dipl.Ing. Heinrich Julius Reifenberg. Geburt des Sohnes Peter

von 1928 an Artikel für die *Weltbühne*, zunächst unter dem Pseudonym Christian Thomasius, später als Gabriele Tergit

1931 Roman »Käsebier erobert den Kurfürstendamm« beim Ernst Rowohlt Verlag, Berlin

4. März 1933 Überfall des SA-Sturms 33 auf die Tergit-Reifenbergsche Wohnung Siegmundshof 22 in Berlin-Tiergarten. Flucht in die Tschechoslowakei. Mitarbeit bei *Prager Tageblatt*, *Deutsche Zeitung Bohemia* u.a.

1935 Die Familie Tergit-Reifenberg lebt in Tel Aviv, Harjakonst. 102. Heinz Reifenberg hat Bauaufträge, Gabriele Tergit schreibt für *C.V.-Zeitung* und verschiedene andere Blätter, arbeitet an ihrem Roman »Effingers«. Nach schwerer Erkrankung der ganzen Familie

1938 Übersiedlung nach London. Mitarbeit an verschiedenen Zeitungen (z.B. *Die Zeitung*, London) und Zeitschriften (z.B. *Das Neue Tagebuch*, Paris), Arbeit am Roman »Effingers«

von 1946 an Mitarbeit (»Brief aus London«) beim Berliner *Tagesspiegel*, später auch Artikel für *Die Neue Zeitung*, München

1948 Britische Staatsangehörigkeit. Erster Besuch in Berlin

1951 Roman »Effingers« bei Hammerich&Lesser, Hamburg

1954 Sachbuch »Das Büchlein vom Bett« bei Herbig, Berlin
von 1957 an Sekretär des PEN-Zentrums deutschsprachiger Autoren im Ausland (Sitz London), vormals Deutscher Exil-PEN
1958 Sachbuch »Kaiserkron und Päonien rot. Kleine Kulturgeschichte der Blumen« bei Kiepenheuer & Witsch, Köln
1965 Sachbuch »Das Tulpenbüchlein« bei Landbuch Verlag, Hannover
seit 1977 »Wiederentdeckung« der Gabriele Tergit, Neuauflagen von »Käsebier erobert den Kurfürstendamm« und »Effingers« bei Krüger/Fischer, Frankfurt/Main, »Büchlein vom Bett«, »Kaiserkron und Päonien rot« bei Ullstein, Berlin
1981 Rücktritt vom Amt des PEN-Sekretärs
25. Juli 1982 gestorben in London
1983 Lebenserinnerungen »Etwas Seltenes überhaupt« bei Ullstein, Berlin
1984 Gerichtsreportagen und Feuilletons »Blüten der Zwanziger Jahre« (Hg. Jens Brüning) bei Rotation, Berlin
1987 Lebensgeschichte »Die Welt der Gabriele Tergit« von Egon Larsen (d.i. Egon Lehrburger) bei Frank Auerbach, München
1988 Wiederauflage »Käsebier erobert den Kurfürstendamm« bei arani, Berlin
1994 Feuilletons und Erzählungen »Atem einer anderen Welt« (Hg. Jens Brüning) bei Suhrkamp, Frankfurt/Main
1996 Reportagen und Porträts »Im Schnellzug nach Haifa« (Hg. Jens Brüning) bei Transit, Berlin
1997 Nachauflage »Käsebier erobert den Kurfürstendamm« bei arani, Berlin
1998 Taschenbuchausgabe »Im Schnellzug nach Haifa« bei Fischer Taschenbuch, Frankfurt/Main
1999 Gerichtsreportagen »Wer schießt aus Liebe?« (Hg. Jens Brüning) bei Das Neue Berlin, Berlin
2000 Novelle »Der erste Zug nach Berlin« (Hg. Jens Brüning) bei Das Neue Berlin, Berlin; italienische Ausgabe »Sul diretto per Haifa« (Ü: Palma Saveri)
2001 Publizistik »Frauen und andere Ereignisse« (Hg. Jens Brüning) bei Das Neue Berlin, Berlin
2004 Wiederauflage »Käsebier erobert den Kurfürstendamm« (Hg. Jens Brüning) bei Das Neue Berlin, Berlin

ISBN 3-360-01247-X

1. Auflage dieser Ausgabe

Rosa-Luxemburg-Str. 39, 10178 Berlin
Umschlagentwurf: Peperoni Werbeagentur, Berlin
Printed in Germany

Die Bücher des Verlags Das Neue Berlin
erscheinen in der Eulenspiegel Verlagsgruppe.

www.das-neue-berlin.de